LT/02.

à conserver

VOYAGES

IMAGINAIRES,

ROMANESQUES, MERVEILLEUX, ALLÉGORIQUES, AMUSANS, COMIQUES ET CRITIQUES.

SUIVIS DES

SONGES ET VISIONS,

ET DES

ROMANS CABALISTIQUES.

CE VOLUME CONTIENT

L'HISTOIRE VÉRITABLE DE LUCIEN, traduite & continuée par PERROT D'ABLANCOURT.

LES VOYAGES DE CYRANO DE BERGERAC, dans les empires de la Lune & du Soleil, & l'histoire des Oiseaux.

VOYAGES

IMAGINAIRES,

SONGES, VISIONS,

ET

ROMANS CABALISTIQUES,

Ornés de Figures.

TOME TREIZIÈME.

Seconde division de la première classe, contenant les Voyages Imaginaires *merveilleux.*

A AMSTERDAM,

Et se trouve à PARIS,

RUE ET HOTEL SERPENTE.

M. DCC. LXXXVII.

AVERTISSEMENT
DE L'ÉDITEUR
DES VOYAGES IMAGINAIRES.

LES fictions que nous avons données jufqu'à préfent à nos lecteurs, ont été refferrées dans les bornes de la vraifemblance. Il n'a manqué aux terres où nous les avons fait voyager, que d'obtenir une place fur nos cartes géographiques. Il n'en fera pas de même de celles que nous allons leur faire parcourir. Ici l'imagination rompt tous fes liens, & prend un libre effor ; rien ne l'arrête dans fa courfe ; il femble que l'univers ne foit point affez vafte pour fes entreprifes ; elle le pénetre dans tous les fens.

Si elle prend fon vol, c'eft pour fendre les airs avec rapidité, & vifiter, fans obftacles, toutes les planetes ; au-

cune n'échappe à fes recherches ; elle
ne craint pas les torrens de flammes dont
le foleil eft enveloppé, & fa marche
n'eft pas rallentie par les glaces de Jupiter & de Saturne.

La même rapidité qui l'a élevée au-
deffus de nos têtes, & l'a fait voyager
dans les aftres, lui fait percer notre
globe jufqu'au centre, & lui fait rechercher curieufement ce qui s'y paffe.

Quelquefois elle s'amufe à planer dans
les airs ; enfin, il n'eft pas jufqu'au féjour des ombres, où elle ne porte un
œil curieux, & où elle ne fe promène
à fon gré.

Des découvertes curieufes & fur-
prenantes devoient néceffairement être
le fruit de courfes auffi extraordinaires :
pour s'en convaincre, il fuffira de jetter
un coup d'œil fur chacun des ouvrages
qui compofent cette divifion, deftinée
aux *voyages merveilleux*.

Nous la commençons par un ouvrage
qui mérite plus qu'aucune autre le titre

de merveilleux, c'eſt *l'hiſtoire véritable* de Lucien. Il n'exiſte aucune produc- tion où l'on trouve autant d'idées diſpa- rates & merveilleuſes , que dans cette hiſtoire que l'auteur caractériſe , par plaiſanterie, de véritable ; c'eſt une cri- tique ſans doute des contes merveilleux ; & nous croyons que l'auteur a voulu faire voir juſqu'à quel point peut s'é- garer l'imagination, lorſqu'on la laiſſe errer ſans frein hors des bornes de la vraiſemblance.

Lucien, à qui nous ſommes redeva- bles de ce conte, l'a laiſſé imparfait : il n'en a donné que les deux premiers livres ; les deux ſuivans ſont de la com- poſition de Perrot d'Ablancourt, ſon tra- ducteur. C'eſt par cette raiſon que nous avons préféré cette traduction à une plus moderne. En préſentant la continuation de d'Ablancourt , il nous a paru naturel de la faire précéder de la traduction ſortie de la même plume.

Lucien eſt né à Samoſate ſous le

règne de l'empereur Trajan, de parens médiocres ; il avoit un oncle habile sculpteur, qui voulut l'instruire dans son art : mais le jeune Lucien ne répondit pas à ses vues ; il cassa, dit-on, la première pierre qu'on lui mit entre les mains , & il prétendit avoir été averti dans un songe de suivre la carrière de la littérature. Si on l'en croit, la déesse qui préside à cet art l'appella à elle , lui ordonna d'abandonner la sculpture, & découvrant à ses yeux une carrière vaste & brillante, parut lui ouvrir les portes du temple de la fortune & celles de l'immortalité. Quoi qu'il en soit de cette rêverie, Lucien suivit son goût : il embrassa néanmoins la profession d'avocat, dans laquelle il ne travailla pas plus à sa fortune & à sa gloire que dans la sculpture , & bientôt il l'abandonna , pour se consacrer en entier à l'étude de la philosophie & de l'éloquence. C'est à cette époque que Lucien commença à se faire

connoître; fa réputation s'établit en peu
de tems : il profeffa avec le plus grand
avantage dans toute la Grèce, même
dans l'Italie & dans les Gaules; mais
Athènes fut le théâtre principal de fa
gloire. Non-feulement Lucien s'acquit
de la réputation, il eut encore le bonheur de travailler utilement pour fa fortune, & d'obtenir des diftinctions &
des honneurs. Marc-Auréle le nomma
greffier du préfet d'Egypte. Lucien vé-
cut long-tems, & vit s'accomplir le
fonge qui le détermina à fuivre la carrière littéraire. Il mourut fous l'empereur Commode. Quelques-uns difent qu'il
étoit chrétien; mais fi on confulte la liberté qui règne dans quelques-uns de fes
écrits, l'on doit craindre qu'il n'ait égale-
lement rejetté les vérités de la religion
chrétienne & les erreurs du paganifme.
De tous fes ouvrages, fes dialogues font
le principal fondement de fa réputation : la critique en eft fine, vive &
fpirituelle; les tableaux vrais & variés,
& le ftyle vraiment dramatique.

La continuation de l'histoire véritable, par d'Ablancourt, son traducteur, est inférieure à l'ouvrage de Lucien, & part d'une imagination moins féconde. Cependant elle est nécessaire. D'ailleurs, si elle perd à être comparée à Lucien, il seroit injuste de lui refuser des éloges.

Nicolas Perrot d'Ablancourt est né à Châlons-sur-Marne en 1606, d'une bonne famille de robe. Sa jeunesse donna de grandes espérances ; ses premières études furent brillantes : il exerça d'abord à Paris, la profession d'avocat, où il obtint de grands succès. D'Ablancourt étoit calviniste ; il abjura solemnellement, à l'âge de dix-huit ans, pour reprendre, dix ans après, la religion de ses pères. Ces variations troublèrent son repos, & nuisirent à son état : il fut néanmoins reçu de l'académie françoise en 1637. Quoique d'Ablancourt eût pu se faire un nom distingué comme auteur, il se contenta du titre modeste de traducteur : son amour pour les anciens,

avec lefquels il étoit très-familier, l'y
détermina. Il n'eft donc guères connu
que par des traduétions, qui étoient très-
eftimées de fon tems, & qui méritent
encore de l'être aujourd'hui. Outre Lucien, d'Ablancourt a traduit Xénophon,
Thucydide, Tacite, les Commentaires
de Céfar, &c. Cet eftimable littérateur
eft mort à fa terre d'Ablancourt en 1664,
âgé d'environ cinquante neuf ans.

Après l'extravagante hiftoire de Lucien,
on ne pouvoit donner de produétion
plus analogue que le *voyage de Cyrano
de Bergerac dans l'empire de la lune ;
fon hiftoire comique de l'état & empire
du foleil, & fon hiftoire des oifeaux.*
On trouve cependant dans ce fecond
ouvrage, au milieu des contes les plus
bizarres, de la morale & de la philofophie : le ftyle en a un peu vieilli ; mais
il porte un caraétère fi original, que
nous n'avons ofé y toucher ; & il nous
femble plus convenable d'y laiffer quelques imperfeétions, qui tiennent au tems

où écrivoit l'auteur, que de lui ôter de ses graces.

Savinien Cyrano est né à Bergerac en Périgord en 1620, & il a ajouté a son nom celui du lieu de sa naissance. La singularité qui règne dans l'ouvrage que nous imprimons, se retrouvoit dans le caractère de l'auteur : il avoit la réputation du spadassin le plus déterminé; chaque jour de sa jeunesse étoit marqué par des preuves de cette prétendue bravoure, qui heureusement est passée de mode. On dit cependant, à la louange de Bergerac, qu'il eut personnellement peu de querelles, & qu'il ne se battoit que pour rendre à ses amis de bons offices. Il avoit acquis le surnom d'intrépide, & il le méritoit. On rapporte qu'il dispersa lui seul cent hommes, attroupés à la porte de Nesle pour insulter un de ses amis; qu'il en tua deux, & qu'il en blessa sept. Cependant Cyrano ne sortoit pas toujours sain & sauf de ces sortes d'aventures; il fut blessé plusieurs fois dangereusement.

Son amour pour les armes ne l'empêcha pas de cultiver les lettres, & il porta en littérature le même caractère de hardieſſe & de bizarrerie; c'eſt ce qui lui donna la réputation d'incrédule.

Un jour que l'on jouoit ſa tragédie d'*Agrippine*, lorſqu'on fut à l'endroit où Séjan, réſolu de faire mourir Tibère, dit: *frappe, voilà l'hoſtie*, des ſpeĉtateurs, ignorans & prévenus s'écrièrent : *Ah l'impie ! comme il parle du ſaint ſacrement.* Ce reproche n'étoit pas mérité. On tient même que Bergerac mena dans ſes dernières années une vie chrétienne & retirée. Il mourut en 1655, âgé de trente-cinq ans. On croit que ſa mort fut occaſionnée par une chûte qu'il avoit négligée. Outre les voyages imaginaires de Bergerac, on a de cet auteur une tragédie, intitulée *Agrippine* ; la comédie du *Pédant joué*, qui eſt pleine de détails plaiſans, & de ſcènes du meilleur comique, où Molière n'a pas dédaigné de puiſer; des lettres, quelques

facéties, fous le titre d'entreticns pointus, & des fragmens de phyfique. On a
recueilli fes œuvres en 3 volumes *in*-12.

HISTOIRE
VÉRITABLE
DE LUCIEN,

Traduite & continuée par PERROT
D'ABLANCOURT.

HISTOIRE

L'HISTOIRE
VÉRITABLE.
LIVRE PREMIER.

Deffein de l'auteur. Son embarquement, fuivi de fon arrivée dans une île de l'océan. Son voyage au globe de la lune. Sa venue en l'île des lampes. Son engloutiffement & fon féjour dans la baleine. Combat des îles flottantes.

COMME les ath'ètes n'ont pas feulement foin du travail, mais du repos, ceux qui s'adonnent aux exercices de l'efprit, lui doivent quelquefois donner du relâche, pour revenir après plus frais à l'étude. Cela ne fe peut mieux faire, à mon avis, qu'en le délaffant fur quelque fujet agréable, où l'inftruction foit mêlée avec le plaifir. C'eft ce que j'ai tâché de pratiquer en cet ouvrage, où parmi plufieurs menfonges affez plaifans, j'ai mêlé quelques doctes railleries des anciens

A

poëtes & hiſtoriens, ſans épargner même les philoſophes, qui n'ont pu s'empêcher de nous débiter pour bons, pluſieurs contes fabuleux & ridicules. Car Ctéſias, par exemple, dans ſon hiſtoire des Indes, a dit des choſes qu'il n'avoit jamais ni vues ni ouies; & Jambule a compoſé une hiſtoire aſſez ingénieuſe des merveilles de l'océan, ſans avoir guère plus d'égard à la vérité. Pluſieurs en ont fait de même, & conté diverſes aventures qu'ils diſoient leur être arrivées dans leurs voyages, parmi leſquelles ils ont entremêlé la deſcription de divers animaux monſtrueux, de cruautés inouies, de mœurs tout-à-fait barbares & ſauvages; à l'exemple d'Homère, qui fait décrire à Ulyſſe chez Alcinoüs, la captivité des vents, la figure énorme des cyclopes, la cruauté des antropophages, avec des bêtes à pluſieurs têtes, & la métamorphoſe de ſes compagnons par les charmes d'une ſorcière, & autres ſemblables rêveries qu'il débitoit au peuple groſſier des Phéaques. Mais je ne le trouve pas étrange à un poëte, accoutumé à dire des fables, puiſque nous voyons tous les jours la même choſe arriver aux philoſophes; je m'étonne ſeulement que les hiſtoriens aient prétendu par-là nous en faire accroire. Cependant, il m'a pris envie, pour n'être pas le feul au monde qui n'ait pas la liberté de mentir, de compofer quelque roman à leur exemple ; mais je veux, en l'avouant, me montrer plus jufte qu'eux, & cet aveu me fervira de juftification. Je vais donc dire des chofes que je n'ai jamais ni vues ni ouies, & qui plus eft, ne font point, & ne peuvent être ; c'eft pourquoi qu'on fe garde bien de les croire.

Un jour, touchés d'un noble defir de voir & d'apprendre des chofes nouvelles, nous nous embarquâmes cinquante que nous étions, dans un vaiffeau bien équippé & fourni d'un bon pilote, & cinglâmes des colonnes d'Hercule dans la mer atlantique, pour découvrir la grandeur de l'océan, & voir s'il y avoit quelques peuples au-delà. Après avoir vogué un jour & une nuit fans perdre la terre de vue, tout à coup au lever du foleil il s'éleva une fi furieufe tempête, qu'on ne pouvoit pas feulement baiffer les voiles ; fi bien qu'il fallut fe laiffer aller au gré du vent, qui, après nous avoir bien agités par l'efpace de foixante & dix-neuf jours, nous jetta à la fin dans une île fort haute, couverte de bois, & dont les bords étoient affez calmes. Nous y defcendîmes pour nous remettre du travail de la mer, & nous étant repofés quelque tems fur le rivage, nous entrâmes plus avant dans le

pays pour le reconnoître, après avoir laiffé
trente de nos compagnons pour la garde du
navire. Nous n'eûmes pas fait quatre cens pas
à travers une forêt, que nous trouvâmes une
colonne d'airain, fur laquelle étoit écrit en
caractères grecs, que le tems avoit à demi effa-
cés: *Hercule & Bacchus ont été jufqu'ici.* On
voyoit encore leurs pas imprimés fur le roc,
dont un, qui étoit le plus grand, avoit près
d'un arpent de longueur, ce qui nous fit juger
que c'étoit celui d'Hercule. Après avoir ré-
véré des lieux fi fameux par la venue de ce
héros, nous continuâmes notre route, &
n'eûmes pas fait beaucoup de chemin, que
nous arrivâmes à un ruiffeau, dont la liqueur
étoit comme celle d'un excellent vin grec, &
qui étoit fi large en quelques endroits, qu'il
pouvoit porter bateau. Ce nous fut un nouveau gage de la venue de Bacchus, & de la
vérité de la colonne. Mais comme nous re-
montions vers fa fource, pour découvrir la
caufe d'une fi grande merveille, nous trouvâmes
des vignes chargées de raifins, du pied defquelles couloit ce large ruiffeau, lequel four-
milloit de poiffons qui avoient tous la couleur & le goût de vin, & en les ouvrant on les
trouvoit pleins de vendange. Ils enivroient
même ceux qui en goûtoient, & nous fûmes

contraints de les tempérer avec des poiſſons d'eau douce , pris dans une rivière voiſine. Lorſque nous eûmes traverſé la premiere, nous découvrîmes d'autres vignes d'une nature bien plus étrange. C'étoient de belles femmes, depuis la tête juſqu'à la ceinture, qui finiſſoient en un gros tronc verdoyant, telles que les peintres peignent Daphné, ſur le point qu'Appollon la voulut ravir. Leurs doigts s'épandoient en rameaux chargés de raiſins , & leurs coëffures étoient faites de pampres & de grappes entrelaſſées. Elles nous firent mille carreſſes, nous parlant l'une grec, l'autre indien ou perſan ; mais elles ne vouloient pas ſouffrir que l'on cueillît de leurs fruits, & lorſqu'on en vouloit prendre , elles jettoient des cris, comme ſi cela leur eût fait mal. Elles ne laiſſoient pas de nous baiſer , & de nous toucher à la main ; mais leurs baiſers enivroient, & deux de nos compagnons s'étant laiſſés ſurprendre à leurs charmes, demeurèrent pris par les parties criminelles ; & comme s'ils euſſent été entés enſemble, commencèrent à prendre racine , & à pouſſer des rejettons. Effrayés d'un ſi grand prodige , nous courûmes à notre vaiſſeau conter à nos compagnons une ſi pitoyable aventure.

Après nous être donc pourvus d'eau & de

vin dans les deux fleuves, nous passâmes la nuit sur le bord, & le lendemain dès la pointe du jour, nous fîmes voile par un vent doux, qui se changea sur le midi en une boutasque si violente, que notre vaisseau fut enlevé par un tourbillon jusqu'à la hauteur de trois mille stades; (1) & commença à voguer par le ciel l'espace de sept jours & de sept nuits, tant que nous abordâmes au huitième en une grande île ronde & luisante qui étoit suspendue en l'air, & ne laissoit pas d'être habitée. De jour on ne voyoit rien; mais la nuit paroissoient autour quantité d'autres îles brillantes, de diverses grandeur & lumière, & une terre au dessous couverte de fleuves, de mers, de forêts, & de montagnes, ce qui nous fit juger que c'étoit la nôtre, outre qu'on y voyoit des villes, qui ressembloient à de grandes fourmillières. Lorsque nous fûmes plus avant dans le païs, nous fûmes pris par les Hippogryphes. C'étoient des hommes, montés sur des grifons ailés qui avoient trois têtes. Je ne saurois mieux depeindre leur grandeur, qu'en disant que leurs aîles étoient plus longues & plus grosses que le mat d'un grand navire. Ils avoient ordre de battre l'estrade, pour voir ceux qui entroient & qui

_____

(1) Plus de cent lieues.

sortoient, & lorsqu'ils trouvoient des étrangers, ils les amenoient au roi. Lorsque nous
fûmes en sa préfence, il jugea que nous étions
Grecs, à notre habit, & demanda comment
nous avions fait pour venir en fon païs, & traverfer une fi vafte étendue. Nous lui fîmes le
récit de notre aventure, & il nous dit de fon
côté qu'il étoit Endymion, & qu'il avoit été
enlevé la nuit en dormant, & fait roi du globe
de la lune, qui étoit le païs où nous étions. Il
ajouta, que nous n'avions rien à craindre, &
qu'il nous feroit bonne chère, & ne nous laifferoit manquer de rien ; que s'il pouvoit retourner victorieux de la guerre qu'il avoit contre
les habitans du foleil, nous pourrions demeurer
en paix avec lui & jouir de fa félicité. Nous lui
demandâmes qui étoient ces peuples, & le fujet de leur différent ? Il nous dit que c'étoit un
païs habité comme la lune, & que Phaéton en
étoit roi, & le vouloit empêcher par envie,
d'envoyer une colonie dans l'étoile du jour,
qui étoit une île déferte & inhabitée. Mais je
veux, dit-il, l'aller planter fur fa mouftache,
& fi vous voulez être de la partie, & venir
avec moi, je vous donnerai à chacun un des
grifons de mon écurie, & vous équiperai de
toutes chofes néceffaires, pour demain qui eft
le jour du départ. Après que nous eûmes accepté

Je parti, il nous retint à fouper ; & le lendemain de grand matin que toutes fes troupes
furent affemblées, il les rangea en bataille ,
parce que les coureurs rapportoient que l'ennemi paroiffoit. Il avoit bien cent mille hommes
de cheval, dont il y avoit quatre-vingts mille
hippogryphes, & vingt mille lacanoptères,
fans l'infanterie & les alliés. Ces lacanoptères
font de grands oifeaux tout couverts d'herbes
(1) au lieu de plumes, fur lefquels étoient
montés les fcorodómaques (2) & les cenchro-
boles. (3) Pour les alliés, il y avoit trente
mille pfyllotoxotes de l'étoile de l'ourfe; (4)
& cinquante mille anémodromes : (5) Les
premiers montés fur de grandes puces groffes
comme douze éléphans, & les autres portés
fur les ailes des vents; car retrouffant leurs robes qui leur pendent jufqu'aux talons, ils, en
ufent comme de voiles, & fervent ordinairement d'infanterie légère dans le combat. On
attendoit foixante & dix mille ftrutobalanes,
& cinquante mille hippogéranes, (6) des aftres.

---

(1) Qui ont les ailes d'herbes.
(2) Qui combattent avec des aulx.
(3) Qui jettent des grains de mil.
(4) Que le vent fait courir.
(5) Paffereaux-glands.
(6) Montés fur des grues.

qui font au deffus de la Cappadoce, & l'on en contoit des chofes étranges & incroyables ; mais comme ils ne vinrent point, il n'eft pas befoin de les rapporter. Voilà quelle étoit l'armée d'Endymion. Pour les armes, chacun avoit un habillement de tête fait de la coquille d'un limaçon, & une cuiraffe à écaille d'écoffes de fèves, qui font dures & fortes en ce païs-là comme de la corne. Leurs boucliers & leurs épées étoient femblables aux nôtres. Quand les armées furent en préfence, Endymion fe plaça à l'aile droite avec fes hippogryphes, & nous mit autour de lui avec les plus vaillans, pour la garde de fa perfonne. Les lacanoptères eurent l'aile gauche, les alliés furent au milieu. L'infanterie montoit à foixante millions, & fut rangée en cette forte. Il commanda aux araignées qui font grandes en ce païs-là comme les îles Cyclades, de faire un tiffu depuis le globe de la lune jufqu'à l'étoile du jour, ce qui fut fait en un inftant, car elles font en grand nombre ; & il rangea deffus l'infanterie, commandée par Nyctérion, fils d'Eudianacté, avec deux lieutenans. Pour l'armée du foleil, Phaéton prit l'aile gauche, avec les hippomyrméques, (a) qui font des hommes montés fur

_____

(1) A cheval fur des fourmis.

des fourmis ailées qui couvrent deux arpens de leur ombre, & combattent de leurs cornes. Il y en avoit bien cinquante mille. A l'aile droite étoient les aéroconopes (1) presque en même nombre. Ceux-ci sont montés sur de grands moucherons, & sont tous archers. Derrière étoient les aérocordaques, (2) qui ne combattent qu'à coups de trait, & sont fort vaillans & de grand service, quoiqu'ils ne lancent que des raves, mais elles sont grandes & fortes, & trempées dans du jus de mauve, qui est parmi eux un poison mortel, & qui engendre aussi-tôt de la puanteur dans la blessure. Près d'eux étoient dix mille caulomycétes, (3) gens de main, & pésamment armés, qui portent pour boucliers de grands champignons, & pour lances de grosses asperges. A côté étoient cinq mille cynobalanes (4) qu'avoient envoyés les habitans de la canicule, tous avec un museau de chien, & à cheval sur des glands ailés. On attendoit des frondeurs de la voie de lait, mais il n'y vint que des néphélocentaures, (5) & plut à Dieu qu'ils ne fussent pas

(1) Moucherons aériens.
(2) Sautans en l'air.
(3) Tige-champignons.
(4) Chiens-glands.
(5) Centaures-nues.

venus : car ils furent caufe de la perte de la bataille. Pour les autres, Phaéton, depuis indi-
gné, mit leur païs à feu & à fang. Comme on
vint aux mains, après avoir levé les enfeignes
& fait braire les ânes, qui font les trompettes
de là haut, les deux armées s'affrontèrent ter-
riblement, & s'entrechoquèrent avec grand
bruit. L'aile gauche des ennemis plia d'abord,
& ne put foutenir le choc de nos hippogryphes, qui les pourfuivirent vivement, & en
firent un grand carnage ; mais leur aîle droite
eut l'avantage, & les aéroconopes pouffèrent
nos gens jufqu'à notre infanterie, qui rétablit
le combat, & les mit en fuite, après qu'ils
eurent appris la défaite de leur aîle gauche. Il
y eut donc grande boucherie, & le fang ruif-
feloit de tous côtés dans les nues, qui en furent
teintes, & devinrent rouges, comme on les
voit quelquefois au coucher du foleil. Il en
tomba même à terre, & ce fut peut-être par
une femblable aventure, qu'Homère dit qu'il
plut du fang à la mort de Sarpédon, quoiqu'il
l'attribue à la douleur de Jupiter. Nos gens de
retour de la pourfuite, érigèrent deux trophées, l'un dans les nues, pour la victoire de
l'air, & l'autre fur la toile d'araignée, pour
la défaite de l'infantérie. Cependant, les coureurs rapportent qu'on voyoit paroître les né-

phélocentaures, qui étoient des monftres ailés moitié chevaux & moitié hommes, d'une grandeur fi prodigieufe, que la partie humaine étoit auffi grande que le coloffe de Rhodes, & l'autre groffe comme un gros navire. Ils étoient conduits par le fagittaire du Zodiaque, & le nombre en étoit fi grand, qu'il furpaffe la créance. Lorfqu'ils eurent appris la défaite de leurs gens, ils envoyèrent vers Phaéton pour recommencer le combat, & fe rangèrent en bataille. Après ils vinrent fondre fur les nôtres qui étoient en défordre, & épars çà & là dans la pourfuite, ou parmi le bagage; & les ayant déconfits, pourfuivirent Endymion jufqu'au globe de la lune, fans avoir pû fauver qu'une partie de fes hippogryphes. Ils renverfèrent enfuite nos trophées, & coururent tout ce grand efpace qui s'étend depuis le globe de la lune jufqu'à l'étoile du jour. C'eft-là que je fus fait prifonnier, avec deux de mes compagnons. Sur ces entrefaites arriva Phaéton, qui fit dreffer de nouveaux trophées, & nous fit conduire dans le globe du foleil, ayant les mains attachées derrière le dos, avec une jambe d'araignée. Il ne voulut pas affiéger la lune; mais il fit tirer autour, par forme de circonvallation, un double mur fait de nuées épaiffes, de forte qu'elle ne recevoit plus la

lumière du foleil, & étoit dans une éclipfe
perpétuelle. Endymion touché de cette infortune, lui envoya offrir un tribut & des ôtages ;
qu'il ne voulut point recevoir d'abord, mais
après avoir mis l'affaire en delibération, il fe
relâcha, & la paix fut conclue aux conditions,
que le mur feroit démoli, & les captifs ren-
dus de part & d'autre pour de l'argent. Qu'Endymion laifferoit libre les autres aftres, &
n'auroit pour amis & pour ennemis que ceux
du foleil. Que lui & fes fuccefferus payeroient
tous les ans à Phaéton & aux fiens, dix mille
muids de rofée, & donneroient autant de
leurs fujets pour ôtages. Que l'étoile du jour
feroit peuplée en commun, & que ceux qui
voudroient être compris dans la paix, le feroient. Ces articles furent gravés fur une colonne d'ambre, qui fut plantée fur les confins
des deux empires. Du côté du foleil fignèrent
Pyronide, Thérite, & Phlogie ; & de l'autre,
Nyctor, Ménie, & Polylampe. Ainfi la paix fut
faite, le mur démoli, & nous remis en liberté.
Lorfque nous fûmes de retour, nos compagnons coururent nous embraffer avec larmes,
& Endymion, pour nous obliger à demeurer
avec lui ; nous offrit le droit de bourgeoifie ;
mais je ne pus m'y refoudre : il me voulut donner fon fils en mariage, pour la raifon que je

dirai tantôt; & comme il nous vit opiniâtrés au retour, il nous traita splendidement l'espace de sept jours, & nous congédia. Mais avant que de passer outre, il ne sera pas hors de propos de raconter ici les merveilles du païs. Premiérement, il n'y a point de femmes, & l'on n'en sait pas même le nom. On se sert au lieu d'elles de jeunes garçons jusqu'à l'âge de vingt-cinq ans, & ils portent les enfans dans le gras de la jambe, qui s'enfle quand ils ont conçu, & lorsqu'ils veulent accoucher on y fait une incision. Je crois que c'est de là que vient le mot grec de Gastrocnimie, parce que la jambe sert de ventre. L'enfant est mort venant au monde, mais en l'exposant à l'air, il commence à respirer. Il y en a une autre espèce qui naissent comme des plantes, ce qui se fait en cette sorte. On coupe le testicule droit d'un homme, & on le met en terre; au bout de quelque tems, il naît un grand arbre charnu, qui porte des glands d'une coudée de hauteur, lesquels on ouvre lorsqu'ils sont mûrs, & l'on en tire un enfant. Mais ceux-là n'ont point de parties naturelles, ils s'en attachent lorsqu'ils en ont besoin. Les pauvres en mettent de bois, & les plus riches d'ivoire. Lorsqu'un homme devient vieux, il ne meurt pas, mais il s'en va en fumée. Ils usent tous de même

viande, qui font des grenouilles rôties fur les
charbons; car l'air en eft tout rempli; mais ils
ne les mangent pas, & fe contentent d'en avaler la vapeur, & pour cela ils s'approchent des
tifons, lorfqu'elles rôtiffent, comme s'ils fe mettoient à fable. Leur breuvage eft de l'air preffé
dans un verre, dont il fort de la liqueur
comme de la rofée. Ils ne font point d'eau ni
d'ordure, car ils n'ont point d'ouverture en ces
lieux-là; mais ils ont un trou fous le jaret par
où ils careffent les garçons. Les plus beaux parmi eux font chauves, au contraire du pays des
comedes où ils aiment les cheveux longs. La
barbe ne leur croît pas au menton, mais un
peu au-deffus des genoux. Ils n'ont point d'ongles aux pieds, & n'y ont qu'un doigt; mais il
naît à tous fur le croupion, comme une efpece
de choux cabus, toujours vert, qui eft de
chair, & ne fe rompt pas quand ils fe couchent.
Ils ont une étrange propriété, c'eft qu'ils mou-
chent du miel, mais fort acre; & lorfqu'ils
s'huilent, c'eft avec du lait qui fe prend après
comme du fromage, en y mêlant un peu de
miel. Ils font de l'huile d'ail, dont l'odeur eft
très-excellente. Au lieu de fontaines, ils ont
des vignes qui portent de l'eau, dont les grains
font comme de la grêle; fi bien que lorfqu'il
grêle parmi nous, c'eft que le vent fecoue les

vignes en ce pays - là. Le ventre leur fert de poche, & ils y mettent tout ce qu'ils veulent, car il s'ouvre & fe referme comme une gibecière; & parce qu'il eſt velu par dedans, les enfans s'y nichent quand il fait froid. Les riches portent des habits de verre, & les pauvres de cuivre; car l'un & l'autre fe file, & le dernier quand il eſt mouillé fe carde comme de la laine. J'ai peur qu'on ne me croie pas fi je parle de leurs yeux, car cela furpaſſe la créance. Ils s'ôtent & s'appliquent comme des lunettes, & pluſieurs ayant perdu les leurs, empruntent ceux de leurs voiſins; car l'on en fait des tréfors, & celui qui en a le plus, eſt eſtimé le plus riche. Leurs oreilles font de feuilles de platane, hormis à ceux qui naiſſent de gland, qui les ont de bois. Je vis deux merveilles dans le palais du roi; un puits qui n'étoit pas fort profond, où en defcendant on entendoit tout ce qui fe difoit dans le monde; & un miroir au-deſſus, où en regardant on voyoit tout ce qui s'y paſſoit. J'y ai vu fouvent mes amis & ceux de ma connoiſſance; mais je ne fais s'ils me voyoient. Si quelqu'un ne me veut pas croire, quand il y aura été il me croira.

Après avoir pris congé du roi & de toute fa cour, nous fîmes voile à travers les vaſtes plaines de l'air; mais avant que de partir, il

me

me fit préfent de deux robes de cryftal, &
de cinq de laiton, avec une armure toute
complette de coffes de féves; mais je perdis
tout cela dans le ventre de la baleine. Nous
fûmes efcortés par un régiment d'hippogryphes, l'efpace d'environ cinq cens ftades, &
courûmes beaucoup de pays; mais nous n'a-
bordâmes nulle part, qu'à l'étoile du jour,
pour faire aiguade. On commençoit à l'habiter.
Nous entrâmes après dans le Zodiaque, & laiffant le foleil à main gauche, commençâmes à
rafer la terre, fans y defcendre, parce que le
vent étoit contraire; quoique nous l'euffions
bien défiré, à caufe que le pays que nous
voyions étoit fort beau & arrofé de plufieurs
fleuves. Les néphelocentaures qui étoient à la
folde de Phaéton, vinrent fondre fur nous en
cet endroit, penfant que nous fuffions encore
ennemis; mais ils fe retirèrent lorfqu'ils furent que la paix étoit faite. Nous ne laiffâmes
pas d'avoir grand'peur, parce que nous avions
renvoyé déja notre efcorte. Après avoir vogué
toute la nuit, & le jour fuivant, nous arrivâmes fur le foir en l'île des lampes, commençant peu-à-peu à gagner terre. Elle eft fituée
entre les Hyades & les Pléïades, un peu plus
bas que le Zodiaque. Lorfque nous fûmes defcendus, nous ne trouvâmes que des lampes

B

qui alloient & venoient comme les habitans
d'une ville, tantôt à la place, tantôt fur le
port, les unes petites & chetives comme le
menu peuple, les autres grandes & refplendif-
fantes, mais en petit nombre, comme les riches. Elles avoient toutes leur nom & leur logis comme les citoyens d'une république, parloient & s'entretenoient enfemble, & nous
demandoient des nouvelles. Quelques-unes nous
prièrent même d'entrer chez elles & de nous
rafraîchir ; mais nous ne voulûmes ni boire ni
manger, de peur de furprife. Le palais du roi
eft au milieu de la ville où il rend juftice
toute la nuit, & chacun eft obligé de s'y trouver, pour rendre compte de fes actions. Celles
qui ont failli ne fouffrent point d'autre peine,
finon qu'on les éteint, qui eft une efpèce de
mort, d'où vient qu'on dit tuer la chandelle.
Nous nous approchâmes pour entendre leurs
raifons & leurs excufes, & y vîmes jufqu'à la
lampe de notre logis, qui nous dit des nouvelles de la famille.

· Après que nous eûmes demeuré là toute la nuit,
nous en partîmes le lendemain, & voguant près
des nües, nous vîmes la ville de Néphélococcy-
gie, qui nous donna de l'admiration ; mais nous
n'y defcendîmes point, parce que le vent étoit
contraire. Coronus, fils de Cottyphion, en étoit

roi ; ce qui nous fit souvenir du poëte Aristo-
phane qui en parle, homme docte, & qui pour
rien au monde n'eût voulu mentir. Trois jours
après, nous découvrîmes clairement l'océan ;
mais nous ne voyions plus de terres, que celles
que nous avions laissées dans le ciel, qui nous
paroissoient claires & luisantes comme des
astres. Le quatrième, sur le midi, le vent s'é-
tant appaisé, nous descendîmes tout doucement dans la mer, où nous ne fûmes pas plutôt, que nous commençâmes à faire bonne
chère de ce que nous avions ; & parce qu'il
faisoit un grand calme, nous nous baignâmes
même dans l'océan. Mais comme souvent un
petit rayon de bonne fortune' est le présage
d'un grand malheur, nous n'eûmes pas vogué
deux jours, qu'au troisième, au lever du soleil, nous vîmes nager force poissons & quantité de baleines, dont il y en avoit une d'environ quinze cens stades, qui faisoit blanchir
la mer d'écume tout à l'entour. Elle avoit les
dents longues & pointues comme des clo-
chers, & blanches comme de l'ivoire. Lorsque
nous la vîmes venir à nous la gueule ouverte,
nous nous recommandâmes aux dieux, & nous
nous embrassâmes l'un l'autre, pour n'être pas
séparés même par la mort. Elle nous engloutit
tous ensemble, avec notre navire ; mais de bonne

fortune, avant qu'elle put nous écrafer, notre
vaiffeau coula heureufement dans l'intervalle
de fes dents. Comme nous fûmes dans ce gouf-
fre, nous ne voyions rien d'abord, mais lorfqu'elle vint à ouvrir la gueule, nous vîmes un
grand & large monftre, capable de loger dix
mille habitans. Il y avoit dedans quantité d'autres poiffons qu'elle avoit avalés, des carcaffes
d'hommes & d'animaux, des balles de mar-
chandife, des ancres & des mâts de navire ;
& vers le milieu une terre & des montagnes,
qui étoient faites, à mon avis, de la quantité
de limon qu'elle avaloit. Il y avoit même une
forêt, & toutes fortes d'arbres & de plantes
comme en un pays cultivé, qui pouvoit avoir
trente milles de tour. On y voyoit quantité de
hérons & d'alcyons & autres oifeaux de rivière, qui avoient fait leurs nids dans le bois.
Après avoir répandu beaucoup de larmes inutiles, j'encourageai mes compagnons, & fis
foutenir le vaiffeau qui penchoit ; puis ayant
allumé du feu, nous nous mîmes à table ; car
nous avions quantité de poiffon de toute forte,
& de l'eau que nous avions apportée de l'étoile
du jour. Le lendemain étant éveillés, comme
la baleine ouvroit la gueule, nous voyions tantôt le ciel, tantôt des montagnes, tantôt des
îles ; car nous la fentions remuer de tout côté

en un inſtant. Lorſque nous fûmes accoutumés
à un ſi triſte ſéjour, je pris ſept de mes compagnons avec moi, & entrai dans la forêt pour
découvrir le pays. Nous n'eûmes pas fait ſept
cens pas, que nous trouvâmes un petit temple
dédié à Neptune, comme le témoignoit l'inſ-
cription, & enſuite, pluſieurs ſépulcres, & une
fontaine très-claire aſſez proche. Nous ouïmes
même les aboinnens d'un chien, & vîmes de
loin de la fumée, ce qui nous fit juger que le
pays étoit habité. Nous doublons le pas , &
nous trouvâmes enfin un vieillard & un jeune
homme, qui cultivoient un petit jardin, & y
faiſoient venir de l'eau de la fontaine pour l'aro-
ſer. Joyeux & étonnés tout enſemble, nous nous
arrêtâmes aſſez long-tems à les regarder, &
vîmes qu'ils n'étoient pas moins ſurpris que
nous. Après quelque ſilence de part & d'autre,
le vieillard nous demanda ſi nous étions des
dieux marins ou des hommes? pour nous, dit-
il, nous avons été autrefois au monde ; mais
nous flottons maintenant dans la baleine, ſans
ſavoir au vrai ce que nous ſommes ; car il
ſemble que nous ſoyons morts, & toutefois
nous vivons. Et nous, lui dis-je, mon père ,
nous ſommes de pauvres étrangers qui fûmes
hier engloutis avec notre navire, & il y a apparence que quelque Dieu nous a amenés ici pour
B iij

nous confoler l'un l'autre, & pour nous apprendre que nous n'étions pas feuls dans cette
mifère. Faites - nous donc, s'il vous plaît, le
récit de votre aventure, & puis vous faurez
la nôtre. Ce ne fera pas, dit - il, fans avoir
mangé auparavant; & en difant cela, il nous
prit par la main & nous mena dans fa cabane,
où il nous fit bonne chère de ce qu'il avoit.
Lorfque nous fûmes raffafiés, il nous preffa
de lui dire qui nous étions, & comment nous
avions été engloutis. Nous lui contâmes donc
tout ce qui nous étoit arrivé depuis notre embarquement ; dequoi il parut fort étonné, &
nous dit qu'il étoit de l'île de Chypre, & qu'é-
tant allé avec fon fils pour trafiquer en Italie ,
ils avoient navigé heureufement jufqu'en Sicile , d'où ils avoient été emportés par la tempête dans l'océan, & engloutis avec leur vaiffeau, dont nous avions pu voir les débris dans
le ventre de la baleine. Que tous les autres
étoient morts, à la réferve de fon fils & de
lui ; & qu'après leur avoir rendu les derniers
devoirs, ils avoient bâti la chapelle que nous
avions vue , & cultivoient enfemble ce petit
jardin qui leur fourniffoit des légumes, dont
ils vivoient avec des fruits fauvages & du
poiffon. Qu'il y avoit des vignes au pays dont
le vin étoit excellent ; & que nous avions

pû voir une fontaine dont l'eau étoit très-
fraîche & très bonne. Qu'ils s'étoient accom-
modés chacun un lit de branches d'arbres,
avec quelques autres petits meubles néceſſaires,
avoient allumé du feu, & s'occupoient à la
chaſſe, & quelquefois à la pêche, à travers
les ouies de la baleine. Qu'il n'y avoit pas fort
loin de là à un étang ſalé qui avoit bien deux
mille cinq cens pas de tour, où ils ſe baignoient
quelquefois, & où ils péchoient auſſi, parce
qu'il y avoit force poiſſon. Qu'il y avoit vingt-
ſept ans qu'ils vivoient dans cette miſère, &
que la vie leur feroit encore ſupportable, ſans
les habitans du pays qui étoient ſauvages, &
leur faiſoient beaucoup de mal. Comment,
lui dis je, y a-t-il ici encore d'autres gens que
nous ? oüi, dit-il, & qui ſont faits d'une façon
effroyable ; car à l'extremité de l'île, vers l'occident, habitent les Taricanes, (1) qui ont le
viſage d'écreviſſe & le reſte d'anguille ; mais
barbares & belliqueux. De l'autre côté, à
main droite, ſont les Tritonomendettes, (2)
ſemblables à nous de la ceinture en haut, mais
ayant le reſte de chats. Ceux-là ne ſont pas ſi
méchans que les autres. A la gauche ſont les

(1) Comme qui diroit ſalés ou confits.
(2) Il fait alluſion aux tritons.

Carcinoquires (1) & les Cynocéphales, (2) qui font alliés enfemble. Au milieu, les Pagourades & les Pfittopodes, (3) nations vaillantes, & excellentes à la courfe. Vers l'orient, à l'embouchure du monftre, le pays eft prefque défert, à caufe qu'il eft fouvent inondé. Néanmoins, j'y ai établi ma demeure, & y vis en quelque affurance, moyennant cinq cens huîtres que je paye de tribut aux Pfittopodes. Voilà l'état du pays. Il faut confidérer maintenant comment nous ferons pour y vivre, & pour nous défendre de tant de monftres. Combien font-ils, lui dis-je ? plus de mille, répondit-il, mais ils n'ont pour armes que des arrêtes de poiffon. Puifqu'ils font défarmés, répartis-je, nous en viendrons bien à bout, & après les avoir défaits, nous habiterons le pays fans crainte. Nous réfolûmes donc de les combattre, & retournâmes à notre navire, pour faire les apprêts néceffaires. Nous commençâmes la guerre par le refus du tribut ; car comme ils le vinrent demander, nous leur répondîmes arrogamment que nous étions nés libres, & maltraitâmes leur députés. Les Pfittopodes

_____

(1) Mains de cancres.
(2) Têtes de chiens.
(3) Pieds légers.

donc & les Pagourades vinrent contre nous
avec grand bruit ; mais nous nous étions pré-
parés à les recevoir, & avions mis vingt-cinq
hommes en embuscade, avec ordre de ne se
point découvrir que les ennemis ne fussent
passés, afin de les charger en queue ; car nous
les attendions de pied ferme avec le reste. Le
combat fut grand & opiniâtre ; mais enfin la
victoire nous demeura, & nous tuâmes cent
soixante & dix des ennemis, sans perdre qu'un
de nos camarades, avec le pilote, qui eut le
dos percé d'outre en outre d'une arrête de
poisson. Nous poursuivîmes les autres jusqu'à
leurs cavernes, & tout le reste du jour & la
nuit suivante, demeurâmes sur le champ de
bataille, où nous dressâmes un trophée de l'é-
pine du dos d'un Dauphin. Sur le bruit de
cette défaite, le reste des habitans prirent les
armes, & marchèrent contre nous dès le lendemain avec grand appareil. Les Taricanes
avoient l'aîle droite, les Cynocéphales la gauche, les Carcinoquires étoient au milieu ; il n'y
eut que les Tritonomendettes qui demeurèrent
chez eux, sans vouloir être de la partie. Nous
les vînmes rencontrer près du temple de Neptune, & entrâmes au combat avec de grands
cris, qui résonnoient dans le ventre de la baleine comme dans un antre. Ils furent défaits

aifément, parce qu'ils étoient nuds, & fans
armes; de forte que nous les pourfuivîmes
jufqu'a la forêt. Auffi-tôt ils envoyèrent rechercher notre alliance, & fur notre refus retournèrent au combat, où ils furent tous taillés en
pièces. Les Tritonomendettes ayant appris
cette nouvelle, fe fauvèrent dans la mer à
travers les ouies de la baleine. Après cette victoire, nous demeurâmes maîtres du pays,
nous occupant à la chaffe & aux exercices du
corps, cultivant les vignes & recueillant en
paix les fruits de la terre. Semblables à des captifs renfermés dans une prifon large & fpa-
cieufe, qui ne fongeroient qu'à paffer le tems,
& à fe réjouir. Comme nous eûmes vécu de la
forte plus d'un an & demi, enfin le cinquième
jour du neuvième mois, environ le fecond
baillement du monftre, qui ne bailloit qu'une
fois par heure, ce qui fervoit à les compter,
nous entendîmes un grand bruit comme de
rames & de forçats, & courûmes à fon en-
bouchure, où nous tenant à couvert dans l'intervalle de fes dents, nous vîmes des géans,
grands comme des coloffes, qui conduifoient
des îles, comme l'on fait des navires. Je fais
bien qu'on aura de la peine à le croire, mais
je ne laifferai pas de le dire, parce qu'il eft véritable. C'étoit des îles longues & étroites, qui

n'étoient pas fort hautes, & qui pouvoient avoir cent stades de tour. Il y avoit environ trente hommes sur chacune, sans compter ceux qui étoient employés pour la défense; & ces trente hommes étoient rangés de part & d'autre comme des forçats d'une galère, & ramoient avec de grands pins feuillus. Derrière, sur une éminence, étoit le pilote, qui tenoit un gouvernail d'airain de plus de cent pas de long. De l'autre côté, à la proue, il y avoit environ quarante hommes tous armés, semblables à nous, hormis que leur chevelure étoit de feu, ce qui les défendoit comme un casque. Les arbres de l'île servoient de voile ; car le vent venant à souffler dedans, la faisoit voguer, si bien qu'on la conduisoit où l'on vouloit, & l'on entendoit le sifflet du comite qui faisoit mouvoir les rames tout d'un tems, comme dans une galère. On ne voyoit que deux ou trois de ces îles d'abord; mais sur la fin il en parut environ six cens, qui tournèrent toutes les proues l'une contre l'autre, pour le combat. Du premier choc il y en eut de brisées, & d'autres coulées à fond; mais plusieurs se maintinrent courageusement jusqu'à la fin, & ceux qui combattoient à la proue faisoient merveilles de bien attaquer & de bien se défendre. Les vainqueurs sautoient dans celles des vaincus pour les empêcher de se détacher & de prendre la fuite; & l'on faisoit main basse sans faire de prisonniers. Au lieu de harpons & de mains de fer, ils jettoient de grands polypes attachés les uns aux autres, qui s'accrochoient aux arbres de la forêt; de sorte que l'on combattoit de pied ferme, comme si ce n'eût pas été un combat naval. On se lançoit aussi à la tête, au lieu de pierres, des huitres & des tortues, grosses comme des pièces de rocher. L'un des généraux s'appelloit Eolocentaure, & l'autre Thalassopotés; car on les entendoit souvent nommer dans le combat. Le premier reprochoit à l'autre qu'il lui avoit enlevé plusieurs troupeaux de dauphins, qui étoit le sujet de leur différend. Aussi demeura-t-il victorieux, & coula à fond cent cinquante îles des ennemis, en prit trois avec tous ceux qui étoient dedans, & poursuivit le reste qui se retiroit avec la poupe fracassée. Sur le soir, comme il fut de retour de la poursuite, il recueillit tout le butin qui flottoit, tant du sien que des ennemis; car il avoit bien eu quatre-vingts îles submergées. Après, il dressa un trophée sur la tête de la baleine, qui étoit elle-même comme une grande île, ou plutôt comme le continent, & appendit à Neptune une des îles des ennemis. Sa flote demeura toute la nuit à l'ancre au tour du monftre, auquel ils avoient attaché leurs cordages. Le lendemain, ils firent des facrifices d'action de graces , & ayant enfeveli leurs morts, partirent avec des cris de joie & des chants de triomphe. Voilà ce qui fe paffa au combat des îles.

LIVRE SECOND.

*Continuation du voyage de l'auteur. Son arrivée
aux îles fortunées. Description des enfers. Isle des
songes. Aventures assez extravagantes. Autres
qui le sont encore plus, jusqu'à son arrivée aux
Antipodes.*

APRÈS ces choses, ne pouvant endurer un
plus long séjour dans la baleine, il nous prit
envie de lui faire un trou au côté droit pour
nous évader ; mais quand nous eûmes creusé
cinq ou six cens pas sans trouver le fond,
nous abandonnâmes l'entreprise, & jugeâmes
plus à propos de mettre le feu dans le bois
pour la faire mourir. Elle brûla sept jours entiers sans en rien sentir ; mais sur la fin du sep-
tième, elle bailloit plus lentement, & refer-
moit la gueule aussi-tôt, ce qui nous fit juger
qu'elle commençoit à se porter mal. Vers l'on-
zième jour, nous apperçûmes qu'elle se mouroit, car elle sentoit fort mauvais ; si bien que
le lendemain nous lui traversâmes la gueule
avec de grosses poutres, pour l'empêcher de
la refermèr, sans quoi nous étions tous perdus.
Cependant, nous donnâmes ordre à notre départ, & fîmes nos provisions, prenant l'étran-

ger pour notre pilote. Le troisième jour nous tirâmes notre vaisseau par l'intervalle de ses dents, & le descendîmes tout doucement dans la mer. Après, montant sur le dos du monstre, nous sacrifiâmes à Neptune, près du trophée des îles flottantes, & ayant demeuré là trois jours, à cause du calme, nous fîmes voile le quatrième. Nous rencontrâmes d'abord quantité de corps morts de la dernière défaite, contre lesquels notre vaisseau alloit heurter comme contre des écueils, & nous demeurâmes étonnés de leur prodigieuse grandeur. Il faisoit fort beau du commencement ; mais la bise venant à souffler, il fit un froid si insupportable, que la mer se glaça à la hauteur de quatre cens brasses. Nous fûmes donc contraints de descendre, & commençâmes à glisser dessus ; mais le vent venant à se renforcer, nous fîmes dans la glace, par l'avis de notre pilote, un trou où nous demeurâmes renfermés trente jours, y faisant du feu, & mangeant le poisson que nous trouvions en creusant. A la fin, comme les vivres commençoient à nous manquer, nous détachâmes du mieux que nous pûmes notre vaisseau, & mettant la voile au vent, nous coulâmes sur la glace comme sur du verre. Le cinquième jour elle se fondit, & nous voguâmes sur l'eau comme auparavant, jusqu'à ce que nous abordâmes à une petite île déserte, où nous descendîmes pour faire aiguade, parce que l'eau nous manquoit. Nous y tuâmes deux taureaux sauvages, qui avoient les cornes sous les yeux, comme le vouloit Momus, afin de mieux voir où ils frappent. Plus loin nous trouvâmes une mer de lait, qui avoit au milieu une petite île de fromage, où nous séjournâmes quelque tems, mangeant de la terre de l'île, & buvant du lait des raisins ; car ils ne portent point de vin. La princesse Tyro (1) fille de Salmonée, en étoit reine, & avoit reçu cette faveur de Neptune pour récompense de sa chasteté. Il y avoit aussi un temple dédié à Galatée, (2) comme il paroissoit par l'inscription.

Comme nous eûmes demeuré là cinq jours, nous en partîmes le sixième par un bon vent ; & deux jours après nous passâmes de cette mer blanche dans une autre, sur laquelle nous vîmes marcher des hommes semblables à nous, hormis qu'ils avoient des piés de liége, ce qui les soutenoit sur l'eau. Ils s'approchèrent de notre navire, & nous saluant en notre langue, nous dirent qu'ils alloient au liége qui étoit, leur patrie. Après avoir couru quelque tems

_____

(1) Tyro, signifie fromage en grec.
(2) Galatée, veut dire lait.

autour de notre vaisseau, ils s'en allèrent en
nous souhaitant une heureuse navigation. Ils
ne nous eurent pas plutôt quittés, que nous
découvrîmes plusieurs îles, parmi lesquelles
étoit la leur sur un grand liége tout rond. Plus
loin, sur la droite il y en avoit cinq autres
fort hautes & fort grandes, où l'on voyoit
paroître beaucoup de feux; & devant nous une
petite, large & basse, d'où s'exhaloit un doux
parfum, comme Hérodote dit qu'il en sort de
l'Arabie heureuse. Nous cinglons de ce côté-
là, & trouvons en arrivant de grands ports,
calmes & profonds, & des fleuves d'une eau
claire & argentine qui couloit doucement dans
la mer. Les bords étoient couverts de bois odo-
riférans, où l'on oyoit retentir la musique des
oiseaux, qui faisoient un concert avec les Zéphirs. Car les feuilles agitées par un doux vent,
rendoient un son comme de flûtes douces. On
entendoit parmi cela, des voix, ou plutôt des
cris de réjouissance, comme dans un festin;
où les uns chantent & les autres dansent au son
du flageolet ou de la lyre. Étonnés de tant de
merveilles, nous entrons à pleines voiles dans
le port, où nous ne fûmes pas plutôt, que les
gardes nous lièrent avec des chaînes de roses
& nous menèrent vers le prince, après nous
avoir dit qu'on ne nous feroit point de mal, &

C

que nous étions dans l'île des bienheureux qui
étoit gouvernée par Rhadamante. Nous trouvâmes en arrivant qu'il y avoit trois caufes à
plaider avant la nôtre. La première étoit celle
d'Ajax, fils de Télamon, pour favoir s'il feroit
reçu en la compagnie des héros, après s'être
tué lui-même en fureur. Le feconde étoit un di-
férend amoureux de Thefée & de Menelas,
à qui demeureroit Helène. Et la troifième,
une difpute de préféance entre Alexandre &
Annibal. Après beaucoup de conteftations, Ajax
fut reçu, moyennant quelques prifes d'élébore,
pour lefquelles on le renvoya à Hipocrate. Helène fut adjugée à Menelas, à caufe des longs
travaux qu'il avoit foufferts pour elle, outre
que Théfée avoit d'autres femmes, comme
l'Amazone & Ariane. Alexandre fut préféré à
Annibal, & on lui donna un fiège à côté du
vieux Cyrus. Après cela, nous fûmes ouis,
& l'on nous demanda d'abord, pourquoi nous
avions ofé profaner ces lieux facrés de notre
préfence mortelle? Sur notre réponfe, l'on
nous fit retirer; & Rhamadante, de l'avis de
Caton & d'Ariftide, remit à nous punir de notre
curiofité, après notre mort, & cependant nous
permit de voir les raretés du pays, & de nous
entretenir avec les bienheureux; auffi-tôt, nos
chaînes tombèrent d'elles-mêmes, & l'on nous

conduifit à la ville, pour affifter à leur feftin.
Nous fûmes tous ravis en entrant de voir que
la ville étoit d'or, & les murailles d'émeraudes,
avec le pavé marqueté d'ébène, & d'ivoire ;
les temples des dieux de rubis & de diamans,
avec de grands autels d'une feule pierre précieufe, fur lefquels on voyoit fumer des Héca-
tombes. Il y avoit fept portes, toutes de ci-
namome ; & un foffé d'eau de fenteur large de
cent coudées, qui n'étoit profond qu'autant
qu'il falloit pour fe baigner à fon aife. Il ne
laiffoit pas d'y avoir des bains publics d'un artifice admirable, où l'on ne brûloit que des fa-
gots de canelle. L'édifice étoit de cryftal, &
les baffins, où l'on fe lavoit, de grands vafes
de porcelaine pleins de rofée. Du refte, ces
bienheureux n'ont point de corps & font in-
palpables, ils ne laiffent pas de boire & de
manger, & de faire les autres fonctions naturelles. On diroit que c'eft leur ame toute feule,
revêtue de la reffemblance du corps ; car fi on
ne les touche, on ne fauroit découvrir qu'ils
n'en ont point ; femblables à des ombres droites
qui ne feroient pas noires. Ils ne vieilliffent
point, mais ils demeurent toujours à l'âge où
ils meurent, hormis que les vieillards y reprennent leur beauté & leur vigueur. Leurs habits font d'un crêpe fin de couleur de poupre,

filé par des araignées qui font fans venin, &
qui ne font point horreur. Il ne fait jamais nuit
dans toute l'île, mais le jour n'y eft pas fort
éclatant, c'eft comme une aurore perpetuelle.
De toutes les faifons ils ne connoiffent que le
printemps, & de tous les vents que les Zéphirs;
mais la terre eft couverte de fleurs & de fruits
toute l'année, dont la récolte fe fait tous les
mois, encore dit-on qu'au mois qui porte le
nom de Minos, il y a double moiffon. Les épis,
au lieu de bled, font chargés de petits pains
femblables à des champignons, fi bien qu'on
n'eft jamais en peine ni de cuire, ni de moudre. Il y a trois cens foixante - cinq fontaines
d'eau douce, & autant de miel; & cinq cens
d'huile de fenteur, mais plus petites; avec plufieurs ruiffeaux de lait & de vin. On mange
hors de la ville dans la plaine d'Elife, à la fraîcheur d'un bois qui l'environne, où l'on eft
couché fur des fleurs, & les vents portent des
viandes. Sur les têtes pendent de grands arbres
de criftal, qui portent des verres de toutes fortes, & l'on ne les a pas plutôt pris qu'ils font
pleins de vin. On n'eft point en peine de fe
faire des guirlandes, car les petits oifeaux qui
voltigent autour en chantant, répandent fur
vous des fleurs qu'ils ont pillées dans les prairies voifines. D'ailleurs, il s'éleve des nuées

de parfums tant des fources de fenteur, que du
fleuve dont la ville eft ceinte, lefquelles s'é-
preignent à l'aide des vents, & verfent fur l'affiftance une liqueur très-précieufe. On ne ceffe
de chanter pendant le repas, & de réciter de
beaux vers, & particuliérement ceux d'Homère, qui eft affis parmi les héros au-deffus
d'Ulyffe. Les danfes font compofées de filles &
de garçons, & les maîtres de mufique font
Eunome, Arion, Anacréon & Steficore, dont
le dernier eft réconcilié avec Hélène. Après
qu'ils ont fini leurs chanfons, paroit un fecond
chœur de muficiens compofé de ferins & de
roffignols, qui avec les zéphirs, font un concert très-agréable. Mais ce qui fait principalement le félicité des bienheureux, c'eft qu'il y
a deux fources, l'une du ris, l'autre de la joie,
dont chacun boit un grand trait avant que de
fe mettre à table, ce qui le tient gai le refte du
jour. Difons maintenant ceux qui font le plus
eftimés dans cette île, & qui tiennent le pré-
mier rang parmi les ombres. Premiérement, les
demi-Dieux, & ceux qui fe font fignalés au
fiége de Troye, hormis Ajax le Locrien qui
eft tourmenté, à ce qu'on dit, dans les enfers.
D'entre les barbares, les deux Cyrus, Anachar-
fis, Zamolxis, & Numa. Des grecs, Licurgue,
Phocion, & Tellus; les fept fages, hormis

C iij

Périandre; Socrate, qui s'entretient ordinairement avec Palaméde & Neftor, ou avec de
beaux garçons comme Narciffe, Hylas, &
Hyacinthe; & l'on dit qu'il eft amoureux du
dernier, car il lui fait force careffes. Rhadamante l'a fouvent ménacé de le maltraiter,
s'il ne quittoit fon ironie; mais il a de la peine à
s'en défaire, tant il eft dangereux de fe faire de
mauvaifes habitudes. Je n'y vis point Platon,
& comme j'en demandois la caufe, on me dit
qu'il habitoit fa république, & qu'il vivcit
felon les loix qu'il y avoit établies. Ariftipe &
Epicure y font des premiers, & chacun les
veut avoir, parce qu'ils font de bonne compagnie. Il n'eft pas jufqu'à ce pauvre malotru
d'Efope qui n'y foit, & ils s'en fervent comme
de boufon. Pour Diogéne on ne le reconnoî-
troit pas, tant il eft changé; car il eft devenu
voluptueux, & a époufé la courtifane Laïs. Il
ne fait donc rien tout le jour que chanter &
danfer, & faire mille extravagances, fur-tout
quand il a bû. Les Stoïciens en font bannis, &
l'on dit qu'ils grimpent encore fur le côteau, &
font occupés à défricher le chemin de la vertu.
Je n'y vis point d'académiciens, parce qu'ils dé-
libèrent toujours, qu'ils ne peuvent rien réfoudre; on doute même s'ils croyent des enfer
& des champs élifées. Mais, à mon avis, c'eft

qu'ils craignent le jugement de Rhadamante, parce qu'ils ont voulu ôter toute forte de jugement, & mettre l'univers en confufion. Voilà les plus illuftres de l'autre monde ; mais on y revère principalement Thefée & Achille. Les femmes y font communes, & en cela, ils font tous Platoniciens. On ne s'abftient pas même des garçons, il n'y avoit que Socrate qui juroit qu'il ne les toucheroit point, encore croit-on qu'il fe parjuroit. Après avoir été deux ou trois jours en ce pays-là, j'abordai Homère, & le priai de me dire d'où il étoit, parce que c'étoit une des plus grandes queftions qui fût parmi les Grammairiens. Il me dit qu'ils l'avoient tellement embrouillé fur ce ce fujet, que lui-même n'en favoit plus rien, mais qu'il croyoit être de Babylone, & qu'on l'y nommoit Tigrane, comme Homère parmi les grecs, à caufe qu'il y avoit été donné en ôtage. Je lui demandai enfuite, s'il avoit fait les vers qu'on rebute ? Il me dit que oui, ce qui me fit rire de l'impertinence de ceux qui les veulent rétrancher. Je m'enquis auffi pourquoi il avoit commencé fon poëme par la fureur ? & il me dit que cela s'étoit fait fans deffein, & qu'il n'avoit pas fait non plus l'Odyffée avant l'Iliade, comme plufieurs le croyent. Pour fon prétendu aveuglement, je ne lui en

parlai point, parce que je vis bien le contraire;
Je lui faifois plufieurs autres demandes, lorfqu'il étoit de loifir, & il me répondoit à tout
fur le champ, principalement depuis qu'il eût
gagné fon procés co..tre Therfite, qui l'accu-
foit de calomnie; mais il fut renvoyé abfous
à l'aide d'Ulyffe qui plaida fa caufe. Sur ces er-
trefaites arriva Pythagore, après avoir achevé
toutes ces révolutions, & paffé par diverfes
metempfycofes; car il avoit été métamorphofé
par fept fois, & doutoit encore s'il fe feroit
appeller Pythagore ou Euphorbe. Il fut fort
bien recu; parce qu'il avoit tout un côté d'or.
Empédocle vint auffi tout grillé; mais on ne
le voulut point recevoir, quelque inftance
qu'il en fit, de peur qu'il ne fût travaillé de
mélancolie. Après quelque tems on célebra les
jeux qu'on nomme des trépaffés, où Achille &
Théfée préfidèrent, celui-ci pour la feptième
fois, & l'autre pour la cinquième. Il feroit long
de rapporter ici tout ce qui s'y fit; mais Carus
de la race des Héraclides, vainquit Ulyffe à
la lute, & Epée combattit à coup de poing contre Arie, dont le fépulcre eft à Corinthe, fans
que pas un eût l'avantage. Il n'y a point parmi
eux de jeu de Pancrace. Je ne fai plus qui vainquit à la courfe; Homère remporta de bien
loin le prix de la poëfie; mais Héfiode auffi fut

couronné. La couronne étoit faite de plumes
de paon , & c'étoit le prix de tous les jeux.
Comme on en fortoit, la nouvelle vint que les
enfers s'étoient revoltés fous la conduite de
Phalaris & de Bufiris (1), accompagnés de Dio-
méde, de Sciron & de Pityocampte , & qu'ils
venoient pour forcer l'île des Bienheureux ,
après avoir rompu leurs fers, & tué leurs gardes. Auffi-tôt Rhadamante mit les héros en bataille fur le bord de la mer , fous le commandement de Thefée , d'Ajax & d'Achille ; car
le fecond étoit déja retourné en fon bon fens.
Après un grand combat , où Achille fit des
merveilles, les héros furent victorieux. Socrate
fit bien auffi à l'aile droite , & incomparable-
ment mieux qu'à la bataille de Délie. Auffi
eut-il pour recompenfe un beau jardin au faux-
bourg où il tenoit académie, qu'on appelloit
l'Académie des morts. Les vaincus furent ren-
voyés aux enfers pour y être tourmentés au
double. Homère a décrit cette guerre comme
il a fait celle de Troye, & me donna fon livre
en partant; mais je le perdis avec le refte de
mon équipage. Il commençoit ainfi fon poëme,
je chante des enfers les combats redoutables.
Après la victoire on fit un grand feftin felon la

(1) Anciens brigands.

coutume, où l'on ne servit que des fèves, c'est pourquoi Pythagore ne s'y trouva point. Ensuite, il arriva de nouvelles aventures ; Cinyre fils de Sintare, notre pilote qui étoit un grand garçon de belle taille, & fort bien fait, devint amoureux d'Hélène, & elle de lui. Leur amour ne put être long-tems caché, car ils se faisoient mille caresses à table, & quelquefois après le repas s'égaroient tout seuls dans la forêt. A la fin, ils résolurent de se retirer en quelques-unes des îles voisines, & gagnèrent pour cela trois de nos compagnons sans nous en rien dire, parce qu'ils savoient bien que nous ne le trouverions pas bon. Ils prirent la nuit pour l'exécution de leur dessein, & cinglèrent en haute mer, sans que personne s'en apperçût. Mais Menelas s'étant éveillé en sursaut, & ne trouvant plus près de lui sa femme, se mit à crier, & sautant en bas du lit alla éveiller son frère Agamemnon, & vint avec lui faire ses plaintes à Rhadamante. Le jour venu, ceux qu'on avoit envoyés à la découverte, rapportèrent qu'on voyoit un navire fort éloigné, & Rhadamante fit embarquer cinquante héros sur un vaisseau d'Asphodelle fait tout d'une pièce, & les envoya après. Ils firent si grande diligence qu'ils les atteignirent sur le midi, avant qu'ils pussent prendre terre nulle part, & les ramenèrent au port, remorquant leur vaisseau avec des chaînes de roses ; car il n'y en a point de plus fortes dans toute l'île. Hélène pleuroit & se désespéroit, s'arrachant les cheveux, & baissant la vue de honte. Rhadamante, après avoir interrogé les coupables, les renvoya aux enfers pour y être châtiés de leurs crimes, parce que l'île des Bienheureux est exempte de supplices. Il nous fit commandement de partir le lendemain, pour éviter de pareils inconveniens à l'avenir. Je regrettois fort de quitter un si agréable séjour, pour entrer dans de nouveaux malheurs ; mais les héros me consolèrent me montrânt la place qu'ils me donneroient auprès d'eux après ma mort. J'allai donc prendre congé de Rhadamante, & le priai de m'enseigner la route que je devois tenir, & de me dire ce qui m'arriveroit par le chemin. Alors me montrant les îles voisines, ces cinq là, dit-il, que tu vois toutes en feu, sont celles des enfers ; plus loin est celles des songes ; & ensuite, Ogygie où demeure Calypso ; mais tu ne les saurois encore voir. Quand vous les aurez passées, vous rencontrerez les Antipodes, où vous demeurerez quelque tems parmi les sauvages ; puis vous retournerez dans votre pays, après de longues & périlleuses erreurs. Comme il eut dit cela, il arracha une racine de mauve, & me la préfentant m'ordonna d'y avoir recours dans mon affliction. Il me commanda auffi quand je ferois arrivé aux Antipodes, de ne point creufer de feu avec une épée, ni manger de lupins, ou m'approcher d'un garçon qui eût plus de dix - huit ans ; & me dit qu'en obfervant bien ces chofes, je ferois reçu dans l'île des bienheureux après ma mort. Alors je fis mes préparatifs pour mon départ, & allant dire adieu à Homère, je le priai de me faire un quatrain, que je gravai fur une colonne près du port ; il contenoit ces mots.

> Lucien, favori des dieux,
> A vu ces hautes deftinées,
> Et hors des îles fortunées,
> Retourne en fon pays, joyeux.

Après avoir demeuré là le refte du jour, & pris congé des héros, je partis le lendemain, & ils me vinrent conduire jufqu'à mon vaiffeau, où Ulyffe me tirant à part, me donna une lettre pour Calypfo, fans que fa femme en vît rien. Rhadamante envoya avec nous le pilote Nauplion, pour empêcher qu'on ne nous arrêtât en quelqu'une des îles voifines, & témoigner que notre deffein étoit de tirer plus loin.

Au fortir de cet air doux & odorant, nous

en refpirâmes un puant & épais, qui diftilloit
de la poix au lieu de rofée. On fentoit de loin
une odeur de foufre & de bitume, avec une
exhalaifon comme de corps morts qu'on rôtit.
Parmi cela retentiffoient les coups de fouet :
& le bruit des chaînes, avec les cris des damnés. Nous n'abordâmes qu'à une de ces îles qui
étoit toute bordée d'écueils & de précipices,
& par dedans ce n'étoit qu'une roche fèche
& aride, fans eau & fans aucune verdure.
Après avoir grimpé comme nous pûmes par un
fentier rude & épineux, nous arrivâmes au
lieu des fupplices, qui étoit tout femé de
pointes d'épées & de hallebardes, & ceint de
trois fleuves, l'un de fang, l'autre de boue,
& le troifième de feu, mais d'un feu rapide
comme un torrent, & fujet aux tempêtes
comme la mer. On y voyoit des poiffons
comme des tifons ardens, & d'autres plus petits comme des charbons, qu'on nommoit de
petites lampes. On n'y pouvoit aborder que
par une porte forte étroite qui étoit gardée
par Timon le Mifanthrope. Nous y entrâmes
pourtant fous la conduite de notre guide, &
vîmes tourmenter plufieurs rois & particuliers,
dont il y en avoit quelques-uns de notre connoiffance. Cynire y étoit pendu par les parties naturelles, & tout noirci de fumée. Il y

avoit des gens qui nous montroient tout pour de l'argent, & qui difcouroient fur la vie de chacun, & fur la nature du fupplice. On tourmentoit principalement les menteurs, & ceux qui en avoient impofé à la poftérité par leurs écrits fabuleux, comme Ctefias & Hérodote, ce qui me donna quelque confolation, parce qu'il n'y a guère de vice dont je me fente moins coupable. Après cela nous fortîmes, ne pouvant plus fouffrir la puanteur, ni l'horreur du lieu, & prenant congé de notre guide nous retournâmes à notre vaiffeau.

Nous n'eûmes pas navigé beaucoup, que l'île des fonges nous apparut, mais obfcurément comme les fonges ont accoutumé. Car elle fembloit s'éloigner à mefure que nous en approchions; mais enfin l'ayant attrapée, nous y entrâmes par le havre du fommeil, & y defcendîmes fur la brune. Elle étoit ceinte tout autour d'une forêt de pavots & de mandragores, qui étoit pleine de hibous & de chauves-fouris; car il n'y a point d'autres oifeaux dans toute l'île. Il y avoit un fleuve qui ne couloit que de nuit, & deux fontaines d'une eau dormante. Le mur de la ville étoit fort haut & de couleurs changeantes comme l'arc-en-ciel. Elle avoit quatre portes, quoiqu'Homère n'en mette que deux, les deux premières regardoient

la plaine de la nonchalance, l'une de fer &
l'autre de terre, par où sortent les songes affreux & mélancoliques ; les deux autres sont
tournées vers le port, l'une de corne & l'autre
d'ivoire, qui est celle par où nous entrâmes.
Le sommeil est le roi de l'île, & son palais est
à main gauche en entrant. A main droite est le
temple de la nuit, qui est la Déesse qu'on y
adore ; & ensuite, celui du Coq. Le sommeil a
sous lui deux lieutenans, Taraxion & Pluto-
clés, engendrés de la fantaisie & du néant. Au
milieu de la place est la fontaine des sens, qui
a deux temples à ses côtés, l'un du mensonge
& l'autre de la vérité. C'est là qu'est l'oracle &
le sanctuaire du Dieu, dont Antiphon l'inter-
prète des songes est le prophète, & a obtenu
cette grace du sommeil. Tous les habitans de
l'île sont différens, les uns beaux & de belle
taille, les autres petits & contrefaits ; ceux-ci
riches à ce qui paroît, & vêtus d'or & de pourpre comme des rois de comédie ; ceux-là gueux
& mendians, & tout couverts de haillons. Nous
en vîmes plusieurs de notre connoissance qui
nous conduisirent chez eux, & nous traitèrent
splendidement, & après la bonne chère, nous
firent tous rois & princes à notre départ. Quelques-uns nous menèrent en notre pays, & nous
ramenèrent le même jour : nous demeurâmes-là

trente nuits, car on ne compte point autrement, & tout ce tems-là nous ne fîmes que manger & dormir; mais à la fin, éveillés par un coup de tonnerre, nous gagnons le navire & quittons le port.

Trois jours après nous arrivâmes en l'île d'O-gygie, où avant que d'aborder je décachetai la lettre d'Ulysse, de peur que ce fourbe ne nous eût fait quelque supercherie, & n'y trouvai que ces mots : « lettre d'Ulysse à Calypso. Je ne vous eus pas plûtôt quittée que je fis naufrage, & ne me sauvai qu'à peine, à l'aide de Leucothée, en la contrée des Pheaques. Comme je fus de retour chez moi, je trouvai ma femme galantisée par des gens qui mangeoient mon bien ; & après les avoir tués, je fus assassiné par Télégone que j'a-vois eu de Circé. Maintenant, je suis en l'île des bienheureux, où je regrette les plaisirs que nous avons eus ensemble, & voudrois être toûjours demeuré avec vous, & avoir accepté l'offre que vous me faisiez de l'immortalité. Si je puis donc m'échapper, soyez assurée de me revoir. Adieu ». Il ajoutoit à cela quelque chose en notre faveur : nous n'eûmes pas été fort loin que je trouvai la grotte de Calypso, telle qu'Homere l'a décrit, où elle travailloit en tapisserie. Elle n'eut pas plutôt lu la lettre qu'elle se prit à pleu-rer, & nous pria d'entrer chez elle, où elle nous
traita

traita magnifiquement, & nous fit diverses ques-
tions pendant le repas, s'enquerant fort si Péné-
lope étoit aussi belle & aussi chaste que la renommée le publioit. Nous lui répondîmes ce que
nous vîmes qu'elle auroit de plus agréable, &
après avoir pris congé d'elle, nous retournâmes
à notre vaisseau. & passâmes la nuit sur le rivage. Le lendemain, dès le matin, nous fûmes
voile par un grand vent, & après avoir été battus
de la tempête deux jours entiers, au troisième
nous fûmes attaqués par des barbares qui navi-
geoient sur de grandes citrouilles longues de six
coudées; car lorsqu'elles sont sèches, ils les
creusent, & se servent des grains, au lieu de
pierres, dans le combat, & des feuilles au lieu
de voile, avec un mât de roseau. Après un rude
combat, nous vîmes paroître sur le midi d'autres pirates, que ceux-ci n'eurent pas plutôt
apperçus, qu'ils nous quittèrent, pour les aller
rencontrer, parce que c'étoient leurs ennemis,
Aussi-tôt nous mîmes la voile au vent, & cinglâmes en haute mer, sans savoir qui remporta
l'avantage; mais il y avoit apparence que les
derniers étoient les maîtres; car outre qu'ils
étoient en plus grand nombre, leurs vaisseaux
étoient plus forts, étant faits de la moitié d'une
coque de noix, qui sont grosses & dures en ce
pays là, & longues à proportion. Comme nous

D

les eûmes perdus de vue, nous pansâmes nos blessés, & nous tînmes sur nos gardes de peur de surprise. Ce ne fut pas en vain; car avant le coucher du soleil nous fûmes attaqués par environ vingt hommes, qui étoient à cheval sur des dauphins, lesquels sautoient & hennissoient comme des chevaux. Lorsqu'ils furent près de nous, ils se séparèrent en deux bandes, & nous enfermant au milieu, nous lancèrent des yeux de cancres, qui étoient gros comme des œufs d'autruche, dont ils faillirent à nous assommer. Nous les repoussâmes à coups de traits jusques dans leur île, qui étoit déserte & stérile, ce qui les contraignoit à faire le métier de corsaires. Sur le minuit qu'il faisoit grand calme, nous rencontrâmes un nid d'alcyons d'une si prodigieuse grandeur, que la mere faillit à nous submerger, du seul vent de son aîle, & nous le prenions d'abord pour un écueil. Après l'avoir connu nous y descendîmes, & trouvâmes qu'il étoit fait de grands pins tous entiers, & contenoit bien cinq cens œufs, dont le moindre étoit plus gros qu'une pipe de malvoisie. Les petits étoient prêts à éclore, & on les entendoit déjà crier dans la coque. Comme nous fûmes un peu éloignés, il nous arriva divers prodiges; car l'oiseau qui étoit peint sur la poupe de notre navire, commença à chanter, & à déployer les

βiles; nôtre pilote qui étoit chauve, devint
tout-à-coup chevelu, & l'arbre de nôtre vaiſſeau jetta des fruits & des branches. Etonnés de
tant de merveilles, & priant les dieux de détourner ces prodiges, nous n'eûmes pas fait beaucoup de chemin, qu'il nous en arriva encore
de plus grands. Nous vîmes une forêt de pins &
de cyprès qui flottoient ſur l'eau ſans racine :
nous penſions d'abord que ce fut la terre ferme;
mais en abordant nous trouvâmes ce que j'ai
dit; cependant, comme nous n'y pouvions deſcendre, ni paſſer à travers, à cauſe de l'épaiſſeur, ou reculer parce que le vent étoit contraire, nous tirâmes notre navire en haut, à
force de cables, & hauſſant les voiles, nous coulâmes ſur le faîte qui étoit touffu, comme ſur de
la glace; cela me fit ſouvenir du poëte Anti-
maque, qui appelle la mer bocagère. Lorſque
nous eûmes paſſé la forêt, qui n'étoit pas fort
profonde, nous deſcendîmes notre navire
comme nous l'avions monté, & navigeâmes
ſur une mer claire & unie, juſqu'à ce que nous
arrivâmes à un précipice; car les eaux ſe ſépa-
rant en deux, laiſſoient au milieu un abyme où
nous faillîmes à tomber; mais nous pliâmes en
hâte les voiles, & après avoir jetté la vue de
tous côtés, nous apperçûmes comme un pont
d'eau qui joignoit la ſuperficie des deux mers;

& passâmes dessus, dans un autre océan.

C'étoit une mer douce & paisible, où nous découvrîmes d'abord une petite île qui étoit facile à aborder, & y descendîmes pour faire aiguade, & prendre des vivres. Nous trouvâmes de l'eau aisément ; mais comme nous cherchions des vivres, nous ouîmes des mugissemens assez proches, & y accourûmes, pensant que c'étoit un troupeau de vaches ; mais en arrivant, nous vîmes que c'étoit des sauvages, qui avoient la tête de taureau, comme on peint parmi nous le Minotaure. Nous voulûmes prendre la fuite, mais ils nous poursuivirent de si près, qu'ils prirent trois de nos compagnons, le reste se sauva à la course. Lorsque nous fûmes arrivés à notre vaisseau, chacun s'arma en diligence pour tirer vengeance de cette injure, & ravoir nos camarades ; mais en arrivant nous trouvâmes qu'ils les mettoient en pièces, & qu'ils se les distribuoient comme des morceaux de viande. Nous donnâmes dessus de furie, nous en tuâmes cinquante, & en fîmes deux prisonniers. Comme nous n'avions rien à manger, plusieurs étoient d'avis de les traiter comme ils avoient fait nos gens ; mais nous trouvâmes plus à propos de les garder, pour en avoir ce qui nous faisoit besoin : nous les changeâmes donc contre du fromage, des poissons secs & des légumes, outre quelques cerfs que ces fauvages nous donnèrent, qui n'avoient que trois pieds, parce que ceux de devant s'uniffoient en un. Après avoir demeuré là un jour, pour nous remettre du travail de la mer, nous en partîmes par un bon vent, & n'eûmes pas fait beaucoup de chemin que nous vîmes nager force poiffons, & voler quantité d'oifeaux, comme quand on approche de terre, ce que nous reconnûmes à plufieurs autres fignes. Nous vîmes-là de plaifans nageurs ; c'étoient des gens couchés fur le dos avec un bâton entre les jambes, qui fervoit comme de mât, où étoit attachée une petite voile qu'ils conduifoient avec la main, & voguoient ainfi fur l'océan. D'autres étoient affis fur des liéges, & traînés par des dauphins, qui les promenoient comme en carroffe fur l'eau. Ils ne nous firent point de mal, mais s'approchant de nous, admiroient notre façon de naviger autant que nous faifions la leur. Sur le foir nous abordâmes en une petite île habitée par des femmes qui avoient le pied d'ânon ; mais du refte étoient très belles & vêtues en courtifanes, avec de longues robes traînantes pour cacher leur défaut, ce qui nous empêcha de le découvrir d'abord. Elles nous reçurent fort bien, & nous menèrent chez elles; mais je n'y allois qu'en tremblant, & me défiois de leurs careffes. Et de fait, j'apperçus chez l'une, en entrant, des carcasses & des ossemens de morts, ce qui m'obligea à me tenir sur mes gardes, & à prendre ma racine de mauve, selon l'ordre de Rhadamante, pour la prier de m'assister en cette occasion. Après mettant l'épée à la main, je me saisis de mon hôtesse, & la contraignis de me dire qui elles étoient. Elle m'avoua qu'elles étoient des femmes marines qui égorgeoient les étrangers après avoir eu leur compagnie, & les mangeoient. Aussi l'ayant liée, je montai sur le haut de la maison, & appellai mes camarades, qui ne furent pas plutôt venus, que je leur contai ce qu'elle m'avoit dit. Comme elle les apperçut elle se changea en eau, mais trempant mon épée dedans, je la retirai toute sanglante. Après, nous courûmes à notre navire, & levant les voiles, cinglâmes en haute mer, tant que nous découvrîmes à l'aube du jour les antipodes. Nous commençâmes alors à faire des actions de graces aux dieux, & à délibérer sur ce que nous avions à faire. Les uns étoient d'avis de prendre terre, & de nous rembarquer aussi-tôt pour tâcher de regagner notre patrie, puisque nous avions rencontré ce que nous cherchions : les autres de laisser notre vaisseau sur le rivage, & d'entrer plus avant en terre-ferme, pour découvrir le pays & les mœurs des habitans; dans cette conteſtation il s'éléva tout-à-coup une tempête qui briſa notre navire, & chacun ſe ſauva comme il put avec ſes armes, & ce qu'il avoit de meilleur. Voilà ce qui m'arriva dans mon voyage du nouveau monde ; je décrirai aux livres ſuivans les merveilles que j'y ai vues.

LIVRE TROISIÈME.

DESCRIPTION de la république des animaux. Hommage qu'ils viennent rendre au phénix. Passage de Lucien aux antipodes. Bataille des animaux contre les sauvages. Pacification par l'entremise de Lucien.

LE plus résolu demeura sans force & sans courage, voyant notre vaisseau brisé, & toute l'espérance du retour perdue : mais après nous être consolés du mieux que nous pûmes, les uns allumèrent du feu, les autres se répandirent le long de la côte, ou entrèrent avant dans le pays pour le découvrir. Sur le soir, ceux qui étoient allés à la découverte, rapportèrent que le pays étoit cultivé & rempli de toutes sortes d'animaux, dont plusieurs leur étoient inconnus ; mais qu'ils n'avoient point vu d'hommes. Ce qui les avoit le plus étonnés, c'est qu'on voyoit, d'un côté, les agneaux paître parmi les loups ; de l'autre, des faucons voler en la compagnie des colombes. Ici des cignes se jouant avec des serpens, & là des poissons nageans parmi des castors & des loutres. Sur ces entrefaites, arrivèrent des singes vêtus à la grecque, qui nous vinrent faire commandement de la part

du roi de l'aller trouver : ils portoient chacun
fur le poing un perroquet qui leur fervoit de
truchement, & parloit bon grec ; fans quoi l'on
n'eût pu jamais rien entendre au jargon de ces
ambaffadeurs. Cependant, pour obéir aux ordres
du prince, nous nous acheminons vers le lieu
où il étoit, & apprenons d'eux en chemin que
nous étions dans l'île des animaux, qui dépen-
doit du vafte empire des fables ; qu'elle étoit
environnée de celle des géans, des magiciens,
des pygmées & autres femblables, qui rele-
voient toutes de la jurifdiction des poëtes, dont
l'île étoit affez proche ; que cet empire étoit
partagé en fept comtés, gouvernées par autant
de comtes, qui font les contes pour rire, les
contes de la cigogne, les contes jaunes, les
contes violets, les contes borgnes, les contes à
dormir debout, & les contes de vieilles, fans parler de plufieurs autres petits contes de moindre
importance, qui font tous compris fous le nom
de contes de l'autre monde ; que parmi tous
ces peuples, le plus grand crime étoit de raconter deux fois une même chofe ; qu'on n'y étoit
point introduit qu'on ne laiffât fon jugement à
la porte, avec permiffion de le reprendre au
retour : mais qu'on le retrouvoit, prefque toujours, ou égaré ou corrompu ; que la république
des animaux étoit gouvernée par le phénix, &

que celui qui régnoit alors avoit été curieux de
nous voir, parce qu'il ne faifoit que de naître,
& n'avoit jamais vu d'hommes ; que, fans cela,
on ne nous auroit pas fouffert plus long-tems
dans l'île, parce qu'il leur étoit défendu très-
étroitement, par leur légiflateur, d'avoir aucun
commerce avec ceux de notre efpèce, fur peine
de retourner en leur première fervitude ; que ce
légiflateur étoit un petit bon-homme tout con-
trefait, qui n'étoit guères différent d'un finge
pour la figure ; mais au refte d'un favoir & d'une
connoiffance admirables ; que c'étoit lui qui les
avoit établis, policés & raffemblés de toutes les
parties du monde, & qui leur avoit enfeigné à
s'entr'aimer & à s'entendre l'un l'autre ; mais
qu'il n'avoit jamais pu apprendre à parler qu'aux
perroquets & à quelques autres oifeaux ; que les
finges, comme ils font ingénieux & adroits à
contrefaire tout ce qu'ils voient, avoient appris de lui l'art de fe vêtir, & une partie de ce
qu'ils avoient vu faire aux hommes ; qu'ils
avoient bâti le palais que nous verrions, à
l'aide des hirondelles, cultivoient la terre par le
moyen des pourceaux & des taupes, qui fe
plaifent à la remuer, & faifoient la moiffon par
l'entremife des fourmis, qui avoient, en moins
de rien, emporté toute la graine d'un champ,
& la ferroient dans des greniers, où on l'alloit

prendre quand on en avoit befoin ; que comme
il n'y a point de fociété fans quelque religion ,
ils adoroient tous le foleil, & que le phénix ,
qui lui étoit confacré, avoit joint à la royauté
le facerdoce, & fe brûloit lui-même fur fon
autel, fervant & de prêtre & de victime ; qu'il
y avoit des animaux qui avoient quelque révérence pour les autres aftres ; que l'éléphant ado-
roit la lune & l'orix l'étoile de la canicule ; qu'E-
fope (car c'eft ainfi que fe nommoit leur légiflateur) fe voyant forcé de les quitter, avoit
établi pour roi le phénix, comme le plus propre
à cet honneur, parce qu'il étoit unique, &
qu'on n'étoit point fujet par ce moyen aux
guerres civiles, que l'ambition des grands & le
defir de régner, ou le dépit & la jaloufie ont
coutume d'allumer en l'ame des princes. D'ailleurs, comme il vivoit plufieurs fiècles , on
étoit exempt par-là des révolutions que caufent
dans les empires le fréquent changement de
monarques ; que pour fe décharger des foins de
l'état, il avoit établi divers animaux fur chaque
efpèce, qui les gouvernoient fous fon autorité ;
car il fe faifoit voir fort rarement . foit pour
conferver fa majefté, ou pour quelque autre
raifon ; que les finges lui fervoient d'officiers &
de miniftres ; les tigres & les lions de foldats ;
les oies & les chiens de garde & de fentinelle ;

les petroquets d'interprêtes & de truchemens;
les cigognes de médecins : car à caufe de fon naturel folitaire & mélancolique, il avoit befoin
de fe purger de tems en tems; à quoi les cigognes
font fort adroites; que les licornes faifoient l'ef-
fai devant lui, pour la propriété qu'elles ont de
chaffer les venins, & qu'enfin tous ces animaux
vivoient en paix & en bonne intelligence fous
fon empire. Mais ceux qui fe nourriffent de
proie, de quoi vivent-ils, leur dis-je? Vous
avez raifon, répondirent-ils, de faire cette demande; car ils ne peuvent pas paître comme
les autres, ni manger comme nous des fruits de
la terre. Voici donc comme on les nourrit.
Outre les criminels qu'on leur abandonne; lorfque les animaux deviennent vieux, & qu'ils ne
fe peuvent plus foutenir, on les engraiffe tant
qu'ils meurent; & tous les jours on va dans
leurs appartemens recueillir ceux qui font morts;
mais cela eft caufe auffi quelquefois que ceux
qui vivent de carnage font deux ou trois jours
à jeûner; & lorfqu'ils ne peuvent fupporter la
faim, il vont dans les pays étrangers, & font
nommés, à caufe de cela, oifeaux de paffage.

Dans ces entretiens & autres femblables,
nous arrivâmes à la cour du phénix qu'il étoit
déja nuit. Il étoit dans une grande falle toute
brillante de lumière, par le moyen des vers lui-

fans, & d'autres infectes lumineux, qui étoient
attachés au plancher, ou qui voloient par l'air,
comme autant d'étoiles erantes. D'autre côté,
la voûte étoit garnie de plumes d'azur, accom-
modées fort proprement avec le bec des hirondelles; fi bien que cela ne reffembloit pas mal à
un ciel. Il y avoit deux corps-de-garde à la
porte; l'un de lions & l'autre de tigres, qui nous
effrayèrent d'abord; mais nous paffâmes en affurance fous la conduite de nos guides. Au fond
de la falle étoit le phénix pofé fur un trône d'or
enrichi de perles, avec un dais d'ambre & de
corail, où l'on avoit enchaffé des pierreries;
mais de tout fon trône, rien n'étoit fi brillant
que lui, & il n'en recevoit pas tant d'éclat qu'il
lui en donnoit; car il avoit le cou d'or, les aîles
de feu, doublées d'un azur célefte; & il portoit
un aftre étincelant fur la tête. A fes côtés étoient
rangés, en forme d'amphithéatre, un grand
nombre d'oifeaux de taille & de plumage tout
différens, mais d'une beauté merveilleufe, fans
parler de ceux qui pendoient en l'air par des
filets, comme des bouquets de plumes. Au bas
étoit une infinité de paons qui faifoient la roue
à l'entour, & étaloient avec pompe & magnificence les cercles d'or de leur queue, où bril-
loient autant d'yeux qu'il y en avoit dans le
ciel. Ce fpectacle nous ravit tellement en admira-

tion, que nous demeurâmes comme immobiles,
jufqu'à ce que le prince nous envoyât compli-
menter par divers oifeaux de fa fuite, qui
imitent notre langage. Lors nous fûmes près de
lui, après lui avoir fait la révérence, il nous
dit, par la bouche d'un petit perroquet qui fe
perchoit fur fon trône, que nous étions les
bien-venus, & qu'ayant fçu notre arrivée, il
avoit été bien-aife de nous voir, & avoit envoyé au devant de nous quelques-uns de fes officiers, afin qu'on ne nous fît aucun déplaifir.
Après cela il s'enquit du fujet de notre voyage,
& témoigna d'être fort furpris au récit de nos
aventures : mais parce qu'il étoit tems qu'il fe
retirât, il nous congédia, après avoir donné
ordre qu'on nous logeât dans fon palais, &
qu'on nous traitât avec toutes fortes de magni-
ficences. Nous n'eûmes pas plutôt pris congé de
lui, que nous fûmes environnés de geais & de
pies, qui ne faifoient que caqueter à nos oreilles,
& nous rompoient la tête d'une infinité de queftions & de demandes. D'ailleurs, il me tardoit
que je fuffe feul, pour m'entretenir à mon aife
des merveilles que j'avois vues, & je foupirois
déjà après mon retour en Grece, pour avoir le
plaifir de les conter. Nous fûmes conduits en
notre appartement par les mêmes ambaffadeurs
qui nous étoient venus recevoir, & le trou-

vâmes meublé d'étoffes exquifes, filées par des
vers à foie, & tiffues par des araignées ; de forte
que l'ouvrage en étoit très-ingénieux & très-
délicat. Si-tôt que nous fumes arrivés, on cou-
vrit pour le fouper, où nous fûmes fervis magnifiquement, de toutes fortes de mets, & man-
geâmes des petits oifeaux qui n'étoient que
comme des pelotons de graiffe (1). Nos ambaffadeurs prirent place avec nous ; mais les perroquets fe perchèrent deçà & de-là, au-deffus de
nos têtes, où l'on leur donnoit à manger de tout
ce qu'il y avoit fur la table, comme l'on fait aux
enfans ; mais ils aimoient particuliérement le
pain trempé dans du vin. Pendant le repas, il y
avoit des finges accoutrés en charlatans, qui faifoient cent tours de paffe-paffe, & avoient avec
eux des petits chiens qui contrefaifoient les foldats, avec l'épée au côté & la pique fur l'é-
paule, paffoient à travers des cerceaux, marchoient fur des bâtons, fautoient pour l'amour
des dames, faifoient plufieurs galanteries femblables. Après fouper les pies danfèrent un balet, où elles imitoient le faut des grues, paffant
l'une dans l'autre avec une adreffe & une agilité
admirable. Les roffignols firent le récit, & les
ferins le concert.

_____

(1) Ortolans.

Le lendemain dès le point du jour notre eſ-
corte nous vint prendre pour aſſiſter à l'hommage que les animaux venoient rendre au phénix, qui eſt la plus belle cérémonie de toute
l'île ; il étoit à l'entrée de ſon palais pour les
mieux recevoir, & pour en faire la revue avec
plus de magnificence. Nous remarquâmes en
paſſant, qu'à toutes les portes du palais, il y
ayoit un chien en ſentinelle ; & une oïe ſur
chaque fenêtre, avec un aigle au haut du don-
jon, pour découvrir de plus loin ; & on les
relevoit d'heure en heure, autant la nuit que
le jour. Si-tôt que nous fûmes arrivés, le phénix nous fit aſſeoir auprès de lui ſur des ſiéges.
Il étoit environné de tous les animaux de ſa
garde, & de tous les oiſeaux de ſa ſuite, comme
le jour précédent. Après que ſon perroquet eut
harangué aſſez long-tems ſur le ſujet de la cérémonie, avec grande ſatisfaction, de toute l'aſſemblée, qui étoit charmée de la douceur de
ſon éloquence ; on vit venir de loin les oiſeaux
en magnifique appareil, ſous la conduite de
l'aigle, qui après avoir une pointe en l'air,
fondit tout à coup au pied du phénix, pour lui
faire hommage, puis ſe guinda dans le ciel, &
s'alla perdre dans les nues. Auſſi-tôt les oiſeaux
de ſa ſuite ſe perchèrent deçà & delà ſur les
arbres, tandis que ceux qui ſavoient chanter,

célébrèrent

célébrèrent les louanges du phénix, & remplirent l'air de leurs doux concerts, où le cigne tenoit le tacet, & le coucou battoit la mesure. Mais auparavant quelques faucons, pour donner du plaisir au prince, lièrent en l'air des perdrix; & passant devant son trône, les laissèrent envoler, sans leur avoir fait aucun mal. Cette galanterie fut trouvée de bonne grace, aussi-bien que celle des coqs, qui après avoir paru à la tête des oiseaux domestiques, se séparèrent en deux bandes, qui vinrent joûter l'une contre l'autre, avec tant d'animosité & de furie, que le phénix fut contraint de les envoyer séparer. Mais les cailles qui s'étoient mises de la partie, étoient si acharnées au combat (1), qu'elles ne voulurent point obéir; si bien que pour conserver la majesté de l'empire, & punir leur crime, il fit signe aux éperviers, qui enlevèrent en un instant les plus opiniâtres, & les allèrent plumer hors de sa présence. Cependant, les paons dansoient un ballet avec beaucoup d'art, de justesse & de gravité, traçant diverses figures selon les divers airs que leur chantoient les oiseaux, & marquant la cadence d'une façon admirable; mais les coqs-d'inde les ayant voulu imiter, se firent moquer

_____

(1) On les faisoit joûter en Grèce comme des coqs.

E

d'eux avec leur graiffe rouge & bleue, entre-
coupée de rides; leur mine de vieille, & leur
peau pendante fur le nez; ce qui fit bien voir la
différence qu'il y a de la vaine gloire, avec la
gloire véritable. Comme le phénix s'étonnoit
de ce que les oifeaux de nuit & ceux de rivière,
ne paroiffoient point, un perroquet prenant la
parole, dit qu'il avoit charge de lui repréfenter
de leur part, que les premiers attendoient la
nuit, pour lui venir rendre leur hommage,
de peur de troubler les autres oifeaux de leur
préfence; & que les derniers s'étoient affem-
blés à l'endroit où il devoit recevoir celui des
poiffons, comme étant plus en leur luftre dans
l'eau. Après vinrent les animaux à quatre pieds,
que le lion conduifoit avec une majefté & une
contenance digne d'un prince, & lorfqu'ils furent tous paffés devant le phénix, ils fe féparè-
rent en deux, comme pour le combat : mais le
combat parut étrange, pour l'inégalité des combattans, car ceux qui vivent de proie, s'étoient
mis tout d'un côté, & le refte de l'autre; de
quoi le phénix s'étonnant, un finge qui les avoit
difpofés, lui dit : que c'étoit pour faire paroître
la modération des uns, & la confiance des autres. Car les oifeaux n'eurent pas plutôt fonné
la charge, qu'on vit les chèvres & les brebis
courir de toute leur force contre les tigres & les

lions, & les choquer de leurs têtes si rudement,
qu'ils tombèrent à la renverse, comme s'ils eussent été morts ; puis se relevant légèrement, se
jouèrent avec elles sans leur faire aucun déplaisir.
Il n'étoit pas jusqu'aux rats & aux souris, qui ne
voulussent être de la partie, & ne vinssent af-
fronter les chats, qui se couchoient par terre en
les voyant & de peur de les blesser, faisoient la
patte de velours. Ensuite les ours se levèrent
sur leurs pieds de derrière, & se tenant tous
par les pattes, ils commencèrent à danser en
rond fort gravement, ayant un singe au milieu
qui jouoit de la flûte, tandis que d'autres tout
noirs, montés sur de grands ours blancs, con-
trefaisoient les bateleurs, & faisoient cent tours
de souplesse ; car les singes en cette occasion
faisoient mille singeries : les uns jouoient à la
boule, avec des hérissons, ayant mis des gans
de fer, de peur de se piquer ; les autres se
battoient à outrance, comme des gladiateurs,
tandis que quelques-uns de leurs compagnons
pendus par la queue aux arbres voisins, faisoient les juges du camp. Ceux-ci couroient
la bague sur des chevaux de manège ; ceux-là
faisoient des tournois, comme on en voit faire
à Rome aux enfans de bonne maison. Les licornes couroient aussi, la lance baissée l'une
contre l'autre, ayant mis une pomme à la pointe

de leurs cornes, comme l'on met un bout aux fleurets, de peur de se faire mal. Cependant, on voyoit des chevaux bondir tout seuls dans la plaine, & faire des voltes & des passades avec des caracols, où ils tournoient plus juste que les meilleurs écuyers du monde. Il n'étoit pas jusqu'aux éléphans qui, pour montrer leur adresse, ne voulussent danser sur la corde (1), & faire admirer leur agilité dans une si grande masse de chair. De quelque part que le phénix jettât la vue, il ne voyoit que des objets divertissans. Il y avoit de petits animaux qui se tenoient sur le dos de leur mere, soit qu'elle courut ou qu'elle jouât; d'autres étoient renfermés dans son sein, comme dans une bourse, d'où ils sortoient & se promenoient; puis y ils rentroient au premier cri qu'elle faisoit. Les porcs-épics se laissoient poursuivre par les chiens, & lorsqu'ils étoient prêts de les attraper, ils leur lançoient de leurs dards, qui les faisoient crier & prendre la fuite. Sur ces entrefaites, on entendit de loin le sifflement des serpens, qui fit cesser tous les jeux: ils se traînoient lentement, la tête haute, pour témoigner plus de majesté & avoient quitté leur vieille peau, & pris une robe nouvelle, pour paroître plus beaux. Ils venoient tous

_____

(1) On a vu cela autrefois à Rome.

rendre hommage au phénix, fous la conduite
du bafilic, qui couvoit un dépit mortel en
fon fein, & prétendoit devoir régner fur les
animaux, à caufe qu'il les fait tous trembler.
Il lança donc d'abord fes regards fur lui, au lieu
de lui rendre fon hommage (1). A cet afpect,
le divin oifeau penche la tête mourante, comme une fleur que le coutre de la charrue a ren-
verfée : l'or, l'azur, & la pourpre de fes plumes fe terniffent, & il alloit rendre l'ame, fi
au cri que jettèrent les animaux, la licorne
qui repofoit à fes pieds, ne l'eût touché de
la corne, dont elle chaffe les venins ; & en
même tems l'ardente belette (2) n'eût fauté
fur le bafilic, & imprimé fa dent mortelle fur
les taches blanches de fa couronne, l'étendant
mort fur la place. Auffi-tôt le phénix redreffe
fa tête penchante, & reprend fon vif éclat effacé par les ombres de la mort ; & les animaux
juftement irrités, viennent fondre de toutes parts
fur les ferpens, tandis que les cigognes les attaquent d'en-haut, & que les aigles percent de
leurs ongles tranchans les dragons qui vouloient prendre l'effor. Ils furent donc en moins
de rien déchirés & mis en pièces ; & la nature

_____

(1) Il tue de fa vue.
(2) Elle eft ennemie du bafilic.

purgée de ces monſtres. Cependant, l'unique
oiſeau qui avoit repris ſa force & ſa beauté,
voulut achever la cérémonie, & alla vers la
mer pour y recevoir l'hommage des poiſſons
& des oiſeaux de rivière. Il rencontra en chemin
les abeilles, qui n'ayant pu montrer leur diligence accoutumée, pour avoir attendu les
fourmis qui ne vont pas ſi vîte qu'elles, venoient avec les autres inſectes rendre leur bour-
donnant hommage au phénix, & lui apportoient du miel de leurs ruches, qu'elles lui pré-
ſentèrent ſur les ailes des papillons, qui bril-
loient d'autant d'yeux que la queue des paons.
A leur tête marchoient de petits oiſeaux de diffé-
rentes eſpèces (1) & de plumages divers, qui
ne ſont guère plus gros qu'elles, & qui ne
pèſent chacun, avec leur nid, que quarante-
huit grains. Les poiſſons s'étoient aſſemblés
dans une eſpèce de golfe, qui faiſoit comme
un amphitéâtre, ſur lequel ſe rangèrent tous
les animaux ; & les oiſeaux ſe perchèrent ſur
les arbres pour augmenter la magnificence du
ſpectacle qu'ils venoient voir. Car les baleines
rangées en forme d'arc, du côté qui regardoit
la mer, faiſoient un rond d'eau où l'on voyoit
jaillir cent fontaines par ces ouvertures qu'elles

_____

(1) Les colibris & les oiſeaux-mouches.

ont fur la tête, par lefquelles elles jettoient
l'eau de la groffeur d'un muid, & de la hauteur d'une demi-pique; qui, retombant avec
bruit fur leurs mufles, couvroit toute la mer de
bouillons d'écume. Mais avant que le phénix
arrivât au lieu du fpectacle, les poiffons l'envoyèrent recevoir à deux cens pas de la mer,
par de petits poiffons volans, fuivis d'amphibies, pour montrer que leur jurifdiction s'é-
tendoit fur la terre & dans l'air, auffi-bien que
dans les eaux. Après venoient cent grandes
tortues chargées de tous les tréfors de ce vafte
& liquide élément. Les unes portoient fur
leur dos des montagnes d'ambre ; les autres
des rochers de corail, enrichis de nacre de
perle; qui en arrivant entr'ouvrirent leurs co-
quilles, & firent voir des joyaux d'un prix
& d'une valeur ineftimables. C'étoient de groffes perles rondes, d'une blancheur nompareille,
dont le vif éclat étoit redoublé par la noir-
ceur des mains des finges qui les tiroient de
leurs huîtres pour les préfenter au prince. Il
fit ferrer les parfums dans fes magafins, pour
s'en fervir à l'honneur de fa fépulture, & def-
tina le refte à l'ornement de fon cabinet, &
à l'embelliffement de fon trône. Dans ce grand
cercle que les baleines formoient d'un côté, &
les rochers de l'autre, parurent premiérement

tous les oiseaux de rivière, ayant le cygne à
leur tête, qui s'étoit joint à eux, avec quelques autres oiseaux de la cour du phénix. Il pa-
roissoit-là dans son lustre, haussant son col voûté
entre ses ailes à demi-levées; ce qui faisoit un
enfoncement qui lui donnoit beaucoup de majesté. Aussi-tôt qu'il vit arriver le phénix, il prit
son vol avec les autres, & vint tourner trois
fois à l'entour de lui, comme pour faire la
revue de ses sujets, & lui en faire admirer la
beauté & le plumage. Le brillant phénicoptère,
aux ailes de pourpre, fut choisi pour aller rendre l'hommage au phénix, comme lui devant
être plus agréable, à cause qu'il porté son nom :
au retour, ils se jouèrent en l'air avec les poissons volans, qu'ils abattoient dans l'eau, du
vent de leurs ailes; puis ils vinrent fondre tous
dans la mer avec grand bruit. Alors, pour
donner du plaisir au prince, les barbets se
lancèrent après eux & commencèrent à les poursuivre. Ils les laissoient approcher de fort près ;
puis se plongeant tout-à-coup, ils trompoient
leurs dents & leurs espérances. Ils se déroboient
de même des oiseaux de proie, qui venoient
pour donner dessus, & qui mouilloient les cerceaux bigarés de leurs ailes, sans avoir pris
que du vent. A la fin, ils disparurent tous au
seul cri du cygne, & se coulant sous les eaux,

allèrent reparoître bien loin, & faire une triple couronne au dedans des rochers & des baleines, pour donner le tems aux poiffons de fe faire voir & finir la magnificence du jour. Auffi-tôt on vit toute la mer couverte de monftres, différens de grandeur & de figure; parmi lefquels rien ne fatisfit, tant le phénix que les petits hériffons de mer, qui ne font pas plus gros que des œufs de poule, & qui font tous femés de pointes rouges, vertes & bleues. En cet état, ils roulent fur l'eau, comme de petites boules de lumière, fi bien qu'on eût dit que toute la mer étoit en feu & leurs œufs attachés à leur peau, paroiffoient comme autant d'étoiles brillantes. D'autre côté, voguoient de petites huîtres (1) d'une nacre tranfparente & cifelée; c'eft un poiffon qu'on voit le dos appuyé contre fa coquille, qui lui fert comme de proue; & la tête qu'il leve, lui tient lieu de voile; fes ailerons font les rames; fa queue lui fert de gouvernail; enfin, c'eft comme un vaiffeau vivant & animé, qui femble n'avoir été fait par la nature que pour inftruire les hommes à la navigation.

Comme le fpectacle ne faifoit que de commencer, & que les dauphins, qui font les finges de la mer, fe plongeoient tout d'un coup au fond de l'eau, & puis fe lançoient en l'air avec

_____
(1) les nautilles.

une vigueur incroyable ; pour montrer leur agilité : on vit arriver la babillarde hirondelle,
qui s'approchant du phénix, commença à lui
débiter ce qu'elle avoit appris dans les pays
étrangers, & mit toute la cour en rumeur. Car
elle rapporta que les animaux des antipodes
s'étoient révoltés contre les sauvages, & qu'ils
envoyoient demander secours au prince, &
le prier de leur donner quelqu'un pour les commander, parce que leur plus grand défaut venoit de leur mésintelligence. On assembla donc
sur le champ le conseil des animaux ruminans,
où il fut arrêté qu'on feroit partir en diligence
le premier ministre du phénix, qui étoit un
vieux magot très-savant dans la politique. Cela
me toucha tellement, qu'il me prit envie de
l'accompagner, quoique le prince fit tout ce
qu'il pût pour m'en empêcher, me représentant
le danger que je courois avec tant d'animaux
différens qui n'étoient pas policés, & n'avoient
pas appris à obéir comme les siens ; mais il n'en
pût venir à bout. Cependant on dressa le train
de l'ambassadeur, & l'on me donna deux dauphins, l'un pour me porter, & l'autre pour
porter mon équipage. Nous partîmes donc dès
la nuit ; parce la chose ne souffroit point de re-
tardement, & que tous les barbares étoient en
armes, pour remettre les animaux dans l'obéis-

(1)

fance. Cependant les baleines eurent ordre de
tenir la mer libre, & de nous fervir comme
d'efcorte, de peur qu'on ne nous vint envelop-
per; car une partie des fauvages s'étoient fau-
vés fur les eaux, pour éviter la fureur des bêtes
farouches qui battoient la campagne, & déchi-
roient tous ceux qu'elles rencontroient. Si-tôt
qu'ils nous virent, ils vinrent pour nous attaquer avec leurs petits bateaux faits d'un feul
tronc d'arbre; mais les baleines fe mettant entre
deux, en renversèrent autant qu'il s'en préfenta, & leur firent faire la culbute. En cet endroit, je ne puis taire la valeur & l'obftination
des barbares, qui, d'un courage invincible,
fautoient fur le dos des baleines, après avoir
eu bien de la peine à efquiver la fureur d'autres
poiffons qui les attendoient dans l'eau pour les
dévorer (1); & montant fur la tête de ces
monftres, leur enfonçoient des pieux dans
leurs ouvertures qui font comme des foupiraux, par où elles jettent l'eau & elles
refpirent; de forte qu'ils venoient à bout d'un
fi grand animal par leur valeur & leur adreffe.
Cependant nos dauphins prenant leur tems, ga-
gnoient pays, & devançant la vitesse des fauvages par la leur, nous vinrent expofer fur le
rivage, où les animaux avertis de notre venue

_____

(1) Requiem, ou requin, chacalot ou baleine.

par les hirondelles, nous attendoient avec
grande impatience. On ne peut exprimer la
joie avec laquelle ils nous reçurent, & les careffes qu'ils nous firent, fans prendre aucun ombrage de moi, à caufe qu'ils favoient que je n'é-
tois pas là pour leur faire de mal. Nous apprîmes
en arrivant, que la caufe de leur révolte venoit
d'un perroquet, qui ayant été emporté par un
grand vent de l'île des animaux en leur pays,
leur avoit appris comme des bêtes vivoient en
paix dans cette île, & les avoit encouragés à
fecouer le joug des hommes.

Sur ces entrefaites, la nouvelle arrive que
les fauvages s'avançoient avec toutes leurs
forces pour les attaquer. Auffi-tôt notre vieux
finge, qui étoit auffi favant dans la guerre que
dans la politique, quoique fa force ne répondît
pas à fa valeur, rangea tous les animaux en
bataille à l'entrée du bois, qui avoit au-devant
une grande plaine, & fur les aîles, d'un côté
des rochers efcarpés & inacceffibles, & de
l'autre un grand marais, bordé en dedans d'une
rivière qui n'étoit pas guéable. Il fit commandement d'abord à tous ceux qui n'étoient pas
propres au combat, de fe retirer dans le fond
du bois, pour ne point embarraffer les autres;
puis partageant le refte en trois corps, les rangea en cette forte. Il mit à la droite une efpèce

de tigres très-vaillans ; car j'oublilois à dire qu'il
n'y a prefque point d'animaux aux Antipodes
qui foient tout-à-fait femblables à ceux de notre
pays, fi ce ne font des perroquets & des finges.
Enfuite il rangea les lions, qui font beaucoup
plus petits & moins courageux que les nôtres,
puis les ours ; les fangliers après, qui ont une
ouverture fur le dos, & enfin une efpèce de
lynx ou de loups cerviers, qui faifoient la pointe
de l'aîle gauche : car ils font fi vaillans qu'ils
vont attaquer les fauvages en plein jour, jufques dans leurs cabanes. Il avoit mis exprès les
plus courageux fur les aîles, afin que venant à
enfoncer les bataillons des ennemis aux deux
bouts, ils les enfermaffent au milieu, & les
empêchaffent de prendre la fuite. Chaque corps
en avoit un autre à fes épaules pour le foutenir
en cas qu'il fût enfoncé ; & il étoit de la même
efpèce, afin d'être plus intéreffé à la défenfe.
Dans les intervalles des bataillons, étoit comme
l'infanterie légère compofées de petits animaux
moins forts & moins vigoureux, qui ne laiffent
pas d'avoir du courage, pour fe mêler parmi
les autres dans le combat, & mordre les jambes des fauvages, ce qui fut de très-grand fer-
vice. De ce nombre étoient les porcs-épics, &
certains petits pourceaux qui font armés par-
tout comme d'une cuiraffe à écaille. Le front de

la bataille étoit couvert d'animaux légers
comme cerfs, pour attaquer l'escarmouche , &
de trois ou quatre espèces de grands oiseaux
qui ne sauroient voler, mais qui sont très-vîtes
à la course ; du nombre desquels étoient les au-
truches , qui sont plus petites que les nôtres.
Voilà qu'elle étoit l'armée de terre : mais il y
en avoit encore deux autres ; l'une dans l'air,
qui n'étoit pas moins effroyable que la première, étant composée d'une espèce de grands
vautours & d'autres oiseaux de proie , pour
venir fondre d'en-haut sur les sauvages, dans la
chaleur de la mêlée. Et l'autre dans l'eau, toutes
d'animaux amphibies, comme des hippopotames
& des crocodiles, pour prendre les barbares en
queue & en flanc. Le général avoit autour de
lui les singes les plus adroits & les plus vaillans,
pour porter ses ordres par - tout. Les autres
étoient employés aux diverses nécessités du
camp , parce qu'ils n'étoient pas assez forts ni
assez vigoureux pour le combat. Pour moi , je
montai sur un arbre pour voir la bataille tout à
mon aise ; ne voulant pas qu'on me pût reprocher à mon retour d'avoir tenu le parti des bêtes
contre les hommes. L'armée étant ainsi rangée,
on vit paroître celle des sauvages en une très-
belle ordonnance. Les premiers bataillons
étoient armés de massues & de grandes épées

de bois qui coupent comme du fer; & les autres
d'arcs & de flèches pour les défendre contre les
oiseaux, afin qu'ils ne fussent point attaqués
d'en-haut pendant la mêlée. Ils étoient tout nuds
avec la peau noircie, & peinte en figure de
serpens, pour donner plus de terreur; & portoient des bonnets & des ceintures de plume
par magnificence, ayant la lèvre d'enbas &
les joues percées, & remplies de pierres de
diverses couleurs, comme pour l'ornement.
Ils marchoient serrés dans un grand silence,
mais lorsqu'ils furent proches, ils vinrent aux
mains avec de grands cris. J'oubliois à dire que
le front de leur bataille étoit couvert de trois
ou quatre rangs d'archers, qui avoient ordre
de se retirer dans les intervalles des bataillons,
après avoir fait leur décharge. Ils écartèrent
d'abord à coups de flèches tous les animaux légers à la course, & ces grands oiseaux qui ne
volent point, lesquels marchoient à la tête.
Mais le corps de bataille s'avança aussi-tôt en
diligence, pour n'être point percé de leurs
flèches, avant que de venir aux mains. Les
premiers bataillons des sauvages furent enfon-
cés par la furie des animaux, & particuliérement des tigres & des loups-cerviers qui étoient
rangés sur les aîles, & qui en firent un grand
carnage; mais le corps de réserve venant tout

frais au combat avec leurs arcs tendus & leurs
flèches apprêtées, percèrent les plus courageux
qui étoient aux premiers rangs; car ils ne tiroient aucun coup en vain dans une si grande
multitude. Cela donna lieu à ceux qui étoient
armés de massues de se rallier; de sorte que
tout ce qu'il y avoit de hardi & de courageux
dans l'armée des animaux, fut tué & assommé
sur la place. Le reste prit la fuite & se sauva
dans les bois, où ils furent poursuivis par les
sauvages. Pour les oiseaux, quoique l'air fût
obscurci de leur multitude, ils furent écartés
en un instant par une nuée de dards, & in-
commodoient plus les hommes par leur chûte
que par leur bec & leurs griffes. Les amphibies
aussi ne firent pas grand effet, parce que les sauvages qui sont agiles & vaillans, tournèrent
tête à leur abord; & faisant front de tous côtés,
ils les recognèrent aisément dans la rivière. Il
ne restoit plus d'espérance pour les pauvres animaux, si les serpens qui n'avoient pu s'assem-
bler, ni arriver aussi-tôt que lesautres, ne fussent
accourus à leur secours : mais les sauvages n'eurent pas plutôt entendu de loin leurs sifflemens,
qu'ils firent halte dans le bois; & voyant les uns
sur les arbres, prêts à se lancer sur eux, &
d'autres de vingt à trente pieds de long, qui
ouvroient la gueule pour les dévorer, sans parler
de

de ceux qui ont des fonnettes à la queue, &
qui font plus dangereux par leur venin, que
les autres par leur grandeur, ils prirent la fuite
& fe fauvèrent à la courfe. Les animaux fe
rallièrent, les pourfuivirent avec une grande
vigueur, & en firent un prodigieux carnage.

Après la victoire, tout retentit de cris différens; les animaux qui s'étoient cachés dans
le fond du bois, accoururent au bruit avec leurs
petits. Cependant, l'écho réfonnoit de la mufique des oifeaux, qui chantoient un chant de
triomphe, & rien n'eût été égal à cette harmonie, fi les animaux à quatre pieds, en fe voulant réjouir, n'euffent fait un effroyable charivari. Sur ces entrefaites, on entendit un bruit
fourd de trompettes & de tambours, & on vit
venir de loin des troupes qui marchoient en
très-bon ordre, ce qui fit ceffer l'allégreffe;
mais comme elles furent proches, on apperçut
que c'étoient des finges, qui pour faire peur
aux autres, s'étoient armés de la dépouille des
fauvages. Ils frappoient fur des troncs d'arbres
creufés & couverts de peaux, dont les barbares fe fervent pour s'animer au combat, &
fonnoient des cornets marins qui font un bruit
comme une trompette enrouée; de forte que
la frayeur fe changea en allégreffe. Car on voyoit
les uns fe battre contre leurs compagnons avec

F

des flèches, qui tenoient lieu d'épées, n'étant
pas affez forts pour manier les maffues ; les autres
danfoient un ballet de poftures, où ils contrefaifoient les fauvages dans leurs mariages, leurs
affemblées & leurs funérailles. Là deffus on ouit
le cri de divers oifeaux noĉturnes, accompagné
d'autres fignes d'un grand malheur ; après quoi
l'on vit arriver quelques finges de la fuite da
général, qui dirent qu'il avoit été tué dans le
combat. Alors, ce ne furent que cris & qu'hur-
lemens, qui ne furent pas plutôt finis, que les
animaux faillirent à s'entremanger pour l'élection d'un nouveau roi ; car les ferpens préten-
doient à cet honneur, pour avoir été caufe de
la victoire ; les bêtes à quatre pieds, pour leur
grandeur & leur multitude ; & les oifeaux, pour
leur excellence ; outre qu'il femble que la nature
leur ait donné le deffus. Mais le perroquet en
qui ils avoient créance, & qui avoit été caufe
de leur révolte, appercevant ce défordre, &
craignant qu'on n'en vînt à la dernière extrémité, dit qu'il étoit d'avis qu'on me fît venir
pour favoir mon opinion. Je defcendis donc de
mon arbre, que je n'avois pas voulu quitter pour
la crainte des ferpens, dont j'avois vu un fi
grand exemple de cruauté en la perfonne du
phénix, & repréfentai aux animaux, par l'entremife du perroquet, que j'étois d'avis qu'ils

fiffent la paix avec les fauvages, qui ne man-
queroient pas de profiter de leurs divifions, &
de prendre cette occafion pour les défaire ; &
en cas qu'ils vouluffent fonger à un accom-
modement, je leur offris mon entremife. L'affaire ayant été mife en délibération, la chofe
paffa tout d'une voix, par la timidité des uns
& la fageffe des autres, qui virent ,bien que
les animaux ne pourroient jamais s'accorder;
outre que les plus fiers & les plus vaillans avoient
été tués dans le combat. Je partis donc avec ce
perroquet, & un autre qui favoit la langue du
pays, & fus trouver les fauvages, qui ne furent
pas difficiles à perfuader, après une fi grande
défaite; & en pafsèrent par-tout ce que je voulus.
A mon retour, je rencontrai mes camarades,
que le regret de mon départ & la même curiofité que moi, avoient portés à me fuivre ; de
forte qu'ayant pacifié tous les différens qui
reftoient, & mis les hommes & les animaux
bien enfemble ; je m'embarquai avec mes compagnons, très-aife d'avoir évité un fi grand
péril, & d'avoir vu des chofes fi étranges & fi
merveilleufes.

LIVRE QUATRIÈME.

Arrivée dans l'île des Pyrandriens. Description
du pays des Aparctiens. Royaume de Numif-
macie. Isle des Poëtes. Celle des Pygmées. Re-
tour de l'auteur en Grece par l'île des Magiciens.

APRÉS avoir dit adieu aux animaux, & pris
congé des fauvages, nous nous embarquâmes
mes compagnons & moi, pour voir le reste des
îles dont on nous avoit dit tant de merveilles.
La première où nous abordâmes, sembloit être
toute de feu, ce qui fit que nous la déc. .vrîmes
de fort loin ; & approchant, nous trouvâmes le
rivage bordé d'hommes flamboyans, qui avoient
le visage long & étroit, & le haut de la tête fait
en forme d'alambic. Ils paroissoient fort dispos,
car ils voltigeoient sans cesse, & changeoient à
tous momens de posture. Nous leur présentâmes
quelques parfums, qu'ils reçurent avec joie,
& en revanche ils nous donnèrent à chacun une
chemise de toile incombustible, & force pan-
tarbes pour nous garantir des ardeurs de leur
pays ; mais avant qu'elles fussent distribuées,
ces hommes de feu qui panchent naturellement
vers les choses qui leur sont propres, s'étant
courbés à dessein ou autrement, mirent le feu

à une des barques que les sauvages nous avoient
données. Ceux qui étoient dedans, s'étant jettés
aussi-tôt à la nage pour se sauver, firent par malheur rejaillir de l'eau sur quelques-uns de ces
pyrandriens, car c'est ainsi qu'on les nommoit,
ce qui leur fit de grandes plaies; si bien qu'au
lieu qu'ils paroissoient lumineux & transparens,
ils devinrent noirs & obscurs par-tout où l'eau
les toucha. Pour les guérir, on ne fit que souffler
dessus, jusqu'à ce que le feu, qui leur tient lieu
de peau, eût recouvert la blessure; d'où vient
sans doute qu'on a coutume de souffler sur les
endroits douloureux. Il seroit difficile d'exprimer avec quelle chaleur ils nous reçurent; c'est
assez de dire qu'ils n'épargnèrent rien pour nous
régaler, & qu'ils nous firent, comme on dit,
bonne chère & grand feu. Ils se portent en
avant, comme nous, pour prendre à manger;
mais ils s'élèvent incontinent au-dessus, & tirent leur nourriture par le pied, comme les
arbres; aussi ne rendent-ils point d'autres excrémens que des vapeurs & des exhalaisons, qui
leur sortent par le haut de la tête. Dans le fort
de leur débauche ils se font jetter quelques
goûtes d'eau pour s'échauffer davantage; &
lorsqu'ils veulent paroître plus beaux, ils se
saupoudrent de soufre & de camphre, ce qui
leur fait faire du feu violet. Ils aiment sur-tout

l'eau-de-vie ; & en approchant, ils l'allument ; & l'avalent ainsi toute enflammée. Ils sont fort ardens, amoureux, & aiment bien à baiser, c'est pourquoi ils multiplient extrêmement ; car d'un seul baiser ils engendrent un enfant, qui n'est pas si-tôt né, qu'il croît à vue d'œil ; & après avoir éclaté plus ou moins de tems, il diminue peu à peu, tant qu'à la fin il se couvre d'une lèpre farineuse, à quoi ils sont tous sujets. Ceux qui veulent éviter cette maladie, ou en guérir, se servent perpétuellement d'éventail, mais cela les use beaucoup. Ils sont fort colères & fort rigoureux, & il y a parmi eux des supplices pour les moindres fautes. Le plus ordinaire est de plonger dans l'eau, ce qu'ils supportent si impatiemment, que cela leur fait jetter de grands cris. Au sortir de-là, selon la grandeur du crime, on les laisse plus ou moins de tems dans de noirs cachots, où ils sont comme morts ; mais ils ressuscitent à l'approche de leurs camarades ; & quand le crime est grand, on les met en poudre, ce qui les fait mourir aussi-tôt. Ils ne croyent pas comme nous, que l'ame soit renfermée dans le corps, & soutiennent au contraire, qu'il n'y a qu'elle qui paroît, & que le corps qu'elle anime lui est donné pour nourriture. Aussi vivent-ils tant qu'ils ont de quoi nourrir leur feu ; mais lorsqu'il n'y a plus de matière, leur ame faifant un dernier effort, s'envole en forme d'étincelle, qui fe joue long-tems par l'air, & fe promène en divers pays, cherchant les eaux comme pour lui fervir de rafraîchiffement, & c'eft ce que nous appellons des feux folets. Lorfqu'elles ont erré tout le tems qui leur eft prefcrit, elles fe raffemblent en un, & compofent les comètes, & ces petits aftres femblables aux étoiles, qui fe précipitent du ciel en terre pendant une nuit fort claire. Tous les animaux de cette contrée font de feu, jufqu'aux infectes, qui font fi brillans & fi lumineux, qu'ils fervent de lampes aux peuples voifins. La plupart ne vivent pas hors de leur pays, ni ceux des autres pays dans le leur, fi ce ne font des Salamandres. Il feroit impoffible de voyager en ce royaume, à caufe des grandes ardeurs, fi la nature n'avoit eu foin d'y faire croître des arbres qui donnent, avec l'ombrage, du rafraîchiffement dans leur tronc, toujours plein d'une eau fort claire & fort bonne, qui n'augmente ni ne diminue, foit qu'on en prenne peu ou beaucoup. Ces peuples ne font point d'accord fur leur origine; les uns croyent qu'ils font engendrés des rayons du foleil, ou des éclats du tonnerre; les autres, plus vraifemblable-ment, du choc de deux cailloux, comme nos ames s'engendrent, à ce que difent quelques-uns, du concours de celle de nos parens. Pour moi je crois qu'ils font descendus de l'île des Lampes, dont quelqu'une chut à terre par mégarde ; aussi disent-ils que leur pays ne brûle que depuis une pluie d'huile & de feu qui tomba dessus. Comme nous étions fort échauffés sur cette dispute, il survint une troupe de Pyran-driens, qui demandèrent secours contre un dé-luge ; & comme on leur reprochoit qu'ils ne s'étoient pas opposés avec assez d'ardeur à l'ef-fort de leur ennemi, ils répondirent que l'évè-nement justifioit le contraire, 'parce qu'ils avoient toujours reculé en combattant, sans regarder derrière eux ; de sorte que quelques-uns étoient tombés dans des goufres qui sont au sommet des montagnes, d'où ils ne se peu-vent plus retirer, & ne paroissent que de nuit. Chacun fut touché de cet accident, & il fut résolu qu'on dépúteroit sur l'heure vers de cer-tains Pyrandriens qui ont guerre continuelle contre les habitans du royaume d'Aparctias, & qui n'ayant pas la force de brûler les choses les plus combustibles, ne laissent pas de nager sur l'eau, & de la consumer.

De cette île de feu nous passâmes en une autre de glace, tant ce pays des fables est plein de choses contraires & extravagantes, de quoi il ne faut pas s'étonner, puisqu'on tient qu'il est forti de la cervelle des poëtes. D'abord nous rencontrons des gens tranfparens comme criftal, qui alloient & venoient d'une viteffe merveilleufe : dès qu'ils nous apperçurent, ils vinrent à nous en gliffant. Ils avoient le pied fort étroit & tranchant par-deffous, ce qui les aidoit à glifferꞏ; leur barbe étoit longue, & ne leur pendoit pas du menton comme à nous, mais du nez, en guife de trompe d'éléphant. Au lieu de langue, ils ont deux rateliers de dents bien garnis qui frappent l'un contre l'autre quand ils veulent parler, comme les fébricitans, dans le friffon d'une grande fièvre ; & par le bruit qu'ils font, on entend ce qu'ils veulent dire ; d'où vient, peut-être, qu'on nomme ceux qui parlent trop des claquedents. Il y en a parmi eux qui les remuent avec tant d'adreffe, qu'on diroit qu'ils jouent du claveffin. Ils portent pour ornement de groffes perles & des diamans, qui ont une fort belle eau. Ils haïffent toute forte de lumière, hormis celle des étoiles, & ne fortent guères qu'en hiver, à caufe que l'air froid & piquant fert beaucoup à les fortifier. L'été ils demeurent dans des cavernes, parce qu'ils craignent fort la chaleur ; & c'eft une chofe étrange, qu'étant fi froids, ils fuent en moins de rien ; mais de leur fueur on en fait d'autres fur le champ, dont les plus accomplis fe jettent en moule.

Pour les faire croître par tout également, on ne fait que les arrofer au clair de la lune ; mais ils ne font jamais plus beaux que lorfqu'ils commencent à fondre. Ils ont tous cette perfection, qu'ils rompent plutôt que de plier ; & ils ne font point diffimulés, car on peut lire tout ce qu'ils ont dans le cœur. Si nous fûmes étonnés de les voir, ils ne le furent pas moins de nous rencontrer, & nous firent préfent de fruits glacés, & de grands plats de gelée, quoique leur premier abord fût affez froid. Ils nous prefsèrent fort de demeurer en leur pays, mais il y faifoit un froid fi infupportable, que nous n'y pouvions durer. Nous nous contentâmes, avant de partir, de voir le temple de leur dieu, qu'ils adorent fous la figure d'un ours blanc (1), ce qui a donné le nom au pays. Il y a une merveille dans ce temple, qui ne fe trouve nulle part ; c'eft une glace de miroir qui a fervi de moule aux dieux pour former les hommes ; car s'en étant approchés, ils animèrent leur image ; mais ils furent fi fâchés de voir qu'elle faifoit tout le contraire de ce qu'ils vouloient, & qu'elle prenoit de la main gauche ce qu'ils lui préfentoient de la main droite ; que pour punir ce nouvel homme, ils ne lui voulurent point don-

_____

(1) Arctos fignifie ours en grec.

ner de femme, afin d'en faire périr la race ; mais comme il aimoit à se multiplier, il se présenta devant le même miroir, & anima sa ressemblance, qui par un juste châtiment lui contredit en tout & par-tout. C'est de-là que vient cet esprit de contradiction qui est dans les femmes & les enfans ; car la femme est l'image de l'homme, & les enfans sont la leur. Au sortir de ce pays, nous entrâmes dans un autre fort tempéré, & abordâmes par bonne fortune au royaume de Numismacie, après avoir admiré la diversité de la nature, qui en un même endroit du monde avoit placé deux nations si contraires.

J'ai dit que nous abordâmes heureusement au royaume de Numismacie, parce que c'est un pays où l'on n'aborde pas quand on veut, & tel l'a cherché toute sa vie, qui ne l'a jamais pu trouver. Les habitans y parlent toute sorte de langues, c'est pourquoi ils sont fort bons truchemens, sur-tout les Chrysandriens & les Argyrandriens, dont l'organe touche plus au cœur, car on ne fait pas cas des autres, & ils sont sujets à être fourbes. Ces peuples, pour être engendrés de Mercure & de la belle Sulfurie, sont d'une figure fort étrange, car on ne leur voit ordinairement que le cou & la tête : quoi qu'ils soient tous empereurs, rois & sou-

verains, ils portent derrière eux leurs armes &
leurs devises, & relèvent de la reine Lydie (1), &
non pas de l'île des poëtes, comme les autres.
Du moment qu'ils font faits ils ne croissent ni ne
diminuent ; il est vrai que les traits de leur visage
s'effacent peu-à-peu, & qu'ils font sujets à une
certaine érésypèle qui les fait beaucoup dé-
choir. C'est une chose étrange, que de leur
peau qu'on enlève, les fourbes dont j'ai parlé
se masquent, & passent après pour eux ; de
sorte qu'on y est souvent trompé ; mais ces gens-
là n'appréhendent rien tant que la rencontre de
leur reine ; car pour peu qu'elle les touche, elle
les fait rougir ou pâlir, selon la diversité de leur
crime, & aussi-tôt on les met en quatre quar-
tiers, & on les jette dans le feu ; mais ils ne font
pas entièrement consumés, car tout ce qu'ils
avoient d'impur s'en étant allé en fumée, on
crée de nouveaux sujets de ce qui reste, qui
font aussi parfaits que les autres, particulièrement après qu'on leur a imprimé le caractère du
prince, qui est comme le cachet de la nature,
dont Platon dit que nous sommes tous scellés.
Ces peuples n'engendrent point, & font de nature immortelle, principalement les Chrysandriens & les Argyrandriens, qui ne peuvent
être anéantis en quelque manière que ce soit,
non pas même par le feu, qui au contraire les

_____

(1) Pierre de touche.

purge, quand ils font malades , & les rend plus
beaux & meilleurs. Nous fûmes fort bien traités
dans cette île , car encore que ce ne foit qu'un
roc ftérile , on n'y manque de rien , & l'on y
apporte de tous côtés ; en effet , ces peuples font
fi aimés de tout le monde, qu'on craint qu'à la fin
ils ne fe rendent maîtres de l'univers , non pas
par force, mais par amitié ; car c'eft une chofe
étrange de la paffion qu'on a pour eux , &
comme tant d'hommes fi différens de mœurs,
de religion & de coutumes, s'accordent tous en
ce point : auffi fait-on tout ce qu'on peut pour
les avoir , & quand on les tient on les enferme
fous la clef, de peur qu'ils ne s'en aillent , car
ils font d'une nature très-inconftante ; & pour
peu qu'on les laiffe à l'écart , on ne les retrouve
plus. Du refte , ce font les meilleurs efclaves
du monde, car ils favent tout faire , & fe mettent à tout. C'eft par leur moyen qu'on a ap-
plani les montagnes , comblé les vallons, bâti
des villes, peuplé des déferts, cultivé des rochers , féché des mers , arrofé les lieux les plus
arides , & frayé des chemins à travers des
abymes & des précipices. Quoi qu'ils foient
fujets à être enterrés tout vifs , & à demeurer
long-tems fans voir ni lune , ni foleil ; ils ne
s'en portent pas plus mal , & n'en font point
plus mauvais vifage , car ils favent que ce qu'on

en fait n'eſt pas par inimitié, mais par affection: toutefois ils aiment fort les Dapſiliens (1), parce qu'ils leur font voir en peu de tems bien du pays, & qu'ils ne les tiennent pas enfermés comme les autres; auſſi paroiſſent-ils plus entre leurs mains que par-tout ailleurs. Comme il n'y a que façon d'avoir ces Numiſmaciens, je fis ſi bien, qu'en ayant gagné une partie & pris l'autre, je recouvrai, par leur entremiſe, un bon vaiſſeau équipé de tout ce qui étoit néceſ-ſaire pour retourner en notre pays.

Cela nous vint bien à propos, car au ſortir de-là nous fûmes ſurpris par une tempête, qui après nous avoir agités long-tems, & conſumés toutes nos proviſions, nous jetta enfin en l'île des Poëtes, qui eſt un pays fort éloigné du royaume de Numiſmacie. La première ren-contre que nous y fîmes, fut d'un grand vieillard de bonne mine, qui avoit la barbe fort véné-rable; mais il avoit la cervelle en écharpe, qui eſt un mal auquel ils ſont preſque tous ſujets. Au lieu de répondre à ce que nous lui demandions, il ſe contenta, après quelques grimaces, de nous faire ſigne de la main, pour nous montrer le chemin par où nous devions aller: nous mon-tâmes par ſon ordre ſur le faîte d'un haute mon-

_____

(1) Dépenſiers.

tagne, qui avoit double sommet, où nous vîmes
un grand peuple assemblé, pour voir lever
l'aurore, qui est la déesse qu'on y révère avec
le soleil. Elle n'eut pas plutôt ouvert les yeux,
qu'ils tirèrent les rideaux chamarés de son lit ;
& après lui avoir donné le bon jour en chantant
(car ces peuples chantent comme les autres
parlent) ils la vêtirent de pourpre & d'écarlate, mêlant l'or & l'azur parmi les opales &
les rubis, sans dessein & sans ordre, ils assu-
roient que cela ne laissoit pas de faire un fort
bel effet de loin. Ensuite ils mirent dans ses
doigts de roses quantité de perles & de diamans,
pour répandre sur les herbes & sur les fleurs ;
mais à peine eut-elle achevé de se parer, qu'un
nuage s'éleva, causé par le souffle des chevaux
du soleil, qui la déroba à notre vue. Cependant
les poëtes s'empressoient plus que devant, pour
célébrer aussi la naissance de cet astre, car il
meurt & naît tous les jours en leur pays, &
tandis que les heures diligentes attelgient ses
chevaux à son char, ils ceignirent les temples
du jeune Phébus d'une couronne de lumière.
Comme je considérois ces choses avec attention, m'étant écarté pour chercher l'aurore, je
trouvai au retour que le soleil s'étoit aussi fort
éloigné, & qu'il étoit déja bien haut dans le
ciel. Cependant ces messieurs ne répondoient à

mes queſtions qu'avec un accent grave, & des termes empoulés, pour imiter le langage des dieux, à qui ils ne reſſemblent que par-là ; car ils ſont fort pauvres, logent dans des cabanes faites de roſeaux, ne portent que des chapeaux de fleurs ; & ne ſont couverts que de feuilles de laurier & de lierre, qui eſt un aſſez mauvais habit pour l'hiver. Les cheveux de leurs maî-treſſes ſont d'or, mais il n'y en a point ſur leurs jupes, & leurs dents ſont autant de perles orien-tales, mais il n'y en a point à leur cou. Leur manger eſt de fruits ſauvages & de miel, & leur breuvage d'eau & de lait ; néanmoins ils ſont ſi glorieux qu'ils diſputent de félicité avec Jupiter ; du reſte leur pays eſt très-beau à la vue, & je m'étonne qu'ils ne ſoient pas plus riches, vu les richeſſes dont ils diſent qu'ils abondent. Car à les ouïr parler, leurs prés ne ſont que d'éme-raudes, leurs guerets ſont couverts d'épis do-rés ; leurs fleurs ſont de pourpre & d'azur ; celles des arbres d'argent, & leur fruit d'or. Le nectar ne vaut pas le criſtal de leurs fontaines ; les petits cailloux du rivage ſont autant de diamans & de pierreries, & chaque goutte de rocher eſt une perle. Avec tout cela ils n'ont pas de pain, & l'on diroit que, comme Midas, ils meurent de faim au milieu de leurs tréſors ; auſſi tout ce qu'ils diſent ne paroît qu'à eux de la ſorte, &

j'avois

j'avois beau ouvrir les yeux, je ne voyois point
tous ces tréfors imaginaires. Ils font fort bifarres,
& fujets à une infinité de caprices & de fantai-
fies; & quand leur verve les prend, on ne les
fauroit gouverner. Ils font d'étranges grimaces,
& fe contournent comme s'ils avoient des con-
vulfions, particulièrement quand ils enfantent;
mais ce n'eft pas de douleur, car ils prennent
plaifir à accoucher. Ils ont cela de propre que
chacun fait des enfans fans avoir befoin du fecours d'autrui; auffi font-ils fort fujets à faire
des monftres, que la plupart des pères trouvent
néanmoins fort beaux, qui eft une grande grace
qu'ils ont reçue de Jupiter; car s'ils en recon-
noiffoient les défauts, cela les rendroit chagrins
& de mauvaife humeur, car ils les aiment à un
point qu'ils en font fous; mais les autres les
traitent avec mépris, c'eft pourquoi ils ne durent
pas long-tems, parce qu'on n'élève les enfans
en ce pays-là que d'une viande fort délicate,
qu'on appelle eftime. Ce qui eft de plus étrange,
c'eft la façon dont ils conçoivent, & dont ils
accouchent; car ils engendrent dans le creux de
leur tête, & accouchent par le bout des doigts.
Ils portent leurs enfans plus ou moins de tems,
felon qu'ils ont plus ou moins de chaleur: fi
l'enfant eft gros, ils s'en délivrent à plufieurs
reprifes, & quand il eft tout forti, on le raf-

G

femble en un corps, fans qu'il s'en porte plus
mal. Il y en a même qui ne font faits qu'à demi,
dont le père a avorté de l'autre moitié ; cependant ils ne laiffent pas de vivre , & d'être fort
bien reçus , quand ils viennent de bonne race ,
& d'un père qui en a fait d'autres qu'on eftime.
Ces peuples ne font pas fort dévots, & ne re-
connoiffent guères d'autre divinité que les yeux
de leur maîtreffe ; que s'ils célèbrent Apollon &
les Mufes , c'eft plutôt par coutume qu'autrement. Au commencement que je fus en leur
pays, je ne pouvois affez m'étonner de les voir
parler à des chofes inanimées , comme aux forêts & aux rochers ; mais après leur avoir vu
faire de plus grandes extravagances , je leur par-
donnai celle-ci. Comme nous nous préparions
au départ, le héros qui les nourriffoit vint à
mourir ; car ils font fi pareffeux, qu'ils mour-
roient de faim fi quelqu'un ne prenoit foin de
leur nourriture. Auffi-tôt il fut ordonné , pour
perpétuer fa mémoire, & faire vivre fon nom
après fa mort, qu'on embaumeroit ce nom avec
le fel de l'efprit, & qu'après l'avoir revêtu des
plus belles couleurs de la rhétorique , & paré
des plus brillantes fleurs de la poëfie, on le met-
troit en dépôt entre les bras de la renommée,
afin qu'elle le portât par toute la terre. Le jour
venu qu'on avoit deftiné pour ce haut myftère,

chacun se rendoit au lieu assigné, dans un grand silence : après quelques sanglots & quelques larmes, suivies d'élans douloureux & de pitoyables hélas, le tout accompagné de cérémonies muettes, on découvrit avec une respectueuse hardiesse, ce grand & vénérable nom, qui reposoit sur une urne d'or, environné de laurier & de ciprès, qui couronnoient les légères & froides cendres de cet invincible héros. En même tems on l'arma de tout ce qu'on avoit pu trouver dans l'univers de redoutable, de formidable, & d'intrépide ; puis on l'éleva au-dessus de tout ce qu'on put s'imaginer de majestueux, d'auguste & de sacré. Après, l'environnant de lumière, de splendeur & de gloire, on lui dressa des autels, où tandis que les uns sacrifioient à sa magnanimité, à sa générosité & à sa clémence, les autres érigeoient de vivantes statues, d'éternels trophées, & d'inébranlables monumens à sa triomphante mémoire. On entendoit d'autre part des concerts, où l'on célébroit ses divines actions, ses charmes inexplicables, & ses vertus immortelles. A ce bruit, la renommée vint à tire-d'aîle, qui ôta ce précieux nom de la vue des hommes, & l'alla semer par l'univers. Voilà de quelle sorte ils donnent l'immortalité aux grands personnages.

Après cette cérémonie, nous quittâmes cette

île & abordâmes par un doux vent en celle des Pygmées, qui eft de fon reffort, auffi-bien que les premières dont j'ai parlé. Mais elle eft fort petite, & n'a pas plus de quatre ou cinq lieues de long, au lieu que celle des géans en a plus de cinq ou fix cens. Cependant, quoique ces deux îles foient fort proches, elles ne laiffent pas de vivre en bonne intelligence fous l'autorité des poëtes, qui leur donnent telle loi qu'il leur plaît. Nous fûmes tout étonnés en arrivant, de voir que les plus grands hommes de ce pays - là n'avoient pas plus d'une coudée de haut, ce qui leur a donné le nom de Pygmées (1). Nous croyions du commencement que ce fuffent des lapins, d'autant plus que nous les voyions ramaffés enfemble comme dans une garenne ; mais nous reconnûmes en approchant, que c'étoient des hommes. Ils revenoient de faire la guerre aux grues, & avoient obtenu une grande victoire ; de forte que chacun rapportoit deux ou trois têtes de fon ennemi, qu'ils portoient fur l'épaule en guife de maffue & les tenoient par le bec. Ils avoient bien déniché quarante ou cinquante mille œufs après la bataille, que leurs femmes remportoient dans des hottes pour aider à leur fubfiftance.

---

(1) Le mot fignifie coudée.

C'est une chose admirable, de voir avec quelle valeur ils affrontent leurs ennemis, qui paroissent comme des géans à leur égard, & d'un coup de bec leur entament la cervelle, s'ils n'ont de bons casques pour se remparer, faits de grandes coques de noix. Mais la nature leur a donné beaucoup d'industrie, pour suppléer à leur foiblesse, & l'on dit qu'ils se coulent sous elles dans le combat, & qu'ils leur cassent les jambes qu'elles ont fort minces. Ils s'effrayèrent à notre abord ; mais lorsqu'ils eurent vu nos certificats, & que nous avions passé sans désordre à travers l'empire des fables, ils s'approchèrent de nous avec grande allégresse, & nous sautoient à la ceinture comme les petits chiens, quand ils veulent caresser leurs maîtres. Les plus apparens étoient portés sur des béliers & sur des chèvres, qui s'agenouillent comme font les chameaux, lorsqu'ils veulent monter dessus. Nous les accompagnâmes jusqu'à leurs cabanes, qui sont creusées dans terre comme des clapiers ; mais ils vont fort lentement, & ne font, comme on dit, que quatorze lieues en quinze jours ; ce qui nous ennuyoit fort. Vous direz, peut-être que je me méprens, de leur faire faire tant de chemin, n'ayant donné que quatre ou cinq lieues de long à leur île ; mais c'est qu'elle est toute composée de valons & montagnes ;

de forte qu'elle a deux ou trois fois plus d'étendue qu'il n'en paroît, & l'on diroit que la nature l'a fait exprès, pour la commodité des
habitans, qui fe nichent dans des trous; outre
que, par ce moyen, elle contient beaucoup
plus de peuple qu'elle ne feroit. Le lendemain
de leur arrivée on partagea le butin; & la cérémonie fe fit au fon des chalumeaux, qui leur
tiennent lieu de trompettes, comme les fonnettes de tambours; après quoi, ils tirèrent à
l'oifeau, ainfi qu'ils ont accoutumé en une ré-
jouiffance publique. Cet oifeau eft une mouche
prife dans une toile d'araignée, qu'il faut jetter
par terre d'un grain de mil & l'on tire avec un
chalumeau. La carrière où l'on s'exerce a plus
de deux cens pouces de long; car ils comp-
tent de la forte en ce pays-là, comme on fait
ici par toifes. Ils ne vivent pas plus de huit ans,
comme d'autres ont remarqué avant moi; &
les femmes engendrent à cinq. Si-tôt que leurs
enfans font nés, ils les cachent dans des rabouil-
lères, comme les lapins font leurs petits, de
peur des grües, qui les avalent tout d'un coup,
comme des navets. Ces petits bouts d'hommes
font fort ingénieux; & le foir pour nous régaler, ils nous donnèrent les marionnettes, à
quoi ils fe plaifent, comme on fait parmi nous,
à la comédie. Ils font fort fobres, & c'eft un

grand excès, quand ils mangent une cuisse
d'alouette; car pour leur ordinaire, ils n'ont
que deux ou trois mouches en broche, ou quelque peu davantage, selon que leur famille est
plus ou moins grande. Leurs broches sont faites
de pointes de hérisson; mais les grosses où ils
rôtissent des alouettes, sont des dards de porc-
épic. Ils boivent dans de petits vases faits de
noyaux de cérises, & leur breuvage, sont deux
ou trois gouttes de rosée qu'ils recueillent au
printems, & conservent dans des œufs d'autruche, qui leur servent comme de muids;
& parce qu'ils aiment beaucoup cette liqueur,
cela leur tient lieu de pipes de malvoisie. Leurs
assiettes sont des écailles de carpes, dont les
plus belles sont les plus dorées, & leurs plats
de petits bassinets de gland. C'est de-là que
viennent les arbres nains, car toutes leurs
forêts sont par buissons, ce que la nature a fait
exprès, afin qu'ils ne se rompent point le cou,
en voulant grimper dessus. On y voit aussi de
la vigne, qu'ils aiment; parce qu'ils croient
qu'elle rampe, pour s'accommoder à leur foiblesse. Ils sont très-bien proportionnés, vu la
petitesse de leur taille, & se moquent de la
nôtre, à cause du danger qu'il y a, lorsqu'on
vient à tomber de si haut.

Au sortir de cette île, nous voulûmes aller

en celle des souhaits : mais nous n'y pûmes
jamais aborder, car en ce pays-là on n'arrive
pas où l'on veut; de sorte que nous fûmes
contraints de relâcher dans celles des magiciens, sans pouvoir visiter seulement l'île des
géans, quoique nous eussions grande envie de
la voir. Car on nous en contoit des merveilles,
qu'ils enjamboient les rivières, comme l'on
fait un ruisseau, pêchoient à la ligne aux baleines, avec de gros cables de navire, dont les
ancres servoient d'hameçon, jouoient à la boule
avec des montagnes, qu'ils laissoient quelquefois
dans le jeu; ce qui étoit cause qu'on en trouvoit de toutes seules au milieu des grandes
plaines, où ils avoient joué. Comme nous eûmes mis pied à terre dans l'île des magiciens,
un de nos matelots, qui avoit été autrefois
en ce pays-là, nous avertit, pour éviter,
comme on dit, les fausses prophéties, de pisser
sur nos pieds en nous levant, afin de nous
précautionner contre toutes sortes de charmes.
Il nous dit aussi, que si quelqu'un nous touchoit,
nous lui rendissions le coup, afin que le sort
retournât sur celui qui l'avoit donné. Dans cet
entretien nous arrivâmes à la plaine de Zoroas-
tre, qui prend son nom de la capitale du pays,
laquelle est bâtie au milieu. La nuit nous surprit avant que d'y pouvoir arriver; de sorte

que, comme il ne fait pas bon voyager de
nuit en ce pays-là, nous fûmes contraints de
nous coucher fur l'herbe, & de manger ce
que nous avions apporté de notre barque. Mes
compagnons dormoient déjà, lorfque j'ouïs un
grand miaulement de chats, de quoi m'étant
ennuyé, je me levai pour les chaffer, à caufe
qu'ils m'empêchoient de dormir. Mais comme
je les pourfuivois affez loin, parce qu'ils ne
vouloient pas s'en aller, je me trouvai engagé
dans une grande caverne éclairée d'une infinité
de lampes. A mefure que les chats entroient,
ils fe changeoient en autant de belles & de
jeunes demoifelles, qui fe mettoient à danfer
toutes nues à reculons, tournant le dos les unes
aux autres, & renfermoient au milieu un bouc
lafcif, dont elles imitoient les poftures diffo-
lues, fe baiffant de tems en tems pour le regarder entre leurs jambes. Après que cela eut
duré affez long-tems, ce bouc s'alla mettre en
un coin, où elles vinrent toutes le baifer au
derrière ; & jettèrent fur lui des fleurs, comme
on a coutume de faire aux myftères de Priape.
Pendant cette cérémonie, on vit venir par l'air
des hommes à cheval fur des balais ; & ils ne
furent pas plutôt arrivés qu'ils firent un facri-
fice. Mais le bouc rejetta toutes leurs offran-
des ; de forte que croyant avoir manqué à

quelque cérémonie, ils recommencèrent tout
de nouveau, & se tirèrent du sang de toutes
les parties du corps, à coups de lancettes.
Mais le bouc continua à témoigner de l'aversion; si bien que lui en ayant demandé la cause,
ils surent que c'étoit parce que j'étois-là. Là-
dessus ils me vinrent prendre, & je crus qu'il
m'alloient immoler; mais j'en fus quitte pour
être mordu au-derrière & signer de mon sang
un papier; après quoi le bouc me dit que j'étois
à lui. Alors, ce ne furent que jeux & que ris,
avec un sabat effroyable; car on ne s'entendoit
pas l'un l'autre; & chacun faisoit ce qu'il vouloit, à l'imitation du bouquin, qui caressoit
les plus belles. Lorsque cela fut fait, je fus
étonné de voir la nappe mise; & sans voir
ceux qui apportoient les plats, elle fut couverte en un instant. Comme tout le monde se
fut placé, sans se faire beaucoup prier, il se
fit d'abord un grand silence, & chacun menoit
plus de bruit des dents que de la langue; mais
parce que je trouvois les viandes un peu fades,
je ne pus m'empêcher de crier qu'on apportât
du sel. A ce mot, tout disparut, & je me trouvai seul & sans lumière, dans une carrière fort
obscure, où je fus contraint de demeurer jusqu'au point du jour. Ensuite, je me rendis où
étoient mes compagnons, sans leur oser rien

dire de ce qui m'étoit arrivé ; parce qu'ils
étoient si effrayés des contes qu'on leur avoit
faits du pays, que la moindre chose étoit capable de leur troubler l'esprit. Malgré ces terreurs paniques, je les amenai à Zoroastrie, où
tous les logis nous paroissoient autant de palais
enchantés. On voyoit aux portes & aux fe-
nêtres, les plus belles dames du monde, qui
nous jettoient en passant des œillades fort
amoureuses ; ce qui m'eût touché davantage,
si je ne les eusse pas connues ; mais c'étoient
les mêmes que j'avois vues dans la carrière.
Comme nous passions de cette rue-là, à une
autre, nous eûmes la tête rompue de cent valets
de marchands, qui, sortant de leurs boutiques,
nous crioient : » Messieurs, voulez-vous qu'on
» tire votre horoscope, pour voir si vous fe-
» rez heureux en ce monde-ci, ou en l'autre ?
» Messieurs, c'est ici qu'on trouve toutes for-
» tes d'esprits familiers, & de caractères pour
» faire mille lieues en un jour. Messieurs,
» voulez-vous avoir la précieuse racine que
» les rois de Perse donnent à leurs ambassa-
» deurs, pour ne manquer de rien dans les
» grands voyages ? C'est ici, disoit un autre,
» qu'est le véritable secret pour retrouver tou-
» tes les choses perdues & même son puce-
» lage : c'est moi qui, par la grace des Dieux,

» nettoie le corps de sa rouille & qui le rend
» invulnérable. C'est ici, messieurs, qu'on
» trouve de ces écus roulans & de ces bourses
» inépuisables, où l'on rencontre toujours de
» l'argent, quoiqu'on n'y en mette jamais.
» Messieurs, disoient d'autres, d'une voix
» toute enrouée à force de crier, voici la
» véritable vervène cueillie avant jour & sé-
» chée à l'ombre, lorsqu'il n'y avoit ni lune
» ni soleil sur terre; vous plaît-il d'en avoir,
» quand ce ne seroit que pour voir vos
» maîtresses en songe ». Enfin, délivrés de ces
importuns criailleurs, nous arrivâmes au logis
d'une bonne femme, de la connoissance de nos
matelots, qui nous reçut fort bien. Mais je ne
sais par quel accident, un de mes compagnons
tomba malade si dangereusement, que nous
croyions à toute heure qu'il dût mourir. Son
plus grand mal venoit de l'imagination qu'il
avoit d'être ensorcellé ; & pour en savoir la
vérité, il fit tout ce qu'on lui conseilla. Entr'autres choses, on lui fit acheter un cœur de bœuf,
qu'on larda d'épingles sans tête & d'aiguilles
sans cul; puis le mettant bouillir dans un chauderon, on accompagnoit chaque bouillon d'une
parole magique, pour attirer dans la chambre celui qui avoit fait le sort. Que s'il ne venoit pas, on avoit du moins la satisfaction de

le faire mourir en langueur; car à mesure que
le cœur se consumoit, celui de l'enchanteur se
devoit consumer aussi. Comme il n'y avoit plus
d'eau au chauderon, on vit venir une grande femme noire, avec les yeux égarés & étin-
lans, l'écume à la bouche, & la fureur sur
le visage. Si-tôt qu'elle fut entrée, on mit un
manche de balai derrière la porte, pour l'empêcher de sortir; mais cette mégère, sans prendre
garde à cela, vint droit au lit du malade; & tirant
le rideau, lui dit d'une voix cassée & enrouée,
que me veux-tu? En même tems, quatre grands
coquins qu'on avoit loués pour la frotter avec
des bâtons de sarment, sautèrent en place; mais
comme ils vouloient rabattre le bras qu'ils
avoient levé, elle troussa tout d'un coup sa
robe, d'où sortit une si grande flâme, que ces
galans furent tous grillés; & la sorcière en même
tems se saisit du balai qui étoit derrière la porte,
& se perchant dessus, s'envola par la fenêtre,
laissant dans la chambre une puanteur effroyable. Cependant, notre pauvre malade étoit à
l'extrémité, & dans la pensée que tout ce qu'on
lui donnoit étoit charmé, il ne vouloit prendre aucune chose; ce qui ayant ému notre hôtesse à compassion, elle nous mena chez la plus
grande magicienne de la ville, qui étoit de ses
amies, & logeoit dans un vilain trou qui n'é-

toit bâti que de gibets & de potences. Mais derrière s'élevoit un palais superbe, où l'on voyoit sous les portiques jouer de petits enfans, qu'elle nourissoit pour faire un bain de leur sang, afin de guérir un grand prince qui étoit malade de la lépre. Au milieu de la cour étoit une fontaine grande comme un petit lac, où nageoient plusieurs poissons, & sur le bord une vieille décrépite, dont le nez & le menton se touchoient; & dans l'intervalle de ses rides, s'élevoient de gros porreaux ombragés de longs poils gris, qui se mouvoient au branle de sa tête, & se jouoient sur son visage, comme dit le poëte au gré des Zéphirs. D'une main elle tenoit une tasse, dans laquelle elle buvoit; & de l'autre, elle étendoit les peaux de son menton, pour lui servir de soucoupe, de peur qu'il ne tombât de l'eau sur ses habits. Si-tôt qu'elle nous apperçut, elle vint à nous toute courbée sur un bâton, ne faisant pas un pas, sans laisser tomber une roupie; & pour me régaler, elle me sauta au cou & me baisa, à cause que je lui paroissois assez agréable. Cela me fit une telle horreur, que je courus aussi-tôt à la fontaine pour me laver; mais je n'eus pas plutôt pris de l'eau, que je me trouvai enlevé par l'air dans une chambre du palais, où j'entrai par la cheminée. Elle étoit enrichie de fort belles

peintures, où l'on voyoit diane & ses nymphes
à demi-nues, en un endroit cueillir des fleurs,
en un autre se baigner, ou poursuivre une
biche à la chasse : mais tout à coup, comme
je prenois plaisir à les contempler, tous ces
personnages s'animèrent; & se détachant des
tableaux, commencèrent à danser autour de
moi avec grand bruit. L'un en passant me donnoit une nazarde, l'autre une croquignole; &
tous faisoient des postures extravagantes, pour
me faire peur; mais n'en ayant pu venir à bout,
ils disparurent en un instant, & me laissèrent
parmi un tas de vilaines bêtes qui me couroient
parmi le corps. Comme j'étois au désespoir de
me voir en cet état, je vis sortir d'une armoire
la plus belle personne du monde, qui commença à m'accuser de la rigueur que je lui
avois témoignée près de la fontaine; & me jura
par l'ame des contes de vieille de ses ancêtres,
que si je ne lui voulois être plus doux, elle
s'alloit jetter dans un feu qui s'étoit allumé à la
cheminée. A ces mots, je courus pour l'embrasser, ne pouvant résister à ses charmes;
mais je fus retenu par une main invisible; ce
qui l'effraya tellement, qu'elle se jetta dans le
feu. Aussi-tôt tout le palais disparut, & je me
retrouvai dans la rue avec mes camarades, où
de crainte de pires accidens, nous allâmes

tout de ce pas acheter des caractères, avec lefquels nous retournâmes en notre pays; & nous nous trouvâmes chacun un matin dans notre lit, comme fi tout le voyage que nous avions fait, n'avoit été qu'un long fonge.

Fin de l'hiftoire véritable.

VOYAGES

DE

CYRANO DE BERGERAC

DANS LES EMPIRES

DE LA LUNE ET DU SOLEIL,

ET

L'HISTOIRE DES OISEAUX.

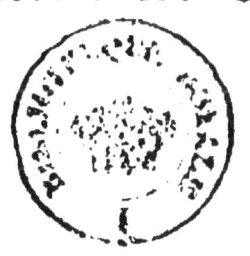

HISTOIRE
COMIQUE
DES ÉTAT ET EMPIRE
DE LA LUNE.

La lune étoit en son plein, le ciel étoit
découvert, & neuf heures du soir étoient
sonnées, lorsque revenant de Clamard près
Paris (où M. de Guigy le fils, qui en est seigneur, nous avoit régalés plusieurs de mes
amis & moi,) les diverses pensées que nous
donna cette boule de safran, nous défrayèrent
sur le chemin : de sorte que les yeux noyés
dans cet astre, tantôt l'un le prenoit pour
une lucarne du ciel ; tantôt un autre assuroit
que c'étoit la platine où Diane dresse les rabats
d'Apollon ; un autre, que ce pouvoit bien
être le soleil lui-même, qui s'étant au soir
dépouillé de ses rayons, regardoit par un
trou ce qu'on faisoit au monde quand il n'y

étoit pas. Et moi, leur dis-je, qui souhaite mêler mes enthousiasmes aux vôtres, je crois, sans m'amuser aux imaginations pointues dont vous chatouillez le tems pour le faire marcher plus vîte, que la lune est un monde comme celui-ci, à qui le nôtre sert de lune, Quelques-uns de la compagnie me régalèrent d'un grand éclat de rire. Ainsi peut-être, leur dis-je, se moque-t-on maintenant dans la lune de quelque autre, qui soutient que ce globe-ci est un monde : mais j'eus beau leur alléguer que plusieurs grands hommes avoient été de cette opinion, je ne les obligeai qu'à rire de plus belle.

Cette pensée cependant, dont la hardiesse biaisoit à mon humeur, affermie par la contradiction, se plongea si profondément chez moi, que pendant tout le reste du chemin je demeurai gros de mille définitions de lune, dont je ne pouvois accoucher : de sorte qu'à force d'appuyer cette croyance burlesque par des raisonnemens presque sérieux, il s'en falloit peu que je n'y déférasse déjà ; quand le miracle, ou l'accident, la providence, la fortune, ou peut-être ce qu'on nommera vision, fiction, chimère, ou folie, si l'on veut, me fournit l'occasion qui m'engagea à ce discours. Etant arrivé chez moi, je montai dans mon cabinet,

où je trouvai fur la table un livre ouvert, que
je n'y avois point mis ; c'étoit celui de Cardan ; & quoique je n'euffe pas deffein d'y lire,
je tombai de la vue, comme par force, fur
une hiftoire de ce philofophe, qui dit, qu'é-
tudiant un foir à la chandelle, il apperçut entrer au travers des portes fermées, deux grands
vieillards, lefquels, après beaucoup d'interro-
gations qu'il leur fit, répondirent qu'ils étoient
habitans de la lune, & en même tems difpa-
rurent. Je demeurai fi furpris, tant de voir un
livre qui s'étoit apporté là tout feul, que de
l'endroit où il s'étoit rencontré ouvert, que
je pris cet enchaînement d'incidens pour
une infpiration de faire connoître aux hommes
que la lune eft un monde. Quoi, difois-je en
moi-même, après avoir tout aujourd'hui parlé
d'une chofe, un livre, qui peut-être eft le feul
au monde où cette matière fe traite fi particulièrement, voler de ma bibliothèque fur ma
table ; devenir capable de raifon, pour s'ouvrir juftement à l'endroit d'une aventure fi
merveilleufe ; entraîner mes yeux deffus,
comme par force, & fournir enfuite à ma
fantaifie les réflexions, & à ma volonté les
deffeins que je fais ! Sans doute, continuois-je,
les deux vieillards qui apparurent à ce grand
homme, font ceux-là même qui ont dérangé

mon livre, & qui l'ont ouvert sur cette page; pour s'épargner la peine de me faire la harangue qu'ils ont faite à Cardan. Mais, ajoutois-je, je ne saurois m'éclaircir de ce doute, si je ne monte jusques-là. Et pourquoi non ? me répondois-je aussi-tôt. Prométhée fut bien autrefois au ciel y dérober du feu. Suis-je moins hardi que Lui ? & ai-je lieu de n'en pas espérer un succès aussi favorable ?

A ces boutades, qu'on nommera peut-être des accès de fievre chaude, succéda l'espérance de faire réussir un si beau voyage : de sorte que je m'enfermai, pour en venir à bout, dans une maison de campagne assez écartée, où, après avoir flatté mes rêveries de quelques moyens proportionnés à mon sujet, voici comme je montai au ciel.

J'avois attaché tout autour de moi quantité de fioles pleines de rosée, sur lesquelles le soleil dardoit ses rayons si violemment, que la chaleur qui les attiroit, comme elle fait les plus grosses nuées, m'éleva si haut, qu'enfin je me trouvai au dessus de la moyenne région : mais comme cette attraction me faisoit monter avec tant de rapidité, qu'au lieu de m'approcher de la lune, comme je prétendois, elle me paroissoit plus éloignée qu'à mon départ, je cassai plusieurs de mes fioles, jusqu'à ce que je fentis que ma pefanteur furmontoit l'attraction, & que je redefcendois vers la terre. Mon opinion ne fut point fauffe, car j'y retombai quelque tems après; & à compter de l'heure que j'en étois parti, il devoit être minuit. Cependant je reconnus que le foleil étoit alors au plus haut de l'horifon, & qu'il étoit là midi. Je vous laiffe à penfer combien je fus étonné. Certes, je le fus de fi bonne forte, que ne fachant à quoi attribuer ce miracle, j'eus l'infolence de m'imaginer qu'en faveur de ma hardiesse, dieu avoit encore une fois recloué le foleil aux cieux, afin d'éclairer une fi généreufe entreprife. Ce qui accrut mon étonnement, ce fut de ne point connoître le pays où j'étois, vu qu'il me fembloit qu'étant monté droit, je devois être defcendu au même lieu d'où j'étois parti. Equipé pourtant comme j'étois, je m'acheminai vers une efpèce de chaumière, où j'apperçus de la fumée; & j'en étois à peine à une portée de piftolet, que je me vis entouré d'un grand nombre d'homme tous nuds. Ils parurent fort furpris de ma rencontre; car j'étois le premier, à ce que je penfe, qu'ils euffent jamais vu habillé de bouteilles; & pour renverfer encore toutes les interprétations qu'ils auroient pu donner à cet équipage, ils voyoient

H.iv

qu'en marchant je ne touchois presque point à la terre : aussi ne savoient-ils pas qu'au moindre branle que je donnois à mon corps, l'ardeur des rayons de midi me soulevoit avec ma rosée; & que mes fioles n'étant plus en assez grand nombre, j'aurois pu être à leur vue enlevé dans les airs. Je voulus les aborder : mais comme si la frayeur les eût changés en oiseaux, un moment les vit perdre dans la forêt prochaine. J'en attrapai un toutefois, dont les jambes sans doute avoient trahi le cœur. Je lui demandai avec bien de la peine, (car j'étois tout essouflé) combien l'on comptoit delà à Paris, & depuis quand en France le monde alloit tout nud, & pourquoi ils me fuyoient avec tant d'épouvante? Cet homme à qui je parlois, étoit un vieillard olivâtre, qui d'abord se jetta à mes genoux; & joignant les mains en haut derrière la tête, ouvrit la bouche, & ferma les yeux. Il marmota long-tems entre ses dents; mais je ne discernai point qu'il articulât rien; de façon que je pris son langage pour le gazouillement enroué d'un muet.

A quelque tems delà je vis arriver une compagnie de soldats tambour-battant, & j'en remarquai deux se séparer du gros pour me reconnoître. Quand ils furent assez proches pour

être entendus, je leur demandai où j'étois.
Vous êtes en France, me répondirent-ils : mais
quel diable vous a mis en cet état ? & d'où
vient que nous ne vous connoissons point ?
Est-ce que les vaisseaux sont arrivés ? En allez-
vous donner avis à M. le gouverneur ? & pourquoi avez-vous divisé votre eau-de-vie en
tant de bouteilles ? A tout cela je leur repartis,
que le diable ne m'avoit point mis en cet état ;
qu'ils ne me connoissoient pas, à cause qu'ils
ne pouvoient pas connoître tous les hommes ;
que je ne savois point que la Seine portât de
navires à Paris : que je n'avois point d'avis
à donner à M. le maréchal de l'Hospital,
& que je n'étois point chargé d'eau-de-vie.
Oh, oh, me dirent-ils, me prenant par le
bras, vous faites le gaillard ! M. le gouverneur vous connoîtra bien, lui. Ils me
menèrent vers leur gros, où j'appris que j'é-
tois véritablement en France, mais en la Nouvelle : de sorte qu'à quelque tems de-là je fus
présenté au vice-roi, qui me demanda mon
pays, mon nom & ma qualité ; & après que
je l'eus satisfait, lui contant l'agréable succès
de mon voyage, soit qu'il le crût, soit qu'il
feignît de le croire, il eut la bonté de me faire
donner une chambre dans son appartement.
Mon bonheur fut grand, de rencontrer un
homme capable de hautes opinions, & qui

ne s'étonna point, quand je lui dis qu'il falloit que la terre eût tourné pendant mon élévation ; puisqu'ayant commencé de monter à deux lieues de Paris, j'étois tombé par une ligne quasi perpendiculaire en Canada.

Le soir, comme je m'allois coucher, il entra dans ma chambre, & me dit : je ne serois pas venu interrompre votre repos, si je n'avois cru qu'une personne qui a pu trouver le secret de faire tant de chemin en un demi-jour, n'ait pas eu aussi celui de ne se point lasser. Mais vous ne savez pas, ajouta-t-il, la plaisante querelle que je viens d'avoir pour vous avec nos pères ? Ils veulent absolument que vous soyez magicien ; & la plus grande grace que vous puissiez obtenir d'eux, est de ne passer que pour imposteur. Et en effet, ce mouvement que vous attribuez à la terre, est un paradoxe assez délicat ; & pour moi, je vous dirai franchement, que ce qui fait que je ne suis pas de votre opinion, c'est qu'encore qu'hier vous soyez parti de Paris, vous pouvez être arrivé aujourd'hui en cette contrée, sans que la terre ait tourné : car le soleil vous ayant enlevé par le moyen de vos bouteilles, ne doit-il pas vous avoir amené ici, puisque, selon Ptolomée & les philosophes modernes, il chemine du biais que vous faites

marcher la terre ? Et puis, quelle grande vrai-
semblance avez-vous, pour vous figurer que
le soleil soit immobile, quand nous le voyons
marcher ? & quelle apparence que la terre
tourne avec tant de rapidité, quand nous la
sentons ferme dessous nous ? Monsieur, lui repliquai-je, voici les raisons à peu près qui nous
obligent à le préjuger. Premièrement, il est du
sens commun, de croire que le soleil a pris
place au centre de l'univers, puisque tous les
corps qui sont dans la nature, ont besoin de ce
feu radical ; qu'il habite au cœur du royaume,
pour être en état de satisfaire promptement
à la nécessité de chaque partie ; & que la cause
des générations soit placée au milieu de tous
les corps, pour y agir également, & plus aisément : de même que la sage nature a placé
les parties génitales dans l'homme, les pepins
dans le centre des pommes, les noyaux au milieu de leur fruit : & de même que l'oignon
conserve, à l'abri de cent écorces qui l'envi-
ronnent, le précieux germe, où dix millions
d'autres ont à puiser leur essence : car cette
pomme est un petit univers à soi-même, dont
le pepin, plus chaud que les autres parties,
est le soleil, qui répand autour de soi la chaleur conservatrice de son globe : & ce germe,
dans cette opinion, est le petit soleil de ce petit

monde, qui réchauffe & nourrit le fel végétatif de cette petite mafie. Cela donc fuppofé,
je dis que la terre ayant befoin de la lumière,
de la chaleur, & de l'influence de ce grand
feu, elle fe tourne autour de lui, pour recevoir également en toutes fes parties cette vertu
qui la conferve : car il feroit auffi ridicule de
croire que ce grand corps lumineux tourne
autour d'un point dont il n'a que faire, que
de s'imaginer, quand nous voyons une alouette
rôtie, qu'on a pour la cuire tourné la cheminée à l'entour : autrement, fi c'étoit au foleil à faire cette corvée, il fembleroit que la
médecine eût befoin du malade ; que le fort
dût plier fous le foible, le grand fervir au
petit ; & qu'au lieu qu'un vaiffeau cingle le
long des côtes d'une province, la province
tourneroit autour du vaiffeau. Que fi vous
avez peine à comprendre comment une maffe
fi lourde fe peut mouvoir ; dites-moi, je vous
prie, les aftres & les cieux que vous faites fi
folides, font-ils plus légers ? Encore eft-il plus
aifé à nous qui fommes affurés de la rondeur
de la terre, de conclure fon mouvement par
fa figure : mais pourquoi fuppofer le ciel rond,
puifque vous ne le pouvez favoir, & que de
toutes les figures, s'il n'a pas celle-ci, il eft
certain qu'il ne fe peut mouvoir ? Je ne vous

reproche point vos excentriques, ni vos épi-
cicles, que vous ne sauriez expliquer que très-
confusément, & dont je sauve mon système. Parlons seulement des causes naturelles de ce mouvement. Vous êtes contraints, vous autres,
de recourir aux intelligences, qui remuent &
gouvernent vos globes. Mais moi, sans interrompre le repos du souverain être, qui
sans doute a créé la nature toute parfaite, &
de la sagesse duquel il est de l'avoir achevée,
de telle sorte que l'ayant accomplie pour une
chose, il ne l'ait pas rendue défectueuse pour
une autre ; je dis que les rayons du soleil,
avec ses influences, venant à frapper dessus
par leur circulation, la font tourner, comme
nous faisons tourner un globe en le frappant
de la main ; ou de même que les fumées qui
s'évaporent continuellement de son sein du
côté que le soleil la regarde, repercutées par
le froid de la moyenne région, rejaillissent
dessus, & de nécessité, ne la pouvant frapper
que de biais, la font ainsi pirouetter.

L'explication des deux autres mouvemens
est encore embrouillée. Considérez un peu,
je vous prie... A ces mots, le vice-roi m'interrompit. J'aime mieux, dit-il, vous dispenser
de cette peine (aussi-bien ai-je lu sur ce sujet
quelques livres de Gassendi ;) mais à la charge

que vous écouterez ce que me répondit un jour un de nos pères, qui foutenoit votre opinion. En effet, difoit-il, je m'imagine que la terre tourne, non point pour les raifcns qu'allègue Copernic, mais parce que le feu d'enfer étant enclos au centre de la terre, les damnés qui veulent fuir l'ardeur de fa flamme, graviffent, pour s'en éloigner, contre la voûte, & font ainfi tourner la terre, comme un chien fait tourner une roue, lorfqu'il court enfermé dedans.

Nous louâmes quelque tems cette penfée, comme un pur effet du zèle de ce bon père; & enfin, le vice-roi me dit qu'il s'étonnoit fort, vu que le fyftême de Ptolomée étoit fi peu probable, qu'il eût été fi généralement reçu. Monfieur, lui répondis-je, la plupart des hommes qui ne jugent que par les fens, fe font laiffé perfuader à leurs yeux; & de même que celui dont le vaiffeau vogue terre à terre, croit demeurer immobile, & que le rivage chemine; ainfi les hommes tournant avec la terre autour du ciel, ont cru que c'étoit le ciel lui-même qui tournoit autour d'eux. Ajoutez à cela l'orgueil infupportable des humains, qui fe perfuadent que la nature n'a été faite que pour eux, comme s'il étoit vraifemblable que le foleil, un grand corps quatre cens trente-quatre fois plus vafte

que la terre, n'eût été allumé que pour mûrir
fes ceff , & pommer fes choux. Quant à moi,
bien loin de confentir à leur infolence, je crois
que les pla ètes font des mondes autour du
foleil, & que les étoiles fixes font auffi des
foleils qui ont des planètes autour d'eux, c'eft-
à dire, des mondes que nous ne voyons pas
d'ici, à caufe de leur petiteffe, & parce que
leur lumière empruntée ne fauroit venir jufqu'à
nous: car comment en bonne foi, s'imaginer
que ces globes fi fpacieux ne foient que de
grandes campagnes défertes, & que le nôtre,
à caufe que nous y campons, ait été bâti pour
une douzaine de petits fuperbes? Quoi, parce
que le foleil compaffe nos jours & nos années,
eft-ce à dire pour cela qu'il n'ait été conftruit
qu'afin que nous ne frappions pas de la tête
contre les murs? Non, non, fi ce dieu vifible
éclaire l'homme, c'eft par accident, comme le
flambeau du roi éclaire par accident un croche-
teur qui paffe dans la rue. Mais, me dit-il, fi,
comme vous affurez, les étoiles fixes font autant de foleils, on pourroit conclure de-là, que
le monde feroit infini, puifqu'il eft vraifemblable que les peuples de ce monde qui font
autour d'une étoile fixe, que vous prenez pour
un foleil, découvrent encore au-deffus d'eux
d'autres étoiles fixes, que nous ne faurions

appercevoir d'ici , & qu'il en va de cette forte
à l'infini.

N'en doutez point , lui repliquai-je ; comme
Dieu a pu faire l'ame immortelle , il a pu faire
le monde infini , s'il eft vrai que l'éternité n'eft
rien autre chofe qu'une durée fans bornes , &
l'infini une étendue fans limites. Et puis , Dieu
feroit fini lui-même , fuppofé que le monde ne
fût pas infini , puifqu'il ne pourroit pas être où
il n'y auroit rien , & qu'il ne pourroit accroître
la grandeur du monde , qu'il n'ajoutât quelque
chofe à fa propre étendue , commençant d'être
où il n'étoit pas auparavant. Il faut donc croire,
que comme nous voyons d'ici Saturne & Jupiter , fi nous étions dans l'un ou dans l'autre,
nous découvririons beaucoup de mondes que
nous n'appercevons pas , & que l'univers eft à
l'infini conftruit de cette forte. Ma foi, me
repliqua-t-il , vous avez beau dire, je ne faurois
du tout comprendre cet infini. Et dites-moi, lui
repartis-je , comprenez-vous le rien qui eft au-
delà ? Point du tout. Car quand vous fongez à
ce néant, vous vous l'imaginez tout au moins
comme du vent , ou comme de l'air ; & cela,
c'eft quelque chofe : mais l'infini , fi vous ne le
comprenez en général , vous le concevez au
moins par parties , puifqu'il n'eft pas difficile
de fe figurer au-delà de ce que nous voyons de
terre

terre & d'air, d'autre air & d'autre terre. Or
l'infini n'eſt rien qu'une tiſſure ſans bornes de
tout cela. Que ſi vous me demandez de quelle
façon ces mondes ont été faits, vu que la ſainte
écriture parle ſeulement d'un que Dieu créa,
je réponds que je ne diſpute plus : car ſi vous
voulez m'obliger à vous rendre raiſon de ce
que me fournit mon imagination, c'eſt m'ôter
la parole, & m'obliger de vous confeſſer que
mon raiſonnement le cédera toujours en ces
ſortes de choſes à la foi. Il me dit qu'à la vérité
ſa demande étoit blâmable, mais que je repriſſe
mon idée. De ſorte, ajoutai-je, que tous ces
autres mondes qu'on ne voit point, ou qu'on
ne croit qu'imparfaitement, ne ſont rien que
l'écume des ſoleils qui ſe purgent. Car comment
ces grands feux pourroient-ils ſubſiſter, s'ils
n'étoient attachés à quelque matière qui les
nourrit ? Or de même que le feu pouſſe loin de
ſoi la cendre dont il eſt étouffé ; de même que
l'or dans le creuſet ſe détache en s'affinant du
marcaſſite qui affoiblit ſon carat, & de même
encore que notre cœur ſe dégage par le vomiſ-
ſement, des humeurs indigeſtes qui l'attaquent ;
ainſi ces ſoleils dégorgent tous les jours, & ſe
purgent des reſtes de la matière qui nouoit leur
feu : mais lorſqu'ils auront tout-à-fait conſommé
cette matière qui les entretient, vous ne devez

point douter qu'ils ne fe répandent de tous
côtés pour chercher une autre pâture, & qu'ils
ne s'attachent à tous les mondes qu'ils auront
conftruits autrefois, à ceux particulièrement
qu'ils rencontreront les plus proches ; alors ces
grands feux rebrouillans tous les corps, les
rechafferont pêle-mêle de toutes parts comme
auparavant ; & s'étant peu à peu purifiés, ils
commenceront de fervir de foleils à d'autres
petits mondes qu'ils engendreront, en les pouffant hors de leurs fphères ; & c'eft ce qui a fait
fans doute prédire aux pytagoriciens l'embrâ-
fement univerfel. Ceci n'eft pas une imagination
ridicule, la Nouvelle France où nous fommes
en produit un exemple bien convaincant. Ce
vafte continent de l'Amérique eft une moitié de
la terre, laquelle en dépit de nos prédéceffeurs,
qui avoient mille fois cinglé l'océan, n'avoit pas
encore été découverte : auffi n'y étoit-elle pas
encore, non plus que beaucoup d'îles, de penin-
fules, & de montagnes, qui fe font foulevés fur
le globe, quand les rouillures du foleil qui
fe nettoyoit, ont été pouffées affez loin, &
condenfées en pelotons affez pefans, pour être
attirés pár le centre de notre monde, poffible
peu après en particules menues, poffible peut-
être tout à coup en une maffe. Cela n'eft pas
fi déraifonnable, que Saint-Auguftin ne l'eût

applaudi, fi la découverte de ce pays eût été faite de fon âge : puifque ce grand perfonnage, dont le génie étoit fort éclairé, affure que de fon tems la terre étoit plate comme un four, & qu'elle nageoit fur l'eau comme la moitié d'une orange coupée : mais fi j'ai jamais l'honneur de vous voir en France, je vous ferai obferver par une lunette excellente, que certaines obfcurités, qui d'ici paroiffent des taches, font des mondes qui fe conftruifent.

Mes yeux qui fe fermoient en achevant ce difcours, obligèrent le vice-roi de fortir. Nous eûmes le lendemain, & les jours fuivans, des entretiens de pareille nature : mais comme quelque tems après l'embarras des affaires de la province accrocha notre philofophe, je retombai de plus belle au deffein de monter à la lune.

Je m'en allois, dès qu'elle étoit levée, rêvant parmi les bois à la conduite & à la réuffite de mon entreprife ; & enfin une veille de Saint-Jean, qu'on tenoit confeil dans le fort pour déterminer fi l'on donneroit fecours aux fauvages du pays contre les Iroquois, je m'en allai tout feul derrière notre habitation, au coupeau d'une petite montagne, voici ce que j'exécutai. J'avois fait une machine, que je m'imaginois capable de m'élever autant que

je voudrois ; enforte que rien de tout ce que
j'y croyois néceflaire n'y manquant, je m'affis
dedans , & me précipitai en l'air du haut d'une
roche : mais parce que je n'avois pas bien pris
mes mefures, je culbutai rudement dans la
vallée. Tout froiflé néanmoins que j'étois, je
m'en retournai à ma chambre fans perdre courage, & je pris de la moëlle de bœuf, dont je
m'oignis tout le corps, car j'étois tout meurtri
depuis la tête jufqu'aux pieds ; & après m'être
fortifié le cœur d'une bouteille d'effence cor-
diale, je m'en retournai chercher ma machine ; mais je ne la trouvai point ; car des
foldats qu'on avoit envoyés dans la forêt
couper du bois pour faire le feu de la Saint-
Jean, l'ayant rencontrée par hafard, l'avoient
apportée au fort, où après plufieurs explica-
tions de ce que ce pouvoit être , quand on eut
découvert l'invention du reffort, quelques-uns
dirent qu'il y falloit attacher quantité de fufées volantes, d'autant que leur rapidité les
ayant enlevées bien haut, & le reffort agitant fes grandes aîles, il n'y auroit perfonne
qui ne prît cette machine pour un dragon de
feu. Je la cherchai long-tems cependant, mais
enfin je la trouvai au milieu de la place de
Kébec, comme on y mettoit le feu. La douleur de rencontrer l'œuvre de mes mains en

ùn si grand péril, me tranfporta tellement,
que je courus faifir le bras du foldat qui y
allumoit le feu, je lui arrachai fa mêche, &
me jettai tout furieux dans ma machine, pour
brifer l'artifiçe dont elle étoit environnée ;
mais j'arrivai trop tard ; car à peine y eus-je les
deux pieds, que me voilà enlevé dans la nue.
L'horreur dont je fus confterné ne renverfa
point tellement les facultés de mon ame, que
je ne me fois fouvenu depuis, de tout ce qui
m'arriva en cet inftant. Car dès que la flamme
eût dévoré un rang de fufées, qu'on avoit difpofées fix à fix, par le moyen d'une amorce
qui bordoit chaque demi-douzaine, un autre
étage s'embrâfoit, puis un autre; enforte que
le falpêtre prenant feu, éloignoit le péril en
le croiffant. La matière toutefois étant ufée,
fit que l'artifice manqua; & lorfque je ne fongeai plus qu'à laiffer ma tête fur celle de quelque montagne, je fentis, fans que je remuaffe
aucunement, mon élévation continuée; & ma
machine prenant congé de moi, je la vis tomber vers la terre. Cette aventure extraordinaire me gonfla le cœur d'une joie fi peu commune, que ravi de me voir délivré du danger
affuré, j'eus l'imprudence de philofopher là-
deffus. Comme donc je cherchois des yeux &
de la penfée, ce qui en pouvoit être la caufe,

j'apperçus ma chair bourfoufée, & graffe encore de la moëlle dont je m'étois enduit à
caufe des meurtriffures de mon trébuchement.
Je connus qu'étant alors en décours, & la
lune pendant ce quartier ayant accoutumé de
fuccer la moëlle des animaux, elle buvo:t
celle dont je m'étois enduit, avec d'autant
plus de force, que fon globe étoit plus proche
de moi, & que l'interpofition des nuées n'en
affoibliffoit point la vigueur.

Quand j'eus percé, felon le calcul que j'ai
fait depuis, beaucoup plus des trois quarts du
chemin qui fépare la terre d'avec la lune, je
me vis tout d'un coup cheoir les pieds en haut,
fans avoir culbuté en aucune façon ; encore ne
m'en fûs-je pas apperçu, fi je n'euffe fenti ma
tête chargée du poids de mon corps. Je connus bien, à la vérité, que je ne retombois pas
vers notre monde ; car encore que je me trou-
vaffe entre deux lunes, & que je remarquaffe
fort bien que je m'éloignois de l'une à mefure
que je m'approchois de l'autre, j'étois affuré
que la plus grande étoit notre globe, parce
qu'au bout d'un jour ou deux de voyage, les
réfractions éloignées du foleil venant à con-
fondre la diverfité des corps & des climats, il
ne m'avoit plus paru que comme une grande
plaque d'or. Cela me fit imaginer que je baif-

fois vers la lune ; & je me confirmai dans cette
opinion, quand je vins à me souvenir que je
n'avois commencé de cheoir qu'après les trois
quarts du chemin. Car, disois-je en moi-même,
cette masse étant moindre que la nôtre, il faut
que la sphère de son activité ait aussi moins d'é-
tendue, & que par conséquent j'aie senti plus
tard la force de son centre.

Enfin, après avoir été fort long-temps à tomber, à ce que je préjugeai, car la violence du
précipice m'empêcha de le remarquer ; le plus
loin dont je me souviens, c'est que je me trouvai sous un arbre, embarrassé avec trois ou
quatre branches assez grosses, que j'avois écla-
tées par ma chûte, & le visage mouillé d'une
pompe qui s'étoit cachée contre.

Par bonheur, ce lieu-là étoit comme vous le
saurez bien-tôt...... Ainsi vous pouvez bien
juger que sans ce hasard je serois mille fois
mort. J'ai souvent fait depuis réflexion sur ce
que le vulgaire assure, qu'en se précipitant d'un
lieu fort haut, on est étouffé auparavant de
toucher la terre ; & j'ai conclu de mon aventure, qu'il en avoit menti, ou bien qu'il falloit
que le jus énergique de ce fruit, qui m'avoit
coulé dans la bouché, eût rappellé mon ame,
qui n'étoit pas loin de mon cadavre encore tout
tiède, & encore disposé aux fonctions de la vie.

En effet, fi-tôt que je fus à terre, ma douleur s'en alla, avant même que de fe peindre en ma mémoire ; & la faim dont pendant mon voyage j'avois été beaucoup travaillé, ne me fit trouver en fa place qu'un leger fouvenir de l'avoir perdue.

A peine, quand je fus relevé, eus-je obfervé la plus large de quatre grandes rivières qui forment un lac en la bouchant, que l'efprit ou l'ame invifible des fimples qui s'exhalent fur cette contrée, me vint réjouir l'odorat ; & je connus que les cailloux n'y étoient ni durs ni raboteux, & qu'ils avoient foin de s'amollir, quand on marchoit deffus. Je rencontrai d'abord une forêt de cinq avenues, dont les arbres, par leur exceffive hauteur, fembloient porter au ciel un parterre de haute futaie. En promenant mes yeux de la racine au fommet ; puis les précipitant du faîte jufqu'au pied, je doutois fi la terre les portoit, ou fi eux-mêmes ne portoient point la terre pendue à leurs racines; leur front, fuperbement élevé, fembloient auffi plier, comme par force, fous la pefanteur des globes céleftes, dont on diroit qu'ils ne foutiennent la charge qu'en gémiffant ; leurs bras étendus vers le ciel, témoignoient en l'embraffant demander aux aftres la bénignité toute pure de leurs influences, & les receyoir aupa-

ravant qu'elles ayent rien perdu de leur innocence, au lit des élémens. Là, de tous côtés
les fleurs, fans avoir eu d'autre jardinier que la
nature, refpirent une haleine fi douce, quoique
fauvage, qu'elle réveille & fatisfait l'odorat ;
là, l'incarnat d'une rofe fur l'églantier, & l'azur
éclatant d'une violette fous des ronces, ne laiffant point de liberté pour le choix, font juger
qu'elles font toutes deux plus belles l'une que
l'autre ; là le printems compofe toutes les faifons ; là ne germe point de plante veneneufe,
que fa naiffance ne trahiffe fa confervation ; là
les ruiffeaux, par un agréable murure, racon-
tent leurs voyages aux cailloux ; là, mille petits
gofiers emplumés font retentir la forêt du bruit
de leurs mélodieufes chanfons ; & la trémouf-
fante affemblée de ces divins muficiens eft fi gé-
nérale, qu'il femble que chaque feuille dans le
bois ait pris la langue & la figure d'un roffignol ;
& même l'écho prend tant de plaifirs à leurs
airs, qu'on diroit, à les lui entendre répéter,
qu'elle ait envie de les apprendre : à côté de ce
bois fe voient deux prairies , dont le verger
continu fait une émeraude à perdre de vue. Le
mélange confus des peintures, que le printems
attache à cent petites fleurs, en égare les nuances
l'une dans l'autre avec une fi agréable confufion
qu'on ne fait fi ces fleurs agitées par un doux

zéphir , courent-plutôt après elles-mêmes,
qu'elles ne fuient pour échapper aux caresses de
ce vent folâtre ; on prendroit même cette prairie pour un océan, à cause qu'elle est comme
une mer qui n'offre point de rivage ; enforte que
mon œil épouvanté d'avoir couru si loin fans
découvrir le bord, y envoyoit vîtement ma
penfée ; & ma penfée doutant que ce fût l'extrêmité du monde, fe vouloit perfuader que des
lieux fi charmans avoient peut-être forcé le ciel
de fe joindre à la terre. Au milieu d'un tapis fi
vaste & fi agréable, court à bouillons d'argent
une fontaine ruftique, qui couronne fes bords
d'un gazon émaillé de baffinets, de violettes,
& de cent autres petites fleurs, qui femblent
fe preffer à qui s'y mirera la première ; elle
eft encore au berceau, car elle ne vient que
de naître ; & fa face, jeune & polie, ne montre
pas feulement une ride : les grands cercles
qu'elle promène en revenant mille fois fur
foi-même, montrent que c'eft bien à regret
qu'elle fort de fon pays natal ; & comme fi
elle eût été honteufe de fe voir careffée auprès de fa mère, elle repouffa en murmurant
ma main qui la vouloit toucher : les animaux
qui s'y venoient défaltérer, plus raifonnables
que ceux de notre monde, témoignoient être
furpris de voir qu'il faifoit grand jour vers

l'horifon, pendant qu'ils regardoient le foleil aux antipodes, & n'ofoient fe pancher fur le bord, de crainte de tomber au firmament.

Il faut que je vous avoue qu'à la vue de tant de belles chofes, je me fentis chatouillé de ces agréables douleurs, qu'on dit que fent l'embrion à l'infufion de fon ame. Le vieux poil me tomba, pour faire place à d'autres cheveux plus épais & plus déliés : je fentis ma jeuneffe fe rallumer, mon vifage devenir vermeil, ma chaleur naturelle fe remêler doucement à mon humide radical ; enfin je reculai fur mon âge environ quatorze ans.

J'avois cheminé une demi-lieue à travers une forêt de jafmins & de myrthes, quand j'apperçus, couché à l'ombre, je ne fais quoi qui remuoit : c'étoit un jeune adolefcent, dont la majeftueufe beauté me força prefque à l'adoration. Il fe leva pour m'en empêcher. Ce n'eft pas à moi, s'écria-t-il, c'eft à Dieu que tu dois ces hommages. Vous voyez une perfonne, lui répondis-je, confternée de tant de miracles, que je ne fais par lequel débuter mes admirations ; car venant d'un monde que vous prenez fans doute ici pour une lune, je penfois être abordé dans une autre, que ceux de mon pays appellent la lune auffi ; & voilà que je me trouve en paradis, aux pieds d'un dieu qui ne veut pas être adoré. Hormis la qualité de dieu , me répliqua-t-il, dont je ne fuis que la créature , ce que vous dites eft véritable : cette terre-ci eft la lune, que vous voyez de votre globe ; & ce lieu-ci où vous marchez eft ... Or en ce tems-là l'imagination chez l'homme étoit fi forte , pour n'avoir point encore été corrompue , ni par les débauches , ni par la crudité des alimens , ni par l'altération des maladies , qu'étant alors excité du violent defir d'aborder cet afile, & fa maffe étant devenue légère par le feu de cet enthoufiafme, il y fut enlevé de la même forte qu'il s'eft vu des philofophes , leur imagination fortement tendue à quelque chofe, être emportés en l'air par des raviffemens que vous appellez extatiques ... que l'infirmité de fon féxe rendoit plus foible & moins chaude, n'auroit pas eu fans doute l'imaginative affez vigoureufe pour vaincre, par la contention de fa volonté, le poids de la matière , mais parce qu'il y avoit très-peu. ... La fympathie dont cette moitié étoit encore liée à fon tout, la porta vers lui à mefure qu'il montoit, comme l'ambre fe fait fuivre de la paille, comme l'aimant fe tourne au feptentrion, d'où il a été arraché, & attira cette partie de lui-même, comme la mer attire les fleuves qui font fortis d'elle.

Arrivés qu'ils furent en votre terre, ils s'ha-
bituèrent entre la Méfopotamie & l'Arabie :
certains peuples l'ont connu fous le nom....
& d'autres fous celui de Prométhée, que les
poëtes feignirent avoir dérobé le feu du ciel,
à caufe de fes defcendans, qu'il engendra pourvus d'une ame auffi parfaite que celle dont il
étoit rempli : ainfi, pour habiter votre monde,
cet homme laiffa celui-ci défert; mais le tout-
fage ne voulut pas qu'une demeure fi heureufe
reftât fans habitans; il permit peu de fiécles
après ... Ennuyé de la compagnie des hommes,
dont l'innocence fe corrompoit, il eut envie
de les abandonner. Ce perfonnage toutefois
ne jugea point de retraite affurée contre l'ambition de fes parens, qui s'égorgeoient déjà
pour le partage de votre monde, finon la terre
bienheureufe, dont fon aïeul lui avoit tant
parlé, & dont perfonne n'avoit encore obfervé le chemin : mais fon imagination y fup-
pléa; car comme il eut obfervé...il remplit
deux grands vafes, qu'il luta hermétiquement,
& fe les attacha fous les aîles : la fumée, auffi-
tôt qu'il tendoit à s'élever, & qui ne pouvoit
pénétrer le métal, pouffa les vafes en haut,
& de la forte ces vafes enlevèrent avec eux
ce grand homme. Quand il fut monté jufqu'à
la lune, & qu'il eût jetté les yeux fur ce beau

jardin, un épanouiffement de joie prefque fur-
naturelle, lui fit connoître que c'étoit le lieu
où fon aïeul avoit autrefois demeuré. Il délia
promptement les vaiffeaux qu'il avoit ceints
comme des aîles autour de fes épaules, & le
fit avec tant de bonheur, qu'à peine étoit-il
en l'air quatre toifes au-deffus de la lune, qu'il
prit congé de fes nageoires : l'élévation cependant étoit affez grande pour le beaucoup bleffer,
fans le grand tour de fa robe, où le vent s'engouffra, & le foutint doucement, jufqu'à ce
qu'il eût mis pied à terre. Pour les deux vafes,
ils montèrent jufqu'à un certain efpace où ils
font demeurés ; & c'eft ce qu'aujourd'hui vous
appellez les balances...

Il faut maintenant que je vous raconte la
façon dont j'y fuis venu. Je crois que vous
n'aurez pas oublié mon nom ; car je vous l'ai
dit nagueres. Vous faurez donc que j'habitois
fur les agréables bords d'un des plus renommés
fleuves de votre monde, où je menois parmi
les livres une vie affez douce pour ne la pas
regretter, encore qu'elle s'écoulât : cependant
plus les lumières de mon efprit croiffoient,
plus croiffoit auffi la connoiffance de celles que
je n'avois point. Jamais nos favans ne me re-
mentevoient l'illuftre Mada, que le fouvenir
de fa philofophie parfaite ne me fît foupirer,

Je déſeſpérois de la pouvoir acquérir, quand un jour, après avoir long-tems rêvé, je pris de l'aimant environ deux pieds en carré, que je mis dans un fourneau ; puis lorſqu'il fut bien purgé, précipité, & diſſout, j'en tirai l'attractif calciné, & le réduiſis à la groſſeur d'environ une balle médiocre.

Enſuite de ces préparations, je fis conſtruire une machine de fer fort légère, dans laquelle j'entrai ... & lorſque je fus bien ferme & bien appuyé ſur le ſiège, je ruai fort haut en l'air cette boule d'aimant. Or la machine de fer que j'avois forgée tout exprès, plus maſſive au milieu qu'aux extrémités, fut enlevée auſſi-tôt, & dans un parfait équilibre, à cauſe qu'elle ſe pouſſoit toujours plus vîte par cet endroit. Ainſi donc, à meſure que j'arrivois où l'aimant m'avoit attiré, je rejettois auſſi-tôt ma boule en l'air au-deſſus de moi. Mais, l'interrompis-je, comment lanciez-vous votre balle ſi droit au-deſſus de votre charriot, qu'il ne ſe trouvât jamais à côté ? Je ne vois point de merveille en cette aventure ; me dit-il : car l'aimant pouſſé qu'il étoit en l'air, attiroit le fer droit à ſoi ; & par conſéquent il étoit impoſ-ſible que je montaſſe jamais à côté. Je vous dirai même que tenant ma boule en ma main, je ne laiſſois pas de monter, parçe que le char-

riot couroit toujours à l'aimant que je tenois
au-deſſus de lui : mais la ſaillie de ce fer pour
s'unir à ma boule, étoit ſi violente, qu'elle me
faiſoit plier le corps en double, de ſorte que
je n'oſai tenter qu'une fois cette nouvelle
expérience. A la vérité c'étoit un ſpectacle
bien étonnant ; car l'acier de cette maiſon vo-
lante, que j'avois poli avec beaucoup de
ſoin, réfléchiſſoit de tous côtés la lumière du
ſoleil, ſi vive & ſi brillante, que je croyois
moi-même être tout en feu. Enfin, après avoir
beaucoup rué & volé après mon coup, j'arrivai, comme vous avez fait, en un terme où
je tombois vers ce monde ci ; & parce qu'en
cet inſtant je tenois ma boule bien ſerrée entre
mes mains, ma machine, dont le ſiège me
preſſoit pour approcher de ſon attractif, ne me
quitta point. Tout ce qui me reſtoit à craindre,
c'étoit de me rompre le col : mais pour m'en
garantir, je rejettois ma boule de tems en
tems, afin que la violence de la machine, retenue par ſon attractif, ſe rallentît, & qu'ainſi
ma chûte fût moins rude, comme en effet il
arriva ; car quand je me vis à deux ou trois
cens toiſes près de terre, je lançai ma balle
de tous côtés à fleur du charriot, tantôt deçà,
tantôt delà, juſqu'à ce que je m'en viſſe à une
certaine diſtance ; & auſſi-tôt je la jettai au-
deſſus

deſſus de moi, & ma machine l'ayant ſuivie,
je la quittai, & me laiſſai tomber d'un autre
côté le plus doucement que je pûs ſur le ſable ;
de ſorte que ma chûte ne fut pas plus violente,
que ſi je fuſſe tombé de ma hauteur. Je ne vous
repréſenterai point l'étonnement qui me ſaiſit
à la vue des merveilles qui ſont céans, parce
qu'il fut à peu près ſemblable à celui dont je
viens de vous voir conſterné...

J'en avois à peine goûté, qu'une épaiſſe nuée
tomba ſur mon ame : je ne vis plus perſonne
auprès de moi, & mes yeux ne reconnurent
pas en toute l'hémiſphère une ſeule trace du
chemin que j'avois fait ; & avec tout cela je ne
laiſſois pas de me ſouvenir de tout ce qui m'é-
toit arrivé. Quand depuis j'ai fait réflexion
ſur ce miracle, je me ſuis figuré que l'écorce
du fruit où j'avois mordu, ne m'avoit pas tout-
à-fait abruti, à cauſe que mes dents la traver-
ſant, ſe ſentirent un peu du jus qu'elle couvroit, dont l'énergie avoit diſſipé les maligni-
tés de l'écorce. Je reſtai bien ſurpris de me voir
tout ſeul au milieu d'un pays que je ne coi-
noiſſois point. J'avois beau promener mes yeux
& les jetter par la campagne, aucune créature
ne s'offroit pour les conſoler. Enfin je réſolus de
marcher juſqu'à ce que la fortune me fît rencontrer la compagnie de quelques bêtes ou de
la mort.   K

Elle m'exauça, car au bout d'un demi quart de lieue, je rencontrai deux fort grands animaux, dont l'un s'arrêta devant moi, l'autre s'enfuit légèrement au gîte (au moins je le perſai ainſi), à cauſe qu'à quelque tems de-là je le vis revenir accompagné de ſept ou huit cent de même eſpèce, qui m'environnèrent. Quand je les pus diſcerner de près, je connus qu'ils avoient la taille & la figure comme nous. Cette aventure me fit ſouvenir de ce que jadis j'avois oui conter à ma nourrice, des ſyrènes, des faunes & des ſatyres: de tems en tems ils élèvoient des huées ſi furieuſes, cauſées ſans doute par l'admiration de me voir, que je me croyois quaſi être devenu monſtre. Enfin, une de ces bêtes-hommes m'ayant pris par le col, de même que font les loups quand ils enlèvent des brebis, me jetta ſur ſon dos & me mèna dans leur ville, où je fus plus étonné que devant, quand je reconnus, en effet, que c'étoit des hommes, de n'en rencontrer pas un qui ne marchât à quatre pattes.

Lorſque ce peuple me vit ſi petit (car la plupart d'entr'eux ont douze coudées de longueur), & mon corps ſoutenu de deux pieds ſeulement, ils ne purent croire que je fuſſe un homme: car ils tenoient que la nature ayant donné aux hommes comme aux bêtes, deux jambes & deux bras, elles s'en devoient fervir comme eux. Et, en effet, rêvant depuis là-deffus, j'ai fongé que cette fituation de corps n'étoit point trop extravagante, quand je me fuis fouvenu que les enfans, lorfqu'ils ne font encore inftruits que de nature, marchent à quatre pieds, & qu'ils ne fe lèvent fur deux que par le foin de leurs nourrices, qui les dreffent dans de petits chariots, & leur attachent des lanières pour les empêcher de cheoir fur les quatre, comme la feule affiette ou la figure de notre maffe encline de fe repofer.

Ils difoient donc (à ce que je me fuis fait depuis interpréter), qu'infailliblement j'étois la femelle du petit animal de la reine. Ainfi je fus en qualité de telle ou d'autre chofe, mené droit à l'hôtel-de-ville, où je remarquai, felon le bourdonnement & les poftures que faifoient & le peuple & les magiftrats, qu'ils confultoient enfemble ce que je pouvois être. Quand ils eurent long-temps conféré, un certain bour-geois qui gardoit les bêtes rares, fupplia les échevins de me commettre à fa garde, en atten-dant que la reine m'envoyât quérir, pour vivre avec mon mâle. On n'en fit aucune difficulté, & ce bateleur me porta à fon logis, où il m'inf-truifit à faire le godenot, à faire des culbutes, à figurer des grimaces ; & les après - dînées il faisoit prendre à la porte un certain prix de ceux qui me vouloient voir. Mais le ciel fléchi de mes douleurs, & fâché de voir profaner le temple de son maître, voulut qu'un jour, comme j'étois attaché au bout d'une corde, avec laquelle le charlatan me faisoit sauter pour divertir le monde, j'entendis la voix d'un homme, qui me demanda en grec qui j'étois ? Je fus bien étonné d'entendre parler en ce pays-là comme en notre monde. Il m'interrogea quelque tems : je lui répondis, & lui contai ensuite généralement toute l'entreprise & le succès de mon voyage. Il me consola, & je me souviens qu'il me dit : hé bien, mon fils, vous portez enfin la peine des foiblesses de votre monde. Il y a du vulgaire ici comme là, qui ne peut souffrir la pensée des choses où il n'est point accoutumé : mais sachez qu'on ne vous traite qu'à la pareille ; & que si quelqu'un de cette terre avoit monté dans la vôtre, avec la hardiesse de se dire homme, vos savans le feroient étouffer comme un monstre. Il me promit ensuite qu'il avertiroit la cour de mon désastre ; & il ajouta qu'aussi-tôt qu'il avoit su la nouvelle qui couroit de moi, il étoit venu pour me voir, & m'avoit reconnu pour un homme du monde dont je me disois, parce qu'il y avoit autrefois voyagé, & qu'il avoit demeuré en Grèce, où

on l'appelloit le démon de Socrate; qu'il avoit,
depuis la mort de ce philofophe, gouverné
& inftruit à Thèbes Epaminondas; qu'enfin
étant paffé chez les Romains, la juftice l'avoit
attaché au parti du jeune Caton; qu'après fa
mort il s'étoit donné à Brutus. Que tous ces
grands perfonnages n'ayant laiffé en ce monde
à leurs places que le fantôme de leurs vertus,
il s'étoit retiré avec fes compagnons dans les
temples & dans les folitudes. Enfin, ajouta-t-il,
le peuple de votre terre devint fi ftupide & fi
groffier, que mes compagnons & moi perdîmes
tout le plaifir que nous avions autrefois pris à
l'inftruire. Il n'eft pas que vous n'ayez entendu
parler de nous; car on nous appelloit oracles,
nymphes, génies, fées, dieux foyers, lemu-
res, larves, lamiers, farfadets, naïades, incubes, ombres, mânes, fpeftres, & fantô-
mes; & nous abandonnâmes votre monde fous
le règne d'Augufte, un peu après que je me
fus apparu à Drufus, fils de Livia, qui portoit la guerre en Allemagne, & que je lui eus
défendu de paffer outre. Il n'y a pas long-
tems que j'en fuis arrivé pour la feconde fois;
depuis cent ans en ça j'ai eu commiffion d'y
faire un voyage, j'ai rodé beaucoup en Europe, & converfé avec des perfonnes que
poffible vous aurez connues. Un jour entr'au-

tres, j'apparus à Cardan comme il étudioit, je l'instruisis de quantité de choses ; & en récompense il me promit qu'il témoigneroit à la postérité, de qui il tenoit les miracles qu'il s'attendoit d'écrire. J'y vis Agrippa, l'abbé Tritême, le docteur Fauste, la Brosse, César, & une certaine cabale de jeunes gens, que le vulgaire a connus sous le nom de chevaliers de la Rose-Croix, à qui j'ai enseigné quantité de souplesses & de secrets naturels, qui, sans doute, les auront fait passer pour de grands magiciens. Je connus aussi Campanelle ; ce fut moi qui lui conseillai, pendant qu'il étoit à l'inquisition dans Rome, de styler son visage & son corps aux postures ordinaires de ceux dont il avoit besoin de connoître l'intérieur, afin d'exciter chez soi, par une même assiette, les pensées que cette même situation avoit appellées dans ses adversaires, parce qu'ainsi il ménageroit mieux leur ame quand il la connoîtroit ; & il commença, à ma prière, un livre, que nous intitulâmes, *de senfu rerum*. J'ai fréquenté pareillement en France la Mothe, le Vayer & Gassendi ; ce second est un homme qui écrit autant en philosophe que ce premier y vit. J'y ai connu quantité d'autres gens, que votre siècle traite de divins, mais je n'ai trouvé en eux que beaucoup de babil & beaucoup d'orgueil. Enfin comme je

traverſois de votre pays en Angleterre, pour
étudier les mœurs de ſes habitans, je rencontrai
un homme, la honte de ſon pays; car certes
c'eſt une honte aux grands de votre état de
reconnoître en lui, ſans l'adorer, la vertu dont
il eſt le trône. Pour abréger ſon panégyrique,
il eſt tout eſprit, il eſt tout cœur, & il a toutes
ces qualités, dont une jadis ſuffiſoit à marquer
un héros. C'étoit Triſtan l'hermite. Véritable‑
ment, il faut que je vous avoue, que quand
je vis une vertu ſi haute j'appréhendai qu'elle
ne fût pas reconnue; c'eſt pourquoi je tâchai
de lui faire accepter trois phioles; la première
étoit pleine d'huile de talk; l'autre de poudre
de projection; & la derniere, d'or potable :
mais il les refuſa avec un dédain plus géné‑
reux, que Diogène ne reçut les complimens
d'Alexandre. Enfin je ne puis rien ajouter à
l'éloge de ce grand homme; ſinon que c'eſt
le ſeul poëte, le ſeul philoſophe, & le ſeul
homme libre que vous ayez. Voilà les per‑
ſonnes conſidérables avec qui j'ai converſé;
tous les autres, au moins ceux que j'ai connus,
ſont ſi fort au‑deſſous de l'homme, que j'ai vu
des bêtes un peu au‑deſſus.

Au reſte, je ne ſuis point originaire de votre
terre, ni de celle‑ci, je ſuis né dans le ſoleil :
mais parce que quelquefois notre monde ſe

trouve trop peuplé, à cause de la longue vie
de ses habitans, & qu'il est presque exempt
de guerres & de maladies; de tems en tems
nos magistrats envoient des colonies dans les
mondes des environs, quant à moi, je fus
commandé pour aller au vôtre, & declaré chef
de la peuplade qu'on y envoyoit avec moi. J'ai
passé depuis en celui ci, pour les raisons que
je vous ai dites; & ce qui fait que j'y demeure
actuellement, c'est que les hommes y sont ama-
teurs de la vérité, qu'on n'y voit point de pédans; que les philosophes ne se laissent persuader qu'à la raison, & que l'autorité d'un sça-
vant, ni le plus grand nombre, ne l'emportent
point sur l'opinion d'un batteur en grange,
quand il raisonne aussi fortement. Bref, en ce
pays, on ne compte pour insensés que les so-
phistes & les orateurs. Je lui demandai combien de tems ils vivoient, il me répondit,
trois ou quatre mille ans, & continua de cette
sorte.

Encore que les habitans du soleil ne soient
pas en aussi grand nombre que ceux de ce
monde, le soleil en regorge bien souvent, à
cause que le peuple, pour être d'un tempéra-
rament fort chaud, est remuant & ambitieux,
& digère beaucoup.

Ce que je vous dis ne vous doit pas sembler

une chofe étonnante ; car quoique notre globe foit très-vafte & le vôtre petit, quoique nous ne mourrions qu'après quatre mille ans, & vous après un demi fiècle, apprenez que tout de même qu'il n'y a pas tant de cailloux que de terre, ni tant de plantes que de cailloux ; ni tant d'animaux que de plantes, ni tant d'hommes que d'animaux : ainfi il n'y doit pas avoir tant de démons que d'hommes, à caufe des difficultés qui fe rencontrent à la génération d'un compofé parfait.

Je lui demandai s'ils étoient des corps comme nous. Il me répondit qu'oui ; qu'ils étoient des corps, mais non pas comme nous, ni comme aucune chofe que nous eftimions telle, parce que nous n'appellons vulgairement corps, que ce que nous pouvons toucher : qu'au refte il n'y avoit rien en la nature, qui ne fût matériel, & que quoiqu'ils le fuffent eux-mêmes, ils étoient contraints, quand ils vouloient fe faire voir à nous, de prendre des corps proportionnés à ce que nos fens font capables de connoître, & que c'étoit fans doute ce qui avoit fait penfer à beaucoup de monde, que les hiftoires qui fe contoient d'eux, n'étoient qu'un effet de la rêverie des foibles, à caufe qu'ils n'apparoiffent que de nuit : & il ajouta, que comme ils étoient contraints de bâtir eux-mêmes à la hâte le corps dont il falloit qu'ils se serviffent, ils n'avoient le tems bien souvent de les rendre propres qu'à choisir seulement deffous un fens, tantôt l'ouie, comme les voix des oracles, tantôt la vue, comme les ardens & les spectres, tantôt le toucher, comme les incubes; & que cette maffe n'étant qu'un air épaiffi de telle ou telle façon, la lumière par sa chaleur les détruifoit, ainfi qu'on voit qu'elle diffipe un brouillard en le dilatant.

Tant de belles chofes qu'il m'expliquoit me donnèrent la curiofité de l'interroger fur fa naiffance & fur fa mort; fi au pays du fo'eil l'individu venoit au jour par les voies de génération, & s'il mouroit par le défordre de fon tempérament ou la rupture de fes organes. Il y a trop peu de rapport, dit-il, entre vos fens & l'explication de ces myftères. Vous vous imaginez vous autres, que ce que vous ne fauriez comprendre eft fpirituel ou qu'il n'eft point; mais cette conféquence eft très-fauffe, & c'eft un témoignage qu'il y a dans l'univers un million peut-être de chofes, qui pour être connues, demanderoient en vous un million d'organes différens. Moi, par exemple, je connois par mes fens la caufe de la fympathie de l'aimant avec le pole, celle du reflux de la mer, & ce que l'animal devient après fa mort; vous autres ne fauriez donner jufqu'à ces hautes conceptions que par la foi, à caufe que les proportions à ces miracles vous manquent, non plus qu'un aveugle ne fauroit s'imaginer ce que c'eft que la beauté d'un payfage, le coloris d'un tableau, & les nuances de l'iris; ou bien il fe les figurera tantôt comme quelque chofe de palpable, comme le manger, comme un fon ou comme une odeur : tout de même fi je voulois vous expliquer ce que j'apperçois par les fens qui vous manquent, vous vous le repréfenteriez comme quelque chofe qui peut être oui, vu, touché, fleuré ou favouré, & ce n'eft rien cependant de tout cela.

Il en étoit là de fon difcours, quand mon bateleur s'apperçut que la chambrée commençoit à s'ennuyer de mon jargon qu'ils n'entendoient point, & qu'ils prenoient pour un grognement non articulé : il fe remit de plus belle à tirer ma corde pour me faire fauter, jufqu'à ce que les fpectateurs étant fouls de rire, & d'affurer que j'avois prefque autant d'efprit que les bêtes de leur pays, ils fe retirèrent chacun chez foi.

J'adouciffois ainfi la dureté des mauvais traitemens de mon maître par les vifites que me rendoit cet officieux démon; car de m'entretenir avec ceux qui me venoient voir, outre qu'ils

me prenoient pour un animal des mieux enra:
cinés dans la catégorie des brutes, ni je ne
favois leur langue, ni eux n'entendoient pas la
mienne ; & jugez ainfi quelle proportion : car
vous faurez que deux idiomes feulement font
ufités en ce pays, l'un qui fert aux grands, &
l'autre qui eft particulier pour le peuple.

Celui des grands n'eft autre chofe qu'une
différence de tons non articulés, à-peu-près femblables à notre mufique, quand on n'a pas
ajouté les paroles à l'air ; & certes c'eft une
invention tout enfemble, & bien utile & bien
agréable ; car quand ils font las de parler, ou
quand ils dédaignent de proftituer leur gorge à
cet ufage, ils prennent ou un luth, ou un autre
inftrument, dont ils fe fervent auffi - bien que
de la voix, à fe communiquer leurs penfées ;
de forte que quelquefois ils fe rencontreront
jufqu'à quinze ou vingt de compagnie, qui
agiteront un point de théologie ou les difficultés
d'un procès, par un concert le plus harmonieux
dont on puiffe chatouiller l'oreille.

Le fecond, qui eft en ufage chez le peuple,
s'exécute par le trémouffement des membres,
mais non pas peut-être comme on fe le figure ;
car certaines parties du corps fignifient un difcours tout entier : l'agitation, par exemple, d'un
doigt, d'une main, d'une oreille, d'une lèvre,

dessin de C.P. Marillier. gravé par R. Delvaux.

d'un bras, d'un œil, d'une joue, feront chacun en particulier une oraison ou une période, avec tous fes membres : d'autres ne fervent qu'à défigner des mots, comme un plis fur le front, les divers friffonnemens des mufcles, les renverfemens des mains, les battemens de pied, les contorfions de bras ; de forte que quand ils parlent, avec la coutume qu'ils ont prife d'aller tout nuds, leurs membres accoutumés à geftiuler leurs conceptions, fe rémuent fi dru, qu'il ne femble pas d'un homme qui parle, mais d'un corps qui tremble.

Prefque tous les jours le démon me venoit vifiter, & fes merveilleux entretiens me faifoient paffer fans ennui les violences de ma captivité. Enfin un matin je vis entrer dans ma logette un homme que je ne connoiffois point, & qui m'ayant fort long-tems léché, me gueula doucement par l'effelle ; & de l'une des pattes dont il me foutenoit, de peur que je ne me bleffaffe, me jetta fur fon dos, où je me trouvai fi mollement & fi à mon aife, qu'avec l'affliction que me faifoit fentir un traitement de bête, il ne me prit aucune envie de me fauver ; & puis, ces hommes qui marchent à quatre pieds, vont bien d'une autre vîteffe que nous, puifque les plus pefans attrappent les cerfs à la courfe.

Je m'affligeois cependant outre mesure, de n'avoir point de nouvelle de mon courtois démon ; & le soir de la première traite, arrivé que je fus au gîte, je me promenois dans la cour de l'hôtellerie, attendant que le manger fût prêt, lors qu'un homme fort jeune & assez beau, me vint rire au nez, & jetter à mon col ses deux pieds de devant. Après que je l'eus quelque tems confidéré : quoi, me dit-il en françois, vous ne connoissez plus votre ami ? Je vous laisse à penser ce que je devins alors ; certes ma surprise fut si grande, que dès-lors je m'imaginai que tout le globe de la lune, tout ce qui m'y étoit arrivé & tout ce que j'y voyois, n'étoit qu'enchantement, & cet homme-bête étant le même qui m'avoit servi de monture, continua de me parler ainsi : vous m'aviez promis que les bons offices que je vous rendrois, ne vous sortiroient jamais de la mémoire ; & cependant il semble que vous ne m'ayez jamais vu. Mais voyant que je demeurois dans mon étonnement ; enfin, ajouta-t-il, je suis ce démon de Socrate. Ce discours augmenta mon étonnement. Mais pour m'en tirer, il me dit : je suis le démon de Socrate, qui vous ai diverti pendant vôtre prison, & qui pour vous continuer mes services, me suis revêtu du corps avec lequel je vous

portai hier. Mais, l'interrompis-je, comment
tout cela se peut-il faire, vu qu'hier vous
étiez d'une taille extrêmement longue, &
qu'aujourd'hui vous êtes très-court; qu'hier
vous aviez une voix foible & caffée, & qu'aujourd'hui vous en avez une claire & vigoureufe: qu'hier enfin vous étiez un vieillard
tout chenu, & que vous n'êtes aujourd'hui
qu'un jeune homme ? Quoi donc, au lieu
qu'en mon pays on chemine de la naiffance à
à la mort, les animaux de celui - ci vont de
la mort à la naiffance, & rajeuniffent à force
de vieillir.

Si-tôt que j'eus parlé au prince, me dit-il;
après avoir reçu l'ordre de vous conduire à la
cour, je vous allai trouver où vous étiez,
& vous ayant apporté ici, j'ai fenti le corps
que j'animois fi fort atténué de laffitude, que
tous les organes me refufoient leurs fonctions
ordinaires; en forte que je me fuis enquis du
chemin de l'hôpital, où entrant j'ai trouvé le
corps d'un jeune homme qui venoit d'expirer
par un accident fort bifarre, & pourtant fort
commun en ce pays...... Je m'en fuis approché,
feignant d'y connoître encore du mouvement,
& proteftant à ceux qui étoient préfens, qu'il
n'étoit point mort, & que ce qu'on croioit
lui avoir fait perdre la vie, n'étoit qu'une

fimp'e létargie; de forte que fans être apperçu, j'ai approché ma bouche de la fienne, où
je fuis entré comme par un foufle : alors mon
vieil cadavre eft tombé; & comme fi j'eufle
été ce jeune homme, je me fuis levé & m'en
fuis venu vous chercher, laiffant là les affiftans
crier miracle. On nous vint quérir là - deffus
pour nous mettre à table, & je fuivis mon
conducteur dans une falle magnifiquement meu-
blée, mais où je ne vis rien de préparé pour
manger. Une fi grande folitude de viande, lorfque je périffois de faim, m'obligea de lui
demander où l'on avoit mis le couvert? Je
n'écoutai point ce qu'il me répondit, car trois
ou quatre jeunes garçons enfans de l'hôte, s'approchèrent de moi dans cet inftant, & avec
beaucoup de civilité me dépouillèrent jufqu'à
la chemife. Cette nouvelle cérémonie m'é-
tonna fi fort, que je n'en ofai pas feulement
demander la caufe à mes beaux valets de chambre, & je ne fai comment mon guide, qui me
demanda par où je voulois commencer, put
tirer de moi ces deux mots, un potage. Mais
je les eus à peine proférés, que je fentis l'odeur
du plus fucculent mitonné qui frappât le nez
du mauvais riche : je voulus me lever de ma
place pour chercher à la pifte la fource de
cette agréable fumée; mais mon porteur m'en
empêcha :

empêcha : où voulez-vous aller, me dit-il ?
nous irons tantôt à la promenade, mais maintenant il eſt ſaiſon de manger; achevez votre
potage; & puis, nous ferons venir autre choſe.
Et où diable eſt ce potage, lui répondis-je
preſque en co'ère ? Avez-vous fait gageure de
vous moquer de moi tout aujourd'hui? Je pen-
ſois, me repliqua-t-il, que vous euſſiez vu à
la ville d'où nous venons, votre maître, ou
quelqu'autre prendre ſes repas; c'eſt pourquoi
je ne vous avois point dit de quelle façon on
ſe nourrit ici. Puis donc que vous l'ignorez
encore, ſachez que l'on n'y vit que de fumée.
L'art de cuiſinerie eſt de renfermer dans de
grands vaiſſeaux moulés exprès, l'exhalaiſon
qui ſort des viandes en les cuiſant; & quand
on en a ramaſſé de pluſieurs ſortes & de différens goûts, ſelon l'appétit de ceux que l'on
traite, on débouche le vaiſſeau où cette odeur
eſt aſſemblée, on en découvre après cela un
autre; & ainſi juſqu'à ce que toute la compagnie ſoit repue.

A moins que vous n'ayez déjà vécu de cette
ſorte, vous ne croirez jamais que le nez, ſans
dents & ſans goſier, faſſe pour nourrir l'homme,
l'office de la bouche; mais je vous le veux
faire par expérience. Il n'eut pas plutôt achevé,
que je ſentis entrer ſucceſſivement dans la

L

falle tant d'agréables vapeurs, & si nourriffan-
tes, qu'en moins de demi-quart-heure, je me
fentis tout à fait raffafié, quand nous fûmes
levez. Ceci n'eft pas, dit-il, chofe qui doive
caufer beaucoup d'admiration, puifque vous
ne pouvez pas avoir tant vécu, fans avoir
obfervé qu'en votre monde les cuifiniers, les
pâtiffiers & les rôtiffeurs, qui mangent moins
que les perfonnes d'une autre vacation, font
pourtant beaucoup plus gras. D'où procède
leur embonpoint, à votre avis, fi ce n'eft de
la fumée dont ils font fans ceffe environnés,
& laquelle pénètre leur corps & les nourrit?
Auffi les perfonnes de ce monde jouiffent d'une
fanté bien moins interrompue & plus vigoureufe, à caufe que la nourriture n'engendre
prefque point d'excrémens, qui font l'origine
de prefque toutes les maladies. Vous avez,
poffible, été furpris, lorfqu'avant le repas on
vous a déshabillé, parce que cette coutume
n'eft pas ufitée en votre pays; mais c'eft la
mode de celui-ci, & l'on en ufe ainfi, afin
que l'animal foit plus tranfpirable à la fumée.
Monfieur, lui repartis-je, il y a très-grande
apparence à ce que vous dites, & je viens
moi-même d'en expérimenter quelque chofe;
mais je vous avouerai que ne pouvant me dé-
brutalifer fi promptement, je ferois bien-aife

de fentir un morceau palpable fous mes dents:
il me le promit, & toutefois ce fut pour le
lendemain, à caufe, dit-il, que de manger fi-
tôt après le repas, cela me produiroit une
indigeftion. Nous difcourûmes encore quelque
tems, puis nous montâmes à la chambre pour
nous coucher. Un homme au haut de l'efcalier fe préfenta à nous, & nous ayant envi-
fagés attentivement, me mena dans un cabinet,
dont le plancher étoit couvert de fleurs d'o-
range à la hauteur de trois pieds ; & mon
démon dans un autre rempli d'œillets & de
jaffemin. Il me dit, voyant que je paroiffois
étonné de cette magnificence, que c'étoient
les lits du pays. Enfin nous nous couchâmes
chacun dans notre cellule; & dès que je fus
étendu fur mes fleurs, j'apperçus, à la lueur
d'une trentaines de gros vers luifans enfermés
dans un cryftal, (car on ne fe fert point d'autres
chandelles) ces trois ou quatres jeunes garçons
qui m'avoient déshabillé à fouper, dont l'un
fe mit à me chatouiller les pieds, l'autre les
cuiffes, l'autre les flancs, l'autre les bras, &
tous avec tant de mignoteries & de délicateffe, qu'en moins d'un moment je me fentis
affoupi.

Je vis entrer le lendemain mon démon avec
le foleil. Je vous veux tenir ma parole, me

dit - il; vous déjeunerez plus solidement que
vous ne soupâtes hier. A ces mots, je me
levai, & il me conduisit par la main derrière
le jardin du logis, où l'un des enfans de l'hôte
nous attendoit avec une arme à la main, presque semblable à nos fufils. Il demanda à mon
guide, fi je voulois une douzaine d'allouettes,
parce que les magots (il croioit que j'en fuffe
un) fe nourriffoient de cette viande. A peine
eus-je répondu qu'oui, que le chaffeur déchargea un coup de feu, & vingt ou trente
allouettes tombèrent à nos pieds toutes rôties.
Voilà, m'imaginai-je auffi-tôt, ce qu'on dit
par proverbe en notre monde, d'un pays où
les allouettes tombent toutes rôties; fans doute
que quelqu'un étoit revenu d'ici. Vous n'avez
qu'à manger, me dit mon démon. Ils ont l'in-
duftrie de mêler parmi leur poudre & leur
plomb une certaine compofition qui tue, plume, rôtit & affaisonne le gibier. J'en ramaffai
quelques-unes, dont je mangeai fur fa parole,
& en vérité je n'ai jamais en ma vie rien goûté
de fi délicieux. Après ce déjeuné, nous nous
mîmes en état de partir; & avec mille grimaces dont ils fe fervent quand ils veulent
témoigner de l'affection, l'hôte reçut un papier de mon démon. Je lui demandai fi c'étoit
une obligation pour la valeur de l'écot. Il me

repartit que non, qu'il ne lui devoit plus rien, & que c'étoit des vers. Comment des vers, lui repliquai-je ? les taverniers font donc ici curieux de rimes ? C'eſt, me dit-il, la monnoie du pays ; & la dépenſe que nous venons de faire céans, s'eſt trouvée mohter à un ſixain, que je viens de lui donner. Je ne craignois pas de demeurer court ; car quand nous ferions ici ripaille pendant huit jours, nous ne ſau-rions dépenſer un ſonnet, & j'en ai quatre ſur moi, avec deux épigrammes, deux odes & une églogue. Et plût à Dieu, lui dis-je, que cela fût de même en notre monde ! J'y connois beaucoup d'honnêtes poëtes qui meurent de faim, & qui feroient bonne chère, ſi on payoit les traiteurs en cette monnoie. Je lui deman-dai ſi ces vers ſervoient toujours, pourvu qu'on les tranſcrivît : il me répondit que non, & continua ainſi. Quand on en a compoſé, l'au-teur les porte à la cour des monnoies, où les poëtes jurés du royaume tiennent leur ſéance : là ces verſificateurs officiers mettent les pièces à l'épreuve ; & ſi elles ſont jugées de bon aloi, on les taxe non pas ſelon leur prix, c'eſt-à-dire qu'un ſonnet ne vaut pas toujours un ſon-net, mais ſelon le mérite de la pièce ; & ainſi quand quelqu'un meurt de faim, ce n'eſt jamais qu'un buffle, & les perſonnes d'eſprit ſont

toujours grande chère. J'admirois tout extasié
la police judicieuse de ce pays-là ; & il poursuivit de cette façon. Il y a encore d'autres
personnes qui tiennent cabaret d'une manière
bien différente. Lorsqu'on sort de chez eux,
ils demandent, à proportion des frais, un acquit
pour l'autre monde ; & dès qu'on le leur a
donné, ils écrivent dans un grand registre,
qu'ils appellent, les comptes du grand jour,
à-peu-près en ces termes. Item, la valeur de
tant de vers délivrés un tel jour, à un tel,
qu'on m'y doit rembourser aussi-tôt reçu du
premier fonds qui s'y trouvera ; & lorsqu'ils se
sentent en danger de mourir, ils font hacher
ces registres en morceaux, & les avalent,
parce qu'ils croient que s'ils n'étoient ainsi di-
gérés, cela ne leur profiteroit de rien.

Cet entretien n'empêchoit pas que nous ne
continuassions de marcher, c'est-à-dire, mon
porteur à quatre pattes sous moi, & moi à
califourchon sur lui. Je ne particulariserai point
davantage les aventures qui nous arrêtèrent
sur le chemin, qu'enfin nous terminâmes à la
ville où le roi fait sa résidence. Je n'y fus pas
plutôt arrivé, qu'on me conduisit au palais,
où les grands me reçurent avec des admirations plus modérées que n'avoit fait le peuple,
quand j'avois passé dans les rues : mais la con-

clufion que j'étois fans doute la femelle du
petit animal de la reine, fut celle des grands
comme du peuple. Mon guide me l'interpré-
toit ainfi, & cependant lui-même n'entendoit
point cette énigme, & ne favoit quel étoit ce
petit animal de la reine : mais nous en fûmes
bientôt éclaircis. Le roi quelque tems après
m'avoit confidéré, commanda qu'on l'amenât,
& à une demi-heure de-là, je vis entrer au
milieu d'une troupe de finges qui portoient la
fraife & le haut de chauffe, un petit homme
bâti prefque tout comme moi, car il marchoit
à deux pieds. Si-tôt qu'il m'apperçut, il m'a-
borda par un criado de vou eftra merced. Je
lui ripoftai fa révérence à-peu-près en mêmes
termes. Mais hélas ! ils ne nous eurent pas
plutôt vû parler enfemble, qu'ils crurent tous
le préjugé véritable ; & cette conjecture n'a-
voit garde de produire un autre fuccès ; car
celui des affiftans qui opinoit pour nous avec
plus de faveur, proteftoit que notre entretien
étoit un grognement, que la joie d'être rejoints
par un inftinct naturel, nous faifoit bourdonner.
Ce petit homme me conta qu'il étoit européen,
natif de la vieille Caftille ; qu'il avoit trouvé
moyen avec des oifeaux, de fe faire porter
jufqu'au monde de la lune où nous étions alors :
qu'étant tombé entre les mains de la reine, elle

L iv

l'avoit pris pour un finge, à caufe qu'ils ha-
billent par hafard en ce pays-là les finges à
l'efpagnole; & que l'ayant à fon arrivée trouvé
vêtu de cette façon, elle n'avoit point douté
qu'il ne fût de l'efpèce. Il faut bien dire, lui
repliquai-je, qu'après leur avoir effayé toutes
fortes d'habits, ils n'en aient point rencontré
de plus ridicules, & que ce n'eft qu'à caufe
de cela qu'ils les équipent de la forte, n'entre-
tenant ces animaux que pour s'en donner du
plaifir. Ce n'eft pas connoître, reprit-il, la
dignité de notre nation, en faveur de qui l'univers ne produit des hommes que pour nous
donner des efclaves, & pour qui la nature ne
fauroit engendrer que des matières de rire. Il
me fupplia enfuite de lui apprendre comme je
m'étois ofé hafarder de gravir à la lune avec
la machine dont je lui parlai; je lui répondis
que c'étoit parce qu'il avoit emmené les ci-
feaux fur lefquels j'y penfois aller: il fourit de
cette raillerie, & environ un quart-d'heure
après, le roi commanda aux gardeurs de finges
de nous ramener, avec ordre de nous faire
coucher enfemble l'efpagnol & moi, pour faire
en fon royaume multiplier notre efpèce. On
exécuta de point en point la volonté du prince,
de quoi je fus très-aife, pour le plaifir que je
recevois d'avoir quelqu'un qui m'entretînt pen-

dant ma folitude de ma brutification. Un jour,
mon mâle (car on me tenoit pour fa femelle)
me conta que ce qui l'avoit véritablement
obligé de courir toute la terre, & enfin de
l'abandonner pour la lune, étoit qu'il n'avoit
pu trouver un feul pays, où l'imagination
même fût en liberté. Voyez-vous, me dit il,
à moins de porter un bonnet, quoique vous
puiffiez dire de beau, s'il eft contre les principes des docteurs de drap, vous êtes un idiot,
un fou, & quelque chofe de pis. On m'a voulu
mettre en mon pays à l'inquifition, pour avoir
foutenu, à la barbe des pédans, qu'il y avoit
du vuide, & que je ne connoiffois point de
matière au monde plus pefante l'une que l'autre.
Je lui demandai de quelles probabilités il ap-
puyoit une opinion fi peu reçue. Il faut, me
répondit-il, pour en venir à bout, fuppofer
qu'il n'y a qu'un élément; car encore que nous
voyions de l'eau, de la terre, de l'air & du
feu féparés, on ne les trouve jamais fi parfaitement purs, qu'ils ne foient encore engagés
les uns avec les autres. Quand, par exemple,
vous voyez du feu, ce n'eft pas du feu, ce
n'eft que de l'air beaucoup étendu; l'air n'eft
que de l'eau fort dilatée; l'eau n'eft que de
la terre qui fe fond, & la terre elle-même
n'eft autre chofe que de l'eau beaucoup reffer-

rée; & ainsi, à pénétrer sérieusement la matière, vous connoîtrez qu'elle n'est qu'une, qui, comme excellente comédienne, joue ici-bas toutes sortes de personnages, sous différens habits : autrement il faudroit admettre autant d'élémens, qu'il y á de sortes de corps. Et si vous me demandez pourquoi le feu brûle, & que l'eau réfroidit, vu que ce n'est qu'une seule matière, je vous réponds que cette matière agit par sympathie, selon la disposition où elle se trouve dans le tems qu'elle agit. Le feu, qui n'est rien que de la terre encore plus répandue, qu'elle ne l'est pour constituer l'air, tâche de changer en elle, par sympathie, ce qu'elle rencontre : ainsi la chaleur du charbon étant le feu le plus subtil & le plus propre à pénétrer un corps, se glisse entre les pores de notre masse au commencement; parce que c'est une nouvelle matière qui nous remplit, & nous fait exhaler en sueur; cette sueur, étendue par le feu, se convertit en fumée, & devient air; encore davantage fondu par la chaleur de l'antipéristase, ou des astres qui l'avoisinent, s'appelle feu; & la terre, abandonnée par le froid, tombe en terre; l'eau, d'autre part, quoiqu'elle ne diffère de la matière du feu, qu'en ce qu'elle est plus serrée, ne nous brûle pas, à cause qu'étant serrée, elle demande, par sympathie, à resserrer les corps qu'elle rencontre ; & le froid que nous sentons, n'est autre chose que l'effet que notre chair, qui se replie sur elle-même par le voisinage de la terre ou de l'eau, qui la contraint de lui ressembler. De-là vient que les hydropiques remplis d'eau, changent en eau toute la nourriture qu'ils prennent ; delà vient que les bilieux changent en bile tout le sang que forme le foie. Supposé donc qu'il n'y ait qu'un seul élément, il est certain que tous les corps, chacun selon sa qualité, inclinent également au centre de la terre.

Mais vous me demanderez pourquoi donc le fer, les métaux, la terre, le bois, descendent plus vite à ce centre qu'une éponge ; si ce n'est à cause qu'elle est pleine d'air, qui tend naturellement en haut ? Ce n'est point du tout là la raison ; & voici comme je vous réponds. Quoiqu'une roche tombe avec plus de rapidité qu'une plume, l'un & l'autre ont même inclination pour ce voyage ; mais un boulet de canon, par exemple, s'il trouvoit la terre percée à jour, se précipiteroit plus vite à son centre, qu'une vessie grosse de vent ; & la raison est que cette masse de métal est beaucoup de terre resoghée en un petit canton, & que ce vent est fort peu de terre en beau-

coup d'espace : car toutes les parties de la matière qui loge dans ce fer, jointes qu'elles sont
les unes aux autres, augmentent leur force
par l'union ; à cause que s'étant resserrées, elles
se trouvent à la fin beaucoup à combattre contre
peu, vu qu'une parcelle d'air, égale en grosseur
au boulet, n'est pas égale en quantité.

Sans prouver ceci par une enfilade de raisons, comment par votre foi une pique, une
épée, un poignard, nous blessent-ils, si ce
n'est à cause que l'acier étant une matière où
les parties sont plus proches & plus enfon-
cées les unes dans les autres, que non pas
votre chair, dont les pores & la mollesse
montrent qu'elle contient fort peu de matière
répandue en un grand lieu, & que la pointe de
fer qui nous pique étant une quantité presque
innombrable de matière, contre fort peu de
chair, il la contraint de céder au plus fort,
de même qu'un escadron bien pressé, entame
aisément un bataillon moins serré & plus étendu ? Car pourquoi une loupe d'acier embrasée
est-elle plus chaude qu'un tronc de bois allumé, si ce n'est qu'il y a plus de feu dans la
loupe en peu d'espace, y en ayant d'attaché à
toutes les parties du métal, que dans le bâton,
qui, pour être fort spongieux, enferme beaucoup de vuide ; & que le vuide n'étant qu'une

privation de l'être, ne peut être susceptible de la forme du feu ? Mais, m'objecterez-vous, vous supposez du vuide, comme si vous l'aviez prouvé, & c'est cela dont nous sommes en dispute. Et bien, je vais vous le prouver ; & quoique cette difficulté soit la sœur du nœud gordien, j'ai les bras assez forts pour en devenir l'Alexandre.

Qu'elle me réponde donc, je l'en supplie, cette bête vulgaire, qui ne croit être homme que parce qu'on le lui a dit. Supposé qu'il n'y ait qu'une matière, comme je pense l'avoir assez prouvé; d'où vient qu'elle se relâche & se restreint selon son appétit ? d'où vient qu'un morceau de terre, à force de se condenser, s'est fait caillou ? Est-ce que les parties de ce caillou se sont placées les unes dans les autres, en telle sorte que là où s'est fiché ce grain de sablon, là même, où dans le même point loge un autre grain de sablon? Tout cela ne se peut, & selon leur principe même, puisque les corps ne se pénètrent point : mais il faut que cette matière se soit rapprochée, & si vous voulez, se soit raccourcie, enforte qu'elle ait rempli quelque lieu qui ne l'étoit pas.

De dire que cela n'est point compréhensible ; qu'il y eût rien dans le monde; que nous fussions en partie composés de rien : hé pourquoi non? Le monde entier n'est-il pas enveloppé de rien, puisque vous m'avouez cet article, confessez donc qu'il est aussi aisé, que le monde ait du rien dedans soi, qu'autour de soi.

Je vois fort bien que vous me demanderez pourquoi donc l'eau, restreinte par la gelée dans un vase, le fait crever; si ce n'est pour empêcher qu'il ne se fasse du vuide? Mais je réponds que cela n'arrive qu'à cause que l'air de dessus, qui tend aussi-bien que la terre & l'eau au centre, rencontrant sur le droit chemin de ce pays une hôtellerie vacante, y va loger, s'il trouve les pores de ce vaisseau, c'est-à-dire, les chemins qui conduisent à cette chambre de vuide, trop étroits, trop longs & trop tortus; il satisfait, en le brisant, à son impatience, pour arriver plutôt au gîte.

Mais sans m'amuser à répondre à toutes leurs objections, j'ose bien dire que s'il n'y avoit point de vuide, il n'y auroit point de mouvement, ou il faut admettre la pénétration des corps : car il seroit ridicule de croire que quand une mouche pousse de l'aîle une parcelle de l'air, cette parcelle en fasse reculer devant elle une autre; cette autre encore une autre, & qu'ainsi l'agitation du petit orteil d'une puce aille faire une bosse derrière le monde.

Quand ils n'en peuvent plus, ils ont recours
à la raréfraction : mais en bonne foi, comment se peut-il faire, quand un corps se ra-
réfie, qu'une particule de la masse s'éloigne
d'une autre particule, sans laisser ce milieu
vuide ? N'auroit-il pas fallu que ces deux corps
qui viennent de se séparer, eussent été en
même tems au même lieu où étoit celui-ci,
& que de la sorte ils se fussent pénétrés tous
trois ? Je m'attends bien que vous me demanderez pourquoi donc par un chalumeau, une
seringue ou une pompe, on fait monter l'eau
contre son inclination ? A quoi je vous répon-
drai qu'elle est violentée, & que ce n'est pas
la peur qu'elle a du vuide qui l'oblige à se
détourner de son chemin ; mais qu'étant jointe
avec l'air, d'une nuance imperceptible, elle
s'élève, quand on élève en haut l'air qui la
tient embarrassée.

Cela n'est pas fort épineux à comprendre,
quand on connoît le cercle parfait & la délicate enchaînure des élémens ; car si vous considérez attentivement ce limon qui fait le mariage de la terre & de l'eau, vous trouverez
qu'il n'est plus terre, qu'il n'est plus eau, mais
qu'il est l'entremetteur du contrat de ces deux
ennemis ; l'eau tout de même avec l'air s'envoient réciproquement un brouillard qui pé-

nètrent aux humeurs de l'un & de l'autre; pour moyenner leur paix; & l'air se réconcilie avec le feu, par le moyen d'une exhalaison médiatrice qui les unit.

Je pense qu'il vouloit encore parler, mais on nous apporta notre mangeaille; & parce que nous avions faim, je fermai les oreilles à ses discours, pour ouvrir l'estomac aux viandes qu'on nous donna.

Il me souvient qu'une autrefois, comme nous philosophions, car nous n'aimions guères ni l'un ni l'autre à nous entretenir de choses basses; je suis bien fâché, me dit-il, de voir un esprit de la trempe du vôtre, infecté des erreurs du vulgaire. Il faut donc que vous sachiez, malgré le pédantisme d'Aristote, dont retentissent aujourd'hui toutes les classes de votre France, que tout est en tout; c'est-à-dire que dans l'eau, par exemple, il y a du feu, dedans le feu de l'eau, dedans l'air de la terre, & dedans la terre de l'air. Quoique cette opinion fasse ouvrir aux scolares les yeux grands comme des salieres, elle est plus aisée à prouver qu'à persuader : car je leur veux demander premièrement, si l'eau n'engendre pas du poisson; & quand ils me le nieront, creuser un fossé, & le remplir du syrop de l'éguière; qu'ils passent encore, s'ils veulent,

à

à travers un bluteau, pour échapper aux
objections des aveugles, je veux, en cas qu'ils
n'y trouvent du poisson dans quelque tems,
avaler toute l'eau qu'ils y auront versée : mais
s'ils y en trouvent, comme je n'en doute point,
c'est une preuve convaincante qu'il y a du sel
& du feu : par conséquent, de trouver ensuite
de l'eau dans le feu, ce n'est pas une entreprise fort difficile : car qu'ils choisissent le feu
même le plus détaché de la matière, comme
les comètes, il y en a toujours beaucoup ;
puisque si cette humeur onctueuse dont ils
sont engendrés, réduite en souffle par la chaleur de l'antipéristase qui les allume, ne trouvoit un obstacle à sa violence dans l'humide
froideur qui la tempère & la combat, elle se
consommeroit brusquement comme un éclair.
Qu'il y ait maintenant de l'air dans la terre,
ils ne le nieront pas ; ou bien ils n'ont jamais
entendu parler des frissons effroyables dont les
montagnes de la Sicile ont été si souvent agitées. Outre cela, nous voyons la terre toute
poreuse ; jusqu'aux grains de sablon qui la
composent. Cependant, personne n'a dit encore, que ces creux fussent remplis de vuide ;
on ne trouvera donc pas mauvais que l'air y
fasse son domicile. Il me reste à prouver que
dans l'air il y a de la terre ; mais je ne daigne

M

presque pas en prendre la peine, puisque vous
en êtes convaincu autant de fois que vous
voyez tomber sur vos têtes ces légions d'a-
tomes si nombreuses, qu'elles étouffent l'a-
rithmétique.

Mais passons des corps simples aux composés, ils me fourniront des sujets beaucoup
plus fréquens ; & pour montrer que toutes
choses sont en toutes choses, non point qu'elles
se changent les unes aux autres, comme le gazouillent vos péripatéticiens ; car je veux soutenir à leur barbe, que les principes se mêlent,
se séparent, & se remêlent derechef, en telle
sorte, que ce qui a été fait par le sage créateur du monde, le sera toujours : je ne sup-
pose point à leur mode de maxime que je ne
prouve.

C'est pourquoi prenez, je vous prie, une
bûche, ou quelqu'autre matière combustible,
& y mettez le feu ; ils diront, quand elle sera
embrasée, que ce qui étoit bois est devenu
feu : mais je leur soutiens que non, & qu'il
n'y a pas plus de feu quand elle est toute
enflammée, qu'avant qu'on en eût approché l'allumette ; mais celui qui étoit caché
dans la bûche, que le froid & l'humide empêchoient de s'étendre & d'agir, secouru par
l'étranger, a rallié ses forces contre le flegme

qui l'étouffoit, & s'eft emparé du champ qu'oc-
cupoit fon ennemi : auffi le montre-t-il fans
obftacles, en triomphant de fon geolier : ne
voyez-vous pas comme l'eau s'enfuit par les
deux bouts du tronçon, chaude & fumante
encore du combat qu'elle a rendu. Cette flamme
que vous voyez en haut, eft le feu le plus
fubtil, le plus dégagé de la matiere, & le
plutôt prêt par conféquent à retourner chez
foi : il s'unit pourtant en pyramide jufqu'à certaine hauteur, pour enfoncer l'épaiffe humi-
dité de l'air qui lui réfifte : mais comme il
vient en montant à fe dégager peu à peu de
la violente compagnie de fes hôtes, alors il
prend le large, parce qu'il ne rencontre plus
rien d'antipatique à fon paffage ; & cette né-
gligence eft bien fouvent caufe d'une feconde
prifon ; car cheminant féparé, il s'égarera quelquefois dans un nuage, s'il s'y rencontre,
d'autre fois, en affez grande quantité pour
faire tête à la vapeur, ils fe joignent, ils gron-
dent, ils tonnent, ils foudroient, & la mort
des innocens eft bien fouvent l'effet de la colère animée dans ces chofes mortes. Si quand
il fe trouve embarraffé de ces crudités impor-
tunes de la moyenne région, il n'eft pas affez
fort pour fe défendre, il s'abandonne à la dif-
crétion de fon ennemi, qui le contraint par fa

M ij

pefanteur de retomber en terre ; & ce malheureux, enfermé dans une goutte d'eau, fe
rencontrera peut-être au pied d'un chêne, de
qui le feu animal invitera ce pauvre égaré de
fe loger avec lui ; ainfi le voilà qui revient
au même état dont il étoit forti quelques jours
auparavant.

Mais voyons fa fortune des autres élémens
qui compofoient cette bûche. L'air fe retire
à fon quartier, encore pourtant mêlé de vapeurs, à caufe que le feu tout en colère les
a brufquement chaffés pêle-mêle. Le voilà donc
qui fert de balon aux vents, fournit les animaux de refpiration, remplit le vuide que la
nature fait ; & poffible encore que s'étant enveloppé dans une goutte de rofée, il fera fucé
& digéré par les feuilles altérées de cet arbre,
où s'eft retiré notre feu : l'eau que la flamme
avoit chaffée de ce trône, élevée par la chaleur jufqu'au berceau des météores, retombera
en pluie fur notre chêne auffi-tôt que fur un
autre ; & la terre devenue cendre, & puis
guérie de fa ftérilité, ou par la chaleur nour-
riffante d'un fumier où on l'aura jettée, ou par
le fel végétatif de quelques plantes voifines,
ou par l'eau féconde des rivières, fe rencontrera peut-être près ce chêne, qui par la chaleur de fon germe l'attirera, & en fera une
partie de fon tout.

De cette façon voilà ces quatre élémens qui reçoivent le même fort, & rentrent au même état d'où ils étoient fortis quelques jours auparavant : ainfi on peut dire que dans un homme il y a tout ce qui eft néceffaire pour compofer un arbre, & dans un arbre tout ce qui eft néceffaire pour compofer un homme. Enfin, de cette façon, toutes chofes fe rencontreront en toutes chofes. Mais il nous manque un Prométhée, qui nous tire du fein de la nature, & nous rende fenfible ce que je veux bien appeller matière première.

Voilà les chofes à peu près dont nous amufions le tems ; car ce petit efpagnol avoit l'efprit joli. Notre entretien toutefois n'étoit que de nuit, à caufe que depuis fix heures du matin jufqu'au foir, la grande foule du monde qui nous venoit contempler à notre logis, nous eût détournés ; car quelques-uns nous jettoient des pierres, d'autres des noix, d'autres de l'herbe : il n'étoit bruit que des bêtes du roi, on nous férvoit tous les jours à manger à nos heures, & la reine & le roi prenoient eux-mêmes fouvent la peine de me tâter le ventre, pour connoître fi je n'empliffois point ; car ils brûloient d'une envie extraordinaire d'avoir de la race de ces petits animaux. Je ne fais fi ce fut pour avoir été plus attentif que mon mâle à leurs fimagrées & à leurs tons : mais j'appris plutôt que lui à entendre leur langue, & à l'écorcher un peu, ce qui fit qu'on nous confidéra d'une autre façon qu'on avoit fait, & les nouvelles coururent auffi-tôt par-tout le royaume, qu'on avoit trouvé deux hommes fauvages plus petits que les autres, à caufe des mauvaifes nourritures que la folitude nous avoit fournies, & qui par un défaut de la femence de leurs peres, n'avoient pas eu les jambes de devant affez fortes pour s'appuyer deffus.

Cette créance alloit prendre racine à force de cheminer, fans les doctes du pays qui s'y opposèrent, difant que c'étoit une impieté épouvantable, de croire que non-feulement des bêtes, mais des monftres, fuffent de leur efpece. Il y auroit bien plus d'apparence, ajoutoient les moins paffionnés, que nos animaux domeftiques participaffent au privilège de l'humanité & de l'immortalité, à caufe qu'ils font nés dans notre pays, qu'une bête monftrueufe, qui fe dit née je ne fais où dans la lune; & puis confidérez la différence qui fe remarque entre nous & eux. Nous autres marchons à quatre pieds, parce que dieu ne fe voulut pas fier d'une chofe fi précieufe, à une moins ferme affiette, & il eut peur qu'allant autre-

ment, il n'arrivât fortune de l'homme; c'eſt
pourquoi il prit la peine de l'aſſeoir ſur quatre
pilliers, afin qu'il ne pût tomber : mais dédaignant de ſe mêler de la conſtruction de ces
deux brutes, il les abandonna au caprice de
la nature, laquelle ne craignant pas la perte
de ſi peu de choſe, ne les appuya que ſur
deux pattes.

Les oiſeaux même, diſoient-ils, n'ont pas
été ſi maltraités qu'elles; car au moins ils ont
reçu des plumes pour ſubvenir à la foibleſſe
de leurs pieds, & ſe jetter en l'air, quand
nous les éconduirions de chez nous; au lieu
que la nature, en ôtant les deux pieds à ces
monſtres, les a mis en état de ne pouvoir
échapper à notre juſtice.

Voyez un peu, outre cela, comme ils ont la
tête tournée vers le ciel : c'eſt la diſette où dieu
les a mis de toutes choſes, qui les a ſitués de
la ſorte; car cette poſture ſuppliante témoigne
qu'ils ſe plaignent au ciel de celui qui les a
créés, & qu'ils lui demandent permiſſion de
s'accommoder de nos reſtes. Mais nous autres
nous avons la tête panchée en bas, pour contempler les biens dont nous ſommes ſeigneurs,
& comme n'y ayant rien au ciel à qui notre
heureuſe condition puiſſe porter envie.

J'entendois tous les jours à ma loge faire

M iv

ces contes, ou d'autres semblables ; & enfin
ils bridèrent si bien l'esprit des peuples sur cet
article, qu'il fut arrêté que je ne passerois tout
au plus que pour un perroquet sans plumes ;
car ils confirmoient les persuadés, sur ce que,
non plus qu'un oiseau, je n'avois que deux
pieds : cela fit qu'on me mit en cage, par ordre
exprès du conseil d'enhaut.

Là, tous les jours l'oiseleur de la reine prenoit le soin de me venir siffler la langue, comme
on fait ici aux sansonnets. J'étois heureux à la
vérité, en ce que je ne manquois point de mangeaille : cependant parmi les sornettes dont les
regardans me rompoient les oreilles, j'appris
à parler comme eux ; ensorte que quand je
fus assez rompu dans l'idiome, pour exprimer
la plupart de mes conceptions, j'en contai des
plus belles : déjà les compagnies ne s'entretenoient plus que de la gentillesse de mes bons
mots, & de l'estime que l'on faisoit de mon
esprit : on vint jusques-là, que le conseil fut
contraint de publier un arrêt, par lequel on défendoit de croire que j'eusse de la raison ; avec
un commandement très-exprès à toutes personnes, de quelque qualité ou condition qu'elles
fussent, de s'imaginer, quoique je pusse faire
de spirituel, que c'étoit l'instinct qui me le
faisoit faire.

Cependant la définition de ce que j'étois, partagea la ville en deux factions. Le parti qui soutenoit en ma faveur, grossissoit de jour en jour; & enfin, en dépit de l'anathême par lequel on tâchoit d'épouvanter le peuple, ceux qui tenoient pour moi demandèrent une assemblée des états, pour résoudre cette controverse. On fut long-tems à s'accorder sur le choix de ceux qui opineroient, mais les arbitres pacifièrent l'animosité, par le nombre des intéressés qu'ils égalèrent, & qui ordonnèrent qu'on me porteroit dans l'assemblée, comme on fit : mais j'y fus traité autant séverement qu'on se le peut imaginer. Les examinateurs m'interrogèrent, entr'autres choses, de philosophie; je leur exposai, tout à la bonne foi, ce que jadis mon régent m'en avoit appris : mais ils ne mirent guères à me le réfuter par beaucoup de raisons convaincantes; de sorte que n'y pouvant répondre, j'alléguai, pour dernier refuge, les principes d'Aristote, qui ne me servirent pas davantage que les sophismes; car, en deux mots, ils m'en découvrirent la fausseté. Cet Aristote, me dirent-ils, dont vous vantez si fort la science, accommodoit sans doute les principes à sa philosophie, au lieu d'accommoder sa philosophie aux principes; & encore, devoit-il les prouver au moins plus

raifonnables que ceux des autres fectes dont
vous nous avez parlé ; c'eft pourquoi le bon
feigneur ne trouvera pas mauvais fi nous lui
baifons les mains. Enfin , comme ils virent que
je ne leur clabaudois autre chofe, finon qu'ils
n'étoient pas plus favans qu'Ariftote, & qu'on
m'avoit défendu de difputer contre ceux qui
nioient les principes, ils conclurent tous d'une
commune voix, que je n'étois pas un homme,
mais poffible quelque efpèce d'autruche, vu
que je portois comme elle la tête droite, que
je marchois fur deux pieds ; & qu'enfin, hormis
un peu de duvet, je lui étois tout femblable ;
fi bien qu'on ordonna à l'oifeleur de me re-
porter en cage. J'y paffois mon tems avec affez
de plaifir ; car à caufe de leur langue, que je
poffédois correctement, toute la cour fe di-
vertiffoit à me faire jafer. Les filles de la reine,
entr'autres, fourroient toujours quelque bribe
dans mon pannier ; & la plus gentille de toutes
ayant conçu quelque amitié pour moi, elle
étoit fi tranfportée de joie, lorfqu'étant en fecret, je l'entretenois des mœurs & des diver-
tiffemens des gens de notre monde, & principalement de nos cloches, & de nos autres
inftrumens de mufique ; qu'elle me proteftoit
les larmes aux yeux, que fi jamais je me trouvois en état de revoler en notre monde, elle
me fuivroit de bon cœur.

Un jour, de grand matin, m'étant éveillé
en furfaut, je la vis qui tambourinoit contre
les bâtons de ma cage : réjouiffez-vous, me
dit-elle, hier dans le confeil on conclut la
guerre contre le Roi. J'efpère parmi l'embarras des préparatifs, pendant que notre monarque & fes fujets feront éloignés, faire naître
l'occafion de vous fauver. Comment la guerre,
l'interrompis-je ? Arrive-t-il des querelles entre
les princes de ce monde-ci, comme entre ceux
du nôtre ? Hé ! je vous prie, parlez-moi de
leur façon de combattre.

Quand les arbitres, reprit-elle, élus au gré
des deux partis, ont défigné le tems accordé
pour l'armement, celui de la marche, le nombre des combattans, le jour & le lieu de la
bataille, & tout cela avec tant d'égalité, qu'il
n'y a pas dans une armée un feul homme plus
que dans l'autre : les foldats eftropiés d'un côté
font tous enrôlés dans une compagnie ; & lorfqu'on en vient aux mains, les maréchaux de
camp ont foin de les expofer aux eftropiés :
de l'autre côté, les géans ont en tête les coloffes ; les efcrimeurs, les adroits ; les vaillans,
les courageux ; les débiles, les foibles ; les
indifpofés, les malades ; les robuftes, les forts ;
& fi quelqu'un entreprenoit de frapper un autre
que fon ennemi défigné, à moins qu'il pût

juftifier que c'étoit par méprife, il feroit condamné comme un couard. Après la bataille
donnée, on compte les bleffés, les morts, les
prifonniers ; car pour les fuyards, il ne s'en
trouve point ; fi les pertes fe trouvent égales
de part & d'autre, ils tirent à la courte-paille
à qui fe proclamera victorieux.

Mais encore qu'un royaume eût défait fon
ennemi de bonne guerre, ce n'eft prefque rien
avancé ; car il y a d'autres armées peu nombreufes de favans & d'hommes d'efprit, des
difputes defquelles dépend entièrement le
triomphe ou la fervitude d'un état.

Un favant eft oppofé à un autre favant, un
efprité à un autre efprité, & un judicieux à
un autre judicieux : au refte, le triomphe que
remporte un état en cette façon, eft compté
pour trois victoires à force ouverte. Après la
proclamation de la victoire on rompt l'affemblée, & le peuple vainqueur choifit, pour
être fon roi, ou celui des ennemis, ou le fien.

Je ne pus m'empêcher de rire de cette façon fcrupuleufe de donner des batailles ; &
j'alléguois, pour exemple d'une bien plus forte
politique, les coutumes de notre Europe, où
le monarque n'avoit garde d'omettre aucun
de fes avantages pour vaincre ; & voici comme
elle me parla.

Apprenez-moi, me dit-elle, si vos princes ne prétextent pas leurs armemens du droit. Si font-ils, lui repliquai-je, & de la justice de leur cause. Pourquoi, continua-t-elle, ne choisissent-ils des arbitres non suspects pour être accordés ? & s'il se trouve qu'ils aient autant de droit l'un que l'autre, qu'ils demeurent comme ils étoient, ou qu'ils jouent en un coup de piquet la ville ou la province dont ils sont en dispute.

Mais vous, lui repartis-je, pourquoi toutes ces circonstances en votre façon de combattre ? Ne suffit-il pas que les armées soient en pareil nombre d'hommes ? Vous n'avez guères de jugement, me répondit-elle. Croiriez-vous, par votre foi, ayant vaincu sur le pré votre ennemi seul à seul, l'avoir vaincu de bonne guerre, si vous étiez maillé, & lui non ; s'il n'avoit qu'un poignard, & vous un estocade ; enfin s'il étoit manchot, & que vous eussiez deux bras? Cependant avec toute l'égalité que vous recommandez tant à vos gladiateurs, ils ne se battent jamais pareils ; car l'un sera de grande, l'autre de petite taille, l'un sera adroit, l'autre n'aura jamais manié d'épée ; l'un sera robuste, l'autre foible ; & quand même ces disproportions seroient égales, qu'ils seroient aussi adroits & aussi forts l'un que l'autre, encore ne seroient-

ils pas pareils , car l'un des deux aura peut-être
plus de courage que l'autre ; & fous ombre que
cet emporté ne confidérera pas le péril, qu'il fera
bilieux, qu'il aura plus de fang, qu'il aura le cœur
plus ferré , avec toutes ces qualités qui font
le courage ; comme fi ce n'étoit pas , auffi-bien
qu'une épée , une arme que fon ennemi n'a
point , il s'ingérera de fe ruer éperduement
fur lui , de l'effrayer , & d'ôter la vie à ce
pauvre homme qui prévoit le danger , dont
la chaleur eft étouffée dans la pituite , & duquel le cœur eft trop vafte pour unir les efprits
néceffaires à diffiper cette glace, qu'on appelle
poltronnerie. Ainfi vous louez cet homme,
d'avoir tué fon ennemi avec avantage ; & le
louant de hardieffe , vous le louez d'un péché
contre nature , puifque fa hardieffe tend à la
deftruction. Et à propos de cela , je vous dirai
qu'il y a quelques années qu'on fit une remon-
trance au confeil de guerre , pour apporter un
réglement plus circonfpect & plus confcien-
tieux dans les combats. Et le philofophe qui
donnoit l'avis, parla ainfi.

Vous vous imaginez, MM. avoir bien égalé
les avantages de deux ennemis, quand vous les
avez choifis tous deux grands , tous deux
adroits, tous deux pleins de courage ; mais ce
n'eft pas encore affez, puifqu'il faut qu'enfin

le vainqueur furmonte par adreffe, par forcé, & par fortune. Si ç'a été par adreffe, il a frappé fans doute fon adverfaire, par un endroit où il ne s'attendoit pas, ou plus vîte qu'il n'étoit vraifemblable ; ou feignant de l'attraper d'un côté, il l'a affailli de l'autre. Cependant tout cela c'eft raffiner, c'eft tromper, c'eft trahir ; & la tromperie & la trahifon, ne doivent pas faire l'eftime d'un véritable généreux. S'il a triomphé par force, eftimerez-vous fon ennemi vaincu, puifqu'il a été violenté? Non, fans doute; non plus que vous ne diriez pas qu'un homme ait perdu la victoire, encore qu'il foit accablé de la chûte d'une montagne, parce qu'il n'a pas été en puiffance de la gagner. Tout de même celui-là n'a point été furmonté, à caufe qu'il a terraffé fon ennemi ; c'eft la fortune qu'on doit couronner, il n'y a rien contribué; & enfin le vaincu n'eft non plus blâmable que le joueur de dez, qui, fur dix-fept points, en voit faire dix-huit.

· On lui confeffa qu'il avoit raifon, mais qu'il étoit impoffible, felon les apparences humaines, d'y mettre ordre, & qu'il valoit mieux fubir un petit inconvenient, que de s'abandonner à cent autres de plus grande importance.

· Elle ne m'entretint pas cette fois davantage, parce qu'elle craignoit d'être trouvée feule avec

moi fi matin. Ce n'eft pas qu'en ce pays-là
l'impudicité foit un crime; au contraire, hors
les coupables convaincus, tout homme a pouvoir fur toute femme; & une femme tout de
même, pourroit appeller un homme en juftice,
qui l'auroit refufée; mais elle ne m'ofoit pas
fréquenter publiquement, à caufe que les gens
du confeil avoient dit dans la derniere affemblée, que c'étoit les femmes qui publioient que
j'étois homme, afin de couvrir, fous ce prétexte, le defir qui les brûloit de fe mêler aux
bêtes, & de commettre avec moi, fans ver-
gogne, des péchés contre nature; cela fut caufe
que je demeurai long-tems fans la voir, ni pas
une du fexe.

Cependant il falloit bien que quelqu'un eût
réchauffé les querelles de la définition de mon
être; car comme je ne fongeois plus qu'à mourir
en ma cage, on me vint quérir encore une
fois pour me donner audience. Je fus donc interrogé en préfence d'un grand nombre de cour-
tifans fur quelque point de phyfique; & mes
réponfes, à ce que je crois, ne fatisfirent aucunement; car celui qui préfidoit, m'expofa fort
au long fes opinions fur la ftructure du monde;
elles me femblèrent ingénieufes, &, fans qu'il
paffât jufqu'à fon origine, qu'il foutenoit éternelle, j'euffe trouvé fa philofophie beaucoup
plus

plus raifonnable que la nôtre; mais fi-tôt que
je l'entendis foutenir une revêrie fi contraire
à ce que la foi nous apprend, je brifai avec
lui, dont il ne fit que rire; ce qui m'obligea de
lui dire que, puifqu'ils en venoient là, je re-
commençois à croire que leur monde n'étoit
qu'une lune. Mais, me dirent-ils tous, vous y
voyez de la terre, des rivières, des mers; que
feroit-ce donc tont cela? N'importe, repartis-
je, Ariftote affure que ce n'eft que la lune;
& fi vous aviez dit le contraire dans les claffes
où j'ai fait mes études, on vous auroit fiflé.
il fe fit fur cela un grand éclat de rire; il ne
faut pas demander fi ce fut de leur ignorance;
mais cependant on me conduifit dans ma cage.

Mais d'autres favans, plus emportés que les
premiers, avertis que j'avois ofé dire que la
lune d'où je venois, étoit un monde, & que
leur monde n'étoit qu'une lune, crurent que cela
leur fourniffoit un prétexte affez jufte pour me
faire condamner à l'eau; c'eft la façon d'exterminer les impies. Pour cet effet, ils furent en
corps faire leur plainte au roi, qui leur promit
juftice, & ordonna que je ferois remis fur la
fellette.

Me voilà donc décagé pour la troifième fois,
& lors le plus ancien prit la parole, & plaida
contre moi. Je ne me fouviens pas de fa ha-

N

tangue, à caufe que j'étois trop épouvanté pour
recevoir les efpèces de fa voix fans défordre,
& parce qu'il s'étoit fervi pour déclamer,
d'un inftrument dont le bruit m'étourdiffoit ;
c'étoit une trompette qu'il avoit tout exprès
choifie, afin que la violence du fon martial
échauffât leurs efprits à ma mort, & afin d'empêcher par cette émotion, que le raifonnement
ne pût faire fon office, comme il arrive dans
nos armées, où le tintamarre des trompettes
& des tambours empêche le foldat de réfléchir
fur l'importance de fa vie. Quand il eut dit,
je me levai pour défendre ma caufe, mais j'en
fus délivré par une aventure qui vous va fur-
prendre. Comme j'avois la bouche ouverte,
un homme qui avoit eu grande difficulté à traverfer la foule, vient cheoir aux pieds du Roi,
& fe traîna long - tems fur le dos en fa préfence.
Cette façon de faire ne me furprit pas, car
je favois que c'étoit la pofture où ils fe mettoient, quand ils vouloient difcourir en public.
J'abandonnai ma harangue, & voici celle que
nous eûmes de lui.

Juftes, écoutez-moi, vous ne fauriez condamner cet homme, ce finge, ou ce perroquet,
pour avoir dit que la lune eft un monde d'où
il venoit ; car s'il eft homme, quand même il
ne feroit pas venu de la lune, puifque tout

homme eſt libre, ne lui eſt-il pas libre auſſi
de s'imaginer ce qu'il voudra ? Quoi ! pouvez-
vous le contraindre à n'avoir pas vos viſions ?
Vous le forcerez bien à dire que la lune n'eſt
pas un monde, mais il ne le croira pas pourtant; car pour croire quelque choſe, il faut
qu'il ſe préſente à ſon imagination certaines
poſſibilités plus grandes au oui qu'au non : à
moins que vous ne lui fourniſſiez ce vrai-ſem-
blable, ou qu'il ne vienne de ſoi-même s'offrir
à ſon eſprit, il vous dira bien qu'il croit, mais il
ne croira pas pour cela.

J'ai maintenant à vous prouver qu'il ne doit
pas être condamné, ſi vous le poſez dans la
cathégorie des bêtes.

Car ſuppoſé qu'il ſoit animal ſans raiſon,
en auriez-vous vous-même de l'accuſer d'avoir
péché contre elle ? Il a dit que la lune étoit
un monde. Or les bêtes n'agiſſent que par inſtinct de nature : donc c'eſt la nature qui le dit,
& non pas lui. De croire que cette ſavante
nature, qui a fait le monde & la lune, ne
ſache ce que c'eſt elle-même, & que vous
autres qui n'avez de connoiſſance que ce que
vous en tenez d'elle, le ſachiez plus certainé-
ment, cela ſeroit bien ridicule; mais quand
même la paſſion vous feroit renoncer à vos principes, & que vous ſuppoſeriez que la nature

ne guidât pas les bêtes, rougissez à tout le moins des inquiétudes que vous causent les caprices d'une bête. En vérité, messieurs, si vous rencontriez un homme d'âge mûr, qui veil'ât à la police d'une fourmilière, pour tantôt donner un soufflet à la fourmi qui auroit fait cheoir sa compagne, tantôt en emprisonner une qui auroit dérobé à sa voisine un grain de bled, tantôt mettre en justice une autre qui auroit abandonné ses œufs, ne l'estimeriez-vous pas insensé, de vaquer à des choses trop au-dessous de lui, & de prétendre assujettir à la raison des animaux qui n'en ont pas l'usage? Comment donc, vénérable assemblée, défendrez-vous l'intérêt que vous prenez aux caprices de ce petit animal? Justes, j'ai dit.

Dès qu'il eut achevé, une sorte de musique d'applaudissemens fit retentir toute la salle; &, après que toutes les opinions eurent été débattues un gros quart-d'heure, le roi prononça:

Que dorénavant je serois censé homme; comme tel, mis en liberté; & que la punition d'être noyé, seroit modifiée en une amende honteuse, car il n'en est point en ce pays-là d'honorable; dans laquelle amende je me dédirois publiquement d'avoir soutenu que la lune étoit un monde, à cause du scandale que la nouveauté de cette opinion auroit pu apporter dans l'ame des foibles.

Cet arrêt prononcé, on m'enlève hors du palais, on m'habille par ignominie fort magnifiquement, on me porte fur la tribune d'un magnifique charriot ; & traîné que je fus par quatre princes, qu'on avoit attachez au joug, voici ce qu'ils m'obligèrent de prononcer aux carrefours de la ville.

Peuple, je vous déclare que cette lune-ci n'eſt pas une lune, mais un monde ; & que ce monde de là-bas n'eſt pas un monde, mais une lune. Tel eſt ce que le conſeil trouve bon que vous croyiez.

Après que j'eus crié la même choſe aux cinq grandes places de la cité, j'apperçus mon avocat qui me tendoit la main pour m'aider à deſcendre. Je fus bien étonné de reconnoître, quand je l'eus enviſagé, que c'étoit mon démon. Nous fûmes une heure à nous embraſſer. Venez-vous-en chez moi, me dit-il ; car de retourner en cour, après une amende honteuſe, vous n'y ſeriez pas vu de bon œil. Au reſte, il faut que je vous diſe que vous ſeriez encore parmi les ſinges, auſſi bien que l'eſpagnol votre compagnon, ſi je n'euſſe publié dans les compagnies la vigueur & la force de votre eſprit, & brigué contre vos ennemis en votre faveur la protection des grands. La fin de mes remercîmens nous vit entrer chez lui ;

il m'entretint jufqu'au repas , des refforts qu'il
avoit fait jouer pour obliger mes ennemis, malgré tous les plus fpécieux fcrupules dont ils
avoient embabouiné le peuple à fe déporter
d'une pourfuite fi injufte. Mais comme on nous
eut avertis qu'on avoit fervi, il me dit qu'il
avoit, pour me tenir compagnie ce foir-là,
prié deux profeffeurs d'académie de cette ville,
de venir manger avec nous. Je les ferai tomber, ajouta t-il, fur la philofophie qu'il en-
feignent en ce monde-ci, & par même moyen
vous verrez le fils de mon hôte. C'eft un
jeune homme autant plein d'efprit que j'en aie
jamais rencontré ; ce feroit un fecond Socrate,
s'il pouvoit régler fes lumières, & ne point
étouffer dans le vice les graces que Dieu continuellement lui accorde, & ne plus affecter le
libertinage comme il fait , par une chimérique
oftentation & une affectation de s'acquérir la
réputation d'homme d'efprit. Je me fuis logé
céans, pour épier les occafions de l'inftruire.
Il fe tut, comme pour me laiffer à mon tour
la liberté de difcourir : puis il fit figne qu'on
me dévêtît des honteux ornemens dont j'étois
encore tout brillant.

Les deux profeffeurs que nous attendions
entrèrent prefque auffi-tôt, & nous allâmes
nous mettre à table, où elle étoit dreffée , &

où nous trouvâmes le jeune garçon dont il
m'avoit parlé, qui mangeot déja; ils lui firent
grande faluade, & le traitèrent d'un refpect
auffi profond que d'efclave à feigneur. J'en
demandai la caufe à mon démon, qui me répondit que c'étoit à caufe de fon âge, parce
qu'en ce monde-là les vieux rendoient toute
forte de refpect & de déférence aux jeunes :
bien plus, que les pères obéiffent à leurs enfans, auffitôt que par l'avis du fénat des philofophes, ils avoient atteint l'âge de raifon. Vous
vous étonnez, continua t-il, d'une coutume fi
contraire à celle de votre pays; mais elle ne
répugne point à la droite raifon. Car, en confcience, dites-moi, quand un homme jeune &
chaud eft en force d'imaginer, de juger &
d'exécuter, n'eft il pas plus capable de gouverner une famille, qu'un infirme fexagénaire,
pauvre hébété, dont la neige de foixante bi-
vers a glacé l'imagination; qui ne fe conduit
que par ce que vous appellez expérience des
heureux fuccès, qui ne font cependant que de
fimples effets du hafard contre toutes les règles
de l'économie, de la prudence humaine? Pour
du jugement, il en a auffi peu, quoique le vulgaire de votre monde en faffe un appanage de
la vieilleffe; mais pour le défabufer, il faut qu'il
fache que ce qu'on appelle prudence en un

vieillard, n'eft autre chofe qu'une appréhenfion panique, une peur enragée de rien entreprendre qui l'obsède : ainfi quand il n'a pas rifqué un danger, où un jeune homme s'eft perdu, ce n'eft pas qu'il en préjugeât la cataftrophe, mais il n'avoit pas affez de feu pour allumer ces nobles élans qui nous font ofer ; au lieu que l'audace en ce jeune homme, étoit comme un gage de la réuffite de fon deffein, parce que cette ardeur, qui fait la promptitude & la facilité d'une exécution, étoit celle qui le pouffoit à l'entreprendre. Pour ce qui eft d'exécuter, je ferois tort à votre efprit de m'efforcer à l'en convaincre par des preuves. Vous favez que la jeuneffe feule eft propre à l'action, & fi vous n'en étiez pas tout a fait perfuadé, dites-moi, je vous prie, quand vous refpectez un homme courageux, n'eft-ce pas à caufe qu'il vous peut venger de vos ennemis, ou de vos oppreffeurs? Et eft-ce par autre confidération, ou par pure habitude, que vous le confiderez, lorfqu'un bataillon de foixante-dix janviers a gelé fon fang, & tué de froid tous les nobles enthoufiafmes, dont les jeunes perfonnes font échauffées? Lorfque vous déferez au plus fort, n'eft-ce pas afin qu'il vous foit obligé d'une victoire que vous ne lui fauriez difputer? Pourquoi donc vous foumettre à lui, quand la pareffe a fondu fes mufcles, débilité fes artères, évaporé fes efprits, & fucé la moële de fes os? Si vous adoriez une femme, n'étoit-ce pas à caufe de fa beauté? Pourquói donc continuer vos gé-ruflexions, après que la vieilleffe en a fait un fantôme, qui ne repréfente plus qu'une hideufe image de la mort? Enfin, lorfque vous aimiez un homme fpirituel, c'étoit à caufe que, par la vivacité de fon génie, il pénétroit une affaire mêlée, & la débrouilloit; qu'il défrayoit par fon bien-dire l'affemblée du plus haut carat; qu'il digéroit les fciences d'une feule penfée; & ce-pendant vous lui continuez vos honneurs, quand fes organes ufés rendent fa tête imbécile, pe-fante & importune aux compagnies; & lorf-qu'il reffemble plutôt à la figure d'un dieu foyer, qu'à un homme de raifon. Concluez donc par-là, mon fils, qu'il vaut mieux que les jeunes gens foient pourvus du gouvernement des fa-milles, que les vieillards. D'autant plus même, que, felon vos maximes, Hercule, Achille, Epaminondas, Alexandre & Céfar, qui font prefque tous morts au-deçà de quarante ans, n'auroient mérité aucuns honneurs, parce qu'à votre compte ils auroient été trop jeunes, bien que leur feule jeuneffe fût la caufe de leurs belles actions; qu'un âge plus avancé eût ren-dues fans effet, parce qu'il eût manqué de l'ar-

deur & de la promptitude, qui leur ont donné
ces grands succès. Mais, direz-vous, toutes les
loix de notre monde font retentir avec soin ce
respect qu'on doit aux vieillards. Il est vrai;
mais aussi tous ceux qui ont introduit des loix,
ont été des vieillards, qui craignoient que les
jeunes ne les dépossédâssent justement de l'autorité qu'ils avoient extorquée....... Vous ne
tenez de votre architecte mortel, que votre
corps seulement; votre ame vient des cieux;
il n'a tenu qu'au hasard, que votre père n'ait
été votre fils, comme vous êtes le sien. Savez-
vous même s'il ne vous a pas empêché d'hériter
d'un diadème? Votre esprit peut-être étoit parti
du ciel, à dessein d'animer le roi des romains
au ventre de l'impératrice; en chemin par
hasard il rencontra votre embrion, & peut-être
que, pour abréger sa course, il s'y logea. Non,
non: Dieu ne vous eût point rayé du calcul
qu'il avoit des hommes, quand votre père fût
mort petit garçon. Mais qui fait si vous ne seriez
point aujourd'hui l'ouvrage de quelque vaillant
Capitaine, qui vous auroit associé à sa gloire,
comme à ses biens. Ainsi peut-être vous n'êtes
non plus redevable à votre père de la vie qu'il
vous a donnée, que vous le seriez au pirate qui
vous auroit mis à la chaîne, parce qu'il vous
nourriroit. Et je veux même qu'il vous eût en-

gendré prince, qu'il vous eût engendré roi ; un présent perd son mérite, lorsqu'il est fait sans le choix de celui qui le reçoit. On donna la mort à César, on la donna à Cassius ; cependant Cassius en est obligé à l'esclave dont il l'impétra, & non pas César à des meurtriers, parce qu'ils le forcèrent de la prendre. Votre père consulta-t-il votre volonté, lorsqu'il embrassa votre mère ? Vous demanda-t-il si vous trouviez bon de voir ce siècle-là, ou d'en attendre un autre ? Si vous vous contenteriez d'être fils d'un sot, ou si vous auriez l'ambition de sortir d'un brave homme ? Hélas ! vous que l'affaire concernoit tout seul, vous étiez le seul dont on ne prenoit point l'avis. Peut-être qu'alors si vous eussiez été enfermé autre part, que dans la matrice des idées de la nature, & que votre naissance eût été à votre opinion, vous auriez dit à la parque : ma chère demoiselle, prends le fuseau d'un autre ; il y a fort long-tems que je suis dans le rien, & j'aime encore mieux demeurer cent ans à n'être pas, que d'être aujourd'hui, pour m'en repentir demain ; cependant il vous fallut passer par là ; vous eûtes beau piailler, pour retourner à la longue & noire maison dont on vous arrachoit, on faisoit semblant de croire que vous demandiez à teter.

Voilà, ô mon fils, les raisons à-peu-près,
qui font cause du respect que les pères portent
à leurs enfans. Je sais bien que j'ai penché du
côté des enfans, plus que la justice ne le demande, & que j'ai en leur faveur un peu parlé
contre ma conscience; mais voulant corriger
cet orgueil dont certains pères bravent la foiblesse de leurs petits, j'ai été obligé de faire
comme ceux qui pour redresser un arbre tortu,
le tirent de l'autre côté, afin qu'il redevienne
également droit entre les deux contorsions;
ainsi j'ai fait restituer aux pères, ce qu'ils ôtent
à leurs enfans; leur en ôtant beaucoup qui leur
appartenoit, afin qu'une autre fois ils se con-
tentassent du leur. Je sais bien encore que j'ai
choqué par cette apologie tous les vieillards;
mais qu'ils se souviennent qu'ils ont été enfans,
avant que d'être pères, & qu'il est impossible
que je n'aie parlé fort à leur avantage, puisqu'ils n'ont pas été trouvés sous une pomme
de choux. Mais enfin, quoiqu'il en puisse arriver, quand mes ennemis se mettroient en bataille contre mes amis, je n'aurai que du bon;
car j'ai servi tous les hommes, & je n'en ai des-
servi que la moitié.

A ces mots il se tut, & le fils de notre hôte
prit ainsi la parole : promettez-moi, lui dit-il,
puisque je suis informé par votre soin de l'o-

rigine, de l'hiftoire, des coutumes, & de la philofophie du monde de ce petit homme, que j'ajoute quelque chofe à ce que vous avez dit, & que je prouve que les enfans ne font point obligés à leurs pères de leur génération, parce que leurs pères étoient obligés en confcience de les engendrer.

La philofophie de leur monde la plus étroite, confeffe qu'il eft plus avantageux de mourir, à caufe que pour mourir il faut avoir vécu, que de n'être point. Or, puifqu'en ne donnant pas l'être à ce rien, je le mets en un état pire que la mort ; je fuis plus coupable de n ... pas produire, que de le tuer. Tu croirois cependant, ô mon petit homme, avoir fait un parricide indigne de pardon, fi tu avois égorgé ton fils. Il feroit énorme à la vérité, mais il eft bien plus exécrable de ne pas donner l'être à qui le peut recevoir ; car cet enfant à qui tu ôtes la lumière pour toujours, eût eu la fatisfaction d'en jouir quelque tems. Encore nous favons qu'il n'en eft privé que pour quelque fiècle ; mais ces pauvres quarante petits riens, dont tu pouvois faire quarante bons foldats à ton roi, tu les empêches malicieufement de venir au jour, & les laiffes corrompre dans les reins, au hafard d'une apoplexie qui t'étouffera......

Cette réponse ne satisfit pas, à ce que je crois, le petit hôte, car il en hocha trois ou quatre fois la tête; mais notre commun précepteur se tut, parce que le repas étoit en impatience de s'envoler.

Nous nous étendîmes donc sur des matelas fort molets, couverts de grands tapis; & un jeune serviteur ayant pris le plus vieux de nos philosophes, le conduisit dans une petite salle séparée; d'où mon démon lui cria de nous venir trouver si-tôt qu'il auroit mangé.

Cette fantaisie de manger à part, me donna la curiosité d'en demander la cause. Il ne goûte point, me dit-il, d'odeur de viande, ni même des herbes, si elles ne sont mortes d'elles-mêmes, à cause qu'il les pense capables de douleur. Je ne m'étonne pas tant, répliquai-je, qu'il s'abstienne de la chair, & de toutes choses qui ont eu vie sensitive; car, en notre monde, les pytagoriciens, & même quelques saints anachorettes, ont usé de ce régime; mais de n'oser, par exemple, couper un chou, de peur de le blesser; cela me semble tout à fait ridicule. Et moi, répondit mon démon, je trouve beaucoup d'apparence en son opinion.

Car, dites-moi, ce chou dont vous parlez, n'est-il pas, comme vous, un être existant de la nature? Ne l'avez-vous pas tous deux pour

mère également ? Encore semble-t-il qu'elle
ait pourvu plus nécessairement à celle du végétant que du déraisonnable, puisqu'elle a remis
la génération d'un homme aux caprices de son
père, qui peut, selon son plaisir l'engendrer
ou ne l'engendrer pas ; rigueur dont cependant
elle n'a pas voulu traiter avec le chou : car au
lieu de remettre à la discrétion du père de
germer le fils, comme si elle eût appréhendé
davantage que la race du chou pérît, que celle
des hommes, elle les contraint bon gré malgré
de se donner l'être les uns aux autres, &
non pas ainsi que les hommes, qui ne les engendrent que selon leurs caprices, & qui en
leur vie n'en peuvent engendrer au plus qu'une
vingtaine ; au lieu que les choux en peuvent
produire quatre cens mille par tête. De dire
que la nature a pourtant plus aimé l'homme
que le chou, c'est que nous nous chatouillons
pour nous faire rire. Etant incapable de passion,
elle ne sauroit ni haïr, ni aimer personne ;
& si elle étoit susceptible d'amour, elle auroit
plutôt des tendresses pour ce chou que vous
tenez, qui ne sauroit l'offenser, que pour cet
homme qui voudroit la détruire s'il le pouvoit.
Ajoutez à cela que l'homme ne sauroit naître
sans crime ; étant une partie du premier criminel ; mais nous savons fort bien que le pre-

mier chou n'offenfa pas fon créateur. Si on dit
que nous fommes faits à l'image du premier
être, & non pas le chou; quand il feroit vrai,
nous avons, en fouillant notre ame par où nous
lui reffemblons, effacé cette reffemblance, puifqu'il n'y a rien de plus contraire à dieu que
le péché. Si donc notre ame n'eft plus fon portrait, nous ne lui reffemblons pas plus par
les pieds, par les mains, par la bouche, par
le front & par les oreilles, que le chou par fes
feuilles, par fes fleurs, par fa tige, par fon tro-
gnon, & par fa tête. Ne croyez-vous pas en
vérité, fi cette plante pouvoit parler quand on
la coupe, qu'elle ne dît: homme, mon cher frère,
que t'ai-je fait qui mérite la mort? Je ne crois
que dans les jardins, & l'on ne me trouve jamais dans un lieu fauvage, où je vivrois en
fûreté; je dédaigne toutes les autres fociétés,
hormis la tienne; & à peine fuis-je femé dans
ton jardin, que pour te témoigner ma complaifance, je m'épanouis, je te tends les bras,
je t'offre mes enfans en graine, & pour récompenfe de ma courtoifie, tu me fais trancher la
tête. Voilà le difcours que tiendroit ce chou,
s'il pouvoit s'exprimer. Hé quoi! à caufe qu'il
ne fauroit fe plaindre, eft-ce à dire que nous
pouvons juftement lui faire tout le mal qu'il
ne fauroit empêcher? Si je trouve un miférable
lié,

lié, puis-je, fans crime, le tuer, à caufe qu'il
ne peut fe défendre ? Au contraire, fa foibleffe
aggraveroit ma cruauté ; car bien que cette
mférable créature foit pauvre, & dénuée de
tous nos avantages, elle ne mérite pas la mort.
Quoi ! de tous les biens de l'être, elle n'a que
celui de rejetter, & nous le lui arrachons ? Le
péché de maffacrer un homme n'eft pas fi
grand, parce qu'un jour il revivra, que de
couper un chou & lui ôter la vie, à lui qui
n'en a point d'autre à efpérer. Vous anéan-
tiffez le chou en le faifant mourir : mais en
tuant un homme, vous ne faites que changer
fon domicile : & je dis bien plus, puifque
dieu chérit également fes ouvrages, & qu'il
a partagé fes bienfaits également entre nous
& les plantes, qu'il eft très-jufte de les confidérer également comme nous. Il eft vrai que
nous naquîmes les premiers ; mais dans la famille de dieu, il n'y a point de droit d'aîneffe.
Si donc les choux n'eurent point de part avec
nous au fief de l'immortalité, ils furent fans
doute avantagés de quelque autre, qui par fa
grandeur récompenfa fa briéveté. C'eft peut-
être un intellect univerfel, une connoiffance
parfaite de toutes les chofes dans leurs caufes ;
& c'eft auffi pour cela que ce fage moteur ne
leur a point taillé d'organes femblables aux

nôtres, qui n'ont qu'un simple raisonnement foible, & souvent trompeur ; mais d'autres plus ingénieusement travaillés, plus forts, & plus nombreux, qui servent à l'opération de leurs spéculatifs entretiens. Vous me demanderez peut-être ce qu'ils nous ont jamais communiqué de ces grandes pensées. Mais, dites-moi, que nous ont jamais enseigné certains êtres que nous admettons au-dessus de nous, avec lesquels nous n'avons aucun rapport ni proportion, & dont nous comprenons l'existence aussi difficilement que l'intelligence & les façons avec lesquelles un chou est capable de s'exprimer à ses semblables, & non pas à nous, à cause que nos sens sont trop foibles pour pénétrer jusques-là.

Moïse, le plus grand de tous les philosophes, & qui puisoit la connoissance de la nature, dans la source de la nature même, signifioit cette vérité, lorsqu'il parloit de l'arbre de science ; & il vouloit sans doute nous enseigner sous cette énigme, que les plantes possèdent privativement à nous la philosophie parfaite. Souvenez-vous donc, ô de tous les animaux le plus superbe, qu'encore qu'un chou que vous coupez ne dise mot, il n'en pense pas moins : mais le pauvre végétant n'a pas des organes propres à hurler comme vous, il n'en a pas pour frétiller ni pour pleurer ; il en a toutefois par lefquels il fe plaint du tort que vous lui faites, & par lefquels il attire fur vous la vengeance du ciel. Que fi enfin vous infiftez à me demander comment je fais que les choux ont ces belles penfées, je vous demande comme vous favez qu'ils ne les ont point, & que tel d'entr'eux, à votre imitation, ne dife pas le foir en s'enfermant : je fuis, M. le chou frifé, votre très-humble ferviteur, chou cabus.

Il en étoit là de fon difcours, quand ce jeune garçon qui avoit emmené notre philofophe, le ramena. Hé quoi, déjà dîné, lui cria mon démon ? Il répondit qu'oui, à l'iffue près, d'autant que le phyfionome lui avoit permis de tâter de la nôtre. Le jeune homme n'attendit pas que je lui demandaffe l'explication de ce myftère. Je vois bien, dit-il, que cette façon de vivre vous étonne. Sachez donc, quoiqu'en votre monde on gouverne la fanté plus négligemment, que le régime de celui-ci n'eft pas à méprifer.

Dans toutes les maifons il y a un phyfionome entretenu du public, qui eft à peu près ce qu'on appelleroit chez vous un médecin, hormis qu'il n'y gouverne que les fains, & qu'il ne juge des diverfes façons dont il nous

fait traiter, que par la proportion, figure &
fymétrie de nos membres, par les linéamens
du vifage, le coloris de la chair, la délicateffe
du cuir, l'agilité de la maffe, le fon de la voix,
la teinture, la force & la dureté du poil. N'a-
vez-vous pas tantôt pris garde à un homme
de taille affez courte, qui vous a confidéré?
C'étoit le phyfionome de céans : affurez-vous
que felon qu'il a reconnu votre complexion,
il a diverfifié l'exhalaifon de votre dîné : regardez combien le matelas où l'on vous a fait
coucher, eft éloigné de nos lits ; fans doute
qu'il vous a jugé d'un tempéramment bien
éloigné du nôtre, puifqu'il a craint que l'o-
deur qui s'évapore de ces petits robinets fous
notre nez, ne s'épandît jufqu'à vous, ou que
la vôtre ne fumât jufqu'à nous. Vous le verrez
ce foir, qui choifira les fleurs pour votre lit,
avec la même circonfpection.

   Pendant tout ce difcours je faifois figne à
mon hôte, qu'il tâchât d'obliger les philofophes
à tomber fur quelque chapitre de la fcience
qu'ils profeffoient. Il m'étoit trop ami, pour
n'en pas faire naître auffi-tôt l'occafion. C'eft
pourquoi je ne vous dirai point ni les difcours
ni les prières qui firent l'ambaffade de ce traité;
auffi-bien la nuance du ridicule au férieux fut
trop imperceptible, pour pouvoir être imitée :

tant y a, lecteur, que le dernier venu de ces
docteurs, après plusieurs autres choses, continua ainsi :

Il me reste à prouver qu'il y a des mondes
infinis dans un monde infini. Représentez-vous
donc l'univers, comme un grand animal; que
les étoiles qui font des mondes ; font dans ce
grand animal comme d'autres grands animaux
qui servent réciproquement de mondes à d'autres peuples tels que nous, nos chevaux, &c;
& que nous, à notre tour, sommes aussi des
mondes à l'égard de certains animaux encore
plus petits , sans comparaison, que nous ;
comme font certains vers, des poux, des ci-
rons; que ceux-ci font la terre, d'autres plus
imperceptibles; qu'ainsi, de même que nous
paroissons , chacun en particulier, un grand
monde à ce petit peuple, peut-être que notre
chair, notre sang, nos esprits, ne font autre
chose qu'une tissure de petits animaux qui s'en-
tretiennent, nous prêtent mouvement par le
leur, & se laissent aveuglément conduire à
nôtre volonté, qui leur sert de cocher, nous
conduisent nous-mêmes, & produisent tout
ensemble cette action que nous appellons la
vie : car, dites-moi, je vous prie, est-il mal-
aisé à croire qu'un poux prenne vôtre corps
pour un monde ; & que quand quelqu'un d'eux

voyage depuis l'une de vos oreilles jusqu'à
l'autre, ses compagnons disent qu'il a voyagé
aux deux bouts de la terre, ou qu'il a couru
de l'un à l'autre pole ? Oui sans doute, ce
petit peuple prend votre poil pour les forêts
de son pays ; les pores pleins de pituites, pour
des fontaines ; les bubes, pour des lacs & des
étangs ; les apostumes, pour des mers ; les dé-
fluxions pour des déluges ; & quand vous vous
peignez en devant & en arrière, ils prennent
cette agitation pour le flux & le reflux de
l'océan. La démangeaison ne prouve-t-elle
pas mon dire? Le ciron, qui la produit, est-ce
autre chose qu'un de ces petits animaux qui
s'est dépris de la société civile, pour s'établir
tyran de son pays? Si vous me demandez d'où
vient qu'ils sont plus grands que ces autres
imperceptibles ; je vous demande pourquoi les
éléphans sont plus grands que nous, & les hi-
bernois que les espagnols ? Quant à cette am-
poule & cette croute dont vous ignorez la
cause, il faut qu'elles arrivent, ou par la cor-
ruption de leurs ennemis, que ces petit géans
ont massacrés ; ou par la peste produite par la
nécessité des alimens dont les séditieux se sont
gorgés, & ont laissé pourrir dans la campagne
des monceaux de cadavres ; ou que ce tyran,
après avoir tout autour de soi chassé ses com-

pagnons, qui de leurs corps bouchoient les
pores du nôtre, ait donné paffage à la pituite,
laquelle étant extravafée hors la fphere de la
circulation de notre fang, s'eft corrompue. On
me demandera peut-être pourquoi un ciron
en produit tant d'autres ? Ce n'eft pas chofe
mal-aifée à concevoir; car de même qu'une
révolte en produit une autre, auffi ces petits
peuples pouffés du mauvais exemple de leurs
compagnons féditieux, afpirent chacun au commandement, allumant par-tout la guerre, le
maffacre & la faim. Mais, me direz-vous, certaines perfonnes font bien moins fujettes à la
démangeaifon que d'autres : cependant chacun
eft rempli également de ces petits animaux,
puifque ce font eux, dites-vous, qui font la
vie. Il eft vrai, auffi le remarquons-nous, que
les phlegmatiques font moins en proie à la gra-
telle que les bilieux, à caufe que le peuple
fympatifant au climat qu'il habite, eft plus lent
en un corps froid, qu'un autre échauffé par
la température de fa région, qui pétille, fe
remue, & ne fauroit demeurer en place : ainfi
le bilieux eft plus délicat que le phlegmatique,
parce qu'étant animé de bien plus de parties,
& l'ame étant l'action de ces petites bêtes, il
eft capable de fentir en tous les endroits où
ce bétail fe remue; là où le phlegmatique n'é-

tant pas affez chaud pour faire agir qu'en peu
d'endroits cette remuante populace, il n'eft
fenfible qu'en peu d'endroits. Et pour prouver
encore cette cironalité univerfelle, vous n'a-
vez qu'à confidérer, quand vous êtes bleffé,
comme le fang accourt à la plaie. Vos docteurs
difent qu'il eft guidé par la prévoyante nature,
qui veut fecourir les parties débilitées : ce qui
feroit conclure qu'outre l'ame & l'efprit, il y
auroit encore en nous une troifième fubftance
intellectuelle, qui auroit fes fonctions & fes
organes à part; c'eft pourquoi je trouve bien
plus probable de dire que ces petits animaux
fe fentant attaqués, envoient chez leurs voifins demander du fecours, & qu'étant arrivés
de tous côtés, & le pays fe trouvant incapable de tant de gens, ils meurent ou de faim,
ou étouffent dans la preffe. Cette mortalité
arrive, quand l'apoftume eft mûre; car pour
témoigner qu'alors ces animaux font étouffés,
c'eft que la chair pourrie devient infenfible;
que fi bien fouvent la faignée qu'on ordonne
pour divertir la fluxion profite, c'eft à caufe
que s'en étant perdu beaucoup par l'ouverture que ces petits animaux tâchoient de bou-
cher, ils refufent d'affifter leurs alliés, n'ayant
que médiocrement la puiffance de fe défendre
chacun chez foi.

Il acheva ainsi, quand le second philosophe s'apperçut que nos yeux assemblés sur les siens l'exhortoient de parler à son tour.

Hommes, dit-il, vous voyant curieux d'apprendre à ce petit animal, notre semblable, quelque chose de la science que nous professons, je dicte maintenant un traité que je serois bien aise de lui produire, à cause des lumières qu'il donne à l'intelligence de notre physique. C'est l'explication de l'origine éternelle du monde : mais comme je suis empressé de faire travailler à mes soufflets, car demain sans remise la ville part, vous pardonnerez au tems, avec promesse toutefois qu'aussi-tôt qu'elle sera arrivée où elle doit aller, je vous satisferai.

A ces mots, le fils de l'hôte appella son père, pour savoir quelle heure il étoit ; mais ayant répondu qu'il étoit huit heures sonnées, il lui demanda tout en colère, pourquoi il ne les avoit pas avertis à sept, comme il le lui avoit commandé ? Qu'il savoit bien que les maisons partoient le lendemain, & que les murailles de la ville l'étoient déjà. Mon fils, repliqua le bonhomme, on a publié, depuis que vous êtes à table, une défense expresse de partir avant après demain. N'importe, repartit le jeune homme, vous devez obéir aveuglement,

ne point pénétrer dans mes ordres, & vous
souvenir seulement de ce que je vous ai commandé. Vîte, allez querir votre effigie. Lorsqu'elle fut apportée, il la saisit par le bras, &
la fouetta un gros quart-d'heure. Or sus, vau-
rien, continua-t-il, en punition de votre dé-
sobeïssance, je veux que vous serviez aujour-
d'hui de risée à tout le monde, & pour cet
effet je vous commande de ne marcher que
sur deux pieds le reste de la journée. Le pauvre
homme sortit fort éploré, & son fils nous fit
des excuses de son emportement.

J'avois bien de la peine, quoique je me mor-
disse les lèvres, à m'empêcher de rire d'une
si plaisante punition, & cela fut cause que pour
rompre cette burlesque pédagogie, qui m'auroit sans doute fait éclater, je le suppliai de
me dire ce qu'il entendoit par ce voyage de
la ville dont tantôt il avoit parlé, & si les maisons & les murailles cheminoient. Il me répondit : entre nos villes, cher étranger, il y
en a de mobiles & de sédentaires : les mobiles, comme, par exemple, celles où nous
sommes maintenant, sont faites comme je vais
vous dire. L'architecte construit chaque palais,
ainsi que vous voyez, d'un bois fort léger; il
pratique dessous quatre roues dans l'épaisseur
de l'un des murs; il place dix gros soufflets

dont les tuyaux paſſent d'une ligne horiſon-
tale à travers le dernier étage de l'un à l'autre
pignon , enſorte que quand on veut traîner
les villes autre part (car on les change d'air à
toutes les ſaiſons) chacun déplie ſur l'un des
côtés de ſon logis, quantité de larges voiles
au-devant des ſoufflets ; puis ayant bandé un
reſſort pour les faire jouer, leurs maiſons en
moins de huit jours, avec les bouffées conti-
nuelles que vomiſſent ces monſtres à vent ,
ſont emportées ſi on veut à plus de cent lieues.
Quant à celles que nous appellons ſédentaires,
les logis en ſont preſque ſemblables à vos tours,
hormis qu'ils ſont de bois, & qu'ils ſont per-
cés au centre d'une groſſe & forte vis, qui
règne de la cave juſqu'au toit , pour les pouvoir hauſſer & baiſſer à diſcrétion. Or la terre
eſt creuſée auſſi profonde, que l'édifice eſt
élevé, & le tout eſt conſtruit de cette ſorte ,
afin qu'auſſi-tôt que les gelées commencent à
morfondre le ciel , ils puiſſent deſcendre leurs
maiſons en terre, où ils ſe tiennent à l'abri des
intempéries de l'air : mais ſi-tôt que les douces
haleines du printems viennent à le radoucir,
ils remontent au jour , par le moyen de leur
groſſe vis dont je vous ai parlé. Je le priai,
puiſqu'il avoit déjà eu tant de bonté pour moi,
& que la ville ne partoit que le lendemain ,

dé me dire quelque chose de cette origine éternelle du monde, dont il m'avoit parlé quelque tems auparavant ; & je vous promets, lui
dis-je, qu'en récompense, sitôt que je serai de
retour dans la lune, dont mon gouverneur
(je lui montrai mon démon) vous témoignera
que je suis venu, j'y semerai votre gloire, en
y racontant les belles choses que vous m'aurez dites. Je vois bien que vous riez de ma
promesse, parce que vous ne croyez pas que
la lune dont je vous parle soit un monde, &
que j'en sois un habitant ; mais je vous puis
assûrer aussi, que les peuples de ce monde là,
qui ne prennent celui-ci que pour une lune,
se moqueront de moi, quand je dirai que votre
lune est un monde, & qu'il y a des campagnes,
avec des habitans. Il ne me répondit que par
un souris, & parla ainsi.

· Puisque nous sommes contraints, quand nous
voulons recourir à l'origine de ce grand tout,
d'encourir trois ou quatre absurdités, il est
bien raisonnable de prendre le chemin qui nous
fait le moins broncher. Je dis donc que le premier obstacle qui nous arrête, c'est l'éternité
du monde ; & l'esprit des hommes n'étant pas
assez fort pour la concevoir, & ne pouvant
non plus s'imaginer que ce grand univers, si
beau, si bien réglé, pût être fait soi-même,

ils ont eu recours à la création : mais semblables à celui qui s'enfonceroit dans la rivière, de peu d'être mouillé de la pluie , ils se sauvent des bras nains , à la miséricorde du géant ; encore ne s'en sauvent-ils pas : car cette éternité qu'ils ôtent au monde, pour ne l'avoir pu comprendre , ils la donnent à dieu , comme s'il avoit besoin de ce présent, & comme s'il étoit plus aisé de l'imaginer dans l'un que dans l'autre. Car , dites moi, a-t-on jamais conçu comme de rien il se peut faire quelque chose ? Hélas! entre rien & un atome, il y a des proportions tellement infinies , que la cervelle la plus aiguë n'y sauroit pénétrer. Il faudra , pour échapper à ce labyrinthe inexplicable, que vous admettiez une matière éternelle avec dieu. Mais , me direz-vous, quand je vous accorderois la matière éternelle , comment ce cahos s'est-il arrangé de soi-même ? Ah ! je vous le vais expliquer.

Il faut, ô mon petit animal, après avoir séparé mentalement chaque petit corps visible, en une infinité de petits corps invisibles, s'imaginer que l'univers infini n'est composé d'autre chose que des atomes infinis très-solides, très-incorruptibles & très simples, dont les uns sont cubiques, les autres parallélogrammes, d'autres angulaires, d'autres ronds,

d'autres pointus, d'autres pyramidaux, d'autres
héxagones, d'autres ovales, qui tous agiſſent
diverſément, chacun ſelon ſa figure. Et qu'ainſi
ne ſoit, poſez une boule d'ivoire fort ronde,
ſur un lieu fort uni ; à la moindre impreſſion
que vous lui donnerez, elle ſera un demi-
quart d'heure ſans s'arrêter : or j'ajoute que ſi
elle étoit auſſi parfaitement ronde, que le ſont
quelques-uns de ces atomes dont je parle, &
la ſurface où elle ſeroit poſée, parfaitement
unie, elle ne s'arrêteroit jamais. Si donc l'art
eſt capable d'incliner un corps au mouvement
perpétuel, pourquoi ne croirons-nous pas que la
nature ne le puiſſe faire ? Il en eſt de même des
autres figures, deſquelles l'une, comme quartée,
demande le repos perpétuel ; d'autres, un mouvement de côté ; d'autres, un demi-mouvement,
comme de trépidation ; & la ronde, dont l'être
eſt de ſe remuer, venant à ſe joindre à la pyrami-
dale, fait peut-être ce que nous appellons feu,
parce que non-ſeulement le feu s'agite ſans
ſe repoſer, mais perce & pénètre facilement.
Le feu a outre cela des effets différens, ſelon
l'ouverture & la qualité des angles où la figure
ronde ſe joint, comme, par exemple, le feu
du poivre eſt autre choſe que le feu du ſucre ;
le feu du ſucre, que celui de la canelle ; celui de la canelle, que celui du clou de girofle ;

& celui-ci, que le feu d'un fagot. Or, le feu qui eſt le conſtructeur des parties & du tout de l'univers, a pouſſé & ramaſſé dans un chêne, la quantité de figures néceſſaires à compoſer ce chêne. Mais, me direz-vous, comment le ha-ſard peut-il avoir ramaſſé en un lieu toutes les choſes néceſſaires à produire ce chêne? Je vous réponds, que ce n'eſt pas merveille que la ma-tière ainſi diſpoſée, ait formé un chêne; mais que la merveille eût été plus grande, ſi la ma-tière ainſi diſpoſée, le chêne n'eût pas été pro-duit: un peu moins de certaines figures, c'eût été un orme, un peuplier, un ſaule; un peu moins de certaines figures, c'eût été la plante ſenſitive, une huître à l'écaille, un ver, une mouche, une grenouille, un moineau, un ſinge, un homme. Quand ayant jetté trois dés ſur une table, il arrive raſle de deux ou bien de trois, quatre & cinq, ou bien deux ſix & un; direz-vous: ô le grand miracle! A chaque dé, il eſt arrivé le même point, tant d'autres points pouvant arriver: ô le grand miracle! il eſt arrivé trois points qui ſe ſuivent! ô le grand miracle! il eſt arrivé juſtement deux ſix, & le deſſous de l'autre ſix. Je ſuis aſſuré qu'étant homme d'eſprit, vous ne ferez jamais ces exclamations; car puiſqu'il n'y a ſur les dés qu'une certaine quantité de nombres, il

est impossible qu'il n'en arrive quelqu'un. Et
après cela vous vous étonnez, comme cette
matière brouillée pêle-mêle au gré du hasard,
peut avoir constitué un homme, vu qu'il y
avoit tant de choses nécessaires à la construction
de son être. Vous ne savez donc pas qu'un
million de fois cette matière s'acheminant au
dessein d'un homme, s'est arrêtée à former
tantôt une pierre, tantôt du plomb, tantôt
du corail, tantôt une fleur, tantôt une co-
mète; & tout cela à cause du plus ou du moins
de certaines figures qu'il falloit, ou qu'il ne
falloit pas à désigner un homme : si bien que
ce n'est pas merveille qu'entre une infinité de
matières, qui changent & se remuent inces-
samment, elles aient rencontré à faire le peu
d'animaux, de végétaux, de minéraux que
nous voyons ; non plus que ce n'est pas merveille, qu'en cent coups de dés il arrive une
rafle, aussi bien est-il impossible que de ce
remuement il ne se fasse quelque chose, & cette
chose sera toujours admirée d'un étourdi, qui
ne saura pas combien s'en est fallu qu'elle n'ait
pas été faite. Quand la grande rivière fait
moudre un moulin, & conduit les ressorts
d'une horloge, & que le petit ruisseau ne fait
que couler, & se dérober quelquefois, vous
ne diriez pas que cette rivière a bien de
l'esprit,

l'efprit, parce que vous favez qu'elle a rencontré les chofes difpofées à faire tous ces
beaux chefs-d'œuvre ; car fi fon moulin ne fe
fût pas trouvé dans fon cours, elle n'auroit
pas pulvérifé le froment ; fi elle n'eût point
rencontré l'horloge, elle n'auroit pas marqué
les heures ; & fi le petit ruiffeau avoit eu la
même rencontre, il auroit fait les mêmes miracles. Il en va tout ainfi de ce feu qui fe meut
de foi-même ; car ayant trouvé les organes
propres à l'agitation néceffaire pour raifonner,
il a raifonné ; quand il en a trouvé de propres
feulement à fentir, il a fenti ; quand il en a
trouvé de propres à végeter, il a végété. Et
qu'ainfi ne foit ; qu'on crève les yeux de
cet homme que le feu de cette ame fait voir,
il ceffera de voir ; de même que notre grande
horloge ceffera de marquer les heures, fi l'on
en brife le mouvement.

Enfin, ces premiers & indivifibles atomes
font un cercle, fur qui roulent, fans difficulté,
les difficultés les plus embarraffantes de la phyfique ; il n'eft pas jufqu'à l'opération des fens,
que perfonne n'a pu encore bien concevoir,
que je n'explique fort aifément par les petits
corps. Commençons par la vue ; elle mérite,
comme la plus incompréhenfible, notre premier début.

P

Elle se fait donc, à ce que je m'imagine, quand les tuniques de l'œil, dont les pertuis sont semblables à ceux du verre, transmettent cette poussière de feu, qu'on appelle rayons visuels, & qu'elle est arrêtée par quelque matière opaque qui la fait rejaillir chez soi : car alors rencontrant en chemin l'image de l'objet qui l'a repoussée, & cette image n'étant qu'un nombre infini de petits corps qui s'exhalent continuellement en égale superficie du sujet regardé, elle la pousse jusqu'à notre œil. Vous ne manquerez pas de m'objecter que le verre est un corps opaque, & fort serré, & que cependant, au lieu de rechasser ces autres petits corps, il s'en laisse pénétrer. Mais je vous réponds que ces pores du verre sont taillés de même figure que ces atomes de feu qui le traversent; & que comme un crible à froment n'est pas propre à cribler de l'avoine; un crible à avoine, à cribler du froment; ainsi une boëte de sapin, quoique mince, & qu'elle laisse pénétrer les sons, n'est pas pénétrable à la vue; & une pièce de crystal, quoique transparente, qui se laisse percer à la vue, n'est pas pénétrable au toucher. Je ne pus là m'empêcher de l'interrompre. Un grand poëte & philosophe de notre monde, lui dis-je, a parlé après Epicure, & lui après Démocrite,

de ces petits corps, presque comme vous ; c'est
pourquoi vous ne me surprenez point par ce
discours ; & je vous prie, en le continuant,
de me dire comment, par ces principes, vous
expliqueriez la façon de vous peindre dans
un miroir. Il est fort aisé, me repliqua-t-il :
car figurez-vous que ces feux de votre œil
ayant traversé la glace, & rencontrant derrière un corps non diaphane qui les rejette,
ils repassent par où ils étoient venus ; & trouvant ces petits corps cheminans en superficie
égale sur le miroir, ils les rappellent à nos
yeux ; & notre Imagination plus chaude que
les autres facultés de notre ame, en attire le
plus subtil, dont elle fait chez soi un portrait
en racourci.

L'opération de l'ouie n'est pas plus mal-aisée
à concevoir ; & pour être plus succinct, con-
sidérons-la seulement dans l'harmonie d'un luth
touché par les mains d'un maître de l'art. Vous
me demanderez comment il se peut faire que
j'apperçoive si loin de moi une chose que je
ne vois point ? Est-ce qu'il sort de mes oreilles
une éponge qui boit cette musique, pour me
la rapporter ? ou ce joueur engendre-t-il dans
ma tête un autre petit joueur, avec un petit
luth, qui ait ordre de me chanter comme un
écho les mêmes airs ? Non : mais ce miracle

procède de ce que la corde tirée venant à frapper de petits corps, dont l'air est composé, elle le chasse dans mon cerveau, le perçant doucement avec ces petits riens corporels; & selon que la corde est bandée, le son est haut, à cause qu'elle pousse les atomes plus vigoureusement; & l'organe ainsi pénétré, en fournit à la fantaisie de quoi faire son tableau: si trop peu, il arrive que notre mémoire n'ayant pas encore achevé son image, nous sommes contraints de lui répéter le même son, afin que des matériaux que lui fournissent, par exemple, les mesures d'une sarabande, elles en prennent assez pour achever le portrait de cette sarabande; mais cette opération n'a rien de si merveilleux que les autres, par lesquelles, à l'aide du même organe, nous sommes émus tantôt à la joie, tantôt à la colère... Et cela se fait, lorsque dans ce mouvement ces petits corps en rencontrent d'autres en nous, remués de même façon, ou que leur propre figure rend susceptibles du même ébranlement; car alors les nouveaux venus excitent leurs hôtes à se remuer comme eux; & de cette façon, lorsqu'un air violent rencontre le feu de notre sang, il le fait incliner au même branle, & il l'anime à se pousser dehors; c'est ce que nous appellons ardeur de courage. Si

le son est plus doux, & qu'il n'ait la force de
soulever qu'une moindre flamme plus ébranlée,
en la promenant le long des nerfs, des membranes, & des pertuis de notre chair, elle
excite ce chatouillement qu'on appelle joie.
Il en attive ainsi de l'ébullition des autres
passions, selon que ces petits corps sont jettés
plus ou moins violemment sur nous, selon le
mouvement qu'ils reçoivent par la rencontre
d'autres branles, & selon qu'ils trouvent à
tenuer chez nous : c'est quant à l'ouie.

La démonstration du toucher n'est pas maintenant plus difficile, en concevant que de toute
matière palpable, il se fait une émission perpétuelle de petits corps, & qu'à mesure que
nous la touchons, il s'en évapore davantage,
parce que nous les épraignons du sujet même,
comme l'eau d'une éponge, quand nous la
pressons. Les durs viennent faire à l'organe le
rapport de leur solidité, les souples de leur
mollesse, les raboteux, &c. Et qu'ainsi ne soit,
nous ne sommes plus si fins à discerner par
l'attouchement avec des mains usées de travail, à cause de l'épaisseur du cal, qui pour
n'être ni poreux, ni animé, ne transmet que
fort mal-aisément ces fumées de la matière.
Quelqu'un desirera d'apprendre où l'organe de
toucher tient son siège. Pour moi, je pense

qu'il eſt répandu dans toutes les ſuperficies de
la maſſe, vu qu'il ſent dans toutes ſes parties.
Je m'imagine toutefois que plus nous tâtons
par un membre proche de la tête , & plus
vîte nous diſtinguons ; ce qui ſe peut expérimenter, quand les yeux clos nous touchons
quelque choſe , car nous la devinons plus facilement ; & ſi au contraire nous la tâtions du
pied , nous aurions plus de peine à la connoître:
cela provient de ce que notre peau étant par-
tout criblée de petits trous, nos nerfs , dont
la matière n'eſt pas plus ſerrée , perdent en
chemin beaucoup de ces petits atomes, par
les menus pertuis de leur contexture , avant
que d'être arrivés juſqu'au cerveau ; qui eſt le
terme de leur voyage. Il me reſte à parler de
l'odorat & du goût.

Dites-moi, lorſque je goûte un fruit, n'eſt-ce
pas à cauſe de la chaleur de la bouche qui le
fond? Avouez-moi donc , qu'y ayant dans une
poire , des ſels , & que la diſſolution les partageant en petits corps d'autre figure que ceux
qui compoſent la ſaveur d'une pomme , il ſaut
qu'ils percent notre palais d'une manière bien
différente ; tout ainſi que l'écare enfoncée par
une pique qui me traverſe , n'eſt pas ſemblable
à ce que me fait ſouffrir en ſurſaut la balle d'un
piſtolet , & de même que la balle de ce piſtolet

m'imprime une autre douleur que celle d'un carreau d'acier.

Je n'ai rien à dire de l'odorat, puisque les philosophes mêmes confessent qu'il se fait par une émission continuelle de petits corps.

Je m'en vais sur ce principe vous expliquer la création, l'harmonie & l'influence des globes célestes, avec l'immuable variété des météores.

Il alloit continuer ; mais le vieil hôte entra là-dessus, qui fit songer notre philosophe à la retraite ; il apportoit des cryftaux pleins de vers luifans, pour éclairer la falle : mais comme ces petits feux infectes perdent beaucoup de leur éclat, quand ils ne font pas nouvellement amassés, ceux-ci, vieux de dix jours, n'éclairoient presque point. Mon démon n'attendit pas que la compagnie en fût incommodée ; il monta dans son cabinet, & en redescendit aussi-tôt avec deux boules de feu si brillantes, que chacun s'étonna comme il ne se brûloit point les doigts : ces flambeaux incombustibles, dit-il, nous serviront mieux que vos pelotons de vers. Ce sont des rayons du soleil, que j'ai purgés de leur chaleur ; autrement les qualités corrosives de son feu auroient blessé votre vue en l'éblouissant ; j'en ai fixé la lumière, & l'ai renfermée dans ces boules transparentes

que je tiens. Cela ne vous doit pas fournir un
grand sujet d'admiration ; car il ne m'est pas
plus difficile, à moi qui suis né dans le soleil,
de condenser ses rayons, qui sont la poussière
de ce monde-là, qu'à vous d'amasser de la
poussière ou des atomes, qui sont de la terre
pulvérisée de celui-ci. Là-dessus notre hôte
envoya un valet conduire les philosophes,
parce qu'il étoit nuit, avec une douzaine de
globes à verres pendus à ses quatre pieds.
Pour nous autres, savoir mon précepteur &
moi, nous nous couchâmes par l'ordre du
physionome. Il me mit cette fois-là dans une
chambre de violette & de lys, m'envoya chatouiller à l'ordinaire ; & le lendemain, sur les
neuf heures, je vis entrer mon démon, qui
me dit qu'il venoit du palais, où... l'une des
demoiselles de la reine l'avoit prié de l'aller
trouver, & qu'elle s'étoit enquise de moi,
témoignant qu'elle persistoit toujours dans le
dessein de me tenir parole, c'est-à-dire que de
bon cœur elle me suivroit, si je la voulois
mener avec moi dans l'autre monde. Ce qui
m'a fort édifié, continua-t-il, c'est quand j'ai
reconnu que le motif principal de son voyage
étoit de se faire chrétienne : ainsi je lui ai promis d'aider son dessein de toutes mes forces,
& d'inventer pour cet effet une machine ca-

pable de tenir trois ou quatre perſonnes, dans laquelle vous y pourrez monter enſemble dès aujourd'hui. Je vais m'appliquer ſérieuſement à l'exécution de cette entrepriſe : c'eſt pourquoi, afin de vous divertir, pendant que je ne ſerai point avec vous, voici un livre que je vous laiſſe. Je l'apportai jadis de mon pays natal ; il eſt intitulé : *les états & empires de la lune, avec une addition de l'hiſtoire de l'étincelle.* Je vous donne encore celui-ci, que j'eſtime beaucoup davantage ; c'eſt le grand œuvre des philoſophes, qu'un des plus forts eſprits du ſoleil a compoſé. Il prouve là-dedans, que toutes choſes ſont vraies, & déclare la façon d'unir phyſiquement les vérités de chaque contradictoire, comme, par exemple, que le blanc eſt noir, & que le noir eſt blanc ; qu'on peut être & n'être pas en même tems ; qu'il peut y avoir une montagne ſans vallée ; que le néant eſt quelque choſe ; & que toutes les choſes qui ſont, ne ſont point : mais remarquez qu'il prouve tous ces inouis paradoxes, ſans aucune raiſon captieuſe ou ſophiſtique. Quand vous ſerez ennuyé de lire, vous pourrez vous promener, ou vous entretenir avec le fils de notre hôte ; ſon eſprit a beaucoup de charmes. Ce qui me déplaît en lui, c'eſt qu'il eſt impie : s'il lui arrive de vous ſcandaliſer, ou de faire

par quelque raifonnement chanceler votre foi,
ne manquez pas auffi-tôt de me le venir propo-
fer; je vous en réfoudrai les difficultés. Un autre
vous ordonneroit de rompre compagnie ; mais
comme il eft extrêmement vain, je fuis affuré
qu'il prendroit cette fuite pour une défaite,
& il fe figureroit que notre croyance feroit
fans raifon , fi vous refufiez d'entendre les
fiennes. Il me quitta, en achevant ce mot ;
mais il fut à peine forti, que je me mis à confidérer attentivement mes livres, & leurs boëtes,
c'eft-à-dire leurs couvertures qui me fembloient
admirables pour leurs richeffes. L'une étoit
taillée d'un feul diamant, fans comparaifon plus
brillant que les nôtres; la feconde ne paroiffoit
qu'une monftrueufe perle fendue en deux. Mon
démon avoit traduit ces livres en langage de
ce monde; mais, parce que je n'ai point de
leur imprimerie, je m'en vais expliquer la façon de ces deux volumes.

A l'ouverture de la boëte, je trouvai dedans je ne fais quoi de métal, prefque femblable à nos horloges, plein de je ne fais
quels petits refforts & de machines imperceptibles; c'eft un livre à la vérité, mais c'eft
un livre miraculeux, qui n'a ni feuillets, ni
caractère; enfin, c'eft un livre, où pour apprendre, les yeux font inutiles; on n'a befoin

que d'oreilles. Quand quelqu'un donc souhaite
lire, il bande avec grande quantité de toutes
sortes de petits nerfs cette machine, puis il
tourne l'aiguille sur le chapitre qu'il desire
écouter, & au même instant il en sort comme
de la bouche d'un homme, ou d'un instrument
de musique, tous les sons distincts & différens
qui servent entre les grands lunaires à l'expression du langage.....

Quatre d'entr'eux portoient sur leurs épaules
une espèce de cercueil enveloppé de noir : je
m'informai d'un regardant, ce que vouloit
dire ce convoi, semblable aux pompes funè-
bres de mon pays ; il me répondit que ce méchant.....& nommé du peuple par une chi-
quenaude sur le genou droit, qui avoit été
convaincu d'envie & d'ingratitude, étoit dé-
cédé le jour précédent, & que le parlement
l'avoit condamné il y-a plus de vingt ans à
mourir dans son lit, & puis d'être enterré après
sa mort. Je me pris à rire de cette réponse ;
& lui demandant pourquoi ? Vous m'étonnez,
dis-je, de dire que ce qui est une marque de
bénédiction dans notre monde, comme la longue vie, une mort paisible, une sépulture honorable, serve en celui-ci d'une punition exem-
p'aire. Quoi ? vous prenez la sépulture pour
quelque chose de précieux, me repartit cet

homme ? Et par votre foi, pouvez-vous concevoir quelque chose de plus épouvantable, qu'un cadavre marchant sous les vers dont il regorge, à la merci des crapauds qui lui mangent les joues, enfin la peste revêtue du corps d'un homme ? Bon dieu ! la seule imagination d'avoir, quoique mort, le visage embarrassé d'un drap, & sur la bouche une pique de terre, me donne de la peine à respirer. Ce misérable que vous voyez porter, outre l'infamie d'être affiste dans une fosse, a été condamné d'être affiste dans son convoi de cent cinquante de ses amis; & commandement à eux, en punition d'avoir aimé un envieux & un ingrat, de paroître à ses funérailles avec un visage triste; & si les juges n'en avoient eu pitié, imputant en partie ses crimes à son peu d'esprit, ils auroient ordonné d'y pleurer. Hormis les criminels, on brûle ici tout le monde : aussi est-ce une coutume très-décente & très-raisonnable ; car nous croyons que le feu ayant séparé le pur d'avec l'impur, la chaleur rassemble par sympathie cette chaleur naturelle qui faisoit l'ame, & lui donne la force de s'élever toujours, & montant jusqu'à quelque astre, la terre de certains peuples plus immatériels que nous, & plus intellectuels, parce que leur tempérament doit répondre

& participer à la pureté du globe qu'ils habitent.

Ce n'est pas encore notre façon d'inhumer
la plus belle. Quand un de nos philosophes
vient à un âge où il sent ramollir son esprit,
& la glace de ses ans engourdir les mouvemens de son ame, il assemble ses amis par un
banquet somptueux ; puis ayant exposé les mo-
tifs qui le font résoudre à prendre congé de
la nature, & le peu d'espérance qu'il a d'a-
jouter quelque chose à ses belles actions, on
lui fait ou grace, c'est-à-dire qu'on lui permet
de mourir ; ou on lui fait un sévère commandement de vivre. Quand donc, à la pluralité
des voix, on lui a mis son souffle entre les
mains, il avertit ses plus chers & du jour &
du lieu : ceux-ci se purgent, & s'abstiennent
de manger pendant vingt-quatre heures ; puis
arrivés qu'ils sont au logis du sage, & sacrifié
qu'ils ont au soleil, ils entrent dans la chambre,
où le généreux les attend sur un lit de parade.
Chacun le veut embrasser, & quand c'est au
rang de celui qu'il aime le mieux, après l'avoir
baisé tendrement, il l'appuie sur son estomach,
& joignant sa bouche sur sa bouche, de la main
droite il se plonge un poignard dans le cœur.
L'amant ne détache point ses lèvres de celles
de son amant, qu'il ne le sente expirer ; &

lors il retire le fer de son sang, & fermant de sa bouche la plaie, il avale son sang, qu'il suce jusqu'à ce qu'un second lui succède, puis un troisième, un quatrième, & enfin toute la compagnie; & quatre ou cinq heures après, on introduit à chacun une fille de seize ou dix sept ans; & pendant trois ou quatre jours qu'ils sont à goûter les plaisirs de l'amour, ils ne sont nourris que de la chair du mort qu'on leur fait manger toute crue, afin que si de cent embrassemens il peut naître quelque chose, ils soient assurés que c'est leur ami qui revit.

J'interrompis ce discours, en disant à celui qui me le faisoit, que ces façons de faire avoient beaucoup de ressemblance avec celles de quelques peuples de notre monde; & continuai ma promenade, qui fut si longue, que quand je revins il y avoit deux heures que le diné étoit prêt. On me demanda pourquoi j'étois arrivé si tard? Ce n'a pas été ma faute, répondis-je au cuisinier qui s'en plaignoit: j'ai demandé plusieurs fois parmi les rues quelle heure il étoit; mais on ne m'a répondu qu'en ouvrant la bouche, serrant les dents, & tournant le visage de travers.

Quoi, s'écria toute la compagnie, vous ne savez pas que par là ils vous montroient l'heure? Par ma foi, repartis-je, ils avoient beau ex-

poser leurs grands nez au soleil, avant que je
l'apprisse. C'est une commodité, me dirent-ils,
qui leur sert à se passer d'horloge ; car ils font
un cadran si juste de leurs dents, que lorsqu'ils
veulent instruire quelqu'un de l'heure, ils ou-
vrent les lèvres ; & l'ombre de ce nez qui
vient tomber dessus leurs dents, marque, comme
un cadran, celle dont le curieux est en peine.
Maintenant, afin que vous sachiez pourquoi
en ce pays tout le monde a le nez grand,
apprenez qu'aussi-tôt que la femme est accouchée, la matrone porte l'enfant au maître du
séminaire ; & justement, au bout de l'an, les
experts étant assemblés, si son nez est trouvé
plus court qu'à une certaine mesure que tient le
syndic, il est censé camus, & mis entre les
mains de gens qui le châtrent. Vous me demanderez la cause de cette barbarie, & comme
il se peut faire que nous, chez qui la virginité
est un crime, établissions des continences par
force ; mais sachez que nous le faisons, après
avoir observé, depuis trente siècles, qu'un
grand nez est le signe d'un homme spirituel,
courtois, affable, généreux, libéral ; & que
le petit, est un signe du contraire. C'est pourquoi des camus on bâtit les Eunuques, parce
que la république aime mieux ne point avoir
d'enfans, que d'en avoir qui leur fussent sem-

blables. Il parloit encore, lorfque je vis entrer
un homme tout nud : je m'affis auffi-tôt, & me
couvris pour lui faire honneur, car ce font
les marques du plus grand refpect qu'on puiffe
en ce pays là témoigner à quelqu'un. Le royaume, dit-il, fouhaite qu'avant de retourner en
votre monde, vous en avertiffiez les magiftrats, à caufe qu'un mathématicien vient tout
à l'heure de promettre au confeil, que pourvu qu'étant de retour chez vous, vous vou-
liez conftruire une certaine machine, qu'il
vous enfeignera, il attirera votre globe, &
le joindra à celui-ci : à quoi je promis de ne
pas manquer. Hé ! je vous prie, dis-je à mon
hôte, quand l'autre fut parti, de me dire pourquoi cet envoyé portoit à la ceinture des parties honteufes de bronze ; ce que j'avois vu
plufieurs fois pendant que j'étois en cage, fans
l'avoir ofé demander, parce que j'étois toujours environné de filles de la reine, que je
craignois d'offenfer, fi j'euffe en leur préfence
attiré l'entretien d'une matiere fi graffe : de forte
qu'il me répondit : Les femelles ici, non plus
que les mâles, ne font pas affez ingrats, pour
rougir à la vue de celui qui les a forgées ; &
les vierges n'ont pas honte d'aimer fur nous,
en mémoire de leur mère nature, la feule
chofe qui porte fon nom. Sachez donc que

l'écharpe

l'écharpe dont cet homme est honoré, & où
pend pour médaille la figure d'un membre viril
est le symbole du gentilhomme, & la marque
qui distingue le noble d'avec le roturier. Ce
paradoxe me sembla si extravagant, que je ne
pus m'empêcher de rire. Cette coutume me
semble bien extraordinaire, repartis-je, car
en notre monde, la marque de noblesse est de
porter une épée. Mais l'hôte sans s'émouvoir :
ô mon petit homme, s'écria-t-il, quoi ? les
grands de votre monde sont enragés de faire
parade d'un instrument qui désigne un bourreau,
& qui n'est forgé que pour nous détruire ; enfin
l'ennemi juré de tout ce qui vit ? & de cacher
au contraire un membre, sans qui nous serions
au rang de ce qui n'est pas ; le Promethée de
chaque animal, & le réparateur infatigable des
foiblesses de la nature ? malheureuse contrée,
où les marques de génération sont ignominieu-
ses, & où celles d'anéantissement sont hono-
rables ! cependant vous appellez ce membre-là
des parties honteuses, comme s'il y avoit quelque chose de plus glorieux que de donner la
la vie, & rien de plus honteux que de l'ôter.
Pendant tout ce discours nous ne laissions pas
de dîner ; & si-tôt que nous fûmes levés, nous
allâmes au jardin prendre l'air ; & là prenant
occasion de parler de la génération & con-

Q

ception des chofes, il me dit : vous devez
favoir que la terre fe faifant un arbre, d'un
arbre un pourceau, & d'un pourceau un homme, nous devons croire, puifque tous les êtres
dans la nature tendent au plus parfait, qu'ils
afpirent à devenir hommes; cette effence étant
l'achevement du plus beau mixte, & le mieux
imaginé qui foit au monde, parce que c'eft le
feul qui faffe le lien de la vie animale avec la
raifonnable. C'eft ce qu'on ne peut nier fans
être pédant, puifque nous voyons qu'un pru-
nier, par la chaleur de fon germe, comme
par une bouche, fuce & digere le gafon qui
l'environne; qu'un pourceau dévore ce fruit,
& le fait devenir une partie de foi-même;
& qu'un homme mangeant le pourceau, réchauffe cette chair morte, la joint à foi, &
fait revivre cet animal fous une plus noble efpèce. Ainfi cet homme que vous voyez, étoit
peut-être, il y a foixante ans, une touffe d'herbe
dans mon jardin; ce qui eft d'autant plus probable, que l'opinion de la metempfycofe py-
tagorique, foutenue par tant de grands hommes, n'eft vraifemblablement parvenue jufques
à nous, qu'afin de nous engager à en rechercher la vérité. Comme en effet nous avons
trouvé que tout ce qui eft, fent & végète,
& qu'enfin après que toute la matière eft par-

venue à ce période qui est sa perfection, elle
descend & retourne dans son inanité, pour
revenir & jouer derechef les mêmes rôles. Je
descendis très-satisfait au jardin, & je commençois à réciter à mon compagnon ce que
notre maître m'avoit appris, quand le physio-
nôme arriva pour nous conduire à la réfec-
tion & au dortoir.

Le lendemain dès que je fus éveillé, je
m'en allai faire lever mon antagoniste. C'est
un aussi grand miracle (lui dis-je en l'abordant)
de trouver un fort esprit comme le vôtre en-
seveli dans le sommeil, que de voir du feu
sans action : il souffrit ce mauvais compliment;
mais (s'écria-t-il avec une colère passionnée
d'amour) ne vous déferez-vous jamais de ces
termes fabuleux? sachez que ces noms-là dif-
fament le nom de philosophe, & que comme
le sage ne voit rien au monde qu'il ne con-
çoive, & qu'il ne juge pouvoir être conçu,
il doit abhorrer toutes ces expressions de prodiges & d'événemens de nature, qu'ont inventé
les stupides pour excuser les foiblesses de leur
entendement.

Je crus alors être obligé en conscience de
prendre la parole pour le détromper. Encore,
lui répliquai-je, que vous soyez fort obstiné
dans vos sentimens, j'ai vu tout plein de cho-

ſes arrivées ſurnaturellement. Vous le dites, continua-t-il ; mais vous ne ſavez pas que la force de l'imagination eſt capable de guerir toutes les maladies que vous attribuez au ſur-naturel, à cauſe d'un certain baume naturel contenant toutes les qualités contraires à tou-tes celles de chaque mal qui nous attaque : ce qui ſe fait quand notre imagination avertie par la douleur, va chercher en ce lieu le re-mède ſpecifique qu'elle apporte au venin. C'eſt là d'où vient qu'un habile médecin de votre monde conſeille au malade de prendre plutôt un médecin ignorant qu'on eſtimera pourtant fort habile, qu'un fort habile qu'on eſtimera ignorant, parce qu'il ſe figure que notre ima-gination travaillant à notre ſanté, pourvu qu'elle ſoit aidée de remèdes, eſt capable de nous gué-rir ; mais que les plus puiſſans étoient trop foibles, quand l'imagination ne les appliquoit pas. Vous étonnez-vous que les premiers hom-mes de votre monde vivòient tant de ſiècles ſans avoir eu aucune connoiſſance de la mé-decine ? non. Et qu'eſt-ce à votre avis qui en pouvoit être la cauſe, ſinon leur nature encore dans ſa force, & ce baume univerſel, qui n'eſt pas encore diſſipé par les drogues dort vos médecins vous cõſomment? n'ayant lors, pour rentrer en convaleſcence, qu'à le ſou-

haiter fortement, & s'imaginer d'être gueris.
Auſſi leur fantaiſie vigoureuſe ſe plongeant
dans cette huile vitale, en attiroit l'elixir,
& app'iquant l'actif au paſſif, ils ſe trouvoient
preſque dans un clin d'œil auſſi ſains qu'auparavant; ce qui malgré la dépravation de la
nature, ne laiſſe pas de ſe faire encore aujourd'hui, quoiqu'un peu rarement à la vérité; mais le populaire l'attribue à miracle.
Pour moi, je n'en crois rien du tout, & je
me fonde ſur ce qu'il eſt plus facile que tous
ces docteurs ſe trompent, que cela n'eſt facile
à faire : car le fievreux qui vient d'être gueri,
a ſouhaité bien fort pendant ſa maladie, comme
il eſt vraiſemblable, d'être gueri, & même il
a fait des vœux pour cela ; de ſorte qu'il falloit néceſſairement qu'il mourût, ou qu'il de-
meurât dans ſon mal, ou qu'il guerît : s'il fût
mort, on eût dit que le ciel l'avoit récom-
penſé de ſes peines, & même on eût dit que,
ſelon la prière du malade, il a été gueri de
tous ſes maux : s'il fût demeuré dans ſon infirmité, on auroit dit qu'il n'avoit pas la foi :
mais parce qu'il eſt guéri, c'eſt un miracle tout
viſible. 'N'eſt-il pas bien plus vrai-ſemb'able
que ſa fantaiſie excitée par les violens deſirs
de la ſanté, a fait ſon opération? car je veux
qu'il ſoit réchappé ; pourquoi crier miracle,

puifque nous voyons beaucoup de perfonnes qui s'étoient vouées, périr miférablement avec leurs vœux ?

Mais à tout le moins, lui repartis-je, fi ce que vous dites de ce baume eft véritable, c'eft une marque de la raifonnabilité de notre ame, puifque fans fe fervir des inftrumens de notre raifon, fans s'appuyer du concours de notre volonté, elle fait elle-même comme fi étant hors de nous elle appliquoit l'actif au paffif. Or fi étant féparée de nous elle eft raifonnable, il faut néceffairement qu'elle foit fpirituelle; & fi vous la confeffez fpirituelle, je conclus qu'elle eft immortelle, puifque la mort n'arrive dans l'animal que par le changement des formes dont la matière feule eft capable. Ce jeune homme alors s'étant mis en fon féant fur fon lit, & m'ayant fait affeoir, difcourut à-peu-près de cette forte. Pour l'ame des bê-tes qui eft corporelle, je ne m'étonne pas qu'elle meure, vû qu'elle n'eft poffible qu'une harmonie des quatre qualités, une force de fang, une proportion d'organes bien concer-té; mais je m'étonne bien fort que la nôtre, intellectuelle, incorporelle & immortelle, foit contrainte de fortir de chez-nous par la même caufe qui fait périr celle d'un bœuf. A-t-elle fait pacte avec notre corps, quand il auroit un

coup d'épée dans le cœur, une balle de plomb
dans la cervelle, une mousquetade à travers
le corps, d'abandonner aussi-tôt sa maison. ...
& si cette ame étoit spirituelle, & par soi-
même si raisonnable, qu'elle fût aussi capable d'intelligence quand elle est séparée de notre masse, que quand elle en est revêtue, pourquoi les aveugles nés, avec tous les beaux
avantages de cette ame intellectuelle, ne sau-
roient-ils s'imaginer ce que c'est que de voir?
Est-ce à cause qu'ils ne font pas encore privés
par le trépas, de tous leurs sens? quoi?
je ne pourrai donc me servir de ma main
droite, à cause que j'en ai une gauche?...
Et enfin pour faire une comparaison juste,
& qui détruise tout ce que vous avez dit, je
me contenterai de vous apporter l'exemple
d'un peintre qui ne peut travailler sans pin-
ceau; & je vous dirai que l'ame est tout de
même, quand elle n'a pas l'usage des sens.
Oui, mais ajouta-t-il.!... Cependant ils veulent que cette ame qui ne peut agir parfaitement, à cause de la perte d'un de ses outils
dans le cours de la vie, puisse alors travailler
avec perfection, quand après notre mort elles
les aura tous perdus. S'ils me viennent rechan-
ter qu'elle n'a pas besoin de ces instrumens pour
faire ses fonctions, je leur rechanterai qu'il faut

fouetter les quinze-vingt, qui font femblant
de ne voir goutte. Il vouloit continuer dans
de fi impertinens raifonnemens; mais je lui
fermai la bouche, en le priant de les ceffer,
comme il fit, de peur de querelles : car il
connoiffoit que je commençois à m'échauffer. Il
s'en alla enfuite, & me laiffa dans l'admiration des gens de ce monde-là, dans lefquels,
jufqu'au fimple peuple, il fe trouve naturellement tant d'efprit ; au lieu que ceux du
nôtre en ont fi peu, & qu'il leur coûte fi
cher. Eufin l'amour de mon pays me détacha
petit à petit de l'affection, & même de la penfée que j'avois eue de demeurer en celui-là. Je
ne fongeai plus qu'à mon départ ; mais j'y vis
tant d'impoffibilité, que j'en devins tout chagrin. Mon démon s'en apperçut ; & m'ayant
demandé à quoi il tenoit que je ne paruffe pas
le même que toujours, je lui dis franchement
le fujet de ma mélançolie ; mais il me fit de
fi belles promeffes pour mon retour, que je
m'en repofai fur lui entièrement. J'en donnai
avis au confeil, qui m'envoya quérir, & qui
me fit prêter ferment, que je raconterois dans
notre monde les chofes que j'avois vues en
celui-là. Enfuite on me fit expédier des paffe-
ports ; & mon démon s'étant muni des chofes
néceffaires pour un fi grand voyage, me dé-

manda en quel endroit de mon pays je voulois defcendre. Je lui dis, que la plupart des
riches enfans de Paris fe propofant un voyage à
Rome une fois en la vie, ne s'imaginant pas
après cela qu'il y eût rien de beau ni à faire,
ni à voir, je le priai de trouver bon que je les
imitaffe ; mais ajoutai-je, dans quelle machine
ferions-nous ce voyage, & quel ordre pen-
fez-vous que me veuille donner le mathématicien qui me parla l'autre jour de joindre ce
globe-ci au nôtre ? quant au mathématicien,
me dit il, ne vous y arrêtez point, car c'eft
un homme qui promet beaucoup, & qui ne
tient rien, Et quant à la machine qui vous re-
portera, ce fera la même qui vous voitura à
la cour, Comment, dis-je , l'air deviendra,
pour foûtenir vos pas, auffi folide que la terre ?
c'eft ce que je ne crois point. Hé c'eft une chofe
étrange, reprit-il, que vous croyiez & ne
croyiez pas, Hé ! pourquoi les forciers de votre monde, qui marchent en l'air, & condui-
fent des armées, des grêles, des neiges, des
pluies, & d'autres météores, d'une province
en une autre, auroient-ils plus de pouvoir que
nous? foyez, foyez, je vous prie, plus crédule
en ma faveur. Il eft vrai, lui dis-je, que j'ai
reçu de vous tant de bons offices, de même
que Socrate, & les autres pour qui vous avez

tant eu d'amitié, que je me dois fier à vous,
comme je fais, en m'y abandonnant de tout
mon cœur. Je n'eus pas plutôt achevé cette
parole, qu'il s'enleva comme un tourbillon,
me tenant entre ses bras; il me fit passer sans
incommodité tout ce grand espace que nos
astronomes mettent entre nous & la lune, en
un jour & demi; ce qui me fit connoître le
mensonge de ceux qui disent qu'une meule de
moulin seroit trois cens soixante & tant d'années à tomber du ciel, puisque je fus si peu
de tems à tomber du globe de la lune en
celui-ci. Enfin dès la seconde journée, je
m'apperçus que j'approchois de notre monde. Déjà je distinguois l'europe d'avec l'a-
frique, & ces deux d'avec l'asie, lorsque je
sentis le soufre qui sortoit d'une haute montagne : cela m'incommodoit, de sorte que je
m'évanouis. Je ne puis dire ce qui m'arriva ensuite; mais je me trouvai, ayant repris mes
sens, dans des bruieres sur la pente d'une col-
line, au milieu de quelques pâtres qui parloient italien. Je ne savois ce qu'étoit devenu
mon démon, & je leur demandai, s'ils ne l'a-
voient point vu. A ce mot, ils firent le signe
de la croix, & me regardèrent comme un démon moi-même : mais leur disant que j'étois
chrétien, & les priant de me conduire en quel-

que lieu où je puisse me repofer, ils me mené-
rent dans un village à un mille de là, où je fus à
peine arrivé, que tous les chiens du lieu, depuis les bichons jufqu'aux dogues, fe jettèrent
fur moi, & m'euffent devoré, fi je n'euffe trouvé une maison où je me fauvai: mais cela ne
les empêcha pas de continuer leur fabat, en
forte que le maître du logis m'en regardoit de
mauvais œil; & je crois que dans le fcrupule
où le peuple augure de ces fortes d'accidens,
cet homme étoit capable de m'abandonner à
ces animaux, fi je ne me fuffe avifé que ce qui
les acharnoit ainfi après moi, étoit le monde
d'où je venois, à caufe qu'ayant coutume
d'abboyer à la lune, ils fentoient que j'en venois, & que j'en avois l'odeur, comme ceux
qui confervent une efpèce de relan ou air ma-
rin, après être defcendus de deffus la mer.
Pour me purger de ce mauvais air, je m'expo-
fai fur une terraffe, durant quelques heures
au foleil : après quoi je defcendis, & les chiens
qui ne fentoient plus l'influence qui m'avoit fait
leur ennemi, ne m'abboyèrent plus, & s'en
retournèrent chacun chez foi. Le lendemain je
partis pour Rome, où je vis les reftes des
triomphes de quelques grands hommes, de
même que ceux des fiècles : j'en admirai les
belles ruines, & les belles réparations qu'y

ont fait les modernes. Enfin après y avoir demeuré quinze jours avec M. de Cyrano mon
coufin, qui me prêta de l'argent pour mon
retour, j'allai à Civita-vecchia, & me mis fur
une galere, qui m'amena jufqu'à Marfeille. Pendant ce voyage je n'eus l'efprit tendu qu'aux
merveilles de celui que je venois de faire. J'en
commençai les mémoires dès ce tems-là; &
de retour, je les ai mis autant en ordre que
la maladie qui me retient au lit me l'a pu permettre. Mais prévoyant quelle fera la fin de
mes études & de mes travaux, pour tenir
parole au confeil de ce monde-là, j'ai prié
monfieur lé Bret, mon plus cher & plus in-
violable ami, de les donner au public, avec
l'hiftoire de la republique du foleil, celle de
l'étincelle, & quelques autres ouvrages de
même façon, fi ceux qui nous les ont dérobés
les lui rendent, comme je les en conjure de
tout mon cœur.

Fin du voyage dans la Lune.

HISTOIRE
COMIQUE
DES ÉTAT ET EMPIRE
DU SOLEIL.

ENFIN nôtre vaiſſeau ſurgit au havre de Toulon; & d'abord après avoir rendu graces aux vents & aux étoiles, pour la félicité du voyage, chacun s'embraſſa ſur le port, & ſe dit adieu. Pour moi, parce qu'au monde de la lune d'où j'arrivois, l'argent ſe met au nombre des contes faits à plaiſir, & que j'en avois comme perdu la mémoire, le pilote ſe contenta pour le naulage, de l'honneur d'avoir porté dans ſon navire un homme tombé du ciel. Rien ne nous empêcha donc d'aller juſqu'auprès de Toulouſe, chez un de mes amis. Je brûlois de le voir, pour la joie que j'eſpérois lui cauſer, au récit de mes aventures. Je ne ſerai point ennuyeux à vous réciter tout ce qui m'arriva ſur le chemin. Je me laſſai, je me repoſai, j'eus ſoif, j'eus faim, je bus, je mangeai, au milieu de vingt ou trente

chiens qui compofoient fa meute. Quoique je
fuffe en fort mauvais ordre, maigre, & rôti
du hâle, il ne laiffa pas de me reconnoître.
Tranfporté de raviffement, il me fauta au col,
& après m'avoit baifé plus de cent fois, tout
tremblant d'aife, il m'entraîna dans fon château, où fi-tôt que les larmes eurent fait place
à la voix : enfin, s'écria-t-il, nous vivons, &
nous vivrons, malgré tous les accidens dont
la fortune a baloté notre vie. Mais bons dieux!
il n'eft donc pas vrai le bruit qui courut que
vous aviez été brûlé en Canada, dans ce
grand feu d'artifice duquel vous fûtes l'inventeur ? Et cependant deux ou trois perfonnes de créance, parmi ceux qui m'en
apportèrent les triftes nouvelles fi m'ont juré
avoir vu & touché cet oifeau de bois dans
lequel vous fûtes ravi. Ils me contèrent que
par malheur vous étiez entré dedans au moment qu'on y mit le feu ; & que la rapidité
des fufées qui brûloient tout à l'entour, vous
enlevèrent fi haut, que l'affiftance vous perdit
de vue ; & vous fûtes, à ce qu'ils proteftent,
confommé de telle forte, que la machine étant
retombée, on n'y trouva que fort peu de vos
cendres ? Ces cendres, lui répondis-je, Monfieur, étoient donc celles de l'artifice même ;
car le feu ne m'endommagea en façon quel-

conque. L'artifice étoit attaché en dehors, &
sa chaleur par conséquent ne pouvoit pas m'in-
commoder.

Or vous saurez qu'aussi-tôt que le salpêtre
fut à bout, l'impétueuse ascension des fusées
ne soutenant plus la machine, elle tomba en
terre. Je la vis cheoir ; & lorsque je pensois
culbuter avec elle, je fus bien étonné de
sentir que je montois vers la lune. Mais il faut
vous expliquer la cause d'un effet que vous
prendriez pour un miracle.

Je m'étois le jour de cet accident, à cause
de certaines meurtrissures, frotté de moëlle
tout le corps : mais parce que nous étions en
décours, & que la lune pour lors attire la
moëlle, elle absorba si goulument celle dont
ma chair étoit imbue, principalement quand
ma boëte fut arrivée au-dessus de la moyenne
région, où il n'y avoit point de nuages in-
terposés pour en affoiblir l'influence, que mon
corps suivit cette attraction : & je vous pro-
teste qu'elle continua de me succer si long-
téms, qu'à la fin j'abordai ce monde, qu'on
appelle ici la lune.

Je lui racontai ensuite fort au long, toutes
les particularités de mon voyage, & M. de
Colignac ravi d'entendre des choses si extraordinaires, me conjura de les rédiger par écrit.

Moi qui aime le repos, je réſiſtai long-tems, à cauſe des viſites qu'il étoit vraiſemblable que cette publication m'attiroit : toutefois honteux du reproche dont il me rebattoit, de ne pas faire aſſez de compte de ſes prières, je me réſolus enfin de le ſatisfaire. Je mis donc la plume à la main ; & à meſure que j'achevois un cahier, impatient de ma gloire, qui lui démangeoit plus que la ſienne, il alloit à Touloufe le prôner dans les plus belles aſſemblées. Comme on l'avoit en réputation d'un des plus forts génies de ſon ſiècle, mes louanges, dont il ſembloit l'infatigable écho, me firent connoître de tout le monde. Déjà les graveurs, ſans m'avoir vu, avoient buriné mon image ; & la ville retentiſſoit dans chaque carrefour, du goſier enroué des colporteurs, qui crioient à tue-tête : *voilà le portrait de l'auteur des états & empires de la lune.* Parmi les gens qui lurent mon livre, il ſe rencontra beaucoup d'ignorans qui le feuilletèrent. Pour contrefaire les eſprits de la grande volée, ils applaudirent comme les autres, juſqu'à battre des mains à chaque mot, de peur de ſe méprendre ; & tout joyeux s'écrièrent, qu'il eſt bon ! aux endroits qu'ils n'entendoient point. Mais la ſuperſtition, traveſtie en remords, de qui les dents ſont bien aiguës ſous la chemiſe d'un ſot, leur rongea

rongea tant le cœur, qu'ils aimèrent mieux renoncer à la réputation de philosophe, laquelle aussi-bien leur étoit un habit mal-fait, que d'en répondre au jour du jugement.

Voilà donc la médaille renversée ; c'est à qui chantera la palinodie. L'ouvrage dont ils avoient fait tant de cas, n'est plus qu'un pot-pourri de contes ridicules, un amas de lambeaux décousus, un répertoire de peaux d'ânes, propres à bercer les enfans ; & tel n'en connoît pas seulement la syntaxe, qui condamne l'auteur à porter une bougie à saint Mathurin.

Ce contraste d'opinions entre les habiles & les idiots augmenta son crédit. Peu après, les copies en manuscrit se vendirent sous le manteau ; tout le monde, & ce qui est hors du monde, c'est-à-dire depuis le gentilhomme jusqu'au moine, acheta cette pièce : les femmes mêmes prirent parti. Chaque famille se divisa, & les intérêts de cette querelle allèrent si loin, que la ville fut partagée en deux factions, la lunaire & l'anti-lunaire.

On étoit aux escarmouches de la bataille, quand un matin je vis entrer dans la chambre de Colignac, neuf ou dix barbes à longue robe, qui d'abord lui parlèrent ainsi : Monsieur, vous savez qu'il n'y a pas un de nous en cette com-

pagnie qui ne foit votre allié, votre parent
ou votre ami, & que par conféquent il ne
vous peut rien arriver de honteux, qui ne nous
rejailliffe fur le front? Cependant nous fommes
informés de bonne part, que vous retirez un
forcier dans votre château. Un forcier, s'é-
cria Colignac! ô dieux! nommez-le-moi, je
vous le mets entre les mains; mais il faut prendre garde que ce ne foit une calomnie. Hé
quoi, Monfieur, interrompit l'un des plus vé-
nérables, y a-t-il aucun parlement qui fe con-
noiffe en forciers comme le nôtre? Enfin,
mon cher neveu, pour ne vous pas davantage
ténir en fufpens; le forcier que nous accufons,
eft l'auteur des états & empires de la lune. Il
ne fauroit nier qu'il ne foit le plus grand magicien de l'Europe, après ce qu'il avoue lui-
même? Comment? avoir monté à la lune!
cela fe peut-il fans l'entremife de... je n'ofe-
rois nommer la bête; car enfin, dites-moi,
qu'alloit-il faire chez la lune? Belle demande,
interrompit un autre! Il alloit affifter au fabbat
qui s'y tenoit poffible ce jour-là : & en effet
vous voyez qu'il eut accointance avec le démon de Socrate. Après cela vous étonnez-vous
que le diable l'ait, comme il dit, rapporté en
ce monde? Mais quoi qu'il en foit, voyez-
vous, tant de lunes, tant de cheminées, tant

de voyages par l'air ne valent rien ; je dis rien
du tout, & entre vous & moi, (à ces mots
il approcha sa bouche de son oreille) je n'ai
jamais vu de sorcier qui n'eût commercé avec
la lune. Ils se turent après ces bons avis ; &
Colignac demeura tellement étonné de leur
commune extravagance, qu'il ne put jamais
dire un mot. Ce que voyant un vénérable
bufot, qui n'avoit point encore parlé : voyez-
vous, dit-il, notre parent ; nous connoissons
où vous tient l'encloüure. Le magicien est une
personne que vous aimez ; mais n'appréhendez
rien ; à vôtre considération, les choses iront à
la douceur ; vous n'avez seulement qu'à nous
le mettre entre les mains ; & pour l'amour de
vous, nous engageons notre honneur de le
faire brûler sans scandale.

A ces mots, Colignac, quoique ses poings
dans ses côtés, ne put se contenir ; un éclat de
rire le prit, qui n'offensa pas peu messieurs ses
parens ; de sorte qu'il ne fut pas en son pouvoir
de répondre à aucun point de leur harangue,
que par des ha a a a, ou des ho o o o o : si
bien que nos messieurs, très-scandalisés, s'en
allèrent, je dirois avec leur courte honte, si
elle n'avoit duré jusqu'à Toulouse. Quand ils
furent partis, je tirai Colignac dans son cabinet, où si-tôt que j'eus fermé la porte

deſſus nous : comte, lui dis-je, ces ambaſſa-
deurs à long poil me ſemblent des comètes
chevelues ; j'appréhende que le bruit dont ils
ont éclaté, ne ſoit le tonnerre de la foudre
qui s'ébranle pour cheoir. Quoique leur accu-
ſation ſoit ridicule, & poſſible un effet de leur
ſtupidité, je ne ſerois pas moins mort, quand
une douzaine d'habiles gens qui m'auroient vu
griller, diroient que mes juges ſont des ſots.
Tous les argumens dont ils prouveroient mon
innocence, ne me reſſuſciteroient pas, & mes
cendres demeureroient tout auſſi froides dans
un tombeau, qu'à la voierie : c'eſt pour quoi,
ſauf votre meilleur avis, je ſerois fort joyeux
de conſentir à la tentation qui me ſuggère de
ne leur laiſſer en cette province que mon portrait ; car j'enrageois au double, de mourir
pour une choſe à laquelle je ne crois guères.
Colignac n'eut quaſi pas la patience d'attendre
que j'euſſe achevé, pour répondre. D'abord
toutefois il me railla ; mais quand il vit que
je le prenois ſérieuſement : ah ! par la mort,
s'écria-t-il d'un viſage allarmé, on ne vous
touchera point au bord du manteau, que moi,
mes amis, mes vaſſaux, & tous ceux qui me
conſidèrent, ne périſſent auparavant. Ma maiſon eſt telle, qu'on ne la peut forcer ſans canon ; elle eſt très-avantageuſe d'aſſiette & bien

flanquée. Mais je suis fou, de me précautionner contre des tonnerres de parchemin. Ils
sont, lui repliquai-je, quelquefois plus à craindre que ceux de la moyenne région.

De-là en avant nous ne parlâmes que de
nous rejouir. Un jour nous chaſſions, un autre
nous allions à la promenade ; quelquefois nous
recevions viſite, & quelquefois nous en ren-
dions ; enfin nous quittions toujours chaquie
divertiſſement, avant que ce divertiſſement eût
pu nous enhuyer.

Le marquis de Cuſſan, voiſin de Colignac,
homme qui ſe connoît aux bonnes choſes,
étoit ordinairement avec nous ; & nous avec
lui ; & pour rendre les lieux de notre ſéjour
encore plus agréables par ce changement, nous
allions de Colignac à Cuſſan, & revenions de
Cuſſan à Colignac. Les plaiſirs innocens dont
le corps eſt capable, ne faiſoient que la moindre
partie. De tous ceux que l'eſprit peut trouver
dans l'étude & la converſation, aucun ne nous
manquoit ; & nos bibliothèques, unies comme
nos eſprits, appelloient tous les doctes dans
notre ſociété. Nous mêlions la lecture à l'entretien, l'entretien à la bonne chere ; celle-là
à la pêche, à la chaſſe, aux promenades ; en
un mot, nous jouiſſions, pour ainſi dire, &
de nous-mêmes, & de tout ce que la nature

a produit de plus doux pour notre usage, &
ne mêlions que la raison pour bornes à nos
desirs. Cependant ma réputation, contraire à
mon repos, couroit les villages circonvoisins,
& les villes mêmes de la province : tout le
monde, attiré par ce bruit, prenoit prétexte
de venir voir le seigneur, pour voir le sorcier. Quand je sortois du château, non-seule-
ment les enfans & les femmes, mais aussi les
hommes, me regardoient comme la bête ; sur-
tout le pasteur de Colignac, qui, par malice,
ou par ignorance, étoit en secret le plus grand
de mes ennemis. Cet homme, simple en apparence, & dont l'esprit, bas & naïf, étoit in-
finiment plaisant en ses naïvetés, étoit en effet
très méchant : il étoit vindicatif jusqu'à la rage ;
calomniateur, comme quelque chose de plus
qu'un normand, & si chicaneur, que l'amour
de la chicane étoit sa passion dominante. Ayant
long-tems plaidé contre son seigneur, qu'il
haïssoit d'autant plus, qu'il l'avoit trouvé
ferme contre ses attaques, il en craignoit le
ressentiment, & pour l'éviter avoit voulu per-
muter son bénéfice : mais soit qu'il eût changé
de dessein, ou seulement qu'il eût différé, pour
se venger de Colignac en ma personne, pendant
le séjour qu'il feroit en ses terres, il s'efforçoit
de persuader le contraire, bien que des voyages

qu'il faifoit bien fouvent à Touloufe, en don-
naffent quelque foupçon. Il y faifoit mille contes
ridicules de mes enchantemens ; & la voix de
cet homme malin fe joignant à celle des fimples & des ignorans, y mettoit mon nom en
exécration : on n'y parloit plus de moi que
comme d'un nouvel Agrippa ; & nous fûmes
qu'on y avoit même informé contre moi, à
la pourfuite du curé, lequel avoit été précepteur de fes enfans. Nous en eûmes avis par
plufieurs perfonnes qui étoient dans les intérêts
de Colignac & du marquis ; & bien que l'humeur groffière de tout un pays nous fût un
fujet d'étonnement & de rifée, je ne laiffai pas
de m'en effrayer en fecret, lorfque je confi-
dérois de plus près les fuites fâcheufes que
pourroit avoir cette erreur. Mon bon génie
fans doute m'infpiroit cette frayeur ; il éclairoit ma raifon de toutes ces lumières, pour
me faire voir le précipice où j'allois tomber ;
& non content de me confeiller ainfi tacite-
ment, fe voulut déclarer plus expreffément en
ma faveur. Une nuit des plus fâcheufes qui
fut jamais, ayant fuccédé à un des jours les
plus agréables que nous euffions eus à Colignac, je me levai auffi tôt que l'aurore ; & pour
diffiper les inquiétudes & les nuages dont mon
efprit étoit encore offufqué, j'entrai dans le

jardin, où la verdure, les fleurs & les fruits, l'artifice, & la nature, enchantoient par les yeux, lorfqu'au même inftant j'apperçus le marquis qui s'y promenoit feul dans une grande allée, laquelle coupoit le parterre en deux: il avoit le marcher lent, & le vifage penfif. Je reftai fort furpris de le voir, contre fa coutume, fi matineux; cela me fit hâter mon abord, pour lui en demander la caufe. Il me répondit, que quelques fâcheux fonges, dont il avoit été travaillé, l'avoient contraint de venir plus matin qu'à fon ordinaire, guérir au jour un mal que lui avoit caufé l'ombre. Je lui confeffai qu'une femblable peine m'avoit empêché de dormir, & je lui en allois conter le détail : mais comme j'ouvrois la bouche, nous apperçûmes au coin d'une paliffade qui croifoit dans la nôtre, Colignac qui marchoit à grands pas. De loin qu'il nous apperçut : vous voyez, s'écria-t-il, un homme qui vient d'échapper aux plus affreufes vifions, dont le fpectacle foit capable de faire tourner le cerveau. A peine ai-je eu le loifir de mettre mon pourpoint, que je fuis defcendu pour vous le conter; mais vous n'étiez plus, ni l'un, ni l'autre, dans vos chambres; c'eft pourquoi je fuis accouru au jardin, me doutant que vous y feriez. En effet, le pauvre gentilhomme étoit

presque hors d'haleine. Si-tôt qu'il l'eut reprise,
nous l'exhortâmes à se décharger d'une chose,
qui, pour être souvent fort légère, ne laisse
pas de peser beaucoup. C'est mon dessein, nous
repliqua-t-il ; mais auparavant asseyons-nous.
Un cabinet de jasmins nous présenta tout à
propos de la fraîcheur & des sièges : nous nous
y retirâmes, & chacun s'étant mis à son aise,
Colignac poursuivit ainsi. Vous saurez qu'a-
près deux ou trois sommes, durant lesquels
je me suis trouvé parmi beaucoup d'embarras,
il m'a semblé dans celui que j'ai fait environ
au crépuscule de l'aurore, que mon cher hôte
que voilà étoit entre le marquis & moi, &
que nous le tenions étroitement embrassé,
quand un grand monstre noir, qui n'étoit que
de têtes, nous l'est venu tout d'un coup arracher. Je pense même qu'il l'alloit précipiter
dans un bûcher allumé proche de-là, car il
le balançoit déjà sur les flammes : mais une
fille semblable à celle des muses, qu'on nomme
Euterpe, s'est jettée au genou d'une dame,
qu'elle a conjuré de le sauver, (cette dame
avoit le port & les marques dont se servent
nos peintres pour représenter la nature.) A
peine-a-t-elle eu le loisir d'écouter les prières
de sa suivante, que toute étonnée : hélas !
a-t-elle crié, c'est un de mes amis ! Aussi-tôt

elle a porté à fa bouche une efpèce de far-
batane, & a tant fouffié par le canal, fous les
pieds de mon cher hôte, qu'elle l'a fait monter
dans le ciel, & l'a garanti des cruautés du
monftre à cent têtes. J'ai crié après lui fort
long-tems, ce me femble, & l'ai conjuré de
ne pas s'en aller fans moi; quand une infinité
de petits anges tout ronds, qui fe difoient
enfans de l'aurore, m'ont enlevé au même
pays, vers lequel il paroiffoit voler, & m'ont
fait voir des chofes que je ne vous raconterai
pas, parce que je les tiens trop ridicules. Nous,
le fuppliâmes de ne pas laiffer de nous le dire.
Je me fuis imaginé, continua-t-il, être dans
le foleil, & que le foleil étoit un monde. Je
n'en ferois pas même encore défabufé, fans
le henniffement de mon barbe, qui me ré-
veillant, m'a fait voir que j'étois dans mon
lit. Quand le marquis connut que Colignac
avoit achevé : & vous, dit-il, M. Dyrcona,
quel a été le vôtre? Pour le mien, répondis-je,
encore qu'il ne foit pas des vulgaires, je le
mets en compte de rien. Je fuis bilieux, mé-
lançolique; c'eft la caufe pour laquelle, depuis
que je fuis au monde, mes fonges m'ont fans
ceffe repréfenté des cavernes & du feu. Dans
mon plus bel âge, il me fembloit, en dormant, que devenu léger, je m'enlevois juf

qu'aux nues, pour éviter la rage d'une troupe
d'affaffins qui me pourfuivoient ; mais qu'au
bout d'un effort long & vigoureux, il fe
rencontroit toujours quelques murailles, après
avoir volé par-deffus beaucoup d'autres,
au pied de laquelle, accablé de travail, je ne
manquois point d'être arrêté ; ou bien fi je
m'imaginois de prendre ma volée en haut,
encore que j'euffe avec les bras nagé fort long-
tems dans le ciel, je ne ne laiffois pas de me
rencontrer toujours proche de terre, & contre
toute raifon, fans qu'il me femblât être devenu
ni las, ni lourd, mes ennemis ne faifoient qu'é-
tendre la main, pour me faifir par le pied, &
m'attirer à eux. Je n'ai guères eu que des fonges
femblables à celui-là, depuis que je me connois ; hormis que cette nuit, après avoir long-
tems volé comme de coutume, & m'être plufieurs fois échappé de mes perfécuteurs, il m'a
femblé qu'à la fin je les ai perdus de vue, &
que dans un ciel libre & fort éclairé, mon corps
foulagé de toute pefanteur, j'ai pourfuivi mon
voyage jufques dans un palais, où fe compofent la chaleur & la lumière. J'y aurois fans
doute remarqué bien d'autres chofes ; mais
mon agitation pour voler m'avoit tellement
approché du bord du lit, que je fuis tombé
dans la ruelle, le ventre tout nud fur le plâtre;

& les yeux fort ouverts. Voilà, Meſſieurs, mon ſonge tout au long, que je n'eſtime qu'un pur effet de ces deux qualités qui prédominent à mon tempérament : car encore que celui-ci diffère un peu de ceux qui m'arrivent toujours, en ce que j'ai volé juſqu'au ciel ſans retomber, j'attribue ce changement au ſang, qui s'étant répandu, par la joie de nos plaiſirs d'hier, plus au large qu'à ſon ordinaire, a pénétré la mélancolie, & lui a ôté, en la ſoulevant, cette peſanteur qui me faiſoit retomber : mais après tout, c'eſt une ſcience où il y a fort à deviner. Ma foi, continua Cuſſan, vous avez raiſon, c'eſt un pot pourri de toutes les choſes à quoi nous avons penſé en veillant ; une monſtrueuſe chimère, un aſſemblage d'eſpèces confuſes, que la fantaiſie, qui dans le ſommeil n'eſt plus guidée par la raiſon, nous préſente ſans ordre, & dont toutefois, en les tordant, nous croyons épreindre le vrai ſens, & tirer des ſonges, comme des oracles, une ſcience de l'avenir ; mais par ma foi, je n'y trouve aucune autre conformité, ſinon que les ſonges, comme les oracles, ne peuvent être entendus : toutefois jugez par le mien, qui n'eſt point extraordinaire, de la valeur de tous les autres. J'ai ſongé que j'étois fort triſte, & que je rencontrois par-tout Dyrcona qui réclamoit. Mais ſans da-

vantage m'alambiquet le cerveau à l'explication de ces noires énigmes ; je vous en dé-
velopperai en deux mots le fens myftique :
c'eft par ma foi qu'à Colignac on fait de fort
mauvais fonges ; & que fi j'en fuis cru, nous
irons effayer d'en faire de meilleurs à Cuffan.
Allons-y donc, me dit le comte, puifque ce
trouble-fête en a tant d'envie. Nous délibé-
râmes de partir le jour même. Je lés fuppliai
de fe mettre donc en chemin devant, parce
que j'étois bien-aife, ayant, comme ils venoient de conclure, à y féjourner un mois,
d'y faire porter quelques livres : ils en tombèrent d'accord, & auffi-tôt après déjeûner,
mirent le cul fur la felle. Cependant je fis un
balot des volumes, que je m'imaginai n'être
pas à la bibliothèque de Cuffan, dont je char-
geai un mulet ; & je fortis environ fur les trois
heures, monté fur un très-bon coureur. Je
n'allois pourtant qu'au pas, afin d'accompagner ma petite bibliothèque, & pour enri-
chir mon ame avec plus de loifir des libéra-
lités de ma vue. Mais écoutez une aventure
qui vous furprendra.

J'étois avancé plus de quatre lieues, quand
je me trouvai dans une contrée, que je penfois indubitablement avoir vue autre part. En
effet, je follicitai tant ma mémoire de me dire

d'où je connoissois ce paysage, que la présence des objets excitant les images, je me
souvins que c'étoit justement le lieu que j'a-
vois vu en songe la nuit passée. Cette rencontre bizarre eût occupé mon intention plus
de tems qu'il ne l'occupa, sans une étrange
apparition par qui j'en fus réveillé. Un spectre
(au moins je le pris pour tel) se présentant à
moi au milieu du chemin, saisit mon cheval
par la bride. La taille de ce phantôme étoit
énorme, & par le peu qui paroissoit de ses
yeux, il avoit le regard triste & rude. Je ne
saurois pourtant dire s'il étoit beau ou laid;
car une longue robe tissue des feuillets d'un
livre de plein-chant, le couvroit jusqu'aux
ongles, & son visage étoit caché d'une carte,
où l'on avoit écrit l'*in principio*. Les premières
paroles que le phantôme proféra, *Satanus Dia-*
bolus, cria-t-il tout épouvanté, je te conjure
par le grand dieu vivant ... A ces mots, il
hésita; mais répétant toujours le grand dieu
vivant, & cherchant d'un visage effaré son
pasteur, pour lui souffler le reste, quand il
vit que de quelque côté qu'il allongeât la vue,
son pasteur ne paroissoit point, un si effroyable
tremblement le saisit, qu'à force de claquer,
la moitié de ses dents en tombèrent, & les
deux tiers de la gamme sous lesquels il étoit

gisant, s'écartèrent en papillotes. Il se retourna
pourtant vers moi; & d'un regard, ni doux ni
rude, où je voyois son esprit flotter, pour
résoudre lequel seroit le plus à propos de
s'irriter ou s'adoucir : ho bien, dit-il, *Satanus*
Diabolus, par la sangué, je te conjure au nom
de dieu, & de M. saint Jean, de me laisser
faire ; car si tu remues ni pieds ni pattes, diable
emporte, je t'étriperai. Je tiraillois contre lui
la bride de mon cheval ; mais les éclats de
rire qui me suffoquoient, m'ôtèrent toute force.
Ajoutez à cela, qu'une cinquantaine de villa-
geois sortirent de derrière une haie, marchant
sur leurs genoux, & s'égozillant à chanter *Ky-*
rie Eleïson. Quand ils furent assez proches,
quatre des plus robustes, après avoir trempé
leurs mains dans un benitier, que tenoit tout
exprès le serviteur du presbytère, me prirent au
colet. J'étois à peine arrêté, que je vis paroître messire Jean, lequel tira dévotement
son étole, dont il me garrota ; & ensuite une
cohue de femmes & d'enfans, qui, malgré
toute ma résistance, me cousirent dans une
grande nappe. Au reste, j'en fus si bien entor-
tillé, qu'on ne me voyoit que la tête. En cet
équipage il me portèrent à Toulouse, comme
s'ils m'eussent porté au monument. Tantôt l'un
s'écrioit, que sans cela il y auroit eu famine,

parce que, lorsqu'ils m'avoient rencontré,
j'allois assurément jetter le sort sur les bleds;
& puis j'en entendois un autre qui se plaignoit
que le claveau n'avoit commencé dans sa ber-
gerie, que d'un dimanche; qu'au sortir de
vêpres je lui avois frappé sur l'épaule. Mais ce
qui, malgré tous mes désastres, me chatouilla de
quelqu'émotion pour rire, fut le cri effroyable
d'une jeune paysanne après son fiancé, autrement le phantôme qui m'avoit pris mon cheval,
(car vous saurez que le rustre s'étoit califour-
chonné dessus, & déjà, comme le sien, le ta-
lonnoit de bonne guerre.) Misérable, glapis-
soit son amoureuse, es-tu donc borgne? ne
vois-tu pas que le cheval du magicien est plus
noir que charbon, & que c'est le diable en
personne qui t'emporte au sabbat? Notre pi-
taut, épouvanté, en culbuta par-dessus la
croupe; ainsi mon cheval eut la clef des
champs. Ils consultèrent s'ils se saisiroient du
mulet; ils délibérèrent qu'oui; mais ayant
décousu le paquet, & au premier volume qu'ils
ouvrirent s'étant rencontré la physique de M.
Descartes, quand ils apperçurent tous les cercles par lesquels ce philosophe a distingué le
mouvement de chaque planète, tous d'une
voix hurlèrent que c'étoit les cernes que je
traçois pour appeller Belzebut. Celui qui le
                                    tenoit

tenoit le laiſſa cheoir d'appréhenſion ; & par
malheur, en tombant, il s'ouvrit dans une
page où ſont expliquées les vertus de l'aimant ;
je dis par malheur, parce qu'à l'endroit dont
je parle, il y a une figure de cette pierre mé-
tallique, où les petits corps qui ſe déprennent
de ſa maſſe pour accrocher le fer, ſont repré-
ſentés comme des bras. A peine un de ces
marauts l'apperçut, que je l'entendis s'égoziller
que c'étoit là le crapaud qu'on avoit trouvé
dans l'auge de l'écurie de ſon couſin Fiacre,
quand ſes chevaux moururent. A ce mot,
ceux qui avoient paru le plus échaufés, ren-
gaînèrent leurs mains dans leur ſein, ou ſe
regantèrent de leurs pochettes. Meſſire Jean
de ſon côté crioit à gorge déployée, qu'on
ſe gardat de toucher à rien ; que tous ces livres
là étoient de francs grimoires, & le mulet un
ſatan. La canaille, ainſi épouvantée, laiſſa partir le mulet en paix. Je vis pourtant Mathu-
rine, la ſervante de M. le curé, qui le chaſſoit
vers l'étable du presbytère, de peur qu'il
n'allât dans le cimetière fouler l'herbe des tré-
paſſés.

Il étoit bien ſept heures du ſoir, quand nous
arrivâmes à un bourg, où pour me rafraîchir
on me traîna dans la geôle ; car le lecteur ne
me croiroit pas, ſi je diſois qu'on m'enterra

dans un trou : & cependant il eſt ſi vrai, qu'a-
vec une pirouette j'en viſitai toute l'étendue :
enfin il n'y a perſonne qui me voyant en ce
lieu, ne m'eût pris pour une bougie allumée
ſous une ventouſe. D'abord que mon geolier
me précipita dans cette caverne : ſi vous me
donnez, lui dis-je, ce vêtement de pierre pour
un habit, il eſt trop large ; mais ſi c'eſt pour
un tombeau il eſt trop étroit. On ne peut ici
compter les jours que par nuits ; des cinq ſens
il ne me reſte l'uſage que de deux, l'odorat,
& le toucher ; l'un, pour me faire ſentir les
puanteurs de ma priſon ; l'autre, pour me la
rendre palpable. En vérité, je vous l'avoue,
je croirois être damné, ſi je ne ſavois qu'il
n'entre point d'innocens en enfer.

A ce mot d'innocent, mon geolier s'éclata
de rire : & par ma foi, dit-il, vous êtes donc
de nos gens? car je n'en ai jamais tenu ſous
ma clef que de ceux-là. Après d'autres complimens de cette nature, le bon homme prit
la peine de me fouiller, je ne ſai pas à quelle
intention ; mais par la diligence qu'il employa,
je conjecture que c'étoit pour mon bien. Ses
recherches étant demeurées inutiles, à cauſe
que durant la bataille de Diabolas, j'avois
gliſſé mon or dans mes chauſſes ; quand au bout
d'une très-exacte anatomie, il ſe trouva les

mains aussi vuides qu'auparavant, peu s'en fallut
que je ne mourusse de crainte, comme il pensa
mourir de douleur. Ho vertubleu, s'écria-t-
il, l'écume dans la bouche, j'ai bien vu d'a-
bord, que c'étoit un sorcier; il est gueux comme le diable. Va, va, continua-t-il, mon ca-
marade, songe de bonne-heure à ta conscience.
Il avoit à peine achevé ces paroles, que j'entendis le carillon d'un trousseau de clefs, où
il choisissoit celle de mon cachot. Il avoit le
dos tourné; c'est pourquoi de peur qu'il ne
se vengeât du malheur de sa visite, je tirai
dextrement de leur cache trois pistoles, & je
lui dis : monsieur le concierge, voilà une pis-
tole, je vous supplie de me faire apporter un
morceau, je n'ai pas mangé depuis onze heures. Il la reçut fort gracieusement, & me
protesta que mon désastre le touchoit. Quand
je connus son cœur adouci : en voilà encore
une, continuai-je, pour reconnoître la peine
que je suis honteux de vous donner. Il ouvrit
l'oreille, le cœur & la main; & j'ajoutai lui
en comptant trois au lieu de deux, que par
cette troisième, je le suppliois de mettre, auprès de moi, l'un de ses garçons, pour me
tenir compagnie, parce que les malheureux
doivent craindre la solitude.

Ravi de ma prodigalité, il me promit toules chofes, m'embraffa les genoux, déclama contre la Juftice, me dit qu'il voyoit bien que j'avois des ennemis, mais que j'en viendrois à mon honneur, que j'euffe bon courage, & qu'au refte il s'engageoit, auparavant qu'il fût trois jours, de faire blanchir mes manchettes. Je le remerciai très-férieufement de fa courtoifie ; & après mille accolades dont il penfa m'étrangler, ce cher ami verrouilla la porte.

Je demeurai tout feul, & fort mélancolique, le corps arrondi fur un boteau de paille en poudre : elle n'étoit pas pourtant fi menue, que plus de cinquante rats ne la broyaffent encore. La voûte, les murailles & le plancher, étoient compofés de fix pierres de tombes, afin qu'ayant la mort deffus, deffous, & à l'entour de moi, je ne puffe douter de mon enterrement. La froide bave des limas & le gluant venin des crapauds, me couloit fur le vifage : les poux y avoient les dents plus longues que le corps. Je me voyois travaillé de la pierre, qui ne me faifoit pas moins de mal pour être externe. Enfin je penfe que pour être Job, il ne me manquoit plus qu'une femme & un pot caffé.

Je vainquis-là pourtant toute la dureté de deux heures très-difficiles, quand le bruit d'une

grosses de clef, joint à celui des verroux de
ma porte, me réveilla de l'attention que je
prêtois à mes douleurs. Ensuite du tintamarre,
j'apperçus à la clarté d'une lampe, un certain
rustaut. Il se déchargea d'une terrine entre mes
jambes: & là, là, dit-il, ne vous affligez point,
voilà du potage aux choux, que quand ce seroit.... tant y a, c'est de la propre soupe de
notre maîtresse ; & si par ma foi, comme dit
l'autre, on n'en a pas ôté une goutte de graisse.
Disant cela, il trempe ses cinq doigts jusqu'au
fond, pour m'inviter d'en faire autant. Je tra-
vaillai après l'original, de peur de le découra-
ger ; & lui d'un œil de jubilation : morguien-
ne, s'écria-t-il, vous êtes bon frere. On dit
qu'ous avez des envieux ; jerniguè, sont des
traîtres, oui, tétigué, sont des traîtres : hé,
qu'ils y viennent donc pour voir. O bien, bien,
tant y a, toujours va qui danse. Cette naïveté
m'enfla deux ou trois fois la gorge pour en
rire. Je fus pourtant si heureux que de m'en
empêcher : je voyois que la fortune sembloit
m'offrir en ce maraut une occasion pour ma
liberté, c'est pourquoi il m'étoit très-impor-
tant de choyer ses bonnes graces ; car d'échapper par d'autres voies, l'architecte qui bâtit
ma prison, y ayant fait plusieurs entrées, ne
s'étoit pas souvenu d'y faire une sortie. Toutes

ces confidérations furent caufe que pour le fonder, je lui parlai ainfi : tu es pauvre, mon grand ami, n'eft il pas vrai? Hélas! monfieu, répondit le ruftre, quand vous arriveriez de chez le devin, vous n'auriez pas mieux frappé au but. Tiens donc, continuai-je, prens cette piftole.

Je trouvai fa main fi tremblante, lorfque je la mis dedans, qu'à peine la put-il fermer. Ce commencement me fembla de mauvaife augure; toutefois je connus bientôt, par la ferveur de fes remercimens, qu'il n'avoit tremblé que de joie : cela fut caufe que e pourfuivis : mais fi tu étois homme à vouloir participer à l'accompliffement d'un vœu que j'ai fait, vingt-piftoles, outre le falut de ton ame, feroient à toi comme ton chapeau; car tu fauras qu'il n'y a pas un bon quart d'heure, enfin un moment auparavant ton arrivée, qu'un ange m'eft apparu, & m'a promis de faire connoître la juftice de ma caufe, pourvu que j'aille demain faire dire une meffe à Notre-Dame de ce bourg, au grand-autel. J'ai voulu m'excufer fur ce que j'étois enfermé trop étroitement : mais il m'a répondu, qu'il viendroit un homme envoyé du geolier pour me tenir compagnie, auquel je n'aurois qu'à commander de fa part de me conduire à l'églife, & me reconduire en prison; que je lui recommandasse le secret, & d'obéir sans réplique, sur peine de mourir dans l'an : & s'il doutoit de ma parole, je lui dirois, aux enseignes qu'il est confrere du scapulaire. Or le lecteur saura qu'auparavant j'avois entrevu par la fente de sa chemise un scapulaire, qui me suggera toute la tissure de cette apparition : & oui da, dit-il, mon bon seigneur, je ferons ce que l'ange nous a commandé : mais il faut donc que ce soit à neuf heures, parce que notre maître sera pour lors à Toulouse aux accordailles de son fils avec la fille du maître des hautes œuvres : dame acouté, le bouriau a un nom aussi-bian qu'un ciron : on dit qu'elle aura de son pere en mariage, autant d'écus comme il faut pour la rançon d'un roi. Enfin elle est belle & riche, mais ces morceaux-là n'ont garde d'arriver à un pauvre garçon. Hélas ! mon bon monsieur, faut que vous sachiez.... Je ne manquai pas à cet endroit de l'interrompre; car je pressentois par ce commencement de digression, une longue enchaînure de coq-à-l'âne. Or après que nous eûmes bien digéré notre complot, le rustaut prit congé de moi. Il ne manqua pas le lendemain de me venir déterrer justement à l'heure promise. Je laissai mes habits dans la prison, & je m'équipai de guenilles; car afin de n'être pas reconnu, nous l'avions ainſi concerté la veille. Si-tôt que nous fûmes à l'air, je n'oubliai point de lui compter ſes vingt piſtoles. Il les regarda fort, & même avec de grands yeux. Elles ſont d'or & de poids, lui dis-je, ſur ma parole. Hé, monſieur, me répliqua-t-il, ce n'eſt pas à cela que je ſonge; mais je ſonge que la maiſon du grand Macé eſt à vendre, avec ſon clos & ſa vigne. Je l'aurai bien pour deux cens francs, il faut huit jours à bâtir le marché; & je voudrois vous prier, mon bon monſieur, ſi c'étoit votre plaiſir, de faire que juſqu'à tant que le grand Macé tienne bien comptées vos piſtoles dans ſon coffre, elles ne deviennent point feuilles de chêne. La naïveté de ce coquin me fit rire. Cependant nous continuâmes de marcher vers l'égliſe, où nous arrivâmes. Quelque temps après on y commença la grand'meſſe: mais ſi-tôt que je vis mon garde qui ſe levoit à ſon rang pour aller à l'offrande, j'arpentai la nef de trois ſauts, & en autant d'autres, je m'égarai preſtement dans une ruelle détournée. De toutes les diverſes penſées qui m'agitèrent en cet inſtant, celle que je ſuivis, fut de gagner Toulouſe, dont ce bourg-là n'étoit diſtant que d'une demi-lieue, à deſſein d'y prendre la poſte. J'arrivai aux fauxbourgs d'aſſez bonne-heure; mais je reſtai ſi honteux, de voir tout le monde qui me regardoit, que j'en perdis contenance. La cauſe de leur étonnemement procédoit de mon équipage; car comme en matière de gueuſerie j'étois aſſez nouveau, j'avois arrangé ſur moi mes haillons ſi bizarrement, qu'avec une démarche qui ne convenoit point à l'habit, je paroiſſois moins un pauvre qu'un maſcarade; outre que je paſſois vîte, la vue baſſe, & ſans demander. A la fin conſidérant qu'une attention ſi univerſelle me menaçoit d'une ſuite dangereuſe, je ſurmontai ma honte. Auſſi-tôt que j'appercevois quelqu'un me regarder, je lui tendois la main. Je conjurois même la charité de ceux qui ne me regardoient point: mais admirez comme bien ſouvent pour vouloir accompagner de trop de circonſpections les deſſeins où la fortune veut avoir quelque part, nous les ruinons en irritant cet orgueilleuſe. Je fais cette réflexion au ſujet de mon aventure; car ayant apperçu un homme vêtu en bourgeois médiocre, de qui le dos étoit tourné vers moi: monſieur, lui dis-je, le tirant par ſon manteau, ſi la compaſſion peut toucher.... Je n'avois pas entamé le mot qui devoit ſuivre, que cet homme tourna la tête. O Dieu! que devint-il; mais ô Dieu! que devins-je moi-même? Cet homme étoit mon

geolier. Nous reftâmes tous deux confternés
d'admiration, de nous voir où nous nous
voyions. J'étois tout dans fes yeux, il em-
ployoit toute ma vue. Enfin le commun intérêt, quoique bien différent, nous tira, l'un
& l'autre, de l'extafe où nous étions plongés.
Ah! miférable que je fuis, s'écria le geolier,
faut-il donc que je fois attrappé? Cette parole
à double fens m'infpira auffi-tôt le ftratagême
que vous allez entendre. Hé main-forte, meffieurs, main-forte, à la Juftice, criai-je tant
que je pus glapir. Ce voleur a dérobé les
pierreries de la comteffe des Mouffeaux; je le
cherche depuis un an. Meffieurs, continuai-je
tout échauffé, cent piftoles pour qui l'arrêtera.
J'avois à peine lâché ces mots, qu'une troupe
de canaille éboula fur le pauvre ébahi. L'é-
tonnement où mon extraordinaire impudence
l'avoit jetté, joint à l'imagination qu'il avoit,
que fans avoir, comme un corps glorieux, pénétré fans fraction les murailles de mon cachot
je ne pouvois m'être fauvé, le tranfit tellement, qu'il fut long-temps hors de lui-même.
A la fin toutefois il fe reconnut, & les pre-
mieres paroles qu'il employa pour détromper
le petit peuple, furent, qu'on fe gardât de fe
méprendre, qu'il étoit fort homme d'honneur.
Indubitablement il alloit découvrir tout le myf-

tère : mais une douzaine de fruitières, de laquais & de porte chaises, defireux de me fervir pour mon argent, lui fermèrent la bouche à coups de poings ; & d'autant qu'ils fe figuroient que leur récompenfe feroit mefurée aux outrages dont ils infulteroient à la foiblesse de ce pauvre dupé, chacun accouroit y toucher du pied ou de la main. Voyez l'homme d'honneur, clabaudoit cette racaille ! Il n'a pourtant pu s'empêcher de dire, dès qu'il a reconnu monfieur, qu'il étoit attrappé. Le bon de la comédie, c'eft que mon geolier étant en fes habits de fête, il avoit honte de s'avouer marguillier du bourreau, & craignoit même fe découvrant d'être encore mieux battu. Moi de mon côté, je pris l'effor durant le plus chaud de la Lagare. J'abandonnai mon falut à mes jambes ; elles m'eurent bientôt mis en franchife : mais pour mon malheur, la vue que tout le monde recommençoit à jetter fur moi, me rejetta tout de nouveau dans mes premières allarmes. Si le fpectacle de cent guenilles qui, comme un branle de petits gueux, danfoient à l'entour de moi, excitoit un bayeur à me regarder, je craignois qu'il ne lût fur mon front, que j'étois un prifonnier échappé. Si un paffant fortoit la main de deffous fon manteau, je me le figurois un fergent, qui

allongeoit le bras pour m'arrêter. Si j'en re-
marquois un autre arpentant le pavé, fans me
rencontrer des yeux, je me perfuadois qu'il
feignoit de ne m'avoir pas vu, afin de me
faifir par derrière. Si j'appercevois un marchand entrer dans fa boutique, je difois : il
va décrocher fa hallebarde. Si je rencontrois
un quartier plus chargé de peuple qu'à l'ordinaire : tant de monde, penfois-je, ne s'eft
point affemblé-là fans deffein. Si un autre étoit
vuide, on eft ici près à me guetter. Un embarras s'oppofoit-il à ma fuite, on a barricadé
les rues pour m'enclore. Enfin ma peur fu-
bornant ma raifon, chaque homme me fembloit un archer ; chaque parole, arrêtez; &
chaque bruit, l'infupportable croaffement des
verroux de ma prifon paffée. Ainfi travaillé
de cette terreur panique, je réfolus de gueufer
encore, afin de traverfer fans foupçon le refte
de la ville jufqu'à la pofte. Mais de peur qu'on
ne me reconnût à la voix, j'ajoutai à l'exercice de Quaifman, l'adreffe de contrefaire le
muet. Je m'avance donc vers ceux que j'apperçois qui me regardent : je pointe un doigt
deffous le menton, puis deffus la bouche, &
je l'ouvre en bâillant, avec un cri non articulé, pour faire entendre par ma grimace,
qu'un pauvre muet demande l'aumône. Tantôt

par charité on me donnoit un compâtiſſement
d'épaule ; tantôt je me ſentois fourrer une bride
au poing ; & tantôt j'entendois des femmes
murmurer, que je pourrois bien en Turquie
avoir été de cette façon martyriſé pour la
foi. Enfin j'appris que la gueuſerie eſt un grand
livre, qui nous enſeigne les mœurs des peuples, à meilleur marché que tous ces grands
voyages de Colomb & de Magellan.

Ce ſtratagême pourtant ne put encore laſſer
l'opiniâtreté de ma deſtinée, ni gagner ſon
mauvais naturel : mais à quelle autre invention
pouvois-je recourir ? Car de traverſer une grande ville comme Touloufe, où mon eſtampe
m'avoit fait connoître même aux harangères,
bariolé de guenilles auſſi bourues que celles
d'un arlequin, n'étoit-il pas vraiſemblable que
je ſerois obſervé & reconnu incontinent, &
que le contre-charme de ce danger étoit le
perſonnage de gueux, dont le rôle ſe joue ſous
toutes ſortes de viſages ? Et puis, quand cette
ruſe n'auroit pas été projettée avec toutes les
circonſpections qui la devoient accompagner,
je penſe que parmi tant de funeſtes conjonc-
tures, c'étoit avoir le jugement bien fort, de
ne pas devenir inſenſé.

J'avançois donc chemin, quand tout à coup
je me ſentis obligé de rebrouſſer arrière ; car

mon véritable geolier, & quelque douzaine d'archers de sa connoissance, qui l'avoient tiré des mains de la racaille, s'étant ameutés, & patrouillant toute la ville pour me trouver, se rencontrèrent malheureusement sur mes voies. D'abord qu'ils m'apperçurent avec leurs yeux de linx, voler de toute leur force, & moi voler de toute la mienne, fut une même chose. J'étois si légèrement poursuivi, que quelquefois ma liberté sentoit dessus mon col l'haleine des tyrans qui la vouloient opprimer : mais il sembloit que l'air qu'ils poussoient en courant derrière moi, me poussât devant eux. Enfin le ciel ou la peur, me donnèrent quatre ou cinq ruelles d'avance. Ce fut pour lors que mes chasseurs perdirent le vent & les traces, moi la vue & le charivari de cette importune vénerie. Certes, qui n'a franchi, je dis, en original, des agonies semblables, peut difficilement mesurer la joie dont je tressaillis, quand je me vis échappé. Toutefois, parce que mon salut me demandoit tout entier, je résolus de ménager bien avaricieusement le tems qu'ils consommoient pour m'atteindre. Je me barbouilla le visage, frotai mes cheveux de poussière, dépouillai mon pourpoint, dévalai mon haut-de-chausse, jettai mon chapeau dans un soupirail; puis ayant étendu mon mouchoir deſſus le pavé, & diſpoſé aux coins quatre petits cailloux, comme les malades de la contagion, je me couchai vis-à-vis, le ventre contre terre, & d'une voix piteuſe me mis à geindre fort langoureuſement. A peine étois-je là, que j'entendis les cris de cette enrouée populace long-tems avant le bruit de leurs pieds; mais j'eus encore aſſez de jugement pour me tenir en la même poſture, dans l'eſpérance de n'en être point reconnu, & je ne fus point trompé, car me prenant tous pour un peſtiféré, ils paſſèrent fort vîte, en ſe bouchant le nez, & jettèrent la plupart un double ſur mon mouchoir.

L'orage ainſi diſſipé, j'entre ſous une allée, je reprens mes habits, & m'abandonne encore à la fortune; mais j'avois tant couru, qu'elle s'étoit laſſée de me ſuivre. Il le faut bien croire ainſi, car à force de traverſer des places & des carrefours, d'enfiler & couper des rues, cette glorieuſe déeſſe n'étant pas accoutumée de marcher ſi vîte; pour mieux dérober ma route, me laiſſa cheoir aveuglement aux mains des archers qui me pourſuivoient. A ma rencontre ils foudroyèrent une huée ſi furieuſe, que j'en demeurai ſourd. Ils crurent n'avoir pas aſſez de bras pour m'arrêter; ils y employèrent les dents, & ne s'aſſuroient pas encore de me tenir ; l'un me traînoit par les cheveux, un autre par le collet, pendant que les moins paffionnés me fouilloient. La quête fut plus heureufe que celle de la prifon, ils trouvèrent le refte de mon or.

Comme ces charitables médecins s'occu-poient à guérir l'hydropifie de ma bourfe, un grand bruit s'éleva; toute la place retentit de ces mots, tue, tue, & en même tems je vis briller des épées. Ces meffieurs qui me traî-noient, crièrent que c'étoient les archers du grand-prévôt, qui leur vouloient dérober cette capture. Mais prenez garde, me dirent-ils, me tirant plus fort qu'à l'ordinaire, de cheoir entre leurs mains, car vous feriez condamné en vingt-quatre heures, & le roi ne vous fau-veroit pas. A la fin pourtant effrayés eux-mêmes du chamaillis qui commençoit à les atteindre, ils m'abandonnèrent fi univerfelle-ment, que je demeurai tout feul au milieu de la rue, pendant que les aggreffeurs faifoient boucherie de tout ce qu'ils rencontroient. Je vous laiffe à penfer fi je pris la fuite, moi qui avois également à craindre l'un & l'autre parti. En peu de tems, je m'éloignai de la bagarre; mais comme déjà je demandois le chemin de la pofte, un torrent de peuple qui fuyoit la mêlée, dégorgea dans ma rue. Ne pouvant

réfifter

réfister à la foule, je la fuivis ; & me fâchant
de courir fi long-tems, je gagnai à la fin une
petite porte fombre, où je me jettai pêle-mêle
avec d'autres fuyards. Nous la baclâmes deffus
nous ; puis quand tout le monde eut repris
haleine : camarades, dit un de la troupe, fi
vous m'en croyez, paffons les deux guichets,
& tenons fort dans le preau. Ces épouvantables paroles frappèrent mes oreilles d'une douleur fi furprenante, que je penfai tomber
mort fur la place. Hélas ! tout auffi-tôt, mais
trop tard, je m'apperçus qu'au lieu de me fauver dans un afyle comme je croyois, j'étois
venu me jetter moi-même en prifon, tant il
eft impoffible d'échapper à la vigilance de fon
étoile. Je confidérai cet homme plus attentivement, & je le reconnus pour un des archers
qui m'avoient fi long-tems pourfuivi : la fueur
froide m'en monta au front, je devins pâle, &
prêt à m'évanouir. Ceux qui me virent fi foible, émus de compaffion, demandèrent de
l'eau ; chacun s'approcha pour me fecourir, &
par malheur ce maudit archer fut des plus em-
preffés ; il n'eut pas jetté les yeux fur moi,
qu'auffi-tôt il me reconnut. Il fit figne à fes
compagnons, & en même tems on me falua
d'un, je vous fais prifonnier de par la roi. Il
ne fallut pas aller loin pour m'écrouer.

T

Je demeurai dans la morgue jufqu'au foir ; où chaque guichetier l'un après l'autre, par une exacte diffection des parties de mon vifage, venoit tirer mon tableau fur la toile de fa mémoire.

A fept heures fonantes, le bruit d'un trouf-feau de clefs donna le fignal de la retraite. On me demanda fi je voulois être conduit à la chambre d'une piftole ? Je répondis d'un baif-fement de tête. De l'argent donc ? me répli-qua ce guide. Je connus bien que j'étois en lieu où il m'en faudroit avaler bien d'autres : c'eft pourquoi je le priai, en cas que fa cour-toifie ne pût fe réfoudre à me faire crédit juf-qu'au lendemain, qu'il dît de ma part au geo-lier, de me rendre la monnoie qu'on m'avoit prife. Oh par ma foi, répondit ce maraut, notre maître a bon cœur, il ne rend rien. Eft-ce donc que pour votre beau nez.... Hé allons, allons aux cachots noirs. En achevant ces pa-roles, il me montra le chemin par un grand coup de fon trouffeau de clefs, la pefanteur duquel me fit culbuter & griller du haut en bas d'une montée obfcure, jufqu'au pied d'une porte qui m'arrêta ; encore n'aurois-je pas reconnu que c'en étoit une, fans l'éclat du choc dont je la heurtai, car je n'avois plus mes yeux, ils étoient demeurés au haut de l'efcalier fous la figure d'une chandelle que tenoit à quatre-vingt marches au-deſſus de moi mon bourreau de conducteur. Enfin cet homme tigre pian piano defcendu, démêla trente groſ-ſes ferrures, décrocha autant de barres, & le guichet feulement entre-bâillé, d'une fecouſ-ſe de genouil il m'engouffra dans cette foſſe, dont je n'eus pas le tems de remarquer toute l'horreur, tant il retira vîte après lui la porte. Je demeurai dans la bourbe jufqu'aux genoux. Si je penfois gagner le bord, j'enfonçois juſ-qu'à la ceinture : le glouſſement terrible des crapauds, qui patogeoient dans la vafe, me faifoit fouhaiter d'être fourd ; je fentois des lezards monter le long de mes cuiſſes, des couleuvres m'entortiller le col ; & j'en en-trevis une à la fombre clarté de fes prunelles étincelantes qui, de fa gueule toute noire de venin, dardoit une langue à trois pointes, dont la brufque agitation paroiſſoit une foudre, où fes regards mettoient le feu.

D'exprimer le reſte, je ne puis, il furpaſſe toute créance ; & puis je n'ofe tâcher à m'en reſſouvenir, tant je crains que la certitude où je penfe être d'avoir franchi ma prifon, ne foit un fonge, duquel je me vais éveiller. L'aiguille avoit marqué dix heures au cadran de la groſſe tour, avant que perfonne eût frappé à mon

tombeau : mais environ ce tems - là, comme
déjà la douleur d'une amère tristesse commen-
,çoit à me serrer le cœur, & désordonner ce
juste accord qui fait la vie, j'entendis une voix
laquelle m'avertissoit de saisir la perche qu'on
me présentoit. Après avoir, dans l'obscurité,
tâtonné assez long-tems pour la trouver, j'en
rencontrai un bout, je le pris tout ému,
& mon geolier tirant l'autre à soi, me pêcha
du milieu de ce marécage. Je me doutai que
mes affaires avoient pris une autre face, car
il me fit de profondes civilités, ne me parla
que la tête nue, & me dit que cinq ou six
personnes de condition attendoient dans la
cour pour me voir. Il n'est pas jusqu'à cette
bête sauvage, qui m'avoit enfermé dans la
cave que je vous ai décrite, lequel eut l'impudence de m'aborder ; & un genouil en terre
m'ayant baisé les mains, de l'une de ses pattes,
il m'ôta quantité de limas qui s'étoient collés
à mes cheveux ; & de l'autre, il fit cheoir un
gros tas de sangsues dont j'avois le visage
masqué.

Après cette admirable courtoisie : au moins,
me dit-il, mon bon seigneur, vous vous sou-
viendrez de la peine & du soin qu'a pris auprès
de vous le gros Nicolas. Pardi, écoutez, quand
c'eût été pour le roi, ce n'est pas pour vous le

reprocher dà. . . . . Outré de l'effronterie du
maraut, je lui fis figne que je m'en fouvien-
drois. Par mille détours effroyables j'arrivai
enfin à la lumière, & puis dans la cour, où
fi-tôt que je fus entré, deux hommes me faifi-
rent, que d'abord je ne pus connoître, à caufe
qu'ils s'étoient jettés fur moi en même tems,
& me tenoient l'un & l'autre la face attachée
contre la mienne. Je fus long tems fans les deviner; mais les tranfports de leur amitié prenant un peu de trève, je reconnus mon cher
Colignac & le brave marquis. Colignac avoit
le bras en écharpe, & Cuffan fut le premier
qui fortit de fon extafe. Hélas! dit-il, nous
n'aurions jamais foupçonné un tel défaftre,
fans votre coureur & le mulet, qui font arrivés
cette nuit aux portes de mon château. Leur
poitrail, leurs fangles, leur croupière, tout
étoit rompu, & cela nous a fait préfager quelque chofe de votre malheur. Nous fommes
montés auffi-tôt à cheval, & n'avons pas cheminé deux ou trois lieues vers Colignac, que
tout le pays ému de cet accident, nous en a
particularifé les circonftances. Au galop en
même tems nous avons donné jufqu'au bourg
où vous étiez en prifon; mais y ayant appris
votre évafion, fur le bruit qui couroit que
vous aviez tourné du côté de Touloufe; avec

ce que nous avions de nos gens, nous y sommes venus à toute bride. Le premier à qui nous
avons demandé de vos nouvelles, nous a dit
qu'on vous avoit repris. En même tems nous
avons poussé nos chevaux vers cette prison ;
mais d'autres gens nous ont assurés que vous
vous étiez évanoui de la main des sergens : &
comme nous avancions toujours chemin, des
bourgeois se contoient l'un à l'autre que vous
étiez devenu invisible. Enfin, à force de prendre langue, nous avons su qu'après vous avoir
pris, perdu & repris, je ne sai combien de fois,
on vous menoit à la prison de la grosse tour.
Nous avons coupé chemin à vos archers, &
d'un bonheur plus apparent que véritable, nous
les avons rencontrés en tête, attaqués, com-
battus, & mis en fuite ; mais nous n'avons pu
apprendre des blessés mêmes que nous avons
pris , ce que vous étiez devenu , jusqu'à ce
matin qu'on nous est venu dire que vous étiez
aveuglément venu vous-même vous sauver en
prison. Colignac est blessé en plusieurs endroits, mais fort légèrement. Au reste, nous
venons de mettre ordre que vous fussiez logé
dans la plus belle chambre d'ici. Comme vous
aimez le grand air, nous avons fait meubler un
petit appartement pour vous seul tout au haut
de la grosse tour, dont la terrasse vous servira

de balcon ; vos yeux , du moins , feront en liberté , malgré le corps qui les attache. Ah !
mon cher Dyrcona , s'écria le comte , prenant
alors la parole , nous fûmes bien malheureux
de ne pas t'emmener , quand nous partîmes de
Colignac ! Mon cœur , par une tristesse aveugle ,
dont j'ignorois la cause , me prédisoit je ne fai
quoi d'épouvantable : mais n'importe , j'ai des
amis , tu es innocent ; & en tout cas je fai fort
bien comment on meurt glorieusement. Une
feule chose me défefpère. Le maraut fur lequel je
voulois effayer les premiers coups de ma vengeance (tu conçois bien que je parle de mon
curé) , n'est plus en état de la reffentir ; ce miférable a rendu l'ame. Voici le détail de fa mort.
Il couroit avec fon ferviteur , pour chaffer ton
coureur dans fon écurie , quand ce cheval ,
d'une fidélité par qui peut-être les fecrettes lumières de fon inftinct ont redoublé , tout fou-
gueux fe mit à ruer , mais avec tant de furie & de
fuccès , qu'en trois coups de pied contre lefquels
la tête de ce bufle échoua , il fit vaquer fon bénéfice. Tu ne comprens pas , fans doute , les
caufes de la haine de cet infenfé , mais je te les
veux découvrir. Sache donc , pour prendre
l'affaire de plus haut , que ce faint homme ,
normand de nation , & chicaneur de fon métier , qui deffervoit , felon l'argent , des pélerins,

T iv.

une chapelle abandonnée, jetta un dévolut sur
la cure de Colignac ; & que malgré tous mes
efforts pour maintenir le possesseur dans son bon
droit, le drôle patelina si bien ses juges, qu'à
la fin, malgré nous, il fut notre pasteur.

Au bout d'un an il me plaida aussi, sur ce
qu'il entendoit que je payasse la dîme. On eut
beau lui représenter, que de tems immémorial
ma terre étoit franche, il ne laissa pas d'intenter
son procès qu'il perdit ; mais dans les procédu-
res il fit naître tant d'incidens, qu'à force de
pulluler, plus de vingt autres procès ont germé
de celui-là, qui demeureront au croc, grace au
cheval dont le pied s'est trouvé plus dur que la
cervelle de M. Jean. Voilà tout ce que je puis
conjecturer du vertigo de notre pasteur. Mais
admirez avec quelle prévoyance il conduisoit
sa rage. On vient de m'assurer que s'étant mis
en tête le malheureux dessein de ta prison, il
avoit secrettement permuté la cure de Colignac
contre une autre cure en son pays, où il s'attendoit de se retirer aussi-tôt que tu serois pris.
Son serviteur même a dit, que voyant ton cheval près de son écurie, il lui avoit entendu
murmurer, que c'étoit de quoi le mener en
lieu où on ne l'atteindroit pas.

Ensuite de ce discours, Colignac m'avertit
de me défier des offres & des visites que me
rendroit peut-être une personne très-puissante,

qu'il me nomma ; que c'étoit par fon crédit que
meffire Jean avoit gagné le procès du dévolut ;
& que cette perfonne de qualité avoit follicité
l'affaire pour lui, en paiement des fervices que
ce bon prêtre, du tems qu'il étoit cuiftre, avoit
rendu au collège à fon fils. Or, continua Colignac, comme il eft bien mal-aifé de plaider
fans aigreur, & fans qu'il refte à l'ame un caractère d'inimitié qui ne s'efface plus, encore qu'on
nous ait rapatriés, il a toujours depuis cherché
fecrettement les occafions de me traverfer. Mais
il importe, j'ai plus de parens que lui dans la
robe, & ai beaucoup d'amis, ou tout au pis
nous faurons y interpofer l'autorité royale.

Après que Colignac eut dit, ils tâchèrent
l'un & l'autre de me confoler ; mais ce fut par
les témoignages d'une douleur fi tendre, que la
mienne s'en augmenta.

Sur ces entrefaites, mon géolier nous vint
retrouver, pour nous avertir que la chambre
étoit prête. Allons la voir, répondit Cuffan ;
il marcha, & nous le fuivîmes. Je la trouvai
fort ajuftée. Il ne me manque rien, leur dis-je,
finon des livres. Colignac me promit de m'envoyer dès le lendemain tous ceux dont je lui
donnerois la lifte. Quand nous eûmes bien confidéré & bien reconnu par la hauteur de ma
tour, par les foffés à fonds de cuve, qui l'en-

vironnoient, & par toutes les difpofitions de
mon appartement, que de me fauver étoit une
entreprife hors du pouvoir humain ; mes amis
fe regardant l'un l'autre, & puis jettant les yeux
fur moi, fe mirent à pleurer : mais comme fi
tout à coup notre douleur eût fléchi la colère
du ciel, une foudaine joie s'empara de mon
ame, la joie attira l'efpérance ; & l'efpérance,
de fecrètes lumières, dont ma raifon fe trouva
tellement éblouie, que d'un emportement, qui
me fembloit ridicule à moi-même : allez, leur
dis-je, allez m'attendre à Colignac, j'y ferai dans
trois jours ; & envoyez-moi tous les inftrumens
de mathématique, avec lefquels je travaille ordinairement. Au refte, vous trouverez dans une
grande boîte force cryftaux taillés de diverfes
façons, ne les oubliez pas ; toutefois j'aurai plutôt
fait de fpécifier dans un mémoire les chofes dont
j'ai befoin.

Ils fe chargèrent du billet que je leur donnai,
fans pouvoir pénétrer mon intention ; après
quoi je les congédiai.

Depuis leur départ, je ne fis que ruminer à
l'exécution des chofes que j'avois préméditées,
& j'y ruminois encore le lendemain, quand on
m'apporta, de leur part, tout ce que ce j'avois
marqué au catalogue. Un valet de chambre de
Colignac me dit, qu'on n'avoit point vu fon
maître depuis le jour précédent, & qu'on ne

favo:t ce qu'il étoit devenu. Cet accident ne me troubla point, parce qu'aussi-tôt il me vint à la pensée qu'il seroit possible qu'il fût allé en cour solliciter ma sortie : c'est pourquoi, sans m'étonner, je mis la main à l'œuvre. Huit jours durant je charpentai, je rabotai, je colai ; enfin je construisis la machine que je vous vais décrire.

Ce fut une grande boîte fort légère, & qui fermoit fort juste : elle étoit haute de six pieds ou environ, & large de trois en quarré. Cette boîte étoit trouée par en-bas ; & par-dessus la voute qui l'étoit aussi, je posai un vaisseau de cryftal troué de même, fait en globe, mais fort ample, dont le goulot aboutissoit justement, & s'enchassoit dans le pertuis que j'avois pratiqué au chapiteau.

Le vase étoit construit exprès à plusieurs angles, & en forme d'icosaëdre, afin que chaque facette étant convexe & concave, ma boule produisît l'effet d'un miroir ardent.

Le géolier ni ses guichetiers ne montoient jamais à ma chambre qu'ils ne me rencontrassent occupé à ce travail ; mais ils ne s'en étonnoient point, à cause de toutes les gentillesses de méchanique qu'ils voyoient dans ma chambre, dont je me disois l'inventeur. Il y avoit entr'autres une horloge à vent, un œil artificiel

avec lequel on voit la nuit, une sphère où les
astres suivent le mouvement qu'ils ont dans le
ciel ; tout cela leur persuadoit que la machine
où je travaillois étoit une curiosité semblable ;
& puis l'argent dont Colignac leur graissoit les
mains, les faisoit marcher doux en beaucoup de
pas difficiles. Or, il étoit neuf heures du matin,
mon géolier étoit descendu, & le ciel étoit
obscurci, quand j'exposai cette machine au
sommet de ma tour, c'est-à-dire au lieu le plus
découvert de ma terrasse : elle fermoit si clos,
qu'un seul grain d'air, hormis par les deux ouvertures, ne s'y pouvoit glisser ; & j'avois em-
boîté par-dedans un petit ais fort léger qui ser-
voit à m'asseoir.

Tout cela disposé de la sorte, je m'enfermai
dedans, & j'y demeurai près d'une heure, attendant ce qu'il plairoit à la fortune d'ordonner
de moi.

Quand le soleil débarrassé de nuages commença d'éclairer ma machine, cet icosaèdre
transparent qui recevoit à travers ses facettes les
trésors du soleil, en répandoit par le bocal la
lumière dans ma cellule ; & comme cette splendeur s'affoiblissoit à cause des rayons qui ne
pouvoient se replier jusqu'à moi sans se rompre
beaucoup de fois, cette vigueur de clarté tempérée convertissoit ma chasse en un petit ciel
de pourpre émaillé d'or.

J'admirois avec extafe la beauté d'un coloris
fi mêlangé ; & voici que tout à coup je fens mes
entrailles émues de la même façon que les
fentiroit treffaillir quelqu'un enlevé par une
poulie.

J'allois ouvrir mon guichet, pour connoître
la caufe de cette émotion ; mais comme j'avançois la main , j'apperçus par le trou du plancher de ma boîte , ma tour déja fort baffe au-
deffous de moi ; & mon petit château en l'air,
pouffant mes pieds contremont, me fit voir en
un tournemain Touloufe qui s'enfonçoit en
terre. Ce prodige m'étonna , non point à caufe
d'un effor fi fubit , mais à caufe de cet épouvantable emportement de la raifon humaine au
fuccès d'un deffein qui m'avoit même effrayé
en l'imaginant. Le refte ne me furprit pas ; car
j'avois bien prévu que le vuide qui furvien-
droit dans l'icofaëdre , à caufe des rayons unis
du foleil par les verres concaves, attireroit
pour le remplir une furieufe abondance d'air,
dont ma boîte feroit enlevée ; & qu'à mefure
que je monterois, l'horrible vent qui s'engouf-
freroit par le trou , ne pourroit s'élever jufqu'à
la voûte, qu'en pénétrant cette machine avec
furie il ne la pouffât en haut. Quoique mon
deffein fût digéré avec beaucoup de précaution,
une circonftance toutefois me trompa , pour

n'avoir pas affez efpéré de la vertu de mes mi:
roirs. J'avois difpofé autour de ma boîte une
petite vo''e facile à contourner, avec une
ficelle cont je tenois le bout, qui paffoit par
le bocal du vafe ; car je m'étois imaginé que
quand je ferois en l'air, je pourrois prendre
autant de vent qu'il m'en faudroit pour arriver
à Colignac ; mais en un clin d'œil le foleil qui
battoit à plomb & obliquement fur les mircirs
ardens de l'icofaëdre, me guinda fi haut, que
je perdis Touloufe de vue. Cela me fit abandonner ma ficelle, & fort peu de tems après
j'apperçus par une des vitres que j'avois prati-
quées aux quatre côtés de la machine, ma petite
voile arrachée, qui s'envoloit au gré d'un tourbillon entonné dedans.

Il me fouvient qu'en moins d'une heure je me
trouvai au-deffus de la moyenne région : je m'en
apperçus bien-tôt, parce que je voyois grêler
& pleuvoir plus bas que moi. On me demandera peut-être, d'où venoit alors le vent (fans
lequel ma boîte ne pouvoit monter), dans un
étage du ciel exempt de météores ; mais pourvu qu'on m'écoute, je fatisferai à cette objec-
tion. Je vous ai dit que le foleil qui battoit vigoureufement fur mes miroirs concaves, unif-
faht les rais dans le milieu du vafe, chaffoit
avec fon ardeur, par le tuyau d'enhaut, l'air

dont il étoit plein ; & qu'ainsi le vase demeurant vuide, la nature qui l'abhorre lui faisoit rehumer par l'ouverture basse, d'autre air pour se remplir : s'il en perdoit beaucoup, il en recouvroit autant ; & de cette sorte on ne doit pas s'étonner que dans une région au-dessus de la moyenne où sont les vents, je continuasse de monter, parce que l'Æther devenoit vent, par la furieuse vitesse avec laquelle il s'engouffroit pour empêcher le vuide, & devoit par conséquent pousser sans cesse ma machine.

Je ne fus quasi pas travaillé de la faim, hormis lorsque je traversai cette moyenne région ; car véritablement la froideur du climat me la fit voir de loin ; je dis de loin, à cause qu'une bouteille d'essence que je portois toujours, dont j'avalai quelques gorgées, lui défendit d'approcher.

Pendant tout le reste de mon voyage je n'en sentois aucune atteinte ; au contraire, plus j'avançois vers ce monde enflamé, plus je me trouvois robuste : je sentois mon visage un peu chaud, & plus gai qu'à l'ordinaire ; mes mains paroissoient colorées d'un vermeil agréable, & je ne sai quelle joie couloit dans mon sang, qui me transportoit hors de moi.

Il, me souvient que réfléchissant sur cette aventure, je raisonnai une fois ainsi. La faim,

fans doute, ne me fauroit atteindre, à caufe
que cette douleur n'étant qu'un inftinct de nature, avec lequel elle oblige les animaux à
réparer par l'aliment ce qui fe perd de leur
fubftance; aujourd'hui qu'elle fent que le foleil,
par fa pure, continuelle & voifine irradiation,
me fait plus réparer de chaleur radicale, que je
n'en perds, elle ne me donne plus cette envie
qui me feroit inutile. J'objectois pourtant à ces
raifons, que puifque le tempérament qui fait la
vie, confiftoit non-feulement en chaleur naturelle, mais en humide radical, où ce feu fe doit
attacher comme la flamme à l'huile d'une
lampe; les rayons feuls de ce brafier vital ne
pouvoient faire l'ame, à moins que de rencontrer quelque matière onctueufe qui les fixât.
Mais tout auffi-tôt je vainquis cette difficulté,
après avoir pris garde que dans nos corps l'humide radical, & la chaleur naturelle, ne font
rien qu'une même chofe : car ce que l'on appelle humide, foit dans les animaux, foit dans
le foleil, cette grande ame du monde, n'eft
qu'une fluxion d'étincelles plus continues, à
caufe de leur mobilité; & ce que l'on nomme
chaleur, eft une brouine d'atômes de feu, qui
paroiffent moins déliés, à caufe de leur inter-
ruption; mais quand l'humide & la chaleur radicale feroient deux chofes diftinctes, il eft conf-
tant

tant que l'humide ne feroit pas néceſſaire pour
vivre ſi proche du ſoleil; car puiſque cet humide ne ſert dans les vivans, que pour arrêter
la chaleur qui s'exhaleroit trop vîte, & ne ſeroit pas réparée aſſez tôt; je n'avois garde d'en
manquer dans une région où de ces petits corps
de flamme qui font la vie, il s'en réuniſſoit davantage à mon être, qu'il ne s'en détachoit.

Une autre choſe peut cauſer de l'étonnement;
ſavoir, pourquoi les approches de ce globe ardent ne me conſumoient pas, puiſque j'avois
preſque atteint la pleine activité de ſa ſphère;
mais en voici la raiſon. Ce n'eſt point à proprement parler, le feu même qui brûle, mais
une matière plus groſſe, que le feu pouſſe çà
& là par les élans de ſa nature mobile; & cette
poudre de bluettes, que je nomme feu, par
elle-même mouvante, tient poſſible toute ſon
action de la rondeur de ſes atômes; car ils chatouillent, échauffent ou brûlent, ſelon la figure
des corps qu'ils traînent avec eux. Ainſi la
paille ne jette pas une flamme ſi ardente que le
bois; le bois brûle avec moins de violence que
le fer; & cela procède de ce que le feu de fer,
de bois & de paille, quoiqu'en ſoi le même
feu, agit toutefois diverſement, ſelon la diverſité des corps qu'il remue: c'eſt pourquoi dans
la paille, le feu (cette pouſſière quaſi ſpirituelle)

V

n'étant embarrassé qu'avec un corps mol, il est
corrosif : dans le bois, dont la substance est plus
compacte, il entre plus durement ; & dans le
fer, dont la masse est presque tout-à-fait solide,
& liée de parties angulaires, il pénètre & con-
somme ce qu'on y jette en un tournemain.
Toutes ces observations étant familières, en
ne s'étonnera point que j'approchasse du soleil
sans être brûlé, puisque ce qui brûle n'est pas
le feu, mais la matière où il est attaché ; & que
le feu du soleil ne peut être mêlé d'aucune matière. N'expérimentons - nous pas même que la
joie qui est un feu, parce qu'il ne remue qu'un
sang aérien, dont les particules fort déliées glis-
sent doucement contre les membranes de notre
chair, chatouille & fait naître je ne sai quelle
aveugle volupté ; & que cette volupté, ou pour
mieux dire, ce premier progrès, de douleur,
n'arrivant pas jusqu'à menacer l'animal de mort,
mais jusqu'à lui faire sentir que l'envie cause un
mouvement à nos esprits, que nous appellons
joie. Ce n'est pas que la fièvre, encore qu'elle
ait des accidens tout contraires, ne soit un
feu enveloppé dans un corps, dont les grains
sont cornus, tel qu'est la bile âcre, ou la
mélancolie ; qui venant à darder ses pointes
crochues par-tout où sa nature mobile le promet, perce, coupe, écorche, & produit par

cette agitation violente, ce qu'on appelle ardeur de fièvre : mais cette enchaînure de preuves eſt fort inutile ; les expériences les plus
vulgaires ſuffiſent pour convaincre les aheurtés. Je n'ai pas de tems à perdre, il faut penſer à moi : je ſuis, à l'exemple de Phaëton,
au milieu d'une carrière où je ne ſaurois rebrouſſer, & dans laquelle ſi je fais un faux
pas, toute la nature enſemble n'eſt point capable de me ſecourir.

Je reconnus très-diſtinctement, comme autrefois j'avois ſoupçonné en montant à la lune,
qu'en effet c'eſt la terre qui tourne d'orient
en occident à l'entour du ſoleil, & non pas
le ſoleil autour d'elle ; car je voyois enſuite
de la France, le pied de la botte d'Italie, puis
la mer mediterranée, puis la Grece, puis le
Boſphore, le Pont-Euxin, la Perſe, les Indes,
la Chine, & enfin le Japon, paſſer ſucceſſivement vis-à-vis du trou de ma loge ; & quelques heures après mon élévation, toute la mer
du ſud ayant tourné, laiſſa mettre à ſa place
le continent de l'Amérique.

Je diſtinguai clairement toutes ces révolutions, & je me ſouviens même que long-tems
après je vis encore l'Europe remonter une fois
ſur la ſcène, mais je n'y pouvois plus remarquer
ſéparément les états, à cauſe de mon exalta-

tion qui devint trop haute. Je laiſſai ſur ma
route, tantôt à gauche, tantôt à droite, pluſieurs terres comme la nôtre, ou pour peu
que j'atteignaiſſe les ſphéres de leur activité,
je me ſentois fléchir : toutefois la rapide vigueur
de mon eſſor ſurmontoit celle de ces attrac-
tions.

Je côtoyai la lune, qui pour lors ſe trouvoit entre le ſoleil & la terre, & je laiſſai Vénus
à main droite. Mais à propos de cette étoile,
la vieille aſtronomie a tant prêché que les planètes ſont des aſtres qui tournent à l'entour
de la terre, que la moderne n'oſeroit en douter : & je remarquai toutefois, que durant tout
le tems que Vénus parut au-deçà du ſoleil, à
l'entour duquel elle tourne, je la vis toujours
en croiſſant; mais achevant ſon tour, j'obſer-
vai qu'à meſure qu'elle paſſa derrière, les cornes ſe rapprochèrent, & ſon ventre noir ſe
redora. Or cette viciſſitude de lumières & de
ténèbres, montrent bien évidemment que les
planètes ſont, comme la lune & la terre, des
globes ſans clarté, qui ne ſont capables que de
réfléchir celle qu'ils empruntent.

En effet, à force de monter, je fis encore
la même obſervation de Mercure. Je remarquai de plus, que tous ces mondes ont encore
d'autres petits mondes qui ſe meuvent à l'en

tour d'eux. Rêvant depuis aux caufes de la
conftruction de ce grand univers, je me fuis
imaginé qu'au débrouillement du cahos, après
que Dieu eut créé la matière, les corps femblables fe joignirent par ce principe d'amour incon-
nu, avec lequel nous expérimentons que toute
chofe cherche fon pareil. Des particules for-
mées de certaine façon s'affemblèrent, & cela fit
l'air : d'autres, à qui la figure donna poffible un
mouvement circulaire, composèrent en fe liant
les globes, qu'on appelle aftres, qui non feulement, à caufe de cette inclination de piroueter fur leurs pôles, à laquelle leur figure les
néceffite, ont dû s'amaffer en rond comme
nous les voyons, mais ont dû même s'évapo-
rant de la maffe, & cheminant dans leur fuite
d'une allure femblable, faire tourner les orbes
moindres qui fe rencontroient dans la fphére
de leur activité : c'eft pourquoi Mercure ,
Vénus, la Terre, Mars, Jupiter & Saturne,
ont été contraints de piroueter & rouler tout
enfemble à l'entour du foleil. Ce n'eft pas qu'on
ne fe puiffe imaginer qu'autrefois tous ces autres
globes n'ayent été des foleils, puifqu'il refte encore à la terre, malgré fon extinction préfente,
affez de chaleur pour faire tourner la lune autour
d'elle par le mouvement circulaire des corps
qui fe déprennent de fa maffe, & qu'il en refte

:affez à Jupiter pour en faire tourner quatre :
mais ces foleils, à la longueur du tems, ont
fait une perte de lumière & de feu fi confi-
dérable, par l'émiffion continuelle des petits
corps qui en font l'ardeur & la clarté qu'ils
font demeurés un marc froid, ténébreux, &
prefque impuiffant. Nous découvrons même
que ces taches qui font au foleil, dont les
anciens ne s'étoient point apperçus, croiffent
de jour en jour : or que fait-on fi ce n'eft point
une croûte qui fe forme en fa fuperficie, fa
maffe qui s'éteint à mefure que la lumière s'en
dépend ; & s'il ne deviendra point, quand tous
les corps mobiles l'auront abondonné, un globe
opaque comme la terre ? Il y a des fiècles fort
eloignés, au-delà defquels il ne paroît aucun
veftige du genre humain : peut-être qu'auparavant la terre étoit un foleil peuplé d'animaux proportionnés au climat qui les avoit
produits, & peut-être que ces animaux là
étoient les démons dont l'antiquité raconte tant
d'exemples. Pourquoi non ? ne fe peut-il pas faire
que ces animaux, depuis l'extinction de la terre, y aient encore habité quelque tems, & que
l'altération de leur globe n'en eut détruit encore toute la race ? En effet, leur vie a duré
jufqu'à celle d'Augufte, au témoignage de Plu-
tarque. Il femble même que le teftament pro-

phétique & facré de nos premiers patriarches,
nous ait voulu conduire à cette vérité par
la main ; .car on lit, auparavant qu'il foit
parlé de l'homme, la révolte des anges. Cette
fuite de tems que l'écriture obferve, n'eft-elle
pas comme une demi-preuve que les anges
ont habité la terre avant nous ; & que ces
orgueilleux qui avoient habité notre monde,
du tems qu'il étoit foleil, dédaignant peut-
être depuis qu'il fut éteint, d'y continuer leur
demeure, & fachant que Dieu avoit pofé
fon trône dans le foleil, osèrent entreprendre
de l'occuper? Mais Dieu qui voulut punir leur
audace, les chaffa même de la terre, & créa
l'homme moins parfait, mais par conféquent
moins fuperbe, pour occuper leurs places
vuides.

Environ au bout de quatre mois de voyage,
du moins autant qu'on fauroit fupputer, quand
il n'arrive point de nuit pour diftinguer le jour,
j'abordai une de ces petites terres qui voltigent à l'entour du foleil, que les mathémati-
ciens apellent des macules, ou à caufe des nuages interpofés, mes miroirs ne réuniffant plus
tant de chaleur, & l'air par conféquent ne
pouffant plus ma cabane avec tant de vigueur,
ce qui refta de vent ne fut capable que de foutenir ma chute, & je defcendis fur la pointe

d'une fort haute montagne où je baiſſai doucement.

Je vous laiſſe à penſer la joie que je ſentis
de voir mes pieds ſur un plancher ſolide, après
avoir ſi long-tems joué le perſonnage d'oiſeau.
En vérité des paroles ſont foibles, pour exprimer l'épanouiſſement dont je treſſaillis, lorſqu'enfin j'apperçus ma tête couronnée de la
clarté des cieux. Cet extaſe pourtant ne me
tranſporta pas ſi fort, que je ne ſongeaſſe au
ſortir de ma boëte, de couvrir ſon chapiteau
avec ma chemiſe avant de m'éloigner; parce
que j'appréhendois, ſi l'air devenant ſerein,
le ſoleil eut rallumé mes miroirs, comme il
étoit vraiſemblable, de ne plus retrouver ma
maiſon.

Par des crevaſſes que des ruines d'eau témoignoient avoir creuſées, je dévalai dans la
plaine, où par l'épaiſſeur du limon dont la terre
étoit couverte, je ne pouvois quaſi marcher:
toutefois au bout de quelque eſpace de chemin, j'arrivai dans une fondrière, où je rencontrai un petit homme tout nud, aſſis ſur une
pierre, qui ſe repoſoit. Je ne me ſouviens pas ſi je
lui parlai le premier, ou ſi ce fut lui qui m'interrogea: mais j'ai la mémoire toute fraîche, comme ſi je l'écoutois encore, qu'il m'entretint
pendant trois groſſes heures en une langue que

je fais bien n'avoir jamais ouïe, & qui n'a aucun
rapport avec aucune de ce monde-ci, laquelle
toutefois je compris plus vîte & plus intelligible-
ment que celle de ma nourrice. Il m'expliqua,
quand je me fus enquis d'une chose si merveilleuse, que dans les sciences il y avoit un
vrai, hors lequel on étoit toujours éloigné
du facile; que plus un idiôme s'éloignoit de
ce vrai, plus il se rencontroit au-dessous de
la conception, & de moins facile intelligence: de même, continua-t-il, dans la musique
ce vrai ne se rencontre jamais, que l'ame aussi-
tôt soulevée ne s'y porte aveuglement. Nous
ne le voyons pas, mais nous sentons que la nature le voit; & sans pouvoir comprendre en
quelle sorte nous en sommes absorbés, il ne laisse
pas de nous ravir; cependant nous ne saurions
remarquer où il est. Il en va des langues tout
de même : qui rencontre cette vérité de lettres, de mots & de suite, ne peut jamais en
s'exprimant tomber au-dessous de sa conception, il parle toujours selon à sa pensée, & c'est
pour n'avoir pas la connoissance de ce parfait
idiôme, que vous demeurez court, ne connoi-
sant pas l'ordre ni les paroles qui puissent expliquer ce que vous imaginez. Je lui dis, que
le premier homme de notre monde, s'étoit indubitablement servi de cette langue, parce que cha-

que nom qu'il avoit impofé à chaque chofe, déclaroit fon effence. Il m'interrompit, & continua. Elle n'eft pas fimplement néceffaire, pour exprimer tout ce que l'efprit conçoit, mais fans elle on ne peut pas être entendu de tous. Comme cet idiôme eft l'inftinct ou la voix de la nature, il doit être intelligible à tout ce qui vit fous le reffort de la nature ; c'eft pourquoi fi vous en aviez l'intelligence, vous pourriez communiquer toutes vos penfées aux bêtes, & les bêtes à vous toutes les leurs, parce que c'eft le langage même de la nature, par qui elle fe fait entendre àtous les animaux.

Que la facilité donc avec laquelle vous entendez le fens d'une langue qui ne fonna jamais à votre ouie, ne vous étonne plus. Quand je parle, votre ame rencontre dans chacun de mes mots, ce vrai qu'elle cherche à tâtons; & quoique fa raifon ne l'entende pas ; elle a chez foi nature qui ne fauroit manquer de l'entendre.

Ah ! c'eft fans doute, m'écriai-je, par l'entremife de cet énergique idiôme, qu'autrefois notre premier père converfoit avec les animaux, & qu'il étoit entendu d'eux ; car comme la domination fur toutes les efpèces lui avoit été donnée, elles lui obéiffoient, parce qu'il

leur paroit en une langue qui leur étoit con ue,
& c'est aussi pour cela (la langue matrice é int
perdue) qu'elles ne viennent point aujourd'hui,
comme jadis, quand nous les appellons, à cause
qu'elles ne nous entendent plus.

Le petit homme ne fit pas semblant de me
vouloir répondre ; mais reprenant le fil de son
discours, il alloit continuer, si je ne l'eusse
interrompu encore une fois. Je lui demandai
donc en quel monde nous respirions, s'il étoit
beaucoup habité, & quelle sorte de gouvernement maintenoit leur police. Je vais, répliqua-t-il, vous étaler des secrets qui ne sont point
connus en votre climat.

Regardez bien la terre où nous marchons ;
elle étoit il n'y a gueres une masse indigeste
& brouillée, un cahos de matière confuse,
une crasse noire & gluante dont le soleil s'étoit
purgé. Or après que par la vigueur des raisons
qu'il dardoit contre, il a mêlé, pressé, & rendu
compactes ces nombreux nuages d'atômes ;
après, dis-je, que par une longue & puissante
coction, il a séparé dans cette boule les corps
les plus contraires, & réuni les plus semblables, cette masse pénétrée de chaleur a tellement
sué, qu'elle a fait un déluge qui l'a couverte
plus de quarante jours ; car il faloit bien à tant
d'eau cet espace de tems pour s'écouler aux

regions les plus penchantes & les plus baſſes de
notre globe.

De ces torrens d'humeur aſſemblés, s'eſt
formé la mer, qui témoigne encore par ſon
ſel que ce doit être un amas de ſueur, toute
ſueur étant ſalée. Enſuite de la retraite des
eaux, il eſt demeuré ſur la terre une bourbe
graſſe & féconde, où quand le ſoleil eut rayon-
né, il s'éleva comme une ampoulle, qui ne
pût cauſe du froid pouſſer ſon germe dehors.
Elle reçut donc une autre coction; & cette
coction la rectifiant encore, & la perfection-
nant par un mélange plus exact, elle rendit
ce germe qui n'étoit en puiſſance que de végeter, capable de ſentir : mais parce que les
eaux qui avoient ſi long-tems croupi ſur le
limon, l'avoient trop morfondu, la bube ne
ſe créva point; de ſorte que le ſoleil la re-
cuiſit encore une fois; & après une troiſième
digeſtion, cette matrice étant fort échauffée,
que le froid n'apportoit plus d'obſtacles à ſon
accouchement, elle s'ouvrit, & enfanta un
homme, lequel a retenu dans le foie, qui eſt
le ſiege de l'ame végetative, & l'endroit de
la première coction, la puiſſance de croître;
dans le cœur, qui eſt le ſiège de l'activité,
& la place de la ſeconde coction, la puiſſance
vitale; & dans le cerveau, qui eſt le ſiège

de l'intellectuelle, & le lieu de la troisième
coction, la puissance de raisonner. Sans cela,
pourquoi serions-nous plus long-tems dans le
ventre de nos mères, que tout le reste des
animaux? si ce n'est qu'il faut que notre embrion reçoive trois coctions distinctes, pour
former les trois facultés distinctes de notre ame;
& les bêtes seulement deux, pour former ses
deux puissances? je sais bien que le cheval ne s'achève qu'en dix, douze ou quatorze
mois, au ventre de la jument : mais comme
il est d'un tempérament contraire à celui qui
nous fait hommes, que jamais il n'a vie qu'aux
mois remarqués tout-à-fait antipatiques à la
nôtre, quand nous restons dans la matrice outre le cours naturel; ce n'est pas merveille que
le période du tems dont nature a besoin pour
délivrer une jument, soit autre que celui qui fait
accoucher une femme. Oui, mais enfin, dira
quelqu'un, le cheval demeure plus de tems
que nous au ventre de sa mère; & par
conséquent il y reçoit des coctions ou plus
parfaites, ou plus nombreuses. Je réponds qu'il
ne s'ensuit pas; car sans m'appuyer des observations que tant de doctes ont faites sur
l'énergie des nombres, quand ils prouvent que
toute matière étant en mouvement, certains
êtres s'achèvent dans une certaine révolution

de jours, qui fe détruifent dans une autre;
ni fans me faire fort des preuves qu'ils tirent,
après avoir expliqué la caufe de tous ces mouvemens, que le nombre de neuf eft le plus
parfait; je me contenterai de répondre que le
germe de l'homme étant plus chaud, le foleil
y travaille, & fournit plus d'organes en neuf
mois, qu'il n'en ébauche en un an dans celui
du poulain. Or qu'un cheval ne foit beaucoup
plus froid qu'un homme, on n'en fauroit douter, puifque cette bête ne meurt que d'er-
flure de rate, ou d'autres maux qui procé-
dent de mélancolie. Cependant, me direz-
vous, on ne voit point dans notre monde aucun homme engendré de boue, & produit de
cette façon. Je le crois bien, votre monde eft
aujourd'hui trop échauffé: car fi-tôt que le foleil
attire un germe de la terre, ne rencontrant
point ce froid humide, ou pour mieux dire ce
période certain d'un mouvement achevé, qui
le contraigne à plufieurs coctions, il en forme
auffi-tôt un végétant; ou s'il fe fait deux coctions, comme la feconde n'a pas le loifir de
s'achèver parfaitement, elle n'engendre qu'un
infecte: auffi j'ai remarqué que le finge, qui
porte comme nous fes petits près de neuf mois,
nous reffemble par tant de biais, que beaucoup de naturaliftes ne nous ont point diftin-

gués d'efpèce ; & la raifon, c'eft que leur femence à-peu-près tempérée comme la nôtre
pendant ce tems, a prefque eu le loifir d'achever
les trois digeftions.

Vous me demanderez indubitablement, de
qui je tiens l'hiftoire que je vous ai contée.
Vous me direz que je ne faurois l'avoir apprife
de ceux qui n'y étoient pas. Il eft vrai que je
fuis le feul qui s'y foit rencontré, & que par
conféquent je n'en puis rendre témoignage, à
caufe qu'elle étoit arrivée auparavant que je
naquiffe ; cela eft encore vrai : mais apprenez
auffi, que dans une région voifine du foleil
comme la nôtre, les ames pleines de feu font
plus claires, plus fubtiles & plus pénétrantes,
que celles des autres animaux aux fphères plus
éloignées. Or puifque dans votre monde même
il s'eft jadis rencontré des prophètes, de qui
l'efprit échauffé par un vigoureux enthoufiafme
ont eu des preffentimens du futur, il n'eft pas
impoffible que dans celui-ci beaucoup plus
proche du foleil, & par conféquent beaucoup
plus lumineux que le vôtre, il ne vienne à un
fort génie quelque odeur du paffé ; que fa
raifon mobile ne fe remue auffi bien en arrière
qu'en avant, & qu'elle ne foit capable d'atteindre la caufe par les effets, vu qu'elle peut arriver aux effets par la caufe.

Il acheva ſon récit de cette ſorte, mais après une conférence encore plus particulière de ſecrets fort cachés qu'il me révela, dont je veux taire une partie, & dont l'autre m'eſt échappée de la mémoire; il me dit qu'il n'y avoit pas encore trois ſemaines qu'une mote de terre, engroſſée par le ſoleil, avoit accouchée de lui. Regardez bien cette tumeur. Alors il me fit remarquer ſur de la bourbe, je ne ſais quoi d'enflé, comme une taupinière. C'eſt, dit-il, un apoſtume, ou, pour mieux parler, une matrice, qui recèle depuis neuf mois l'embrion d'un de mes frères. J'attends ici, à deſſein de lui ſervir de ſage-femme.

Il auroit continué, s'il n'eût apperçu à l'entour de ce gazon d'argile, le terrein qui palpitoit. Cela lui fit juger, avec la groſſeur du bubon, que la terre étoit en travail, & que cette ſecouſſe étoit déja l'effort des tranchées de l'accouchement. Il me quitta auſſi-tôt pour y courir; & moi j'allai rechercher ma cabane.

Je regrimpai donc la montagne que j'avois deſcendue, au ſommet de laquelle je parvins, avec beaucoup de laſſitude. Vous pouvez croire combien je fus en peine, quand je ne la trouvai plus où je l'avois laiſſée. J'en ſoupirois déja la perte, comme je l'apperçus fort loin qui

voltigeoit

voltigeoit. Autant que mes jambes purent fournir, j'y courus à perte d'haleine; & certes
c'étoit un paffe-tems agréable de contempler
cette nouvelle façon d'aller à la chaffe; car
quelquefois que j'avois prefque la main deffus,
il furvenoit dans la boule de verre une légère
augmentation de chaleur, qui tirant l'air avec
plus de force, & cet air devenu plus roide,
enlevant ma boëte au-deffus de moi, me faifoit fauter après, comme un chat à un croc
où il voit pendre un lièvre. Sans ma chemife,
qui étoit demeurée fur le chapiteau, pour
s'oppofer à la force des miroirs, elle eût fait
le voyage toute feule.

Mais à quoi bon me rafraîchir la mémoire
d'une aventure, dont je ne faurois me fouvenir, qu'avec la même douleur que je ref-
fentis alors? Il fuffira de favoir qu'elle bondit,
courut, & vola tant, & que je fautai, marchai & arpentai tant, qu'enfin je la vis cheoir
au pied d'une fort haute montagne. Elle m'eût
mené peut-être encore plus loin, fi, de cette
orgueilleufe enflure de la terre, les ombres,
qui noirciffoient le ciel bien avant fur la plaine,
n'euffent répandu tout au tour une nuit de demi-
lieue; car, fe rencontrant parmi ces ténèbres,
fon verre n'en eut pas plutôt fenti la fraîcheur,
qu'il ne s'y engendra plus de vuide, plus de

X

vent par le trou, & conféquemment plus d'im-
pulfion qui la foutînt ; de forte qu'elle chut,
& fe fût brifée en mille éclats, fi par bonheur
une mare, où elle tomba, n'eût plié fous le
faix. Je la tirai de l'eau, je remis en état ce qui
étoit froiffé ; puis après l'avoir embraffée de
toute ma force, je la portai fur le fommet d'un
côteau qui fe rencontra tout proche. Là je dé-
veloppai ma chemife d'alentour du vafe ; mais
je ne la pus vêtir, parce que mes miroirs commençant leur effet, j'apperçus ma cabane qui
fretilloit déja pour voler. Je n'eus le loifir que
d'entrer vîtement dedans, où je m'enfermai
comme la première fois.

La fphère de notre monde ne me paroiffoit
plus qu'un aftre, à-peu-près de la grandeur
que nous paroît la lune ; encore il s'étréciffoit,
à mefure que je montois, jufques à devenir
une étoile, une bluette, & puis rien ; d'autant que ce point lumineux s'éguifa fi fort,
pour s'égaler à celui qui termine le dernier
rayon de ma vue, qu'enfin elle le laiffa s'unir
à la couleur des cieux. Quelqu'un peut-être
s'étonnera que, pendant un fi long voyage,
le fommeil ne m'ait point accablé ; mais comme
le fommeil n'eft produit que par la douce exhalaifon des viandes qui s'évaporent de l'eftomac
au cerveau, ou par un befoin que fent na-

ture de lier notre ame, pour réparer pendant
le repos autant d'esprits que le travail en a
confommés; je n'avois garde de dormir, vu
que je ne mangeois point, & que le foleil me
reftituoit beaucoup plus de chaleur radicale,
que je n'en diffipois. Cependant mon élévation
continuoit, & à mefure qu'elle m'approchoit
de ce monde enflammé, je fentois couler dans
mon fang une certaine joie qui le reclifioit,
& paffoit jufqu'à l'ame. De tems en tems je
regardois en haut, pour admirer la vivacité des
nuances qui rayonnoient dans mon petit dôme
de cryftal; & j'ai la mémoire encore préfente que je pointois alors mes yeux dans
le bocal du vafe, lorfque tout en furfaut je
fens je ne fais quoi de lourd qui s'envole de
toutes les parties de mon corps. Un tourbillon
de fumée fort épaiffe & quafi palpable, fuffo-
qua mon verre de tenèbres; & quand je voulus
me mettre debout, pour contempler ce noir
dont j'étois aveuglé, je ne vis plus ni vafe, ni
miroirs, ni verrière, ni couverture à ma cabane. Je baiffai donc la vue, à deffein de regarder ce qui faifoit ainfi cheoir mon chef-
d'œuvre en ruine; mais je ne trouvai à fa
place, & à celle des quatre côtés, & du plancher, que le ciel tout au tour de moi. Encore
ce qui m'effraya davantage, ce fut de fentir,

comme si la vague de l'air se fût pétrifié, je ne sais quel obstacle invisible qui repoussoit mes bras, quand je les pensois étendre. Il me vint alors dans l'imagination, qu'à force de monter, j'étois sans doute arrivé dans le firmament, que certains philosophes & quelques astronomes ont dit être solide. Je commençai à craindre d'y demeurer enchassé; mais l'horreur dont me consterna la bizarrerie de cet accident, s'accrut bien davantage par ceux qui succedèrent: car ma vue qui vaguoit çà & là, étant par hasard tombée sur ma poitrine, au lieu de s'arrêter à la superficie de mon corps, passa tout à travers; puis un moment ensuite je m'avisai que je regardois par derrière, & presque sans aucun intervalle; comme si mon corps n'eût plus été qu'un organe pour voir; je sentis ma chair, qui, s'étant décrassée de son opacité, transféroit les objets à mes yeux, & mes yeux aux objets par chez elle. Enfin, après avoir heurté mille fois sans la voir, la voûte, le plancher, & les murs de ma chaise, je connus que, par une secrète nécessité de la lumière dans sa source, nous étions ma cabane & moi devenus transparens. Ce n'est pas que je ne la dusse appercevoir, quoique diaphane, puisqu'on apperçoit bien le verre, le crystal, & les diamans qui le sont; mais je me figure que le

foleil, dans une région si proche de lui, purge
bien plus parfaitement les corps de leur opacité, en arrangeant plus droits les pertuis imperceptibles de la matière que dans notre monde,
où sa force presqu'ufée par un si long chemin,
est à peine capable de transpirer son éclat aux
pierres précieuses; toutefois, à caufe de l'in-
terne égalité de leurs superficies, il leur fait
rejaillir à travers de leurs glaces, comme par
de petits yeux, ou le vert des émeraudes,
ou l'écarlate des rubis, ou le violet des amé-
tiftes, felon que les différents pores de la
pierre, ou plus droits, ou plus finueux, éteignent ou rallument, par la quantité des réflexions, cette lumière affoiblie. Une difficulté
peut embarraffer le lecteur, à favoir comment
je pouvois me voir, & ne point voir ma loge,
puisquej'étois devenu diaphane auffibien qu'elle.
Je réponds à cela, que fans doute le foleil agit
autrement fur les corps qui vivent, que fur
les inanimés; puifqu'aucun endroit, ni de ma
chair, ni de mes os, ni de mes entrailles,
quoique tranfparens, n'avoit perdu fa couleur
naturelle; au contraire, mes poulmons con-
fervoient encore, fous un rouge incarnat, leur
molle délicateffe; mon cœur toujours vermeil,
balançoit aifément entre le fiftole & le diaftole;
mon foie fembloit brûler dans un pourpre de

feu; & cuisant l'air que je respirois, continuoit la circulation du sang; enfin je me voyois, me touchois, me sentois le même, & si pourtant je ne l'étois plus.

Pendant que je considérois cette métamorphose, mon voyage s'accourcissoit toujours, mais pour lors avec beaucoup de lenteur, à cause de la sérénité de l'Æther qui se raréfioit à proportion que je m'approchois de la source du jour; car comme la matière en cet étage est fort déliée pour le grand vuide dont elle est pleine, & que cette matière est par conséquent fort paresseuse à cause du vuide qui n'a point d'action, cet air ne pouvoit produire, en passant par le trou de ma boîte, qu'un petit vent, à peine capable de la soutenir.

Je ne réfléchis jamais au malicieux caprice de la fortune, qui toujours s'opposoit au succès de mon entreprise, avec tant d'opiniâtreté, que je ne m'étonne comment le cerveau ne me tourna point. Mais écoutez un miracle que les siècles futurs auront de la peine à croire.

Enfermé dans une boîte à jour, que je venois de perdre de vue, & mon essor tellement appesanti, que je faisois beaucoup de ne pas tomber; enfin, dans un état où tout ce que renferme la machine entière du monde étoit impuissante à me secourir, je me trouvois réduit au période d'une extrême infortune : toutefois, comme lorfque nous expirons, nous fommes intérieurement pouffés à vouloir embraffer ceux qui nous ont donné l'être ; j'élevai mes yeux au foleil notre père commun. Cette ardeur de ma volonté non-feulement foutint mon corps, mais elle le lança vers la chofe qu'il afpiroit d'embraffer. Mon corps pouffa ma boîte, & de cette façon je continuai mon voyage. Si-tôt que je m'en apperçus, je roidis avec plus d'attention que jamais toutes les facultés de mon ame, pour les attacher d'imagination à ce qui m'attiroit ; mais ma tête chargée de ma cabane, contre le chapiteau de laquelle les efforts de ma volonté me guindoient malgré moi, m'incommoda de telle forte, qu'à la fin cette pefanteur me contraignit de chercher à tâtons l'endroit de fa porte invifible. Par bonheur je la rencontrai, je l'ouvris, & me jettai dehors ; mais cette naturelle appréhenfion de cheoir, qu'ont tous les animaux quand ils fe furprennent foutenus de rien, me fit pour m'accrocher brufquement étendre le bras. Je n'étois guidé que de la nature, qui ne fait pas raifonner ; & c'eft pourquoi la fortune fon ennemie, pouffa malicieufement ma main fur le chapiteau de cryftal. Hélas ! quel coup de tonnerre fut à mes oreilles

le son de l'icosaëdre que j'entendis se casser en
morceaux. Un tel désordre, un tel malheur,
une telle épouvante, sont au-delà de toute
expression. Les miroirs n'attirèrent plus d'air,
car il ne se faisoit plus de vuide; l'air ne devint plus vent, par la hâte de le remplir; le
vent cessa de pousser ma boîte en haut; bref,
aussi-tôt après ce débris, je la vis cheoir fort
long-tems à travers ces vastes campagnes du
monde, où elle recontracta dans la même région l'opaque ténébreux qu'elle avoit exhalée;
d'autant que l'énergique vertu de la lumière
cessant en cet endroit, elle se rejoignit avide-
ment à l'obscure épaisseur qui lui étoit comme
essentielle; de la même façon qu'il s'est vu
des ames long-tems après la séparation venir
chercher leurs corps, & pour tâcher de s'y
rejoindre, errer cent ans durant à l'entour de
leurs sépultures. Je me doute qu'elle perdit
ainsi sa diaphanéité; car je l'ai vue depuis en
Pologne au même état qu'elle étoit, quand j'y
entrai la première fois. Or j'ai su qu'elle
tomba sous la ligne équinoxiale au royaume
de Borneau; qu'un marchand portugais l'avoit
achetée de l'insulaire qui la trouva, & que de
main en main, elle étoit venue en la puissance
de cet ingénieur polonois, qui s'en sert maintenant à voler.

Ainfi donc fufpendu dans le vague des cieux,
& déja confterné de la mort que j'attendois par
ma chûte, je tournai, comme je vous ai dit,
mes triftes yeux au foleil ; ma vue y porta ma
penfée, & mes regards fixement attachés à fon
fon globe, marquèrent une voie dont ma volonté fuivit les traces pour y enlever mon
corps.

Ce vigoureux élan de mon ame ne fera pas
incompréhenfible, à qui confidérera les plus fimples effets de notre volonté ; car on fait bien, par
exemple, que quand je veux fauter, ma volonté, foulevée par ma fantaifie, ayant fufcité
tout le microcofme, elle tâche de le tranfporter
jufqu'au but qu'elle s'eft propofée fi elle n'y
arrive pas toujours, c'eft à caufe que les principes dans la nature, qui font univerfels, pré-
valent aux particuliers, & que la puiffance de
vouloir, étant particulière aux chofes fenfibles,
& celle de cheoir au centre étant généralement
répandue par toute la matière, mon faut eft
contraint de ceffer, dès que la maffe, après
avoir vaincu l'infolence de la volonté qui l'a
furprife, fe rapproche du point où elle tend.

Je tairai tout ce qui furvint au refte de mon
voyage, de peur d'être auffi long-tems à le compter, qu'à le faire. Tant y a, qu'au bout de vingt-
deux mois j'abordai enfin très-heureufement les
grandes plaines du jour.

Cette terre est semblable à des flocons de neige embrasée, tant elle est lumineuse. Cependant c'est une chose assez incroyable, que je n'aie jamais su comprendre, depuis que ma boîte tomba, si je montai, ou si je descendis au soleil. Il me souvient seulement, quand j'y fus arrivé, que je marchois légèrement dessus; je ne touchois le plancher que d'un point, & je roulois souvent comme une boule, sans que je me trouvâsse incommodé de cheminer avec la tête, non plus qu'avec les pieds. Encore que j'eusse quelque fois les jambes vers le ciel, & les épaules contre terre, je me sentois dans cette posture aussi naturellement situé, que si j'eusse eu les jambes contre terre, & les épaules vers le ciel. Sur quelque endroit de mon corps que je me plantasse, sur le ventre, sur le dos, sur un coude, sur une oreille, je m'y trouvois debout. Je reconnus par-là, que le soleil est un monde qui n'a point de centre, & que comme j'étois bien loin hors la sphère active du nôtre & de tous ceux que j'avois rencontré, il étoit par conséquent impossible que je pesasse encore, puisque la pesanteur n'est qu'une attraction du centre dans la sphère de son activité.

Le respect avec lequel j'imprimois de mes pas cette lumineuse campagne, suspendit, pour un tems, l'ardeur dont je pétillois d'avancer mon voyage. Je me sentois trop honteux de marcher sur le jour; mon corps même étonné, se voulant appuyer de mes yeux, & cette terre transparente qu'ils pénétroient, ne les pouvant soutenir, mon instinct, malgré moi devenu maître de ma pensée, l'entraînoit au plus creux d'une lumière sans fond. Ma raison pourtant peu à peu desabusa mon instinct; j'appuyai sur la plaine des vestiges assurés & non tremblans, & je comptai mes pas si fièrement, que si les hommes avoient pu m'appercevoir de leur monde, ils m'auroient pris pour ce grand dieu qui marche sur les nues. Après avoir, comme je crois, cheminé durant quinze jours, je parvins en une contrée du soleil moins resplendissante que celle dont je sortois. Je me sentis tout ému de joie, & je m'imaginai qu'indubitablement cette joie procédoit d'une secrette sympathie que mon être gardoit encore pour son opacité. La connoissance que j'en eus, ne me fit pourtant point désister de mon entreprise; car alors je ressemblois à ces vieillards endormis, lesquels encore qu'ils sachent que le sommeil leur est préjudiciable, & qu'ils aient commandé à leurs domestiques de les en arracher, sont pourtant bien fâchés en ce tems-là quand on les réveille. Ainsi quoique mon

corps s'obfcurciffant à mefure que j'atteignois
des provinces plus ténébreufes, recontraétât
les foiblefles qu'apporte cette infirmité de la
matière; je devins las, & le fommeil me faifit.
Ces mignardes langueurs, dont les approches
du fommeil nous chatouillent, couloient dans
mes fens tant de plaifir, que mes fens gagnés
par la volupté, forcèrent mon ame de favoir
bon gré au tyran qui enchaînoit fes domeftiques;
car le fommeil, cet ancien tyran de la moitié
de nos jours, qui, à caufe de fa vieilleffe,
ne pouvant fupporter la lumière, ni la regarder
fans s'évanouir, avoit été contraint de m'abandonner à l'entrée des brillans climats du foleil,
& étoit venu m'attendre fur les confins de la
région ténèbreufe dont je parle, où m'ayant
rattrappé, il m'arrêta prifonnier, enferma mes
yeux, fes ennemis déclarés, fous la noire voûte
de mes paupières; & de peur que mes autres
fens le trahiffant comme ils m'avoient trahi, ne
l'inquiétâffent dans la paifible poffeffion de fa
conquête, il les garotta chacun contre leur li:
Tout cela veut dire, en deux mots, que je
me couchai fur le fable fort affoupi. C'étoit
une rafe campagne, tellement découverte, que
ma vue, de fa plus longue portée, n'y rencontroit pas feulement un buiffon; & cependant à mon reveil, je me trouvai fous un arbre,

en comparaison de qui les plus hauts cèdres ne
paroîtroient que de l'herbe. Son tronc étoit d'or
massif, ses rameaux d'argent, & ses feuilles
d'émeraudes, qui, dessus l'éclatante verdure de
leur précieuse superficie, se représentoient
comme dans un miroir les images du fruit qui
pendoit à l'entour. Mais jugez si le fruit devoit
rien aux feuilles ; l'écarlate enflammé d'un gros
escarboucle, composoit la moitié de chacun,
& l'autre mettoit en suspens si elle tenoit sa matière d'une chrysolite, ou d'un morceau d'ambre
doré ; les fleurs épanouies étoient des roses de
diamans fort larges ; & les boutons, de grosses
perles en poire.

Un rossignol, que son plumage uni rendoit
beau par excellence, perché tout au coupeau,
sembloit avec sa mélodie vouloir contraindre
les yeux de confesser aux oreilles qu'il n'étoit
pas indigne du trône où il étoit assis.

Je restai long-tems interdit à la vue de ce
riche spectacle, & je ne pouvois m'assouvir
de le regarder ; mais comme j'occupois toute
ma pensée à contempler entre les autres fruits
une pomme de grenade extraordinairement
belle, dont la chair étoit un essaim de plusieurs
gros rubis en masse, j'apperçus remuer cette
petite couronne qui lui tient lieu de tête,
laquelle s'allongea autant qu'il le falloit pour

former un col. Je vis enfuite bouillonner au-
deſſus je ne ſai quoi de blanc, qui à force de
s'épaiſſir, de croître, d'avancer, & de reculer
la matière en certains endroits, parut enfin le
viſage d'un petit buſte de chair. Ce petit buſte
ſe terminoit rond vers la ceinture, c'eſt-à-dire,
qu'il gardoit encore par en bas ſa figuie de
pomme. Il s'étendit pourtant peu à peu, & ſa
queue s'étant convertie en deux jambes, chacune de ſes jambes ſe partagea en cinq orteils.
Humaniſée que fut la grenade, elle ſe détacha
de ſa tige, & d'une légère cullebute tomba
juſtement à mes pieds. Certes, je l'avoue,
quand j'apperçus marcher fierement devant
moi cette pomme raiſonnable, ce petit bout de
nain, pas plus grand que le pouce, & cependant aſſez fort pour ſe créer ſoi-même, je demeurai ſaiſi de vénération. Animal humain (me
dit-il en cette langue matrice dont je vous ai
autrefois diſcouru) après t'avoir long-tems
conſidéré du haut de la branche où je pendois,
j'ai cru lire dans ton viſage que tu n'étois pas
originaire de ce monde ; c'eſt à cauſe de cela
que je ſuis deſcendu pour en être éclairci au
vrai. Quand j'eus ſatisfait ſa curioſité, à propos
de toutes les matières dont il me queſtionna....
Mais vous, lui dis-je, découvrez-moi qui
vous êtes ; car ce que je viens de voir eſt ſi

fort étonnant, que je défefpère d'en connoître
jamais la caufe , fi vous ne me l'apprenez.
Quoi, un grand arbre tout de pur or, dont
les feuilles font d'émeraudes , les fleurs de
diamans , les boutons de perles , & parmi
tout cela des fruits qui fe font hommes en un
clin d'œil! Pour moi , j'avoue que la com-
préhenfion d'un tel miracle furpaffe ma capa-
cité. Enfuite , de cette exclamation, comme
j'attendois fa réponfe : vous ne trouverez pas
mauvais , me dit-il , étant le roi de tout le
peuple qui compofe cet arbre, que je l'appel'e
pour me fuivre. Quand il eut ainfi parlé , je
pris garde qu'il fe recueillit en foi-même. Je ne
fai fi bandant les refforts intérieurs de fa volonté , il excita hors de foi quelque mouvement qui fit arriver ce que vous allez entendre;
mais tant y a qu'auffi-tôt après, tous les fruits,
toutes les fleurs, toutes les feuilles , toutes les
branches, enfin tout l'arbre , tomba par pièces
en petits hommes , voyant, fentant & marchant, lefquels, comme pour célébrer le jour
de leur naiffance , au moment de leur naiffance
même, fe mirent à danfer à l'entour de moi.
Le roffignol entre tous refta dans fa figure,
& ne fut point métamorphofé ; il fe vint jucher
fur l'épaule de notre petit monarque, où il
chanta un air fi mélancolique & fi amoureux,

que toute l'affemblée, & le prince même; attendris par les douces langueurs de fa voix mourante, en laiffa couler quelques larmes. La curiofité d'apprendre d'où venoit cet oifeau, me faifit pour lors d'une démangeaifon de largue fi extraordinaire, que je ne la pus contenir. Seigneur, dis-je, m'adreffant au roi, fi je ne craignois d'importuner votre majefté, je lui demanderois pourquoi parmi tant de métamor-phofes, le roffignol tout feul a gardé fon être? Ce petit prince m'écouta avec une complai-fance qui marquoit bien fa bonté naturelle, & connoiffant ma curiofité: le roffignol, me répliqua-t-il, n'a point comme nous changé de forme, parce qu'il ne l'a pu: c'eft un véritable oifeau, qui n'eft que ce qu'il vous paroît. Mais marchons vers les régions opaques, & je vous conterai, en chemin faifant, qui je fuis, avec l'hiftoire du roffignol. A peine lui eus-je témoi-gné la fatisfaction que je recevois de fon offre, qu'il fauta légèrement fur l'une de mes épaules. Il fe hauffa fur fes petits ergots, pour atteindre de fa bouche à mon oreille; & tantôt fe ba-lançant à mes cheveux, tantôt fe donnant l'ef-trapade. Ma foi, me dit-il, excufe une per-fonne qui fe fent déjà hors d'haleine. Comme dans un corps étroit, j'ai les poulmons ferrés, & la voix par conféquent fi déliée, que je fuis

contraint

contraint de me peiner beaucoup pour me faire
ouïr, le roſſignol trouvera bon de parler lui-
même, de ſoi-même : qu'il chante donc ſi bon
lui ſemble ; au moins nous aurons le plaiſir
d'écouter ſon hiſtoire en muſique. Je lui repli-
quai que je n'avois point encore aſſez d'habitude au langage d'oiſeau ; que véritablement
un certain philoſophe que j'avois rencontré,
en montant au ſoleil, m'avoit bien donné quelques principes généraux pour entendre celui
des brutes ; mais qu'ils ne ſuffiſoient pas pour
entendre généralement tous les mots, ni pour
être touché de toutes les délicateſſes qui ſe
rencontrent dans une aventure telle que devoit
être celle-là. Hé bien, dit-il, puiſque tu le
veux, tes oreilles ne ſeront pas ſimplement
ſevrées des belles chanſons du roſſignol, mais
de quaſi toute ſon aventure, de laquelle je ne
te puis raconter que ce qui eſt venu à ma connoiſſance : toutes fois tu te contenteras de cet
échantillon ; auſſi bien, quand je la ſaurois
toute entière, la briéveté de notre voyage en
ſon pays, où je le vais reconduire, ne me
permettroit pas de prendre mon récit de plus
loin. Ayant ainſi parlé, il ſauta de deſſus mon
épaule à terre ; enſuite il donna la main à tout
ſon petit peuple, & ſe mit à danſer avec eux
d'une ſorte de mouvement que je ne ſaurois

Y

repréſenter, parce qu'il ne s'en eſt jamais vu
de ſemblable. Mais écoutez, peuples de la
terre, ce que je ne vous oblige pas de croire,
puiſqu'au monde, où vos miracles ne ſont
que des effets naturels, celui-ci a paſſé
pour un miracle. Auſſi-tôt que ces petits hommes ſe furent mis à danſer, il me ſembla
ſentir leur agitation dans moi, & mon agitation
dans eux. Je ne pouvois regarder cette danſe,
que je ne fuſſe entraîné ſenſiblement de ma
place, comme par un vortice qui remuoit de
ſon même branle, & de l'agitation particulière d'un chacun, toutes les parties de mon
corps, & je ſentois épanouir ſur mon viſage la
même joie qu'un mouvement pareil avoit
étendu ſur le leur. A meſure que la danſe ſe
ſerra, les danſeurs ſe brouillèrent d'un trépi-
gnement beaucoup plus prompt & plus imperceptible : il ſembloit que le deſſein du balet
fût de repréſenter un énorme géant ; car à
force de s'approcher, & de redoubler la vîteſſe
de leurs mouvemens, ils ſe mêlèrent de ſi près,
que je ne diſcernai plus qu'un grand coloſſe à
jour, & quaſi tranſparent ; mes yeux toutefois les virent entrer l'un dans l'autre. Ce fut
en ce tems-là que je commençai à ne pouvoir
davantage diſtinguer la diverſité des mouvemens de chacun, à cauſe de leur extrême

volubilité, & parce aussi que cette volubilité
s'étrecissant toujours à mesure qu'elle s'approchoit du centre; chaque vortice occupa enfin
si peu d'espace qu'il échappoit à ma vue. Je
crois pourtant que les parties s'approchèrent
encore; car cette masse humaine auparavant
démesurée, se réduisit peu à peu à former un
jeune homme de taille médiocre, dont tous les
membres étoient proportionnés avec une symé-
trie, où la perfection dans sa plus forte idée,
n'a jamais pu voler. Il étoit beau au-delà de ce
que tous les peintres ont élevé à leur fantaisie;
mais ce que je trouvai de bien merveilleux,
c'est que la liaison de toutes les parties qui
achevèrent ce parfait microcosme, se fit en un
clin d'œil. Tels d'entre les plus agiles de nos
petits danseurs, s'élancèrent par une capriole
à la hauteur & dans la posture essentielle à
former une tête; tels plus chauds & moins
déliés, formèrent le cœur; & tels beaucoup
plus pesans, ne fournirent que les os, la chair,
& l'embonpoint.

Quand ce beau grand jeune homme fut entièrement fini, quoique sa prompte construction ne m'eût quasi pas laissé de tems, pour
remarquer aucun intervalle dans son progrès,
je vis entrer par la bouche le roi de tous les
peuples dont il étoit un cahos; encore il me

semble qu'il fut attiré dans ce corps par la respiration du corps même. Tout cet amas de petits hommes n'avoit point encore donné aucune marque de vie ; mais sitôt qu'il eût avalé son petit roi , il ne se sentit plus être qu'un. Il demeura quelque tems à me considérer ; & s'étant comme apprivoisé par ses regards, il s'approcha de moi, me caressa, & me donnant la main : c'est maintenant que sans endommager la délicatesse de mes poulmons, je pourrai t'entretenir des choses que tu passionnois de savoir, me dit-il ; mais il est bien raisonnable de te découvrir auparavant les secrets cachés de notre origine. Sache donc que nous sommes des animaux natifs du soleil, dans les régions éclairées : la plus ordinaire, comme la plus utile de nos occupations, c'est de voyager par les vastes contrées de ce grand monde. Nous remarquons curieusement les mœurs des peuples, le génie des climats, & la nature de toutes les choses qui peuvent mériter notre attention, par le moyen de quoi nous nous formons une science certaine de ce qui est. Or, tu sauras que mes vassaux voyageoient sous ma conduite, & qu'afin d'avoir le loisir d'observer les choses plus curieusement , nous n'avions pas gardé cette conformation particulière à notre corps, qui ne peut tomber sous

tes sens, dont la subtilité nous eût fait cheminer
trop vîte : mais nous nous étions faits oiseaux ;
tous mes sujets par mon ordre étoient devenus
aigles; & quant à moi, de peur qu'ils ne s'en-
nuyassent, je m'étois métamorphosé en rossignol
pour adoucir leur travail par les charmes de la
musique. Je suivois sans voler la rapide volée
de mon peuple ; car je m'étois perché sur la
tête d'un de mes vassaux, & nous suivions
toujours notre chemin ; quand un rossignol
habitant d'une province du pays opaque que
nous traversions alors, étonné de me voir en
la puissance d'un aigle (car il ne nous pouvoit
prendre que pour tels qu'il nous voyoit) se
mit à plaindre mon malheur. Je fis faire halte
à mes gens, & nous descendîmes au sommet
de quelques arbres où soupiroit ce charitable
oiseau. Je pris tant de plaisir à la douceur de
ses tristes chansons, qu'afin d'en jouir plus long-
tems & plus à mon aise, je ne le voulus pas
détromper. Je feignis sur le champ une histoire,
dans laquelle je lui contai les malheurs imaginaires qui m'avoient fait tomber aux mains de
cet aigle. J'y mêlai des aventures si surprenan-
tes, où les passions étoient si adroitement sou-
levées, & le chant si bien choisi pour la lettre,
que le rossignol en étoit tout hors de lui-même.
Nous gazouillions l'un après l'autre, récipro-

quement en mufique l'hiftoire de nos mutueiles amours. Je chantois dans mes airs , que non-feulement je me confolois, mais que je me réjouiflois encore de mon défaftre , puifqu'il m'avoit procuré la gloire d'être plaint par de fi belles chanfons ; & ce petit inconfolable me répondoit dans les fiens, qu'il accepteroit avec joie toute l'eftime que je faifois de lui , s'il favoit qu'elle lui pût faire mériter l'honneur de mourir à ma place ; mais que la fortune n'ayant pas réfervé tant de gloire à un mal-heureux comme lui , il acceptoit de cette eftime feulement ce qu'il en falloit pour m'em-pêcher de rougir de mon amitié. Je lui répon-dois encore à mon tour, avec tous les tranf-ports , toutes les tendreffes & toutes les mignardifes d'une paffion fi touchante, que je l'apperçus deux ou trois fois fur la branche, prêt à mourir d'amour. A la vérité, je mêlois tant d'adreffe à la douceur de ma voix, & je furprenois fon oreille par des traits fi favans , & des routes fi peu fréquentées à ceux de fon efpèce, que j'emportois fa belle ame à toutes les paffions dont je la voulois maîtrifer. Nous occupâmes en cet exercice l'efpace de vingt-quatre heures; & je crois que jamais nous ne nous fuffions laffés de faire l'amour, fi nos gor-ges ne nous euffent refufé de la voix. Ce fut l'obstacle seul qui nous empêcha de passer outre; car sentant que le travail commençoit à me déchirer la gorge, & que je ne pouvois plus continuer sans cheoir en pâmoison, je lui fis signe de s'approcher de moi. Le péril où il crut que j'étois au milieu de tant d'aigles, lui persuada que je l'appellois à mon aide ; il vola aussi-tôt à mon secours; & me voulant donner un glorieux témoignage qu'il savoit pour un ami braver la mort jusques dans son trône, il se vint asseoir fièrement sur le grand bec crochu de l'aigle où j'étois perché. Certes, ce courage si fort dans un si foible animal, me toucha de quelque vénération ; car encore que je l'eusse réclamé , comme il se le figuroit, & qu'entre les animaux de semblable espèce, aider aux malheureux soit une loix, l'instinct pourtant de sa timide nature, le devoit faire balancer ; & toutefois il ne balança point, au contraire il partit avec tant de hâte, que je ne sais qui vola le premier, du signal, ou du rossignol. Glorieux de voir sous ses pieds la tête de son tyran, & ravi de songer qu'il alloit être pour l'amour de moi sacrifié presque entre mes aîles, & que de son sang peut-être quelques gouttes bienheureuses rejailliroient sur mes plumes, il tourna doucement la vue de mon côté, & m'ayant comme dit adieu, d'un regard par lequel il fembloit me demander permiffion de mourir, il précipita fi brufquement fon petit bec dedans les yeux de l'aigle, que je les vis plutôt crevés que frappés. Quand mon oifeau fe fentit aveugle, il fe forma de rechef une vue toute neuve. Je réprimandai doucement le roffignol de fon action trop précipitée; & jugeant qu'il feroit dangereux de lui cacher plus long-tems notre véritable être, je me découvris à lui, je lui contai qui nous étions; mais le pauvre petit, prévenu que ces barbares dont j'étois prifonnier, me contraignoient à feindre cette fable, n'ajouta nulle foi à tout ce que je lui pus dire. Quand je connus que toutes les raifons, par lefquelles je prétendois le convaincre, s'en alloient au vent, je donnai tout bas quelques ordres à dix ou douze mille de mes fujets, & incontinent le roffignol apperçut à fes pieds une rivière couler fous un bateau, & le bateau floter deffus; il n'étoit grand que ce qu'il devoit l'être, pour me contenir deux fois. Au premier fignal que je leur fis paroître, mes aigles s'envolèrent, & je me jettai dans l'efquif, d'où je criai au roffignol, que s'il ne pouvoit encore fe réfoudre à m'abandonner fitôt, qu'il s'embarquât avec moi. Dès qu'il fut entré dedans, je commandai à la rivière de prendre fon flux vers la région, où

mon peuple voloit ; mais la fluidité de l'onde
étant moindre que celle de l'air, & par conséquent la rapidité de leur vol plus grande que
celle de notre navigation, nous demeurâmes
un peu derrière. Durant tout le chemin, je
m'efforçai de détromper mon petit hôte ; je lui
remontrai qu'il ne devoit attendre aucun fruit
de sa passion, puisque nous n'étions pas de
même espèce ; qu'il pouvoit bien l'avoir reconnu, quand l'aigle à qui il avoit crevé les yeux,
s'en étoit forgé de nouveaux en sa présence, &
lorsque par mon commandement douze mille
de mes vassaux s'étoient métamorposés en cette
rivière, & en ce bateau sur lesquelles nous
voguions. Mes remontrances n'eurent point
de succès : il me répondoit, que pour l'aigle
que je voulois faire accroire qui s'étoit forgé
des yeux, n'en avoit pas eu besoin, n'ayant
point été aveugle, à cause qu'il n'avoit pas
bien adressé du bec dans ses prunelles ; & pour
la rivière & le bateau que je disois n'avoir été
engendrés que d'une métamorphose de mon
peuple, ils étoient dans le bois dès la création
du monde, mais qu'on n'y avoit pas pris garde.
Le voyant si fort ingénieux à se tromper, je
convins avec lui que mes vassaux & moi, nous
nous métamorphoserions à sa vue en ce
qu'il voudroit, à la charge qu'après cela il

s'en retourneroit en fa patrie. Tantôt il demanda
que ce fût en arbre ; tantôt il fouháita que ce
fût en fleur , tantôt en fruit , tantôt en métal ,
tantôt en pierre : enfin pour fatisfaire tout à la
fois à toute fon envie , quand nous eûmes
atteint ma cour au lieu où je lui avois commandé de m'attendre , nous nous métamor-
phofâmes aux yeux du roſſignol en ce précieux
arbre que tu as rencontré fur ton chemin,
duquel nous venons d'abandonner la forme.
Au reſte , maintenant que je vois ce petit
oifeau réſolu de s'en retourner en fon pays,
nous allons , mes fujets & moi , reprendre notre
figure , & la route de notre voyage. Mais
il eſt raifonnable de te découvrir auparavant
qui nous fommes ; des animaux natifs & originaires du foleil dans la partie éclairée ; car il y
a une différence bien remarquable entre les
peuples que produit la région lumineuſe, & les
peuples du pays opaque. C'eſt nous , qu'au
monde de la terre vous appellez des efprits, &
votre préfomptueufe ſtupidité nous a donné ce
nom, à caufe que n'imaginant point d'animaux
plus parfaits que l'homme, & voyant faire à
de certaines créatures des chofes au-deſſus du
pouvoir humain , vous avez cru ces animaux-
là des efprits. ous vous trompez toutefois,
nous fommes des animaux comme vous : car

encore que quand il nous plaît, nous donnions
à notre matière, comme tu viens de voir, la
figure & la forme essentielle des choses aux-
quelles nous voulons nous métamorphoser,
cela ne conclut pas que nous soyons des esprits.
Mais, écoute, & je te découvrirai comment
toutes ces métamorphoses qui te semblent
autant de miracles, ne sont rien que de purs
effets naturels. Il faut que tu saches qu'étant
né habitant de la partie claire de ce grand
monde, où le principe de la matière est d'être
en action, nous devons avoir l'imagination
beaucoup plus active que ceux des régions
opaques, & la substance du corps aussi beaucoup plus déliée. Or, cela supposé, il est in-
faillible que notre imagination ne rencontrant
aucun obstacle dans la matière qui nous compose,
elle l'arrange comme elle veut, & devenue
maîtresse de toute notre masse, elle la fait passer,
en remuant toutes ses particules, dans l'ordre
nécessaire à constituer en grand cette chose
qu'elle avoit formée en petit. Ainsi chacun
de nous s'étant imaginé l'endroit & la partie
de ce précieux arbre auquel il se vouloit changer, & ayant par cet effort d'imagination excité
notre matière aux mouvemens nécessaires à les
produire, nous nous y sommes métamorpho-
sés. Ainsi mon aigle ayant les yeux crevés,

n'a eu pour se rétablir qu'à s'imaginer un aigle clairvoyant, car toutes nos transformations arrivent par le mouvement ; c'est pourquoi quand de feuilles, de fleurs & de fruits que nous étions, nous avons été transmués en hommes, tu nous a vu danser encore quelque tems après, parce que nous n'étions pas encore remis du branle qu'il avoit fallu donner à notre matière pour nous faire hommes : à l'exemple des cloches, qui quoiqu'elles soient arrêtés, brouissent encore quelque tems après, & suivent sourdement le même son que le batail causoit en les frappant : aussi est-ce pourquoi tu nous a vus danser auparavant que de faire ce grand homme, parce qu'il a fallu pour le produire nous donner tous les mouvemens généraux & particuliers qui sont nécessaires à le constituer ; afin que cette agitation serrant nos corps peu à peu, & les absorbant en un chacun de nous par son mouvement, créât en chaque partie le mouvement spécifique qu'elle avoit. Vous autres hommes ne pouvez pas les mêmes choses, à cause de la pesanteur de votre masse, & de la froideur de votre imagination.

Il continua sa preuve, & l'appuia d'exemples si familiers & si palpables, qu'enfin je me désabusai d'un grand nombre d'opinions mal prouvées, dont nos docteurs aheurtez prévien-

nent l'entendement des foibles. Alors je commençai de comprendre qu'en effet l'imagination de ces peuples folaires, laquelle à caufe
du climat doit être plus chaude, leurs corps
pour la même raifon plus légers, & leurs in-
dividus plus mobiles (n'y ayant point en ce
monde-là, comme au nôtre, d'activité de centre qui puiffe détourner la matière du mouvement que cette imagination lui imprime)
je conçus, dis-je, que cette imagination pouvoit produire fans miracle, tous les miracles
qu'elle venoit de faire. Mille exemples d'événemens quafi pareils, dont les peuples de
notre globe font foi, achevèrent de me perfuader. Cippus, roi d'Italie, qui pour avoir
affifté à un combat de taureaux, & avoir eu
toute la nuit fon imagination occupée à des
cornes, trouva fon front cornu le lendemain.
Gallus Vitius, qui banda fon ame, & l'excita
fi vigoureufement à concevoir l'effence de la
folie, qu'ayant donné à fa matière par un effort d'imagination les mêmes mouvemens que
cette matière doit avoir pour conftituer la folie, devint fol. Le roi Codrus, poulmonique,
qui fichant fes yeux & fa penfée fur la fraîcheur d'un jeune vifage, & cette floriffante
allegreffe qui regorgeoit jufqu'à lui de l'ado-
lefcence du garçon prenant dans fon corps le

mouvement par lequel il se figuroit la santé
d'un jeune homme, se remit en convalescence.
Enfin plusieurs femmes grosses, qui ont fait
monstres leurs enfans, déjà formés dans la matrice, parce que leur imagination qui n'étoit
pas assez forte pour se donner à elles-mêmes la
figure des monstres qu'elles concevoient, l'étoit
assez pour arranger la matière du fœtus, beaucoup plus chaude & plus mobile que la leur,
dans l'ordre essentiel à la production de ces
monstres. Je me persuadai même que si quand
ce fameux hypocondre de l'antiquité s'imagi-
noit être cruche, sa matière trop compacte &
trop pesante avoit pu suivre l'émotion de sa
fantaisie, elle auroit formé de tout son corps
une cruche parfaite ; & il auroit paru à tout
le monde véritablement cruche, comme il
se le paroissoit à lui seul. Tant d'autres exemples dont je me satisfis, me convainquirent en
telle sorte, que je ne doutai plus d'aucune des
merveilles que l'homme esprit m'avoit racon-
tées. Il me demanda si je ne souhaitois plus rien
de lui. Je le remerciai de tout mon cœur. Et
ensuite il eut encore la bonté de me conseil-
ler, que, puisque j'étois habitant de la terre,
je suivisse le rossignol aux regions opaques
du soleil, parce qu'elles étoient plus conformes aux plaisirs qu'appète la nature humaine.

A peine eut-il achevé ce difcours, qu'ayant
ouvert la bouche fort grande, je vis fortir du
fond de fon gofier le roi de ces petits animaux, en forme de roffignol. Le grand homme
tomba auffi-tôt ; & en même tems tous fes membres par morceaux s'envolèrent fous la figure
d'aigles. Ce roffignol créateur de foi-même,
fe percha fur la tête du plus beau d'entr'eux,
d'où il entonna un air admirable., avec lequel
je penfe qu'il me difoit adieu. Le véritable
roffignol prit auffi fa volée, mais non pas de
leur côté, ni ne monta pas fi haut : auffi je
ne le perdis point de vue. Nous cheminions
à peu-près de même force, car comme je n'a-
vois pas deffein d'aborder plutôt une terre
que l'autre, je fus bien-aife de l'accompagner ;
outre que les regions opaques des oifeaux étant
plus conformes à mon tempérament, j'efpérois
y rencontrer auffi des aventures plus corref-
pondantes à mon humeur. Je voyageai fur cette
efpérance pour, le moins trois femaines avec
toute forte de contentement, fi je n'euffe eu
que mes oreilles à fatisfaire ; car le roffignol
ne me laiffoit point manquer de mufique ; quand
il étoit las ; il venoit fe répofer fur mon épaule ; & quand je m'arrêtois, il m'attendoit. A la
la fin j'arrivai dans une contrée du royaume
de ce petit chantre, qui alors ne fe foucia

plus de m'accompagner. L'ayant perdu de vue,
je le cherchai, je l'appellai ; mais enfin je reftai fi las d'avoir couru après lui vainement,
que je réfolus de me repofer. Pour cet effet je
m'étendis fur un gazon d'herbe molle qui ta-
piffoit les racines d'un fuperbe rocher. Ce rocher étoit couvert de plufieurs jeunes arbres
verds & touffus, dont l'ombre charma mes
fens fatigués, le plus agréablement du monde,
& m'obligea de les abandonner au fommeil,
pour réparer avec fûreté mes forces dans un
lieu fi tranquille & fi frais.

HISTOIRE
DES OISEAUX.

Je commençois de m'endormir, comme j'apperçus en l'air un oiseau merveilleux qui planoit sur ma tête; il se soutenoit d'un mouvement si léger & si imperceptible, que je doutai plusieurs fois si ce n'étoit point encore un petit univers balancé par son propre centre. Il descendit pourtant peu-à-peu, & arriva enfin si proche de moi, que mes yeux soulagés furent tout pleins de son image. Sa queue paroissoit verte, son estomach d'azur émaillé, ses aîles incarnates; & sa tête de pourpre, faisoit briller en s'agitant une couronne d'or, dont les rayons jaillissoient de ses yeux.

Il fut long-tems à voler dans la nue, & je me tenois tellement collé à tout ce qu'il devenoit, que mon ame s'étant toute repliée, & comme racourcie à la seule opération de voir, elle n'atteignit presque pas jusqu'à celle d'ouir, pour me faire entendre que l'oiseau parloit en chantant.

Ainsi peu-à-peu revenu de mon extase, je

Z

remarquai diſtinctement les ſyllabes, les mots, & le diſcours qu'il articula.

Voici donc, au mieux qu'il m'en ſouvient, les termes dont il arranga le tiſſu de ſa chanſon.

Vous êtes étranger, ſiffla l'oiſeau fort agréablement, & naquîtes dans un monde d'où je ſuis originaire. Or cette propenſion ſecrète dont nous ſommes émus pour nos compatriotes, eſt l'inſtinct qui me pouſſe à vouloir que vous ſachiez ma vie.

Je vois votre eſprit tendu à comprendre comment il eſt poſſible que je m'explique à vous d'un diſcours ſuivi, vu qu'encore que les oiſeaux contrefaſſent votre parole, ils ne la conçoivent pas; mais auſſi quand vous contrefaites l'aboi d'un chien, ou le chant d'un roſſignol, vous ne concevez pas non plus ce que le chien ou le roſſignol ont voulu dire. Tirez donc la conſéquence de-là, que ni les oiſeaux ni les hommes ne ſont pas pour cela moins raiſonnables.

Cependant de même qu'entre vous autres il s'en eſt trouvé de ſi éclairés, qu'ils ont entendu & parlé notre langue, comme Apollonius Thyaneus, Anaximander, Eſope, & pluſieurs dont je vous tais les noms, parce qu'ils ne ſont jamais venus à votre connoiſſance; de même parmi nous il s'en trouve qui

entendent & parlent la vôtre. Quelques-uns
à la vérité ne favent que celle d'une nation :
mais tout ainfi qu'il fe rencontre des oifeaux
qui ne difent mot, quelques-uns qui gazouillent,
d'autres qui parlent, il s'en rencontre encore
de plus parfaits, qui favent ufer de toutes
forte d'idiomes ; quant à moi j'ai l'honneur d'être
de ce petit nombre.

Au refte, vous faurez qu'en quelque monde
que ce foit, nature a imprimé aux oifeaux une
fecrète envie de voler jufqu'ici, & peut-être
que cette émotion de notre volonté, eft ce
qui nous a fait croître des aîles ; comme les
femmes groffes produifent fur leurs enfans la
figure des chofes qu'ils ont defirées, ou plutôt comme ceux qui paffionnant de favoir nager, ont été vus endormis fe plonger au courant des fleuves, & franchir avec plus d'adreffe
qu'un experimenté nageur, des hazards qu'é-
tant éveillés ils n'euffent ofé feulement regarder ; ou comme ce fils du roi Crefus, à qui
un véhément defir de parler pour garantir fon
père, enfeigna tout d'un coup une langue ;
ou bref comme cet ancien, qui preffé de fon
ennemi, & furpris fans armes, fentit croître
fur fon front des cornes de taureau, par le
defir qu'une fureur femblable à celle de cet
animal lui en infpira.

Quand donc les oifeaux font arrivés au foleil, ils vont joindre la republique de leur efpèce. Je vois bien que vous êtes gros d'apprendre qui je fuis. C'eft moi que parmi vous
on appelle Phénix. Dans chaque monde il n'y
en a qu'un à la fois, lequel y habite durant
l'efpace de cent ans ; car au bout d'un fiècle,
quand fur quelque montagne d'Arabie il s'eft
déchargé d'un gros œuf au milieu des charbons de fon bucher, dont il a tiré la matière
de rameaux d'aloës, de canelle, & d'encens,
il prend fon effor, & dreffe fa volée au foleil,
comme la patrie où fon cœur a long tems af-
piré. Il a bien fait auparavant tous fes efforts
pour ce voyage ; mais la pefanteur de fon œuf,
dont les coques font fi épaiffes, qu'il faut un
fiècle à le couver, retardoit toujours l'entreprife.

Je me doute bien que vous aurez de la peine
à concevoir cette miraculeufe production ;
c'eft pourquoi je veux vous l'expliquer. Le
Phénix eft hermaphrodite ; mais entre les her-
maphrodites, c'eft encore un Phénix tout extraordinaire car. ...

Il refta un demi quart-d'heure fans parler ;
& puis il ajouta : Je vois bien que vous foup-
çonnez de fauffeté ce que je vous viens d'apprendre ; mais fi je ne dis vrai, je veux ja-

mais n'aborder votre globe, qu'un aigle ne fonde sur moi.

Il demeura encore quelque tems à se balancer dans le ciel, & puis il s'envola.

L'admiration qu'il m'avoit causée par son récit, me donna la curiosité de le suivre; & parce qu'il fendoit le vague des cieux d'un essor non précipité, je le conduisis de la vue & du marcher assez facilement.

Environ au bout de cinquante lieues, je me trouvai dans un pays si plein d'oiseaux, que leur nombre égaloit presque celui des feuilles qui les couvroient. Ce qui me surprit davantage, fut que ces oiseaux, au lieu de s'effaroucher à ma rencontre, voltigeoient à l'entour de moi; l'un siffloit à mes oreilles; l'autre faisoit la roue sur ma tête : bref après que leurs petites gambades eurent occupé mon attention fort long-tems, tout-à-coup je sentis mes bras chargés de plus d'un million de toutes sortes d'espèces, qui pesoient dessus si lourdement, que je ne les pouvois remuer.

Ils me tinrent en cet état, jusqu'à ce que je vis arriver quatre grandes aigles, dont les unes m'ayant de leurs serres accolé par les jambes, les deux autres par les bras, m'enlevèrent fort haut.

Je remarquai parmi la foule une pie, qui

tantôt de-ça, & tantôt de-là, voloit & re-
voloit avec beaucoup d'empreffement ; & j'entendis qu'elle me cria, que je ne me défen-
diffe 'point, à caufe que fes compagnons tenoient 'déja confeil de me crêver les yeux.
Cet avertiffement empêcha toute la réfiftance
que j'aurois pû faire ; de forte que ces aigles
m'emportèrent à plus de mille lieues de-là dans
un grand bois qui étoit (à ce que dit ma pie)
la ville où leur roi faifoit fa réfidence.

La premiere chofe qu'ils firent, fut de me
jetter en prifon dans le trou creufé d'un grand
chêne, & quantité des plus robuftes fe perchèrent fur les branches, où ils exercèrent les
fonctions d'une compagnie de foldats fous les
armes.

Environ au bout de vingt-quatre heures, il
en entra d'autres en garde, qui relevèrent ceux-
ci. Pendant que j'attendois avec beaucoup de
mélancolie ce qu'il plairoit à la fortune d'ordonner de mes défaftres, ma charitable pie
m'apprenoit tout ce qui fe paffoit.

Entr'autres chofes il me fouvient qu'elle
m'avertit, que la populace des oifeaux avoit
fort crié, de ce qu'on me gardoit fi long-tems
fans me dévorer ; qu'ils avoient remontré que
j'amaigrirois tellement, qu'on ne trouveroit
plus fur moi que des os à ronger.

La rumeur pensa s'échauffer en sédition ; car ma pie s'étant émancipée de représenter que c'étoit un procédé barbare, de faire ainsi mourir sans connoissance de cause, un animal qui approchoit en quelque sorte de leur raisonnement, ils la pensèrent mettre en pièces, alléguant que cela seroit bien ridicule de croire qu'un animal tout nud, que la nature même en mettant au jour ne s'étoit pas souciée de fournir des choses nécessaires à le conserver, fût comme eux capable de raisonner. Encore, ajoutoient-ils, si c'étoit un animal qui approchât un peu davantage de notre figure ; mais justement le plus dissemblable, & le plus affreux ; enfin une bête chauve, un oiseau plumé, une chimère amassée de toutes sortes de natures, & qui fait peur à toutes : l'homme, dis-je, si sot & si vain, qu'il se persuade que nous n'avons été faits que pour lui : l'homme qui, avec son ame si clairvoyante, ne sauroit distinguer le sucre d'avec l'arsenic, & qui avalera de la ciguë que son beau jugement lui aura fait prendre pour du persil : l'homme qui soutient qu'on ne raisonne que par le rapport des sens, & qui cependant a les sens les plus foibles, les plus tardifs, & les plus faux d'entre toutes les créatures : l'homme enfin que la nature, pour faire de tout, a créé comme les mons-

tres, mais en qui pourtant elle a infus l'ambition de commander à tous les animaux, à
l'exterminer

Voilà ce que difoient les plus fages. Pour
la commune, elle crioit que cela étoit horrible, de croire qu'une bête qui n'avoit pas le
vifage fait comme eux, eût de la raifon. Hé
quoi, murmuroient-ils l'un à l'autre, il n'a
ni bec, ni plumes, ni griffes, & fon ame feroit
fpirituelle ? O dieux! quelle impertinence!

La compaffion qu'eurent de moi les plus
généreux, n'empêcha point qu'on n'inftruisît
mon procès criminel : on en dreffa toutes les
écritures deffus l'écorce d'un cyprès; & puis
au bout de quelques jours, je fus porté au
tribunal des oifeaux. Il n'y avoit pour avocats,
pour confeillers & pour juges, à la féance,
que des pies, des geais & des étourneaux,
encore n'avoit-on choifi que céux qui entendent ma langue.

Au lieu de m'interroger fur la fellette, on
me mit à califourchon fur un chicot de bois
pourri, d'où celui qui préfidoit à l'auditoire,
après avoir claqué du bec, deux ou trois
coups, & fecoué majeftueufement fes plumes,
me demanda d'où j'étois, de quelle nation &
de quelle efpèce ? Ma charitable pie m'avoit
donné auparavant quelques inftructions, qui

me furent très-falutaires & entr'autres que je
me gardaffe bien d'avouer que je fuffe homme. Je répondis donc que j'étois de ce petit
monde qu'on appelloit la terre, dont le phénix
& quelques autres que je voyois dans l'affemblée, pouvoient leur avoir parlé ; que le climat qui m'avoit vu naître étoit affis fous la
zone tempérée du Pole arctique, dans une
extrémité de l'Europe, qu'on nommoit la France : & quant à ce qui concernoit mon efpèce,
que je n'étois point homme comme ils fe le
figuroient, mais finge, que des hommes avoient
enlevé au berceau fort jeune & nourri parmi
eux ; que leur mauvaife éducation m'avoit
ainfi rendu la peau délicate ; qu'ils m'avoient
fait oublier ma langue naturelle & inftruit à
la leur ; que, pour complaire à ces animaux
farouches, je m'étois accoutumé à ne marcher
que fur deux pieds ; & qu'enfin comme on
tombe plus facilement qu'on ne monte d'efpèce, l'opinion, la coutume, & la nourriture
de ces bêtes immondes avoient tant de pouvoir fur moi, qu'à peine mes parens, qui font
finges d'honneur, me pourroient eux-mêmes
reconnoître. J'ajoutai pour ma juftification,
qu'ils me fiffent vifiter par des experts ; &
qu'en cas que je fuffe trouvé homme, je me
foumettois à être anéanti comme un monftre.

Meſſieurs, s'écria une hirondelle de l'aſſemblée, dès que j'eus ceſſé de parler, je le tiers convaincu : vous n'avez pas oublié qu'il vient de dire que le pays qui l'avoit vu naître, étoit la France; mais vous ſavez qu'en France les ſinges n'engendrent point : après cela jugez s'il eſt ce qu'il ſe vante d'être

Je répondis à mon accuſatrice, que j'avois été enlevé ſi jeune du ſein de mes parens, & tranſporté en France, qu'à bon droit je pouvois appeller mon pays natal celui duquel je me ſouvenois le plus loin.

Cette raiſon, quoique ſpécieuſe, n'étoit pas ſuffiſante; mais la plupart ravis d'entendre que je n'étois pas homme, furent bien-aiſes de jamais croire : car ceux qui n'en avoient le vu, ne pouvoient ſe perſuader qu'un homme ne fût bien plus horrible que je ne leur paroiſſois; & les plus ſenſés ajoutoient que l'homme étoit quelque choſe de ſi abominable, qu'il étoit utile qu'on crût que ce n'étoit qu'un être imaginaire.

De raviſſement, tout l'auditoire en battit des ailes, & ſur l'heure on me mit, pour m'examiner, au pouvoir des ſyndics, à la charge de me repréſenter le lendemain; & d'en faire, à l'ouverture des chambres, le rapport à la compagnie. Il s'en chargèrent donc, & me portèrent dans un bocage reculé. Là pendant qu'ils me tinrent, ils ne s'occupèrent qu'à gesti-culer autour de moi cent sorte de cullebutes, à faire la procession, des coques de noix sur la tête. Tantôt ils battoient des pieds l'un contre l'autre; tantôt ils creusoient de petites fosses pour les remplir; & puis j'étois tout étonné de ne voir plus personne.

Le jour & la nuit se passèrent à ces baga-telles, jusqu'au lendemain que l'heure pres-crite étant venue, on me fit de rechef com-paroître devant mes juges, où mes syndics interpellés de dire vérité, répondirent que pour la décharge de leur conscience, ils se sentoient tenus d'avertir la cour, qu'assurément je n'étois pas singe comme je me vantois; car, disoient-ils, nous avons eu beau sauter, mar-cher, piroueter, & inventer en sa présence cent tours de passe-passe, par lesquels nous prétendions l'émouvoir à faire de même, selon la coutume des singes. Or quoiqu'il eût été nourri parmi les hommes; comme le singe est toujours singe, nous soutenons qu'il n'eût pas été en sa puissance de s'abstenir de contrefaire nos singeries. Voilà, messieurs, notre rapport.

Les juges alors s'approchèrent pour venir aux opinions; mais on s'apperçut que le ciel se couvroit & paroissoit chargé, cela fit lever l'assemblée.

Je m'imaginois que l'apparence du mauvais
tems les y avoit conviés, quand l'avocat général me vint dire par ordre de la cour, qu'on
ne me jugeroit point ce jour-là ; que jamais
on ne vuidoit un procès criminel, lorsque le
ciel n'étoit pas serein, parce qu'ils craignoient
que la mauvaise température de l'air n'altérât
quelque chose à la bonne constitution de l'esprit des juges ; que le chagrin dont l'humeur
des oiseaux se charge durant la pluie, ne dé-
gorgeât sur la cause ; ou qu'enfin la cour ne
se vengeât de sa tristesse sur l'accusé ; c'est
pourquoi mon jugement fut remis à un plus
beau tems. On me remena donc en prison, &
je me souviens que pendant le chemin ma charitable pie ne m'abandonna guère, elle vola
toujours à mes côtés, & je crois qu'elle ne
m'eût point quitté, si ses compagnons ne se
fussent approchés de nous.

Enfin j'arrivai au lieu de ma prison, où
pendant ma captivité je ne fus nourri que du
pain du roi ; c'étoit ainsi qu'ils appelloient une
cinquantaine de vers, & autant de guillots,
qu'ils m'apportoient à manger de sept en sept
heures.

Je pensois récomparoître dès le lendemain,
& tout le monde le croyoit ainsi ; mais un
de mes gardes me conta au bout de cinq ou

fix jours, que tout ce tems-là avoit été employé à rendre justice à une communauté de chardonnerets qui l'avoient implorée contre un de leurs compagnons. Je demandai à ce garde de quel crime ce malheureux étoit accusé; du crime, répliqua le garde, le plus énorme dont un oiseau puisse être noirci. On l'accuse.... le pourrez-vous bien croire? On l'accuse....mais bons dieux? d'y penser seulement, les plumes m'en dressent à la tête. Enfin on l'accuse de n'avoir pas encore, depuis six ans, mérité d'avoir un ami; c'est pourquoi il a été condamné à être roi, & roi d'un peuple différent de son espèce.

Si ses sujets eussent été de sa nature, il auroit pu tremper au moins des yeux & du desir dans leurs voluptés : mais comme les plaisirs d'une espèce n'ont point du tout de relation avec les plaisirs d'une autre espèce, il supportera toutes les fatigues, & boira toutes les amertumes de la royauté, sans pouvoir en goûter aucune des douceurs.

On l'a fait partir ce matin, environné de beaucoup de médecins, pour veiller à ce qu'il ne s'empoisonne dans le voyage. Quoique mon garde fût grand causeur de sa nature, il ne m'osa pas entretenir seul plus long-tems, de peur d'être soupçonné d'intelligence.

Environ fur la fin de la femaine, je fus encore remené devant mes juges.

On me nicha fur le fourchon d'un petit arbre fans feuilles. Les oifeaux de longue robe, tant avocats, confeillers que préfidens, fe juchèrent tous par étage, chacun felon fa dignité, au coupeau d'un grand cedre. Pour les autres qui n'affiftoient à l'affemblée que par curiofité, ils fe placèrent pêle-mêle, tant que les fieges furent remplis, c'eft-à-dire, tant que les branches du cedre furent couvertes de pattes.

Cette pie que j'avois toujours remarquée pleine de compaffion pour moi, fe vint percher fur mon arbre, où feignant de fe divertir à béqueter la mouffe; en vérité, me dit-elle, vous ne fauriez croire combien votre malheur m'eft fenfible; car encore que je n'ignore pas qu'un homme parmi les vivans eft une pefte dont on devroit purger tout état bien policé; quand je me fouviens toutefois d'avoir été dès le berceau élevée parmi eux, d'avoir appris leur langue fi parfaitement, que j'en ai prefque oublié la mienne, & d'avoir mangé de leur main des fromages mous fi excellens, je ne faurois y fonger, fans que l'eau m'en vienne aux yeux & à la bouche; je fens pour vous des tendreffes qui m'empêchent d'incliner au plus jufte parti.

Elle achevoit ceci, quand nous fûmes interrompus par l'arrivée d'un aigle, qui se vint asseoir entre les rameaux d'un arbre assez proche du mien. Je voulus me lever pour me mettre à genoux devant lui, croyant que ce fût le roi, si ma pie de sa patte ne m'eût contenu en mon assiette. Pensiez-vous donc, me dit-elle, que ce grand aigle fût notre souverain ? C'est une imagination de vous autres hommes, qui à cause que vous vous laissez commander aux plus grands, aux plus forts, & aux plus cruels de vos compagnons, avez sottement cru, jugeant de toutes choses par vous, que l'aigle nous devoit commander.

Mais notre politique est bien autre ; car nous ne choisissons pour nos rois que les plus foibles, les plus doux & les plus pacifiques ; encore les changeons-nous tous les six mois ; & nous les prenons foibles, afin que le moindre à qui ils auroient fait quelque tort, se pût venger de lui. Nous le choisissons doux, afin qu'il ne haïsse ni ne se fasse haïr de personne ; & nous voulons qu'il soit d'une humeur pacifique, pour éviter la guerre, le canal de toutes les injustices.

Chaque semaine il tient les états, où tout le monde est reçu à se plaindre de lui. S'il se rencontre seulement trois oiseaux mal satisfaits

de son gouvernement, il en est dépossédé, &
l'on procède à une nouvelle élection.

Pendant la journée que durent les états,
notre roi est monté au sommet d'un grand yf,
sur le bord d'un étang, les pieds & les ailes
liées. Tous les oiseaux, l'un après l'autre,
passent par-devant lui ; & si quelqu'un le sait
coupable du dernier supplice, il le peut jetter
à l'eau : mais il faut que sur le champ il justifie
la raison qu'il en a eue, autrement il est condamné à la mort triste.

Je ne pus m'empêcher de l'interrompre,
pour lui demander ce qu'elle entendoit par
la mort triste ; & voici ce qu'elle me répliqua.

Quand le crime d'un coupable est jugé si
énorme, que la mort est trop peu de chose
pour l'expier, on tâche d'en choisir une qui
contienne la douleur de plusieurs, & l'on y
procède de cette façon.

Ceux d'entre nous qui ont la voix la plus
mélancolique & la plus funèbre, font délégués
vers le coupable, qu'on porte sur un funeste
cyprès. Là ces tristes musiciens s'amassent tout
autour, & lui remplissent l'ame par l'oreille
de chansons si lugubres & si tragiques, que
l'amertume de son chagrin désordonnant l'économie de ses organes, & lui pressant le cœur ;

il

il se consume à vue d'œil, & meurt suffoqué de tristesse.

Toutefois un tel spectacle n'arrive guère ; car comme nos rois sont fort doux, ils n'obligent jamais personne à vouloir pour se venger encourir une mort si cruelle.

Celui qui règne à présent, est une colombe, dont l'humeur est si pacifique, que l'autre jour qu'il falloit accorder deux moineaux, on eut toutes les peines du monde à lui faire comprendre ce que c'étoit qu'inimitié.

Ma pie ne put continuer un si long discours, sans que quelques-uns des assistans y prissent garde ; & parce qu'on la soupçonnoit déjà de quelque intelligence, les principaux de l'assemblée lui firent mettre la main sur le colet par un aigle de la garde, qui se saisit de sa personne. Le roi colombe arriva sur ces entrefaites ; chacun se tût, & la première chose qui rompit le silence, fut la plainte que le grand censeur des oiseaux dressa contre la pie. Le roi pleinement informé du scandale dont elle étoit cause, lui demanda son nom, & comment elle me connoissoit. Sire, répondit-elle fort étonnée, je me nomme margot ; il y a ici force oiseaux de qualité, qui répondront de moi. J'appris un jour, au monde de la terre

d'où je suis native, par Guillery l'enrhumé que
voilà (qui m'ayant entendu crier en cage, me
vint visiter à la fenêtre où j'étois pendue) que
mon père étoit courtequeue, & ma mère cro-
quenoix. Je ne l'aurois pas su sans lui; car
j'avois été enlevée dessous l'aile de mes parens
au berceau, fort jeune. Ma mère quelque tems
après en mourut de déplaisir; & mon père
désormais hors d'âge de faire d'autres enfans,
désespéré de se voir sans héritiers, s'en alla à
la guerre des geais, où il fut tué d'un coup
de bec dans la cervelle. Ceux qui me ravirent,
furent certains animaux sauvages qu'on appelle
porchers, qui me portèrent vendre à un château, où je vis cet homme à qui vous faites
maintenant le procès. Je ne sai s'il conçut quelque bonne volonté pour moi, mais il se donnoit la peine d'avertir les serviteurs de me
hacher de la mangeaille. Il avoit quelquefois
la bonté de me l'apprêrer lui-même. Si en hiver j'étois morfondue, il me portoit auprès du
feu, calfeutroit ma cage, ou commandoit au
jardinier de me réchauffer dans sa chemise.
Les domestiques n'osoient m'agacer en sa présence, & je me souviens qu'un jour il me
sauva de la gueule du chat qui me tenoit entre ses griffes, où le petit laquais de madame

m'avoit expofé : mais il ne fera pas hors de
propos de vous apprendre la caufe de cette
barbarie. Pour complaire à Verdelet (c'eft le
nom du petit laquais) je répétois un jour les
fottifes qu'il m'avoit enfeignées. Or il arriva
par malheur, quoique je récitaffe toujours mes
quolibets de fuite, que je vins à dire en fon
ordre juftement comme il entroit pour faire
un faux meffage : taifez-vous, fils de putain,
vous avez menti. Cet homme accufé que voilà,
connoiffant le naturel menteur du fripon, s'ima-
gina que je pourrois bien avoir parlé par prophétie, & envoya fur les lieux s'enquérir fi
Verdelet y avoit été : Verdelet fut convaincu
de fourbe, Verdelet fut foueté ; & Verdelet,
en punition, m'avoit voulu faire manger au
matou. Le roi d'un baiffement de tête, témoigna qu'il étoit content de la pitié qu'elle
avoit eue de mon défaftre ; il lui défendit toutefois de ne me plus parler en fecret. Enfuite
il demanda à l'avocat de ma partie, fi fon
plaidoyer étoit prêt. Il fit figne de la patte
qu'il alloit parler, & voici, ce me femble, les mêmes points dont il infifta contre
moi.

PLAIDOYÉ fait au Parlement des Oiseaux,
les Chambres affemblées, contre un animal
accufé d'être homme.

MESSIEURS, la partie de ce criminel eft
guillemette la charnue, perdrix de fon extrac-
tion, nouvellement arrivée du monde de la
terre, la gorge encore ouverte d'une balle de
plomb que lui ont tiré les hommes, demande-
reffe à l'encontre du genre humain, & par
conféquent à l'encontre d'un animal que je
prétens être un membre de ce grand corps. Il
ne nous feroit pas mal-aifé d'empêcher par fa
mort les violences qu'il peut faire : toutefois
comme le falut ou la perte de tout ce qui vit,
importe à la republique des vivans, il me femble que nous mériterions d'être nés hommes,
c'eft-à-dire dégradés de la raifon & de l'immortalité que nous avons par-deffus eux, fi
nous leur avions reffemblé par quelqu'une de
leurs injuftices.

Examinons donc, meffieurs, les difficultés
de ce procès, avec toute la contention de
laquelle nos divins efprits font capables.

Le nœud de l'affaire confifte à favoir fi cet
animal eft homme ; & puis, en cas que nous
avérions qu'il le foit, fi pour cela il mérite
la mort.

Pour moi, je ne fais point de difficulté qu'il
ne le soit ; premièrement, puisqu'il eſt ſi ef-
fronté de mentir, en ſoutenant qu'il ne l'eſt pas,
ſecondement, en ce qu'il rit comme un fou ;
troiſièmement, en ce qu'il pleure comme un
ſot ; quatrièmement, en ce qu'il ſe mouche
comme un vilain ; cinquièmement en ce qu'il
eſt plumé comme un galeux ; ſixièmement, en
ce qu'il porte la queue devant ; ſeptièmement,
en ce qu'il a toujours une quantité de petits
grés quarrés dans la bouche, qu'il n'a pas l'eſprit de cracher ni d'avaler ; huitièmement,
& pour concluſion, en ce qu'il lève en haut
tous les matins, ſes yeux, ſon nez & ſon large
bec, colle ſes mains ouvertes la pointe au ciel,
plat contre plat, & n'en fait qu'une attachée,
comme s'il s'ennuyoit d'en avoir deux libres,
ſe caſſe les jambes par la moitié, enſorte qu'il
tombe ſur ſes gigots ; puis avec des paroles
magiques qu'il bourdonne, j'ai pris garde quo
ſes jambes rompues ſe r'attachent, & qu'il ſe
relève auſſi gai qu'auparavant. Or vous ſavez, meſſieurs, que de tous les animaux il
n'y a que l'homme ſeul dont l'ame ſoit aſſez
noire pour s'adonner à la magie, & par conſéquent celui-ci eſt homme. Il faut maintenant
examiner ſi pour être homme, il mérite la
mort.

Je pense, messieurs, qu'on n'a jamais révo-
qué en doute que toutes les créatures sont pro-
duites par notre commune mère, pour vivre
en société. Or si je prouve que l'homme semble n'être né que pour la rompre, ne prou-
verai-je pas qu'allant contre la fin de sa création, il mérite que la nature se répente de son
ouvrage ?

La première & la plus fondamentale loi
pour la manutention d'une république, c'est
l'égalité ; mais l'homme ne la sauroit endurer
éternellement ; il se rue sur nous pour nous
manger, il se fait accroire que nous n'avons
été faits que pour lui, il prend pour argu-
ment de sa supériorité prétendue, la barbarie
avec laquelle il nous massacre, & le peu de
résistance qu'il trouve à forcer notre foiblesse,
& ne veut pas cependant avouer pour ses maîtres, les aigles, les condurs, & les griffons,
par qui les plus robustes d'entr'eux sont sur-
montés.

Mais pourquoi cette grandeur & disposition
de membres marqueroit-elle diversité d'espèce, puisqu'entr'eux même il se rencontre des
nains & des géans ?

Encore est-ce un droit imaginaire, que cet
empire dont ils se flattent : ils sont au contraire
si enclins à la servitude que de peur de man-

quer à fervir, ils fe vendent les uns aux autres leur liberté. C'eft ainfi que les jeunes font
efclaves des vieux, les pauvres des riches, les
payfans des gentilhommes, les princes des monarques, & les monarques même, des loix
qu'ils ont établies. Mais avec tout cela, ces
pauvres ferfs ont fi peur de manquer de maîtres,
que comme s'ils appréhendoient que la liberté
ne leur vînt de quelque endroit non attendu, ils
fe forgent des dieux de toutes parts; dans l'eau,
dans l'air, dans le feu, fous la terre; ils en
feront plutôt de bois, que d'en manquer; & je
crois même qu'ils fe chatouillent des fauffes
efpérances de l'immortalité, moins par l'horreur dont le non-être les effraye, que par la
crainte qu'ils ont de n'avoir pas qui leur commande après la mort. Voilà le bel effet de cette
fantaftique monarchie, & de cet empire fi naturel de l'homme fur les animaux & fur nous-
mêmes; car fon infolence a été jufques-là. Cependant en conféquence de cette principauté
ridicule, il s'attribue joliment fur nous le droit
de vie & de mort; ils nous dreffe des embuf-
cades, ils nous enchaîne, il nous emprifonne,
il nous égorge, il nous mange; & de la puiffance de tuer ceux qui font demeurés libres, il
fait un prix à la nobleffe. Il penfe que le foleil
s'eft allumé pour l'éclairer à nous faire la guer-

fe ; qué la nature nous a permis d'étendre nos
promenades dans le ciel, afin feulement que de
notre vol il puiffe tirer de malheureux ou fa-
vorables aufpices; & quand Dieu mit des entrailles dedans notre corps, qu'il n'eut intention que de faire un grand livre, où l'homme
pût apprendre la fcience des chofes futures.

Hé bien, ne voilà-t-il pas un orgueil tout à
fait infupportable ? celui qui l'a conçu pou-
voit-il mériter un moindre châtiment que de
naître homme ? Ce n'eft pas toutefois fur quoi
je vous preffe de condamner celui-ci. La pauvre bête n'ayant pas comme nous l'ufage de
raifon, j'excufe fes erreurs, quant à celles que
produit fon défaut d'entendement ; mais pour
celles qui ne font filles que de la volonté,
j'en demande juftice, Par exemple, de ce qu'il
nous tue, fans être attaqué par nous, de ce
qu'il nous mange, pouvant repaître fa faim de
nourriture plus convenable ; & ce que j'eftime
beaucoup plus lâche, de ce qu'il débauche le
bon naturel de quelques-uns des nôtres, comme
des laniers, des faucons & des vautours, pour
les inftruire au maffacre des leurs, à faire gorge
chaude de leur femblable, ou nous livrer entre fes mains.

Cette feule confidération eft fi preffante, que
je demande à la cour qu'il foit exterminé de
la mort trifte.

Tout le barreau frémit de l'horreur d'un si grand supplice. C'est pourquoi afin d'avoir lieu de le modérer, le roi fit signe à mon avocat de répondre.

C'étoit un Estourneau grand jurisconsulte, lequel après avoir frappé trois fois de sa patte contre la branche qui le soutenoit, parla ainsi à l'assemblée.

Il est vrai, messieurs, qu'ému de pitié, j'avois entrepris la cause pour cette malheureuse bête ; mais sur le point de la plaider, il m'est venu un remors de conscience, & comme une voix secrète, qui m'a défendu d'accomplir une action si détestable. Ainsi, messieurs, je vous déclare, & à toute la cour, que pour faire le salut de mon ame, je ne veux contribuer en façon quelconque à la durée d'un monstre tel que l'homme.

Toute la populace claqua du bec en signe de réjouissance, & pour congratuler à la sincérité d'un oiseau si raisonnable.

Ma pie se présenta pour plaider à sa place, mais il lui fut imposé de se taire, à cause qu'ayant été nourrie parmi les hommes, & peut-être infectée de leur morale, il étoit à craindre qu'elle n'apportât à ma cause un esprit prévenu ; car la cour des oiseaux ne souffre point que l'avocat qui s'intéresse davantage pour un client que pour l'autre, soit oui, à moins qu'il puiſſe juſtifier que cette inclination procède du bon droit de la partie.

. Quand mes juges virent que perſonne ne ſe préſentoit pour me défendre, ils étendirent leurs aîles qu'ils ſécoučrent, & volèrent incontinent aux opinions.

La plus grande partie, comme j'ai ſu depuis, inſiſta fort que je fuſſe exterminé de la mort triſte; mais toutefois quand on apperçut que le roi penchoit à la douceur, chacun revint à ſon opinion. Ainſi mes juges ſe modérèrent, & au lieu de la mort triſte dont il me firent grace, ils trouvèrent à propos, pour faire ſympatiſer mon châtiment à quelqu'un de mes crimes, de m'anéantir par un ſupplice qui ſervît à me détromper, en bravant ce prétendu empire de l'homme ſur les oiſeaux, que je fuſſe abandonné à la colère des plus foibles d'entr'eux, cela veut dire qu'ils me condamnèrent à être mangé des mouches.

. En même tems l'aſſemblée ſe lèva, & j'entendis murmurer qu'on ne s'étoit pas davantage étendu à particulariſer les circonſtances de ma tragédie, à cauſe de l'accident arrivé à un oiſeau de la troupe, qui venoit de tomber en pamoiſon, comme il voloit parler au roi. On crut qu'elle étoit cauſée par l'horreur qu'il avoit eu de regarder trop fixement un homme : c'eſt pourquoi on donna ordre de m'emporter.

Mon arrêt me fut prononcé auparavant ; &
fi-tôt que l'ophraye qui fervoit de greffier criminel, eut achevé de me le lire, j'apperçus à
l'entour de moi le ciel tout noir de mouches,
de bourdons, d'abeilles, de guiblets, de cou-
fins & des puces, qui brouiffoient d'impatience.

J'attendois encore que mes aigles m'enle-
vaffent comme à l'ordinaire, mais je vis à leur
place une grande autruche noire, qui me mit
honteufement à califourchon fur fon dos (car
cette pofture eft entr'eux la plus ignominieufe
où l'on puiffe appliquer un criminel ; & jamais
oifeau, pour quelque offenfe qu'il ait commi-
fe, n'y peut être condamné.)

Les archers qui me conduifirent au fupplice, étoient une cinquantaine de condurs, &
autant de griffons ; devant & derrière ceux-ci
voloit fort lentement une proceffion de cor-
beaux, qui croaffoient je ne fais quoi de lu-
gubre, & il me fembloit ouir comme de plus
loin, des chouètes qui leur répondoient.

Au partir du lieu où mon jugement m'avoit
été rendu, deux oifeaux de paradis, à qui on
avoit donné charge de m'affifter à la mort, fe
vinrent affeoir fur mes épaules.

Quoique mon ame fût alors troublée, à

caufe de l'horreur du pas que j'allois franchir, je me fuis pourtant fouvenu de quafi
tous les raifonnemens par lefquels ils tâchèrent de me confoler.

La mort, me dirent-ils, (me mettan: le
bec à l'oreille) n'eft pas fans doute un grand
mal, puifque la nature notre mère y affujet-
tit tous fes enfans, & ce ne doit pas être
une affaire de grande conféquence, puifqu'elle
arrive à tout moment, & pour fi peu de chofe : car fi la vie étoit excellente, il ne feroit
pas en notre pouvoir de ne la point donner,
ou fi la mort traînoit après foi des fuites de
l'importance que tu te fais accroire, il ne feroit pas en notre pouvoir de la donner : il y
beaucoup d'apparence au contraire, puifque
l'animal commence par jeu, qu'il finit de même.
Je parle à toi ainfi, à caufe que ton ame n'étant
pas immortelle comme la nôtre, tu peux bien
juger quand tu meurs, que tout meurt avec
toi. Ne t'afflige donc point de faire plus tôt ce
que quelques-uns de tes compagnons feront plus
tard. Leur condition eft plus déplorable que la
tienne; car fi la mort eft un mal elle n'eft mal qu'à
ceux qui ont à mourir; & ils feront au prix de
toi, qui n'a plus qu'une heure entre ci & là, cinquante ou foixante ans en état de pouvoir
mourir; & puis, dis-moi, celui qui n'eft pas

né, n'est pas malheureux. Or tu vas être comme celui qui n'est pas né; un clin d'œil après la vie, tu sera ce que tu étois un clin d'œil devant; & ce clin d'œil passé, tu seras mort d'aussi long-tems que celui qui mourut il a mille siècles : mais en tout cas, supposé que la vie soit un bien, le même rencontre qui parmi l'infinité du tems a pu faire que tu sois, ne peut-il pas faire que tu sois encore un autre coup ? la matière qui à force de se mêler est enfin arrivée à ce nombre, cette disposition & cet ordre nécessaire à la construction de ton être, peut-il pas, en se remêlant, arriver à une disposition requise pour faire que tu te sentes être encore une autre fois? oui, mais, me diras-tu, je ne me souviendrai pas d'avoir été. Hé ! mon chèr frère, que t'importe, pourvu que tu te sentes être? & puis, ne se peut-il pas faire que pour te consoler de la perte de ta vie, tu t'imagineras les mêmes raisons que je te représente maintenant ?

Voilà des considérations assez fortes pour t'obliger à boire cette absinthe en patience; il m'en reste toutefois d'autres encore plus pressantes qui t'inviteront sans doute à la souhaiter. Il faut, mon cher frère, te persuader que comme toi & les autres brutes, êtes matériels; & comme la mort, au lieu d'anéantir la matiere, n'en fait que troubler l'économie, tu dois, dis-je, croire avec certitude, que cessant d'être ce que tu étois, tu commenceras d'être quelqu'autre chose. Je veux donc que tu ne deviennes qu'une motte de terre, ou un caillou, encore seras-tu quelque chose de moins méchant que l'homme. Mais j'ai un secret à te découvrir, que je ne voudrois pas qu'aucun de mes compagnons eût entendu de ma bouche, c'est qu'étant mangé, comme tu vas être, de nos petits oiseaux, tu passeras en leur subsistance : oui, tu auras l'honneur de contribuer, quoique aveuglement, aux opérations intellectuelles de nos mouches, & de participer à la gloire, si tu ne raisonnes toi-même de les faire au moins raisonner.

Environ à cet endroit de l'exhortation, nour arrivâmes au lieu destiné pour mon supplice.

Il y avoit quatre arbres fort proches l'un de l'autre, & quasi en même distance, sur chacun desquels, à hauteur pareille, un grand héron s'étoit perché. On me descendit de dessus l'autruche noire, & quantité de cormorans m'élevèrent où les quatre hérons m'attendoient. Ces oiseaux, vis-à-vis l'un de l'autre, appuyés fermement chacun sur son arbre, avec leur cc. de longueur prodigieuse, m'entortillèrent,

comme avec une corde, les uns par les bras,
les autres par les jambes, & me lièrent si serré,
qu'encore que chacun de mes membres ne fût
garoté que du col d'un seul, il n'étoit pas en
ma puissance de me remuer le moins du
monde.

Ils devoient demeurer long-tems en cette
posture; car j'entendis qu'on donna charge à ces
cormorans qui m'avoient élevé d'aller à la pêche
pour les hérons, & de leur couler la mangeaille
dans le bec.

On attendoit encore les mouches, à cause
qu'elles n'avoient pas fendu l'air d'un vol si
puissant que nous; toutefois on ne resta guères
sans les ouir.

Pour la première chose qu'ils exploitèrent
d'abord, ils s'entre-départirent mon corps, &
cette distribution fut faite si malicieusement,
qu'on assigna mes yeux aux abeilles, afin de
me les crever en me les mangeant; mes oreilles
aux bourdons, afin de me les étourdir & me
les dévorer tout ensemble; mes épaules aux
puces, afin de les entamer d'une morsure qui
me démangeât, & ainsi du reste. A peine leur
avois-je entendu disposé de leurs ordres, qu'incontinent après je les vis approcher. Il sembloit que tous les atômes, dont l'air est composé, se fussent convertis en mouches; car je

n'étois presque pas visité de deux ou trois foibles rayons de lumière, qui sembloient se dérober pour venir jusqu'à moi, tant ces bataillons étoient serrés & voisins de ma chair.

Mais comme chacun d'entr'eux choisissoit déja du desir de la place où il devoit me mordre, tout-à-coup je les vis brusquement reculer; & parmi la confusion d'un nombre infini d'éclats qui rétentissoient jusqu'aux nues, je distinguai plusieurs fois ce mot, grace, grace, grace.

Ensuite deux tourterelles s'appprochèrent de moi. A leur venue, tous les funestes appareils de ma mort se dissipèrent; je sentis mes hérons relâcher les cercles de ces longs cols qui m'entortilloient, & mon corps étendu en sautoir, griller du faîte des quatre arbres jusqu'aux pieds de leurs racines.

Je n'attendois de ma chûte, que de briser à terre contre quelque rocher; mais, au bout de ma peur, je fus bien étonné de me trouver à mon séant sur une autruche blanche, qui se mit au galop, dès qu'elle me sentit sur son dos.

On me fit faire un autre chemin que celui par où j'étois venu; car il me souvient que je traversai un grand bois de myrthes, & un autre de terebintes, aboutissant à une vaste forêt d'oli-

viers,

tiers, où m'attendoit le roi Colombe au milieu de toute sa cour.

Si-tôt qu'il m'apperçut, il fit signe qu'on m'aidât à descendre. Aussi-tôt deux aigles de la garde me tendirent les pattes, & me portèrent à leur prince.

Je voulus par respect embrasser & baiser les petits ergots de Sa Majesté, mais elle se retira: Je vous demande, dit-elle auparavant, si vous connoissez cet oiseau.

A ces paroles, on me montra un perroquet, qui se mit à rouer & battre des ailes, comme il apperçut que je le considérois. Il me semble, criai-je au roi, que je l'ai vu quelque part; mais la peur & la joie ont chez moi tellement brouillé les espèces, que je ne puis encore marquer bien clairement où ça été.

Le perroquet à ces mots me vint de ses deux ailes accoler le visage, & me dit : quoi ! vous ne connoissez plus César, le perroquet de votre cousine, à l'occasion de qui vous avez tant de fois soutenu que les oiseaux raisonnent? C'est moi qui tantôt, pendant votre procès, ai voulu, après l'audience, déclarer les obligations que je vous ai; mais la douleur de vous voir en si grand péril, m'a fait tomber en pâmoison. Son discours acheva de me dessiller la vue. L'ayant donc reconnu, je l'embrassai

B b

& le baifai, il m'embraffa & me baifa. Donc, lui dis-je, eft-ce toi, mon pauvre Céfar, à qui j'ouvris la cage pour te rendre la liberté, que la tyrannique coutûme de notre monde t'avoit ôtée ?

Le roi interrompit nos careffes, & me parla de la forte : homme, parmi nous une bonne action n'eft jamais perdue ; c'eft pourquoi encore qu'étant homme, tu mérites de mourir feulement à caufe que tu es né, le fénat te donne la vie. Il peut bien accompagner de cette reconnoiffance les lumières dont la nature éclaira ton inftinct, quand elle te fit preffentir en nous la raifon que tu n'étois pas capable de connoître. Va donc en paix & vis joyeux.

Il donna tout bas quelques ordres, & mon autruche blanche, conduite par les deux tourterelles, m'emporta de l'affemblée.

Après m'avoir galoppé environ un demi jour, elle me laiffa proche d'une forêt, où je m'enfonçai dès qu'elle fut partie. Là je commençai à goûter le plaifir de la liberté, & celui de manger le miel qui couloit le long de l'écorce des arbres.

Je penfe que je n'euffe jamais fini ma promenade ; car l'agréable diverfité du lieu me faifoit toujours découvrir quelque chofe de plus beau, fi mon corps eût pu réfifter au travail ;

Après minuit quelque auroit été demi jour,
elle ne trouva proche d'une forêt.

mais comme enfin je me trouvai tout-à-fait amolli de laffitude, je me laiffai couler fur l'herbe.

Ainfi étendu à l'ombre de ces arbres, je me fentois inviter au fommeil par la douce fraîcheur & le filence de la folitude, quand un bruit incertain de voix confufes, qu'il me fembloit entendre voltiger autour de moi, me reveilla en furfaut.

Le terrein paroiffoit fort uni, & n'étoit hériffé d'aucun buiffon qui pût rompre la vue; c'est pourquoi la mienne s'allongeoit fort avant parmi les arbres de la forêt. Cependant le murmure qui venoit à mon oreille, ne pouvoit partir que de fort proche de moi; de forte que m'y étant encore tendu plus attentif, j'entendis fort diftinctement une fuite de paroles grecques; & parmi beaucoup de perfonnes qui s'entretenoient, j'en démêlai une qui s'exprimoit ainfi,

M. le médecin, un de mes alliés, l'orme à trois têtes, me vient d'envoyer un pinçon, par lequel il me mande qu'il eft malade d'une fièvre étique, & d'un grand mal de mouffe, dont il eft couvert depuis la tête jufqu'aux pieds. Je vous fupplie, par l'amité que vous me portez, de lui ordonner quelque chofe.

Je demeurai quelque tems fans rien ouir;

mais, au bout d'un petit espace, il me semble qu'on répliqua ainsi. Quand l'orme à trois têtes ne seroit point votre allié, & quand au lieu de vous, qui êtes mon ami, le plus étrange de notre espèce me feroit cette prière, ma profession m'oblige de secourir tout le monde. Vous ferez donc dire à l'orme à trois têtes, que, pour la guérison de son mal, il a besoin de sucer le plus d'humide & le moins de sec qu'il pourra; que pour cet effet, il doit conduire les petits filets de ses racines vers l'endroit le plus moit de son lit, ne s'entretenir que de choses gaies, & se faire tous les jours donner la musique par quelques rossignols excellens. Après il vous fera savoir comme il se sera trouvé de ce régime de vivre; & puis, selon le progrès de son mal, quand nous aurons préparé ses humeurs, quelque cicogne de mes amies, lui donnera de ma part un clistère qui le remettra tout à fait en convalescence.

Ces paroles achevées, je n'entendis plus le moindre bruit; sinon qu'un quart d'heure après, une voix que je n'avois point encore ce me semble remarquée, parvint à mon oreille; & voici comme elle parloit. Holà ! Fourchu, dormez-vous? J'ouis qu'une autre voix répliquoit ainsi, Non, fraîche écorce, pourquoi?

C'eft, reprit celle qui la première avoit rompu le filence, que je me fens émue de la même façon que nous avons accoutumé de l'être, quand ces animaux, qu'on appelle hommes, nous approchent; & je voudrois vous demander fi vous fentez la même chofe.

Il fe paſſa quelque tems avant que l'autre répondît, comme s'il eût voulu appliquer à cette découverte fes fens les plus fecrets. Puis il s'écria: mon Dieu! vous avez raifon, & je vous jure que je trouve mes organes tellement pleins des efpèces d'un homme, que je fuis le plus trompé du monde, s'il n'y en a quelqu'un fort proche d'ici.

Alors plufieurs voix fe mêlerent, qui difoient qu'affurément elles fentoient un homme.

J'avois beau diſtribuer ma vue de tous côtés, je ne découvrois point d'où pouvoit provenir cette parole. Enfin, après m'être un peu remis de l'horreur dont cet événement m'avoit confterné, je répondis à celle qu'il me fembla remarquer, que c'étoit elle qui demandoit s'il y avoit là un homme, qu'il y en avoit un; mais je vous fupplie, continuai-je auffi-tôt, qui que vous foyez qui parlez à moi, de me dire où vous êtes. Un moment après j'entendis ces mots.

Nous fommes en ta préfence, tes yeux nous

regardent, & tu ne nous vois pas. Envisage les chênes où nous sentons que tu tiens ta vue attachée, c'est nous qui te parlons: & si tu t'étonnes que nous parlions une langue usitée au monde d'où tu viens, sache que nos premiers pères en sont originaires; ils demeuroient en Epire, dans la forêt de Dodone, où leur bonté naturelle les convia de rendre des oracles aux affligés qui les consultoient. Ils avoient pour cet effet appris la langue grecque, la plus universelle qui fût alors, afin d'être entendus; &, parce que nous descendans d'eux de père en fils, le don de prophétie a coulé jusqu'à nous. Or tu sauras qu'une grande aigle, à qui nos pères de Dodone donnoient retraite, ne pouvant aller à la chasse, à cause d'une main qu'elle s'étoit rompue, se repaissoit du gland que leurs rameaux lui fournissoient; quand un jour, ennuyée de vivre dans un monde où elle souffroit tant, elle prit son vol au soleil, & continua son voyage si heureusement, qu'enfin elle aborda le globe lumineux où nous sommes; mais à son arrivée la chaleur du climat la fit vomir, elle se déchargea de force gland non encore digéré; ce gland germa, il en crut des chênes, qui furent nos aïeux.

Voilà comme nous changeâmes d'habitation; cependant, encore que vous nous entendiez

parler une langue humaine, ce n'eſt pas à dire
que les autres arbres s'expliquent de même ;
il n'y a que nous autres chênes, iſſus de la forêt
de Dodonne, qui parlions comme vous : car
pour les autres végétans, voici leur façon de
s'exprimer. N'avez-vous point pris garde à ce
vent doux & ſubtil, qui ne manque jamais de
reſpirer à l'orée des bois ? C'eſt l'haleine de
leur parole ; & ce petit murmure, ou ce bruit
délicat dont ils rompent le ſacré ſilence de
leur ſolitude, c'eſt proprement leur langage.
Mais encore que le bruit des forêts ſemble
toujours le même, il eſt toutefois ſi différent ;
que chaque eſpèce de végetant garde le ſien
en particulier, en ſorte que le bouleau ne
parle pas comme l'érable, ni le hêtre comme
le ceriſier. Si le ſot peuple de votre monde
m'avoit entendu parler comme je fais, il croiroit que ce feroit un diable enfermé ſous mon
écorce; car bien-loin de croire que nous puiſ-
ſions raiſonner, il ne s'imagine pas même que
nous ayons l'ame ſenſitive, encore que tous
les jours il voie qu'au premier coup dont le
bucheron aſſaut un arbre, la coignée entre
dans la chair quatre fois plus avant qu'au ſe-
cond ; & qu'il doive conjecturer qu'aſſurément
le premier coup l'a ſurpris & frappé au dé-
pourvu, puiſqu'auſſi-tôt qu'il a été averti par

B b iv

la douleur, il s'est ramaffé en foi-même, a réuni fes forces pour combattre, & s'eft comme pétrifié, pour réfifter à la dureté des armes de fon ennemi. Mais mon deffein n'eft pas de faire comprendre la lumière aux aveugles; un particulier m'eft toute l'efpèce, & toute l'efpèce ne m'eft qu'un particulier, quand le particulier n'eft point infeëté des erreurs de l'efpèce, c'eft pourquoi foyez attentif, car je crois parler, en vous parlant, à tout le genre humain,

Vous faurez donc, en premier lieu, que prefque tous les concerts dont les oifeaux font mufique, font compofés à la louange des arbres; mais auffi en récompenfe du foin qu'ils prennent de célébrer nos belles aëtions, nous nous donnons celui de cacher leurs amours; car ne vous imaginez pas, quand vous avez tant de peine à découvrir un de leurs nids, que cela provienne de la prudence avec laquelle ils l'ont caché; c'eft l'arbre qui lui-même a plié fes rameaux tout au tour du nid, pour garantir des cruautés de l'homme la famille de fon hôte. Et qu'ainfi ne foit, confidérez l'air de ceux ou qui font nés à la deftruëtion des oifeaux, leurs concitoyens, comme des éperviers, des houbereaux, des milans, des fauçons, &c.; ou qui ne parlent que pour quereller, comme des geais & des pies; ou qui prennent plaifir à nous faire peur, comme des hiboux & des chats-huans; vous remarquerez que l'aire de ceux-là eft abandonnée à la vue de tout le monde, parce que l'arbre en a éloigné fes bran-ches, afin de la donner en proie.

Mais il n'eft pas befoin de particularifer tant de chofes, pour prouver que les arbres exer-cent, foit du corps, foit de l'ame, toutes vos fonctions. Y a-t-il quelqu'un parmi vous, qui n'ait remarqué qu'au printems, quand le foleil a réjoui notre écorce d'une sève féconde, nous allongeons nos rameaux, & les étendons chargés de fruit fur le fein de la terre dont nous fommes amoureux? La terre de fon côté s'entrouvre & s'échauffe d'une même ardeur, & comme fi chacun de nos rameaux étoit un ..... elle s'en approche pour s'y joindre; & nos rameaux tranfportés de plaifir, fe déchargent dans fon giron de la femence qu'elle brûle de concevoir. Elle eft pourtant neuf mois à former cet em-brion auparavant que de le mettre au jour; mais l'arbre fon mari, qui craint que la froidure de l'hiver ne nuife à fa groffeffe, dépouille fa robe verte pour la couvrir, fe contentant, pour cacher quelque chofe de fa nudité, d'un vieux manteau de feuille morte.

Hé bien! vous autres hommes, vous regardez éternellement ces chofes, & ne les contemplez jamais: il s'en eft paffé à vos yeux de plus convaincantes encore, qui n'ont pas feulement ébranlé les aheurtés.

J'avois l'attention fort bandée aux difcours dont cette voix arborique m'entretenoit, & j'attendois la fuite, quand tout-à-coup elle ceffa, d'un ton femblable à celui d'une perfonne que la courte haleine empêcheroit de parler.

Comme je la vis tout-à-fait obftinée au filence, je la conjurai par toutes les chofes que je crus qui la pouvoient davantage émouvoir, qu'elle daignât inftruire une perfonne qui n'avoit rifqué les périls d'un fi grand voyage que pour apprendre. J'ouis dans ce tems-là deux ou trois voix qui lui faifoient pour l'amour de moi les mêmes prières, & j'en diftinguai une qui lui dit, comme fi elle eût été fâchée:

Oh bien, puifque vous plaignez tant vos poulmons, repofez-vous, je lui vais conter l'hiftoire des arbres amans.

O qui que vous foyez, m'écriai-je en me jettant à fes genoux, le plus fage de tous les chênes de Dodone, qui daignez prendre la peine de m'inftruire, fachez que vous ne ferez pas leçon à un ingrat; car je fais vœu, fi jamais je retourne à mon globe natal, de publier les merveilles dont vous me faites l'honneur de

pouvoir être témoin. J'achevois cette protef-
tation, lorfque j'entendis la même voix continuer ainfi. Regardez, petit homme, à douze
ou quinze pas de votre main droite, vous verrez
deux arbres jumeaux de médiocre taille, qui
confondant leurs branches & leurs racines,
s'efforcent par mille fortes de moyens de ne
devenir qu'un.

Je tournai les yeux vers ces plantes d'amour,
& j'obfervai que les feuilles de toutes les deux;
légèrement agitées d'une émotion quafi volon-
taire, excitoient en frémiffant un murmure fi
délicat, qu'à peine effleuroit-il l'oreille, avec
lequel pourtant on eût dit qu'elles tâchoient de
s'interroger & de fe répondre.

Après qu'il fe fut paffé environ le tems néceffaire à remarquer ce double végétant, mon
bon ami le chêne reprit ainfi le fil de fon difcours.

Vous ne fauriez avoir tant vécu, fans que la
fameufe amitié de Pilade & d'Orefte ne foit
venue à votre connoiffance.

Je vous décrirois toutes les joies d'une douce
paffion, & je vous conterois tous les miracles
dont ces amans ont étonné leurs fiècles, fi je ne
craignois que tant de lumière n'offenfât les yeux
de votre raifon; c'eft pourquoi je peindrai
ces deux jeunes foleils feulement dans leur
éclipfe.

Il vous suffira donc de savoir qu'un jour le
brave Oreste engagé dans une bataille, cher-
choit son cher Pilade pour goûter le plaisir de
vaincre ou de mourir en sa présence. Quand il
l'apperçut au milieu de cent bras de fer éle-
vés sur sa tête, hélas ! que devint-il ? Désespéré, il se lança à travers une forêt de piques ;
il cria, il hurla, il écuma ; mais que j'exprime
mal l'horreur des mouvemens de cet inconso-
lable ! il s'arracha les cheveux, il mangea ses
mains, il déchira ses plaies ; encore, au bout
de cette description, suis-je obligé de dire que
le moyen d'exprimer sa douleur mourut avec
lui. Quand avec son épée il se croyoit faire
un chemin pour aller secourir Pilade, une
montagne d'hommes s'opposoit à son passage. Il
les pénétra pourtant : & après avoir long-tems
marché sur les sanglans trophées de sa victoire,
il s'approcha peu à peu de Pilade ; mais Pilade
lui sembla si proche du trépas, qu'il n'osa presque plus parer aux ennemis, de peur de sur-
vivre à la chose pour laquelle il vivoit. On eût
dit même, à voir ses yeux déja tout pleins des
ombres de la mort, qu'il tâchoit avec ses regards d'empoisonner les meurtriers de son ami.
Enfin Pilade tomba sans vie ; & l'amoureux
Oreste qui sentoit pareillement la sienne sur le
bord de ses lèvres, la retint toujours, jusqu'à

ce que d'une vue égarée ayant cherché parmi
les morts , & retrouvé Pilade, il sembla colant
sa bouche vouloir jetter son ame dedans le corps
de son ami.

Le plus jeune de ces héros expira de douleur
sur le cadavre de son ami mort, & vous saurez
que de la pourriture de leur tronc , qui, sans
doute, avoit engrossé la terre , on vit germer
entre les os déja blancs de leurs squelettes ,
deux jeunes arbrisseaux dont la tige & les branches se joignant pêle-mêle , sembloit ne se hâter
de croître qu'afin de s'entortiller davantage.
On connut bien qu'ils avoient changé d'être,
sans oublier ce qu'ils avoient été, car leurs boutons parfumés se panchoient l'un sur l'autre , &
s'entr'échauffoient de leur haleine , comme
pour se faire éclore plus vîte. Mais que dirai-je
de l'amoureux partage qui maintenoit leur société? Jamais le suc où réside l'aliment , ne
s'offroit à leur souche, qu'ils ne le partageassent
avec cérémonie. Jamais l'un n'étoit mal nourri,
que l'autre ne fût malade d'inanition ; ils tiroient
tous deux par dedans , les mammelles de leur
nourrisse , comme vous autres les tetez par dehors. Enfin ces amans bienheureux produisirent
des pommes , mais des pommes miraculeuses,
qui firent encore plus de miracles que leurs
pères. On n'avoit pas si-tôt mangé des pommes

de l'un, qu'on devenoit éperdument paffionné pour quiconque avoit mangé du fruit de l'autre: & cet accident arrivoit quafi tous les jours, parce que tous les jets de Pilade environnoient ou fe trouvoient environnés d'Orefte; & leurs fruits prefque jumeaux ne pouvoient fe réfoudre à s'éloigner.

La nature pourtant avoit diftingué l'énergie de leur double effence avec tant de précaution, que quand le fruit de l'un des arbres étoit mangé par un homme, & le fruit de l'autre arbre par un autre homme, cela engendroit l'amitié réciproque; & quand la même chofe arrivoit entre deux perfonnes de fexe différent, elle engendroit l'amour, mais un amour vigoureux, qui gardoit toujours le caractère de fa caufe : car encore que ce fruit proportionnât fon effet à la puiffance, amoliffant fa vertu dans une femme, il confervoit pourtant toujours je ne fai quoi de mâle.

Il faut encore remarquer que celui des deux qui en avoit mangé le plus, étoit le plus aimé. Ce fruit n'avoit garde qu'il ne fût & fort doux & fort beau, n'y ayant rien de fi beau ni de fi doux que l'amitié : auffi fut-ce ces deux qualités de beau & de bon qui ne fe rencontrent guères en un même fujet, qui le mirent en vogue. O combien de fois par fa miraculeufe vertu mul-

tiplia-t-il les exemples de Pilade & d'Oreste !
On vit depuis ce tems-là des Hercules & des
Théfées, des Achiles & des Patrocles, des
Nifes & des Euriales; bref un nombre innombrable de ix qui par des amitiés plufqu'humaines, ont confacré leur mémoire au temple
de l'éternité. On en porta des rejettons au Pé-
loponèfe, & le parc des exercices où les Thébains dreffoient la jeuneffe, en fut orné. Ces
arbres jumeaux étoient plantés à la ligne; &
dans la faifon que le fruit pendoit aux branches,
les jeunes gens qui tous les jours alloient au
parc, tentés par fa beauté, ne s'abftinrent pas
d'en manger, & leur courage, felon l'ordinaire,
en fentit incontinent l'effet. On les vit pêle-
mêle s'entredonner leurs ames, chacun d'eux
devenir la moitié d'un autre, vivre moins en
foi qu'en fon ami, & le plus lâche entreprendre
pour le fien des chofes téméraires.

Cette célefte maladie échauffa leur fang d'une
fi noble ardeur, que par l'avis des plus fages on
enrôla pour la guerre cette troupe d'amans dans
une même compagnie. On la nomma depuis,
à caufe des actions héroïques qu'elle exécutoit,
la bande facrée. Ses exploits allèrent beaucoup
au-deffus de ce que Thèbes s'en étoit promis;
car chacun de ces braves au combat, pour en
garantir fon amant, ou pour mériter d'en être

aimé, hafardoit des efforts fi incroyables, que l'antiquité n'a rien vu de pareil : auffi tant que fubfifta cette amoureufe compagnie, les Thébains qui paffoient auparavant pour les pires foldats d'entre les Grecs, battirent & furmontèrent toujours depuis les Lacédémoniens, même les plus belliqueux peuples de la terre.

Mais entre un nombre infini de louables actions dont ces pommes furent caufe, ces mêmes pommes en produifirent innocemment de bien honteufes.

Myrra, jeune damoifelle de qualité, en mangea avec Cinyre fon père; malheureufement l'une étoit de Pilade & l'autre d'Orefte. L'amour auffi-tôt abforba la nature, & la confondit en telle forte, que Cinyre pouvoit jurer, je fuis mon gendre; & Myrra, je fuis ma marâtre. Enfin, je crois que c'eft affez pour vous apprendre tout ce crime, d'ajouter qu'au bout de neuf mois le père devint aieul de ceux qu'il engendra, & que la fille enfanta fes frères.

Encore le hafard ne fe contenta pas de ce crime, il voulut qu'un taureau étant entré dans les jardins du roi Minos, trouvât malheureufement fous un arbre d'Orefte quelques pommes qu'il engloutit; je dis malheureufement, parce que la reine Pafiphaé tous les jours mangeoit de

de ce fruit. Les voilà donc furieux d'amour
l'un pour l'autre. Je n'en expliquerai point
l'énorme jouissance, il suffira de dire que Pasi-
phaé se plongea dans un crime qui n'avoit point
encore eu d'exemple.

Le fameux sculpteur Pigmalion, précisément
dans ce tems-là, tailloit au palais une vénus de
marbre. La reine qui aimoit les bons ouvriers,
par régal lui fit présent d'une couple de ces
pommes : il en mangea la plus belle ; & parce
que l'eau, qui, comme vous savez, est nécessaire à l'incision du marbre, vint hasardeuse-
ment à lui manquer, il en humecta sa statue.
Le marbre en même tems pénétré par ce suc,
s'amollit peu à peu ; & l'énergique vertu de
cette pomme conduisant son labeur selon le
dessein de l'ouvrier, suivit au-dedans de l'image
les traits qu'elle avoit rencontrés à la superficie ; car elle dilata, échauffa & colora, à proportion de la nature, des lieux qui se rencontrent dans son passage. Enfin le marbre devenu
vivant, & touché de la passion de la pomme,
embrassa Pigmalion de toutes les forces de son
cœur, & Pigmalion transporté d'un amour réciproque, la reçut pour femme.

Dans cette même province, la jeune Iphis
avoit mangé de ce fruit avec la belle Yante sa
compagne, dans toutes les circonstances re-

C c

quifes pour caufer une amitié réciproque : leur repas fut fuivi de fon effet accoutumé ; mais parce qu'Iphis l'avoit trouvé d'un goût fort favoureux, il en mangea tant, que fon amitié qui croiffoit avec le nombre des pommes dont il ne fe pouvoit raffafier, ufurpa toutes les fonctions de l'amour ; & cet amour, à force d'augmenter peu à peu, devint plus mâle & plus vigoureux : car, comme tout fon corps imbu de ce fruit, brûloit de former des mouvemens qui répondiffent aux enthoufiafmes de fa volonté, il remua chez foi la matière fi puiffamment, qu'il fe conftruifit des organes beaucoup plus forts, capables de fuivre fa penfée, & de contenter pleinement fon amour dans fa plus virile étendue ; c'eft-à-dire qu'Iphis devint ce qu'il faut être pour époufer une femme.

J'appellerois cette aventure-là un miracle, s'il me reftoit un nom pour intituler l'événement qui fuit.

Un jeune homme fort accompli, qui s'appelloit Narciffe, avoit mérité par fon amour l'affection d'une fille fort belle, que les poëtes ont célébrée fous le nom d'Echo ; mais comme vous favez que les femmes plus que ceux de notre fexe, ne font jamais affez chéries à leur gré, ayant oui vanter la vertu des pommes d'Orefte, elle fit tant qu'elle en recouvra de plufieurs en-

droits, & parce qu'elle appréhendoit (l'amour
étant toujours craintif), que celles d'un arbre
n'euffent moins de force que de l'autre , elle
voulut que fon amant goûtât de toutes les deux ;
mais à peine les eut-il mangées, que l'image
d'Echo s'effaça de fa mémoire. Tout fon amour
fe tourna vers celui qui avoit digéré le fruit, il
fut l'amant & l'aimé : car la fubftance tirée de
la pomme de Pilade , embraffa dedans lui celle
de là pomme d'Orefte. Ce fruit jumeau répandu par toute la maffe de fon fang , excita
toutes les parties de fon corps à fe careffer : fon
cœur où s'écouloit leur double vertu, rayonna
fes flammes en dedans ; tous fes membres animés
de fa paffion, voulurent fe pénétrer l'un l'autre :
il n'eft pas jufqu'à fon image , qui brûlant encore parmi la froideur des fontaines, n'attirât
fon corps pour s'y joindre : enfin le pauvre
Narciffe devint éperdument amoureux de foi-
même.

Je ne me rendrai point ennuyeux à vous
raconter fa déplorable cataftrophe ; les vieux
fiècles en ont affez parlé : auffi-bien il me refte
des aventures à vous réciter qui confommeront
mieux ce tems-là.

Vous faurez donc que la belle Salmacis fré-
quentoit le berger Hermaphrodite , mais fans
autre privauté que celle que le voifinage de

leur maifon pouvoit fouffrir; quand la fortune
qui fe plaît à troubler les vies les plus tranquil-
les, permit que dans une affemblée de jeux, où
le prix de la beauté & celui de la courfe, étoient
deux de ces pommes, Hermaphrodite eut celle
de la courfe, & Salmacis celle de la beauté.
Elles avoient été cueillies, quoiqu'enfemble, à
divers rameaux, parce que ces fruits amoureux
fe mêloient avec tant de rufe, qu'un de Pilade
fe rencontroit toujours avec un d'Orefte; &
cela étoit caufe que paroiffant jumeaux, on en
détachoit ordinairement une couple. La belle
Salmacis mangea fa pomme, & le gentil Hermaphrodite ferra la fienne dans fa pannetière.
Salmacis infpirée des enthoufiafmes de fa pomme, & de la pomme du berger qui commençoit
à s'échauffer dans fa pannetière, fe fentit attirer
vers lui par le flux & reflux fympatique de la
fienne avec l'autre.

Les parens du berger, qui s'apperçurent des
amours de la nymphe, tâchèrent, à caufe de
l'avantage qu'ils trouvoient en cette alliance,
de l'entretenir & de la croître: c'eft pourquoi
ayant ouï vanter les pommes jumelles pour un
fruit dont le fuc inclinoit les efprits à l'amour,
ils en diftillèrent, & de la quinteffence la plus
rectifiée ils trouvèrent moyen d'en faire boire
à leur fils & à fon amamte. Son énergie qu'ils

avoient fublimée au plus haut degré qu'elle
pouvoit monter, alluma dans le cœur de ces
amoureux un fi véhément defir de fe joindre,
qu'à la première vue Hermaphrodite s'abforba
dans Salmacis, & Salmacis fe fondit entre les
bras d'Hermaphrodite. Ils pafsèrent l'un dans
l'autre, & de deux perfonnes de fexe différent,
ils en composèrent un double, je ne fai quoi
qui ne fût ni homme ni femme. Quand Hermaphrodite voulut jouir de Salmacis, il fe
trouva être la nymphe; & quand Salmacis
voulut qu'Hermaphrodite l'embrafsât, elle fe
fentit être le berger. Ce double, je ne fai quoi,
gardoit pourtant fon unité; il engendroit &
concevoit, fans être ni homme ni femme;
enfin, la nature en lui, fit voir une merveille,
qu'elle n'a jamais fu depuis empêcher d'ê.re
unique.

Hé bien, ces hiftoires-là ne font-elles pas
étonnantes? Elles le font; car de voir une fille
s'accoupler à fon père, une jeune princeffe
affouvir les amours d'un taureau, un homme
afpirer à la jouiffance d'une pierre, un autre fe
marier avec foi-même; celle-ci célébrer fille
un mariage qu'elle confomme garçon, ceffer
d'être homme fans commencer d'être femme,
devenir beffon hors du ventre de la mère, &
jumeau d'une perfonne qui ne lui eft point

parent, tout cela eft bien éloigné du chemin
ordinaire de la nature ; & cependant ce que je
vous vais conter vous furprendra davantage.

Parmi la fomptueufe diverfité de toutes fortes
de fruits qu'on avoit apportés des plus lointains
climats, pour le feftin des noces de Cambife,
on lui préfenta une greffe d'Órefte, qu'il fit enter
fur un Platane ; & parmi les autres délicateffes
du deffert, on lui fervit des pommes du même
arbre.

La friandife du mets le convia d'en manger
beaucoup ; & la fubftance de ce fruit étant
convertie après les trois coctions en un germe
parfait, il en forma au ventre de la reine l'embrion de fon fils Artaxerxe, car toutes les particularités de fa vie ont fait conjecturer à fes
médecins qu'il devoit avoir été produit de la
forte.

Quand le jeune cœur de ce prince fut en âge
de mériter la colère d'amour, on ne remarqua
point qu'il foupirât pour fes femblables : il n'aimoit que les arbres, les vergers & les bois ;
mais pardeffus tous ceux pour lefquels il parut
fenfible, le beau Platane fur lequel fon père
Cambife avoit jadis fait enter cette greffe d'O-
refte, le confomma d'amour.

Son tempérament fuivoit avec tant de fcrupule le progrès de Platane, qu'il fembloit croître

avec les branches de cet arbre ; tous les jours
il l'alloit embrasser ; dans le sommeil il ne songeoit que de lui ; & dessous le contour de ses
vertes tapisseries il ordonnoit de toutes ses affaires. On connut bien que Platane piqué d'une
ardeur réciproque, étoit ravi de ses caresses,
car à tous coups, sans aucune raison apparente,
on appercevoit ses feuilles trémousser & comme
tressaillir de joie, les rameaux se courber en
rond sur sa tête, comme pour lui faire une
couronne, & descendre si près de son visage,
qu'il étoit facile à connoître que c'étoit plutôt pour le baiser, que par inclination naturelle
de tendre en bas. On remarquoit même que de
jalousie il arrangeoit & pressoit ses feuilles l'une
contre l'autre, de peur que les rayons du jour
se glissant à travers, ne le baisassent aussi-bien
que lui. Le roi, de son côté, ne garda plus de
bornes dans son amour. Il fit dresser son lit aux
pieds du Platane, & le Platane qui ne savoit
comme se revancher de tant d'amité, lui donnoit ce que les arbres ont de plus cher, c'étoit
son miel & sa rosée, qu'il distilloit tous les
matins sur lui.

Leurs caresses auroient duré davantage, si
la mort ennemie des belles choses, ne les eût
terminées : Artaxerce expira d'amour dans les
embrassemens de son cher Platane ; & tous les

Perses affligés de la perte d'un si bon Prince, voulurent, pour lui donner encore quelque satisfaction après sa mort, que son corps fût brûlé avec les branches de cet arbre, sans qu'aucun autre bois fût employé à le consommer.

Quand le bûcher fut allumé, on vit sa flamme s'entortiller avec celle de la graisse du corps ; & leurs chevelures ardentes qui se boucloient l'un à l'autre, s'éfiler en pyramide jusqu'à perte de vue.

Ce feu pur & subtil ne se divisa point ; mais quand il fut arrivé au soleil, où, comme vous savez, toute matière ignée aboutit, il forma le germe du pommier d'Oreste que vous voyez là à votre main droite.

Or l'engeance de ce fruit s'est perdue en votre monde ; & voici comment ce malheur arriva.

Les pères & les mères qui, comme vous savez, au gouvernement de leurs familles, ne se laissent conduire que par l'intérêt, fâchés que leurs enfans, aussi-tôt qu'ils avoient goûté de ces pommes, prodiguassent à leur ami tout ce qu'ils possédoient, brûlèrent autant de ces plantes qu'ils en purent découvrir : ainsi l'espèce étant perdue, c'est pour cela qu'on ne trouve plus aucun ami véritable.

A mesure donc que ces arbres furent con-
sommés par le feu, les pluies qui tombérent
dessus, en calcinèrent si bien la cendre, que
ce suc congélé se pétrifia de la même façon
que l'humeur de la fougère brûlée se métamorphose en verre; de sorte qu'il se forma,
par tous les climats de la terre, des cendres
de ces arbres jumeaux, deux pierres métalliques, qu'on appelle aujourd'hui le fer & l'aimant, qui à cause de la sympathie des fruits
de Pilade & d'Oreste, dont ils ont toujours
conservé la vertu, aspirent encore tous les
jours de s'embrasser. Et remarquez que si le
morceau d'aimant est plus gros, il attire le fer;
ou si la pièce de fer excède en quantité, c'est
elle qui attire l'aimant; comme il arrivoit jadis
dans le miraculeux effet des pommes de Pilade
& d'Oreste, de l'une desquelles quiconque
avoit mangé davantage, étoit le plus aimé par
celui qui avoit mangé de l'autre.

Or le fer se nourrit d'aimant, & l'aimant
se nourrit de fer si visiblement, que celui-là
s'enrouille, & celui-ci perd sa force; à moins
qu'on ne les produise l'un à l'autre pour réparer ce qui se perd de leur substance.

N'avez-vous jamais considéré un morceau
d'aimant appuyé sur de la limaille de fer?
Vous voyez l'aimant se couvrir en un tourne-

main de ces atomes métalliques; & l'amoureufe ardeur avec laquelle ils s'accrochent,
eft fi fubite & fi impatiente, qu'après s'être
embraffés par-tout, vous diriez qu'il n'y a
pas un grain d'aimant qui ne veuille baifer un
grain de fer, & pas un grain de fer qui ne
veuille s'unir avec un grain d'aimant; car le
fer ou l'aimant féparés, envoyent continuellement de leur maffe les petits corps les plus
mobiles à la quête de ce qu'ils aiment: mais
quand ils l'ont trouvé, n'ayant plus rien à
defirer, chacun termine fes voyages, & l'aimant occupe fon repos à poffeder le fer,
comme le fer ramaffe tout fon être à jouir de
l'aimant. C'eft donc de la fève de ces deux
arbres, qu'a découlé l'humeur dont ces deux
métaux ont pris naiffance. Devant cela ils
étoient inconnus; & fi vous voulez favoir de
quelle matière on fabriquoit des armes pour
la guerre, Samfon s'armoit d'une mâchoire
d'âne contre les Philiftins; Jupiter, roi de
Crète, de feux artificiels, par lefquels il imi-
toit la foudre pour fubjuguer fes ennemis; Hercule enfin avec une maffue vainquit des tyrans & dompta des monftres. Mais ces deux
métaux ont encore une relation bien plus fpé-
cifique avec nos deux arbres: vous faurez qu'encore que ce couple d'amoureux fans vie in-

clinent vers le pole, ils ne s'y portent jamais
qu'en compagnie l'un de l'autre ; & je vous
en vais découvrir la raison, après que je vous
aurai un peu entretenu des poles.

Les poles font les bouches du ciel, par lefquelles il reprend la lumière, la chaleur, &
les influences qu'il a répandues fur la terre :
autrement fi tous les tréfors du foleil ne re-
montoient à leur fource, il y auroit lóng-
tems (toute fa clarté n'étant qu'une pouffière
d'atomes enflés qui fe détachent de fon g!obe)
qu'elle feroit éteinte, & qu'il ne luiroit plus;
ou que cette abondance de petits corps ignés
qui s'amoncèlent fur la terre pour n'en plus
fortir, l'auroient déjà confommé. Il faut donc,
comme je vous ai dit, qu'il y ait au ciel des
foupiraux par où fe dégorgent les réplétions
de la terre, & d'autres par où le ciel puiffe
réparer fes pertes, afin que l'éternelle circulation de ces petits corps de vie pénètre fuc-
ceffivement tous les globes de ce grand univers. Or les foupiraux du ciel font les poles
par où il fe repaît des ames de tout ce qui
meurt dans les mondes de chez lui, & tous
les aftres font fes bouches, & les pores par où
s'exhalent derechef fes efprits. Mais pour vous
montrer que ceci n'eft pas une imagination fi
nouvelle ; quand vos poëtes anciens, à qui la

philofophie avoit découvert les plus cachés fecrets de la nature, parloient d'un héros dont
ils vouloient dire que l'ame étoit allée habiter
avec les dieux, ils s'exprimoient ainfi : il eft monté au pôle ; il eft affis fur le pôle ; il a traverfé
le pôle , parce qu'ils favoient que les pôles
étoient les feules entrées par où le ciel reçoit
tout ce qui eft forti de chez lui. Si l'autorité de
ces grands hommes ne vous fatisfait pleinement, l'expérience de vos modernes qui ont
voyagé vers le nord, vous contentera peut-être.
Ils ont trouvé que plus ils approchoient de l'ourfe, pendant les fix mois de nuit dont on a cru
que ce climat étoit tout noir, une grande lumière éclairoit l'horifon, qui ne pouvoit partir
que du pôle, parce qu'à mefure qu'on s'en approchoit, & qu'on s'éloignoit par conféquent
du foleil, cette lumière devenoit plus grande.
Il eft donc bien vraifemblable qu'elle procède
des rayons du jour, & d'un grand monceau
d'ames, lefquelles, comme vous favez, ne font
faites que d'atômes lumineux, qui s'en retour-
nent au ciel par leurs portes accoutumées.

Il n'eft pas difficile, après cela, de comprendre pourquoi le fer frotté d'aimant, ou
l'aimant frotté de fer, fe tourne vers le pôle :
car étant un extrait du corps de Pilade & d'O-
refte, & ayant toujours confervé les inclina-

tions des deux arbres, comme les deux arbres
celle des deux amans, ils doivent aspirer de se
rejoindre à leur ame ; c'est pourquoi il se
guinde vers le pôle par où il sent qu'elle est
montée ; avec cette retenue pourtant, que le
fer ne s'y tourne point, s'il n'est frotté d'aimant ; ni l'aimant s'il n'est frotté de fer, à
cause que le fer ne veut point abandonner un
monde, privé de son ami l'aimant, ni l'aimant
privé de son ami le fer, & qu'ils ne peuvent se
résoudre à faire ce voyage l'un sans l'autre.

Cette voix alloit, je pense, entamer un autre
discours ; mais le bruit d'une grande allarme
qui survint l'en empêcha : toute la forêt en rumeur ne retentissoit que de ces mots, gare la
peste, & passe parole.

Je conjurai l'arbre qui m'avoit si long-tems
entretenu, de m'apprendre d'où procédoit un si
grand désordre. Mon ami, me dit-il, nous ne
sommes pas, en ces quartiers-ci, encore bien
informés des particularités du mal : je vous dirai seulement en trois mots, que cette peste
dont nous sommes menacés, est ce qu'entre les
hommes on appelle embrâsement ; nous pouvons bien le nommer ainsi, puisque parmi nous
il n'y a point de maladie plus contagieuse. Le
remède que nous y allons apporter, c'est de
roidir nos haleines, & de souffler tous ensemble

vers l'endroit d'où part l'inflammation, afin de
repouffer ce mauvais air. Je crois que ce qui nous
aura apporté cette fièvre ardente, eft une bête
à feu qui rode, depuis quelques jours, à l'entour de nos bois; car comme elles ne vont jamais fans feu & ne s'en peuvent paffer, celle-
ci fera, fans doute, venue le mettre à quelqu'un
de nos arbres.

Nous avions mandé l'animal glaçon pour venir à notre fecours; cependant il n'eft pas encore arrivé. Mais adieu, je n'ai pas le tems de
vous entretenir, il faut fonger au falut commun; & vous-même, prenez la fuite; autrement vous courez rifque d'être enveloppé dans
notre ruine.

Je fuivis fon confeil, fans toutefois me beaucoup preffer, parce que je connoiffois mes
jambes. Cependant je favois fi peu la carte du
pays, que je me trouvai, au bout de dix-huit
heures de chemin, au derrière de la forêt dont
je penfois fuir, & pour furcroît d'appréhenfion,
cent éclats épouvantables de tonnerre m'ébran-
loient le cerveau, tandis que la funefte & blême
lueur de mille éclairs venoit éteindre mes prunelles.

De moment en moment les coups redou-
bloient avec tant de furie, que l'on eût dit que
les fondemens du monde alloient s'écrouler; &

malgré tout cela le ciel ne parut jamais plus serein. Comme je me vis au bout de mes raisons,
enfin le desir de connoître la cause d'un événement si extraordinaire , m'invita de marcher
vers le lieu d'où le bruit sembloit s'épandre.

Je cheminai environ l'espace de quatre cens
stades, à la fin desquelles j'apperçus, au milieu
d'une fort grande campagne , comme deux
boules, qui après avoir, en brouissant, tourné
long-tems à l'entour l'une de l'autre, s'approchoient & puis se reculoient ; & j'observai que
quand le heurt se faisoit, c'étoit alors qu'on entendoit ces grands coups ; mais à force de marcher plus avant, je reconnus que ce qui, de
loin, m'avoit paru deux boules, étoient deux
animaux ; l'un desquels, quoique rond par en-
bas, formoit un triangle par le milieu ; & sa
tête fort élevée, avec sa rousse chevelure qui
flottoit contremont , s'éguisoit en pyramide.
Son corps étoit troué comme un crible, & à
travers ces pertuis déliés qui lui servoient de
pores, on appercevoit glisser de petites flammes, qui sembloient le couvrir d'un plumage
de feu.

En cheminant là autour , je rencontrai un
vieillard fort vénérable, qui regardoit ce fameux combat avec autant de curiosité que
moi. Il me fit signe de m'approcher, j'obéis, &
nous nous assîmes l'un auprès de l'autre.

J'avois deſſein de lui demander le motif qui l'avoit amené en cette contrée ; mais il me ferma la bouche par ces paroles : hé bien, vous ſaurez le motif qui m'amène en cette contrée. Et là-deſſus il me raconta, fort au long, toutes les particularités de ſon voyage. Je vous laiſſe à penſer ſi je demeurai interdit. Cependant, pour accroître ma conſternation, comme déja je brûlois de lui demander quel démon lui révéloit mes penſées : non, non, s'écria-t-il, ce n'eſt point un démon qui me révèle vos penſées.... Ce nouveau tour de devin me le fit obſerver avec plus d'attention qu'auparavant, & je remarquai qu'il contrefaiſoit mon port, mes geſtes, ma mine, ſituoit tous ſes membres, & figuroit toutes les parties de ſon viſage ſur le patron des miennes ; enfin mon ombre en relief ne m'eût pas mieux repréſenté. Je vois, continua-t-il, que vous êtes en peine de ſavoir pourquoi je vous contrefais, & je veux bien vous l'apprendre : ſachez donc qu'afin de connoître vôtre intérieur, j'arrange toutes les parties de mon corps dans un ordre ſemblable au vôtre ; car étant, de toutes parts, ſitué comme vous, j'excite en moi, par cette diſpoſition de matière, la même penſée que produit en vous cette même diſpoſition de matière.

Vous jugerez cet effet-là poſſible, ſi autrefois vous

vous avez observé que les gemeaux qui se ressemblent ont ordinairement l'esprit, les passions & la volonté semblables : jusques-là qu'il s'est rencontré à Paris deux bessons qui n'ont jamais eu que les mêmes maladies & la même santé, se sont mariés sans savoir le dessein l'un de l'autre, à même heure & à même jour ; se sont réciproquement écrit des lettres, dont le sens, les mots & la construction étoient de même, & qui enfin ont composé, sur un même sujet, une même sorte de vers, avec les mêmes pointes, le même tour & le même ordre. Mais ne voyez-vous pas qu'il étoit impossible que la composition des organes de leurs corps étant pareille dans toutes ses circonstances, ils n'opérassent d'une façon pareille, puisque deux instrumens égaux, touchés également, doivent rendre une harmonie égale ; & qu'ainsi, conformant tout-à-fait mon corps au vôtre, & devenant, pour ainsi dire, votre jumeau, il est impossible qu'un même branle de matière ne nous cause à tous deux un même branle d'esprit ?

Après cela il se remit encore à me contrefaire, & poursuivit ainsi : vous êtes maintenant fort en peine de l'origine du combat de ces deux monstres ; mais je vais vous l'apprendre. Sachez donc que les arbres de la forêt que nous avons à dos, n'ayant pu repousser, avec leurs souffles, les violens efforts de la bête à feu, ont eu recours à l'animal glaçon.

Je n'ai encore, lui dis je, entendu parler de ces animaux-là qu'à un chêne de cette contrée; mais fort à la hâte; car il ne songeoit qu'à se garantir; c'est pourquoi je vous supplie de m'en faire savant.

Voici comme il me parla : on verroit en ce globe où nous sommes, les bois fort clair semés, à cause du grand nombre de bêtes à feu qui les désolent, sans les animaux glaçons, qui tous les jours, à la prière des forêts leurs amies, viennent guérir les arbres malades : je dis guérir ; car à peine, de leur bouche gelée, ont ils soufflé sur les charbons de cette peste, qu'ils l'éteignent.

Au monde de la terre d'où vous êtes & d'où je suis, la bête à feu s'appelle Salamandre, & l'animal glaçon y est connu par celui de Remore. Or vous saurez que les Remores habitent vers l'extrêmité du pôle, au plus profond de la mer glaciale, & c'est la froideur évaporée de ces poissons à travers leurs écailles, qui fait geler, en ces quartiers-là, l'eau de la mer, quoique salée.

La plupart des pilotes qui ont voyagé pour la découverte du Groenland, ont enfin expérimenté, qu'en certaine saison, les glaces qui,

d'autres fois, les avoient arrêtés, ne fe rencontroient plus : mais encore que cette mer fût
libre dans le tems où l'hiver y eft le plus âpre,
ils n'ont pas laiffé d'en attribuer la caufe à
quelque chaleur fecrette qui les avoit fondues;
mais il eft bien plus vraifemblable que les Remores, qui ne fe nourriffent que de glaces, les
avoient pour-lors abforbées. Or vous devez favoir que quelques mois après qu'elles fe font
repues, cette effroyable digeftion leur rend
l'eftomach fi morfondu, que la feule haleine
qu'ils expirent reglace derechef toute la mer du
pôle. Quand elles fortent de la terre (car elles
vivent dans l'un & dans l'autre élément), elles
ne fe raffafient que de ciguë, d'aconit, d'o-
pium & de mandragore.

On s'étonne en notre monde d'où procèdent
ces frileux vents du nord qui traînent toujours
la gelée ; mais fi nos compatriotes favoient,
comme nous, que les rémores habitent en ce
climat, ils connoîtroient, comme nous, qu'ils
proviennent du fouffle avec lequel ils effaient de
repouffer la chaleur du foleil qui les approche.

Cette eau ftigiale, de laquelle on empoifonna
le grand Alexandre, & dont la froideur pétrifia fes entrailles, étoit du piffat d'un de ces animaux. Enfin le Remore contient fi éminemment tous les principes de froidure, que paffant

par-deſſous un vaiſſeau, le vaiſſeau ſe trouve ſaiſi du froid ; enſorte qu'il en demeure tout engourdi , juſqu'à ne pouvoir démarer de ſa place. C'eſt pour cela que la moitié de ceux qui ont cinglé vers le nord, à la découverte du pôle, n'en ſont point revenus, parce que c'eſt un miracle ſi les Remores, dont le nombre eſt ſi grand dans cette mer, n'arrêtent leurs vaiſ-ſeaux. Voilà pour ce qui eſt des animaux glaçons.

Mais quant aux bêtes à feu, elles logent dans terre, ſous des montagnes de bitume allumé, comme l'Etna, le Véſuve & le Cap-rouge. Ces boutons que vous voyez à la gorge de celui-ci, qui procèdent de l'inflammation de ſon foie, ce ſont ...

Nous reſtâmes après cela ſans parler, pour nous rendre attentifs à ce fameux duel.

La Salamandre attaquoit avec beaucoup d'ar-deur ; mais le Remore ſoutenoit impénétrable-ment. Chaque heurt qu'ils ſe donnoient engen-droit un coup de tonnerre ; comme il arrive dans les mondes d'ici autour, où la rencontre d'une nue chaude avec une froide excite le même bruit.

Des yeux de la Salamandre il ſortoit à chaque œillade de colère qu'elle dardoit contre ſon ennemi, une rouge lumière ; dont l'air paroiſ-ſoit allumé en volant ; elle ſuoit de l'huile bouil-lante & piſſoit de l'eau forte.

Le Remore, de son côté, gros, pesant & quarré, montroit un corps tout écaillé de glaçons ; ses larges yeux paroissoient deux assiettes de cristal, dont les regards charioient une lumière si morfondante, que je sentois frissonner l'hiver sur chaque membre de mon corps où elle les attachoit. Si je pensois mettre ma main au-devant, ma main en prenoit l'onglée ; l'air même autour d'elle, atteint de sa rigueur, s'épaississoit en neige ; la terre durcissoit sous ses pas, & je pouvois compter les traces de la bête par le nombre des engelures qui m'accueilloient quand je marchois dessus.

Au commencement du combat, la Salamandre, à cause de la vigoureuse contention de sa première ardeur, avoit fait suer le Remore ; mais à la longue cette sueur s'étant refroidie, émailla toute la plaine d'un verglas si glissant, que la Salamandre ne pouvoit joindre le Remore sans tomber. Nous connûmes bien, le philosophe & moi, qu'à force de cheoir & se relever tant de fois, elle s'étoit fatiguée ; car ces éclats de tonnerre, auparavant si effroyables, qu'enfantoit le choc dont elle heurtoit son ennemie, n'étoient plus que le bruit sourd de ces petits coups qui marquent la fin d'une tempête ; & ce bruit sourd, amorti peu à peu, dégénera en un frémissement semblable à celui d'un fer rouge plongé dans de l'eau froide.

Quand le Remore connut que le combat ti-
toit aux abois, par l'affoibliffement du choc
dont il fe fentoit à peine ébranlé, il fe dreffa fur
un angle de fon cube, & fe laiffa cheoir de
toute fa pefanteur fur l'eftomac de la Salamandre, avec un tel fuccès, que le cœur de la
pauvre Salamandre, où tout le refte de fon ardeur s'étoit concentrée, en fe crévant, fit un
éclat fi épouvantable, que je ne fais rien dans la
nature pour le comparer.

Ainfi mourut la bête à feu fous la pareffeufe
réfiftance de l'animal glaçon.

Quelque tems après que le Remore fe fut retiré, nous nous approchâmes du champ de bataille; & le vieillard s'étant enduit les mains de
la terre fur laquelle elle avoit marché, comme
d'un préfervatif contre la brûlure, il empoigna
le cadavre de la Salamandre. Avec le corps de
cet animal, me dit-il, je n'ai que faire de feu
dans ma cuifine; car pourvu qu'il foit pendu à
la crémillée, il fera bouillir & rôtir tout ce que
j'aurai mis à l'âtre. Quant aux yeux, je les
garde foigneufement; s'ils étoient nettoyés des
ombres de la mort, vous les prendriez pour
deux petits foleils. Les anciens de notre monde
les favoient bien mettre en œuvre; c'eft ce
qu'ils nommoient des lampes ardentes, & l'on

ne les appendoit qu'aux sépultures pompeuses des personnes illustres.

Nos modernes en ont rencontré en fouillant quelques-uns de ces fameux tombeaux ; mais leur ignorante curiosité les a crévés, en pensant trouver, derrière les membranes rompues, ce feu qu'ils y voyoient reluire.

Le vieillard marchoit toujours, & moi je le suivois, attentif aux merveilles qu'il me débitoit. Or à propos du combat, il ne faut pas que j'oublie l'entretien que nous eûmes touchant l'animal glaçon.

Je ne crois pas, me dit-il, que vous ayez jamais vu de Remores ; car ces poissons ne s'élèvent guère à fleur d'eau ; encore n'abandonnent-ils quasi point l'océan septentrional. Mais sans doute vous aurez vu de certains animaux qui, en quelque façon, se peuvent dire de leur espèce. Je vous ai tantôt dit que cette mer, en tirant vers le pôle, est toute pleine de Remores qui jettent leur frai sur la vase comme les autres poissons. Vous saurez donc que cette semence, extraite de toute leur masse, en contient si éminemment toute la froideur, que si un navire est poussé par-dessus, le navire en contracte un ou plusieurs vers, qui deviennent oiseaux, dont le sang, privé de chaleur, fait qu'on les range, quoiqu'ils ayent des aîles, au nombre des poisfons : auſſi le ſouverain pontife, lequel connoît leur origine, ne défend pas d'en manger en carême ; c'eſt ce que vous appellez des Ma-creuſes.

Je cheminois toujours, ſans autre deſſein que de le ſuivre ; mais tellement ravi d'avoir trouvé un homme, que je n'oſois détourner les yeux de deſſus lui, tant j'avois peur de le perdre. Jeune mortel, me dit-il, (car je vois bien que vous n'avez pas encore, comme moi, ſatisfait au tribut que nous devons à la nature) auſſi-tôt que je vous ai vu, j'ai rencontré ſur votre viſage ce que je ne ſais quoi qui donne envie de connoître les gens. Si je ne me trompe, aux circonſtances de la conformation de votre corps, vous devez être françois, & natif de Paris. Cette ville eſt le lieu, où après avoir promené mes diſgraces par toute l'europe, je les ai termi-nées.

Je me nomme Campanella, & ſuis calabrois de nation. Depuis ma venue au ſoleil, j'ai em-ployé mon tems à viſiter les climats de ce grand globe, pour en découvrir les merveilles. Il eſt diviſé en royaumes, républiques, états & prin-cipautés, comme la terre. Ainſi les quadru-pèdes, les volatiles, les plantes, les pierres, chacun y a le ſien ; & quoique quelques-uns de ceux-là n'en permettent point l'entrée aux

animaux d'espèce étrangère, particulièrement
aux hommes, que les oiseaux, par-dessus tout,
haïssent à mort, je puis voyager par-tout sans
courrir de risque, à cause qu'une ame de philosophe est tissue de parties bien plus déliées que
les instrumens dont on se serviroit à la tourmenter. Je me suis trouvé heureusement dans
la province des arbres, quand les désordres de
la Salamandre ont commencé : ces grands éclats
de tonnerre, que vous devez avoir entendus
aussi-bien que moi, m'ont conduit à leur champ
de bataille, où vous êtes venu un moment
après. Au reste je m'en retourne à la province
des philosophes.... Quoi, lui dis-je, il y a
donc ainsi des philosophes dans le soleil ? S'il y
en a, répliqua le bon-homme ! oui, certes, &
ce sont les principaux habitans du soleil, &
ceux-là même dont la renommée de votre
monde a la bouche si pleine. Vous pourrez
bientôt converser avec eux, pourvu que vous
ayez le courage de me suivre ; car j'espère
mettre le pied dans leur ville avant qu'il soit
trois jours. Je ne crois pas que vous puissiez
concevoir de quelle façon ces grands génies se
sont transportés ici. Non certes, m'écriai-je ;
car tant d'autres personnes auroient-elles eu,
jusqu'à présent, les yeux bouchés, pour n'en
pas trouver le chemin ? Ou bien est-ce qu'après

la mort nous tombons entre les mains d'un exa-
minateur des esprits, lequel, selon notre capa-
cité, nous accorde ou nous refuse le droit de
bourgeoisie au soleil ?

Ce n'est rien de tout cela, répartit le vieillard. Les ames viennent, par un principe de
ressemblance, se joindre à cette masse de lumière ; car ce monde-ci n'est formé d'autre
chose que des esprits de tout ce qui meurt dans
les orbes d'autour, comme sont Mercure, Vénus, la Terre, Mars, Jupiter & Saturne.

Ainsi, dès qu'une plante, une bête ou un
homme expirent, leurs ames montent, sans
s'éteindre, à sa sphère ; de même que vous
voyez la flamme d'une chandelle y voler en
pointe, malgré le suif qui la retient par les
pieds. Or toutes ces ames, unies qu'elles font
à la source du jour, & purgées de la grosse matière qui les empêchoit, elles exercent des
fonctions bien plus nobles que celles de croître,
de sentir & de raisonner ; car elles sont employées à former le sang & les esprits vitaux du
soleil, ce grand & parfait animal : & c'est aussi
pourquoi vous ne devez point douter que le
soleil n'opère de l'esprit bien plus parfaitement
que vous, puisque c'est par la chaleur d'un million de ces ames rectifiées, dont la sienne est un
élixir, qu'il connoît le secret de la vie, qu'il in-

flue à la matière de vos mondes la puissance
d'engendrer, qu'il rend des corps capables de
se sentir être, & enfin qu'il se fait voir & fait
voir toutes choses.

Il me reste maintenant à vous expliquer pourquoi les ames des philosophes ne se joignent pas
essentiellement à la masse du soleil, comme celle
des autres hommes.

Il y a trois sortes d'esprits dans toutes les
planettes, c'est-à-dire dans les petits mondes qui
se meuvent à l'entour de celui-ci.

Les plus grossiers servent simplement à réparer
l'embonpoint du soleil. Les subtils s'insinuent à
la place de ses rayons ; mais ceux des philosophes, sans avoir rien contracté d'impur dans
leur exil, arrivent tous entiers à la sphère du
jour, pour en être habitans. Or elles ne deviennent pas, comme les autres, une partie inté-
grante de sa masse, parce que la matière qui
les compose, au point de leur génération, se
mêle si exactement, que rien ne la peut plus
déprendre : semblable à celle qui forme l'or,
les diamans, & les astres, dont toutes les parties
sont mêlées par tant d'enlacemens, que le plus
fort dissolvant n'en sauroit relâcher l'étreinte.

Or ces ames de philosophes sont tellement à
l'égard des autres ames, ce que l'or, les diamans, & les astres, sont à l'égard des autres

428 ET ET EMPIRE

corps, qu'Epicure dans le soleil est le même Epicure qui vivoit jadis sur la terre.

Le plaisir que je recevois en écoutant ce grand homme, m'accourcissoit le chemin, & j'entamois souvent tout exprès des matières savantes & curieuses, sur lesquelles je sollicitois sa pensée, afin de m'instruire : & certes je n'ai jamais vu de bonté si grande que la sienne ; car quoiqu'il pût, à cause de l'agilité de sa substance, arriver tout seul en fort peu de journées au royaume des philosophes, il aima mieux s'ennuyer long-tems avec moi, que de m'abandonner parmi ces vastes solitudes.

Cependant il étoit pressé ; car je me souviens que m'étant avisé de lui demander pourquoi il s'en retournoit auparavant que d'avoir reconnu toutes les régions de ce grand monde, il me répondit que l'impatience de voir un de ses amis, lequel étoit nouvellement arrivé, l'obligeoit à rompre son voyage. Je reconnus, par la suite de son discours, que cet ami étoit ce fameux philosophe de notre tems, M. Descartes, & qu'il ne se hâtoit que pour le joindre.

Il me répondit encore, sur ce que je lui demandai en quelle estime il avoit sa physique, qu'on ne la devoit lire qu'avec le même respect qu'on écoute prononcer des oracles. Ce n'eſt pas, ajouta-t-il, que la ſcience des choſes naturelles n'ait beſoin, comme les autres ſciences, de préoccuper notre jugement d'axiômes qu'elle ne prouve point : mais les principes de la ſienne étant ſuppoſés , il n'y en a aucune qui ſatisfaſſe plus néceſſairement à toutes les apparences.

Je ne puis en cet endroit m'empêcher de l'interrompre : mais, lui dis-je, il me ſemble que ce philoſophe a toujours combattu le vuide ; & cependant , quoiqu'il fût Epicurien, afin d'avoir l'honneur de donner un principe aux principes d'Epicure, c'eſt-à-dire aux atômes, il a établi pour commencement des choſes , un cahos de matière tout-à-fait ſolide , que Dieu diviſa en un nombre innombrable de petits carreaux, à chacun deſquels il imprima des mouvemens oppoſés. Or il veut que ces cubes en ſe froiſſant l'un contre l'autre, ſe ſoient égrugés en parcelles de toutes ſortes de figures : mais comment peut-il concevoir que ces pieces quarrées aient commencé de tourner ſéparément, ſans avouer qu'il s'eſt fait du vuide entre les deux angles ? Ne s'en rencontroit-il pas néceſſairement dans les eſpaces que les angles de ces carreaux étoient contraints d'abandonner pour ſe mauvoir ? Et puis, ces carreaux qui n'occupoient qu'une certaine étendue, avant que de tourner, peuvent-ils s'être mus en cercle, qu'ils n'en aient occupé dans leur circonférence encore une fois autant? La géométrie nous enseigne que cela ne se peut: donc la moitié de cet espace a dû nécessairement demeurer vuide, puisqu'il n'y avoit point encore d'atômes pour la remplir.

Mon philosophe me répondit, que M. Descartes nous rendroit raison de cela lui-même, & qu'étant né aussi obligeant que philosophe, il seroit assurément ravi de trouver en ce monde un homme mortel, pour l'éclaircir de cent doutes que la surprise de la mort l'avoit contraint de laisser à la terre qu'il venoit de quitter; qu'il ne croyoit pas qu'il eût grande difficulté à y répondre, suivant ses principes, que je n'avois examinés qu'autant que la foiblesse de mon esprit me le pouvoit permettre; parce, disoit-il, les ouvrages de ce grand homme sont si pleins & si subtils, qu'il faut une attention pour les entendre qui demande l'ame d'un vrai & consommé philosophe: ce qui fait qu'il n'y a pas un philosophe dans le soleil, qui n'ait de la vénération pour lui; jusques-là que l'on ne veut pas lui contester le premier rang, si la modestie ne l'en éloigne.

Pour tromper la peine que la longueur du

chemin pourroit vous apporter, nous en dif-
courrons fuivant fes principes, qui font affûré-
ment fi clairs, & femblent fi bien fatisfaire à
tout par l'admirable lumière de ce grand génie,
qu'on diroit qu'il a concouru à la belle &
magnifique ftructure de cet univers.

Vous vous fouvenez bien qu'il dit que notre
entendement eft fini : ainfi la matière étant di-
vifible à l'infini, il ne faut pas douter que c'eft
une de ces chofes qu'il ne peut comprendre
ni imaginer, & qu'il eft bien au deffus de lui
d'en rendre raifon : mais, dit-il, quoique cela
ne puiffe tomber fous les fens, nous ne laiffons
pas de concevoir que cela fe fait, par la connoiffance que nous avons de la matière ; &
nous ne devons pas, dit-il, héfiter à déterminer
notre jugement fur les chofes que nous conce-
vons. En effet, pouvons-nous imaginer la manière dont l'ame agit fur le corps ? Cependant
on ne peut nier cette vérité, ni la révoquer
en doute ; au lieu que c'eft une abfurdité bien
plus grande d'attribuer au vuide un efpace qui
eft une propriété qui appartient au corps de
l'étendue, vu que l'on confondroit l'idée du
rien avec celle de l'être, & que l'on lui donneroit des qualités à lui qui ne peut rien produire, & ne peut être auteur de quoi que ce
foit. Mais, dit-il, pauvre mortel, je fens que

ces spéculations te fatiguent, parce que, comme dit cet excellent homme, tu n'as jamais pris peine à bien épurer ton esprit d'avec la masse de ton corps, & parce que tu l'as rendu si paresseux, qu'il ne veut plus faire aucune fonction sans le secours des sens.

J'allois lui repartir, lors qu'il me tira par le bras pour me montrer un vallon de merveilleuse beauté. Appercevez-vous, me dit-il, cet enfoncement où nous allons descendre ? On diroit que le coupeau des collines qui la bornent, se soit exprès couronné d'arbres, pour inviter par la fraîcheur de son ombre les passans au repos.

C'est au pied de l'un de ces côteaux que le lac du sommeil prend sa source ; il n'est formé que de la liqueur des cinq fontaines. Au reste, s'il ne se mêloit aux trois fleuves, & par sa pesanteur n'engourdissoit leurs eaux, aucun animal de notre monde ne dormiroit. Je ne puis exprimer l'impatience qui me pressoit de le questionner sur ces trois fleuves dont je n'avois point encore ouï parler ? Mais je restai content, quand il m'eut promis que je verrois tout.

Nous arrivâmes bien-tôt après dans le vallon, & quasi au même tems, sur le tapis qui borde ce grand lac.

En verité, me dit Campanella, vous êtes
bien

bien heureux de voir avant mourir toutes les
merveilles de ce monde ; c'eft un bien pour
les habitans de votre globe, d'avoir porté un
homme qui lui puiffe apprendre les merveilles
du foleil, puifque fans vous ils étoient en danger de vivre dans une groffière ignorance, &
de goûter cent douceurs, fans favoir d'où elles
viennent ; car on ne fauroit imaginer les libé-
ralités que le foleil fait à tous vos petits globes ;
& ce vallon feul répand une infinité de biens
par-tout l'univers, fans lefquels vous ne pourriez vivre, & ne pourriez pas feulement voir
le jour : il me femble que c'eft affez d'avoir
vu cette contrée, pour vous faire avouer que
le foleil eft votre père, & qu'il eft l'auteur de
toutes chofes. Pour que ces cinq ruiffeaux
viennent fe dégorger dedans, ils ne courent
que quinze ou feize heures ; & cependant ils
paroiffent fi fatigués quand ils arrivent, qu'à
peine fe peuvent-ils remuer : mais ils témoi-
gnent leur laffitude par des effets bien différens ;
car celui de la vue s'étrécit à mefure qu'il s'approche de l'étang du fommeil. L'ouie, à fon
embouchure, fe confond, s'égare, & fe perd
dans la vafe ; l'odorat excite un murmure femblable à celui d'un homme qui ronfle ; le goût,
affadi du chemin, devient tout-à-fait infipide ;
& le toucher, n'agueres fi puiffant, qu'il logeoit

E e

tous ses compagnons; est réduit à cacher sa
demeure. De son côté la nymphe de la paix
qui fait sa demeuré au milieu du lac, reçoit
ses hôtes à bras ouverts, les couche dans son
lit, & les dorlotte avec tant dé délicatesse, que
pour les endormir, elle prend elle-même le soin
de les bercer. Quelque tems après, s'étant ainsi
confondus dans ce vaste rond d'eau, on le voit
à l'autre bout se partager de rechef en cinq ruis-
seaux, qui reprennent les mêmes noms en sortant, qu'ils avoient laissés en entrant : mais les
plus hâtés de partir, & qui tiraillent leurs compagnons pour se mettre en chemin, c'est l'ouïe
& le toucher; car pour les trois autres, ils at-
tendent que ceux-ci les éveillent, & le goût
spécialement demeure toujours derrière les
autres.

Le noir concave d'une grotte se voute par-
dessus le lac du sommeil. Quantité de tortues
se promènent à pas lents sur les rivages; mille
fleurs de pavot communiquent à l'eau en s'y
mirant, la vertu d'endormir; on voit jusqu'à
des marmottes arriver de cinquante lieues pour
y boire; & le gazouillis de l'onde est si char-
mant, qu'il semble qu'elle se froisse contre les
cailloux avec mesure, & tâche de composer
une musique assoupissante.

Le sage Campanella prévit sans doute que

j'en allois fentir quelque atteinte, c'eft pouquoi
il me confeilla de doubler le pas. Je lui euffe
obéi, mais les charmes de cette eau m'avoient
tellement enveloppé la raifon, qu'il ne m'en
refta prefque pas affez pour entendre ces dernières paroles. Dormez donc, dormez, je vous
laiffe; auffi-bien, les fonges qu'on fait ici font
tellement parfaits, que vous ferez quelque jour
bien aife de vous reffouvenir de celui que vous
allez faire. Je me divertirai cependant à vifiter
les raretés du lieu; & puis, je vous viendrai
rejoindre. Je crois qu'il ne difcourut pas davantage, ou bien la vapeur du fommeil m'avoit
déja mis hors d'état de pouvoir l'écouter.

J'étois au milieu d'un fonge le plus favant &
le mieux conçu du monde, quand mon philofophe me vint éveiller: je vous en ferai le récit
lorfque cela n'interrompera point le fil de mon
difcours; car il eft tout-à-fait important que
vous le fachiez, pour vous faire connoître avec
quelle liberté l'efprit des habitans du foleil agit
pendant que le fommeil captive fes fens. Pour
moi, je penfe que ce lac évapore un air, qui
a la propriété d'épurer entièrement l'efprit de
l'embarras des fens; car il ne fe préfente rien
à vôtre penfée qui ne femble vous perfectionner
& vous inftruire: c'eft ce qui fait que j'ai le
plus grand refpect du monde pour ces philofo-

phes qu'on nomme rêveurs, dont nos ignorans se moquent.

J'ouvris donc les yeux comme en sursaut : il me semble que j'ouïs qu'il disoit ; mortel : c'est assez dormir, levez-vous, si vous desirez voir une rareté qu'on n'imagineroit jamais dans votre monde. Depuis une heure environ que je vous ai quitté, pour ne point troubler votre repos, je me suis toujours promené le long des cinq fontaines qui sortent de l'étang du sommeil. Vous pouvez croire avec combien d'attention je les ai toutes considerées ; elles portent le nom des cinq sens, & coulent fort près l'une de l'autre : celle de la vue semble un tuyau fourchu, plein de diamans en poudre, & de petits miroirs, qui dérobent & restituent les images de tout ce qui se presente ; elle environne de son cours le royaume des Lynx. Celle de l'ouïe est pareillement double ; il tourne en s'insinuant comme un dédale, & l'on entend retentir au plus creux des concavités de sa couche, un écho de tout le bruit qui raisonne à l'entour ; je suis fort trompé si ce ne sont des renards que j'ai vu s'y curer les oreilles. Celle de l'odorat paroît comme les précédentes, qui se divise en deux petits canaux cachés sous une seule voûte ; elle extrait de tout ce qu'elle rencontre je ne sai quoi d'invisible, dont elle compose mille fortes d'odeurs qui lui tiennent lieu d'eau; on trouve aux bords de cette fource force chiens qui s'affinent le nez. Celle du goût coule par faillies, lefquelles n'arrivent ordinairement que trois ou quatre fois le jour, encore faut-il qu'une grande vanne de corail foit levée, & par deffous celle-là, quantité d'autres fort petites qui font d'yvoire; fa liqueur reffemble à de la falive. Mais quant à la cinquième, celle du toucher, elle eft fi vafte & fi profonde, qu'elle environne toutes fes fœurs, jufqu'à coucher de fon long dans leur lit, & fon humeur épaiffe fe répand au large fur des gazons tout verts de plantes fenfitives.

Or vous faurez que j'admirois, glacé de vénération, les myftérieux détours de toutes ces fontaines, quand à force de cheminer je me fuis trouvé à l'embouchure où elles fe dégorgent dans les trois rivières: mais fuivez-moi, vous comprendrez beaucoup mieux la difpofition de toutes ces chofes en les voyant. Une promeffe fi forte, felon moi, acheva de m'éveiller, je lui tendis le bras, & nous marchâmes par le même chemin qu'il avoit tenu le long des levées qui compriment les cinq ruiffeaux, chacun dans fon canal.

Au bout environ d'une ftade, quelque chofe d'auffi luifant qu'un lac parvint à nos yeux. Le fage Campanella ne l'eut pas plutôt apperçu, qu'il me dit : enfin, mon fils, nous touchons au port, je vois diftinctement les trois rivières.

A cette nouvelle je me fentis tranfporté d'une telle ardeur, que je penfois être devenu aigle. Je volai plutôt que je ne marchai, & courus tout autour, d'une curiofité fi avide, qu'en moins d'une heure mon conducteur & moi nous remarquâmes ce que vous allez entendre.

Trois grands fleuves arrofent les campagnes brillantes de ce monde embrâfé : le premier & le plus large, fe nomme la Mémoire ; le fecond, plus étroit, mais plus creux, l'Imagination ; le troifième, plus petit que les autres, s'appelle Jugement.

Sur les rives de la Mémoire, on entend jour & nuit un ramage importun de geais, de perroquets, de pies, d'étourneaux, de linotes, de pinçons, & de toutes les efpèces qui gazouillent ce qu'elles ont appris. La nuit ils ne difent mot, car ils font pour lors occupés à s'abreuver de la vapeur épaiffe qu'exhalent ces lieux aquatiques ; mais leur eftomach cacochime la digère fi mal, qu'au matin quand ils penfent l'avoir convertie en leur fubftance, on la voit tomber auffi pure qu'elle étoit dans la rivière. L'eau de ce fleuve paroît gluante, & roule avec beaucoup de bruit ; les échos qui fe forment dans fes ca-

vernes, répètent la parole jufqu'à plus de mille
fois. Elle engendre de certains monftres, dont
le vifage approche du vifage de femme; il s'y
en voit d'autres plus furieux, qui ont la tête
cornue & quarrée, & à peu près femblable à
celle de nos pédans. Ceux-là ne s'occupent qu'à
crier, & ne difent pourtant que ce qu'ils fe font
entendu dire les uns aux autres.

Le fleuve de l'Imagination coule plus doucement; fa liqueur légère & brillante étincelle de
tous côtés. Il femble, à regarder cette eau,
d'un torrent de bluettes humides, qui n'obfer-
vent en voltigeant aucun ordre certain. Après
l'avoir confidéré plus attentivement, je pris
garde que l'humeur qu'elle rouloit dans fa couche, étoit de pur or potable, & fon écume de
l'huile de talc. Le poiffon qu'elle nourrit, ce
font des remores, des fyrènes, & des falaman-
dres. On y trouve au lieu de gravier, de ces
cailloux dont parle Pline, avec lefquels on
devient pefant quand on les touche par l'en-
vers, & léger quand on fe les applique par
l'endroit. J'y en remarquai de ces autres encore
dont Gigés avoit un anneau, qui rendent in-
vifibles, mais fur-tout, un grand nombre de
pierres philofophales éclatent parmi fon fable.
Il y avoit fur les rivages force arbres fruitiers,
principalement de ceux que trouva Mahomet en

paradis ; les branches fourmilloient de phénix ;
& j'y remarquai des fauvageons de ce fruitier ,
où la difcorde cueillit la pomme qu'elle jetta
aux pieds des trois déeffes ; on avoit enté deffus
des greffes du jardin des Hefpérides. Chacun
de ces deux larges fleuves fe divife en une
infinité de bras qui s'entrelaffent ; & j'obfervai
que quand un grand ruiffeau de la Mémoire
en approchoit un plus petit de l'Imagination ,
il éteignoit auffi-tôt celui-là ; mais qu'au contraire fi le ruiffeau de l'Imagination étoit plus
vafte , il tariffoit celui de la Mémoire. Or ,
comme ces trois fleuves , foit dans leur canal ,
foit dans leurs bras , cheminent toujours à côté
l'un de l'autre : par-tout où la Mémoire eft forte,
l'Imagination diminue, & celle-ci groffit à mefure que l'autre s'abaiffe.

· Proche de là coule d'une lenteur incroyable
la rivière du Jugement ; fon canal eft profond,
fon humeur femble froide ; & lorfqu'on en
répand fur quelque chofe, elle fèche au lieu
de mouiller. Il croît parmi la vafe de fon lit
des plantes d'ellebore, dont la racine qui s'é-
tend en longs filamens, nettoie l'eau de fa bouche : elle nourrit des ferpens, & deffus l'herbe
molle qui tapiffe fes rivages, un million d'éléphans fe repofent : elle fe diftribue , comme fes
deux germaines, en une infinité de petits rameaux ; elle groffit en cheminant ; & quoi-

qu'elle gagne toujours pays, elle va & revient éternellement fur foi-même.

De l'humeur de ces trois rivières tout le foleil eft arrofé ; elle fert à détremper les atômes brûlans de ceux qui meurent dans ce grand monde ; mais cela mérite bien d'être traité plus au long.

La vie des animaux du foleil eft fort longue ; ils ne finiffent que de mort naturelle qui n'arrive qu'au bout de fept à huit mille ans, quand pour les continus excès d'efprit où leur tempérament de feu les incline, l'ordre de la matière fe brouille ; car auffi-tôt que dans un corps la nature fent qu'il faudroit plus de tems à réparer les ruines de fon être qu'à en compofer un nouveau, elle afpire à fe diffoudre ; fi bien que de jour en jour on voit non pas pourrir, mais tomber l'animal en particules femblables à de la cendre rouge.

Le trépas n'arrive guères que de cette forte. Expiré donc qu'il eft, ou pour mieux dire, éteint, les petits corps ignés qui compofoient fa fubftance, entrent dans la groffe matière de ce monde allumé, jufqu'à ce que le hafard les ait abreuvés de l'humeur des trois rivières ; car alors devenus mobiles par leur fluidité, afin d'exercer vîtement les facultés dont cette eau leur vient d'imprimer l'obfcure connoiffance, ils s'attachent en longs filets, & par un flux de points lumineux, s'éguifent en rayons; & fe répandent aux fphères d'alentour, où ils ne font pas plutôt enveloppés, qu'ils arrangent eux-mêmes la matière autant qu'ils peuvent, dedans la forme propre à exercer toutes les fonctious dont ils ont contracté l'inftinct dans l'eau des trois rivières, des cinq fontaines, & de l'étang; c'eft pourquoi ils fe laiffent attirer aux plantes pour végéter; les plantes fe laiffent brouter aux animaux pour fentir, & les animaux fe laiffent manger aux hommes, afin qu'étant paffés en leur fubftance, ils viennent à réparer ces trois facultés, de la mémoire, de l'imagination & du jugement, dont les rivières du foleil leur avoient fait preffentir la puiffance.

Or felon que les atômes ont ou plus ou moins trempé dedans l'humeur de ces trois fleuves, ils apportent aux animaux plus ou moins de mémoire, d'imagination, ou de jugement; & felon que dans les trois fleuves ils ont plus ou moins contracté de la liqueur des cinq fontaines, & de celle du petit lac, ils leur élabourent des fens plus ou moins parfaits, & produifent des ames plus ou moins endormies.

Voici à peu près ce que nous obfervâmes touchant la nature de ces trois fleuves. On en rencontre par-tout de petites veines écar-

tées çà & là ; mais pour les bras principaux,
ils vont droit aboutir à la province des philofophes : auffi nous rentrâmes dans le grand chemin , fans nous éloigner du courant , que ce
qu'il faut pour monter fur la chauffée. Nous
vîmes toujours les trois grandes rivières qui
flottoient à côté de nous ; mais pour les cinq
fontaines , nous les regardions de haut en bas
ferpenter dans la prairie. Cette route eft fort
agréable quoique folitaire ; on y refpire un
air libre & fubtil, qui nourrit l'ame , & la fait
régner fur les paffions. ·

Au bout de cinq ou fix journées de chemin ,
comme nous divertiffions nos yeux à confidérer
le différent & riche afpect des payfages, une
voix languiffante comme d'un malade qui gé-
miroit, parvint à nos oreilles. Nous nous approchâmes du lieu d'où nous jugions qu'elle
pouvoit venir, & nous trouvâmes fur la rive
du fleuve Imagination, un vieillard tombé à la
renverfe, qui pouffoit de grands cris. Les larmes de compaffion m'en vinrent aux yeux ; &
la pitié que j'eus du mal de ce miférable, me
convia d'en demander la caufe. Cet homme,
me répondit Campanella, fe tournant vers moi,
eft un philofophe réduit à l'agonie : car nous
mourons plus d'une fois ; & comme nous ne
fommes que des parties de cet univers, nous

changeons de forme pour aller reprendre vie ailleurs; ce qui n'eft point un mal, puifque c'eft un chemin pour perfectionner fon être, & pour arriver à un nombre infini de connoif-fances. Son infirmité eft celle qui fait mourir prefque tous les grands hommes.

Son difcours m'obligea de confidérer le ma-lade plus attentivement; & dès la première œillade, j'apperçus qu'il avoit la tête groffe comme un tonneau, & ouverte par plufieurs endroits. Or fus, me dit Campanella, me tirant par le bras, toute l'affiftance que nous croi-rions donner à ce moribond feroit inutile, & ne feroit que l'inquiéter. Paffons outre, auffi-bien fon mal eft incurable : l'enflure de fa tête provient d'avoir trop exercé fon efprit; car encore que les efpèces dont il a rempli les trois organes ou les trois ventricules de fon cerveau, foient des images fort petites, elles font corpo-relles, & capables par conféquent de remplir un grand lieu, quand elles font fort nombreufes. Or vous faurez que ce philofophe a tellement groffi fa cervelle, à force d'entaffer image fur image, que ne les pouvant plus contenir, elle s'eft éclatée : cette façon de mourir eft celle des grands génies, & cela s'appelle crever d'efprit.

Nous marchions toujours en parlant; & les

premières chofes qui fe préfentoient à nous, nous fourniffoient matière d'entretien. J'euffe pourtant bien voulu fortir des régions opaques du foleil pour rentrer dans les lumineufes; car le lecteur faura que toutes les contrées n'en font pas diafanes, il y en a qui font obfcures, comme celles de notre monde, & qui fans la lumière d'un foleil qu'on apperçoit de-là, feroient couvertes de ténèbres. Or à mefure qu'on entre dans les opaques, on le devient infenfiblement; & de même, lorfqu'on approche des tranfparentes, on fe fent dépouiller de cette noire obfcurité, par la vigoureufe irradiation du climat.

Je me fouviens qu'à propos de cette envie dont je brûlois, je demandai à Campanella fi la province des philofophes étoit brillante ou ténébreufe: elle eft plus ténébreufe que brillante, me répondit-il; car comme nous fymphatifons encore beaucoup avec la terre notre pays natal, qui eft opaque de fa nature, nous n'avons pas pû nous accommoder dans les régions de ce globe les plus éclairées. Nous pouvons toutesfois, par une vigoureufe contention de la volonté, nous rendre diafanes lors qu'il nous en prend envie; & même la plus grande partie des philofophes ne parlent pas avec la langue; mais quand ils veulent communiquer leur pen-

fée, ils se purgent, par les élans de leur fantaisie, d'une sombre vapeur, sous laquelle
ordinairement ils tiennent leurs conceptions à
couvert; & si-tôt qu'ils ont fait redescendre
en son siège cette obscurité de rate qui les
noircissoit; comme leur corps est alors diafane,
on apperçoit à travers leur cerveau, ce dont
ils se souviennent, ce qu'ils imaginent, ce qu'ils
jugent; & dans leur foye & leur cœur, ce
qu'ils desirent & ce qu'ils résolvent : car quoi
que ces petits portraits soient plus imperceptibles qu'aucune chose que nous puissions figurer,
nous avons en ce monde-ci les yeux assez clairs
pour distinguer facilement jusqu'aux moindres
idées.

Ainsi quand quelqu'un de nous veut découvrir à son ami l'affection qu'il lui porte, on
apperçoit son cœur élancer des rayons jusques
dans sa mémoire, sur l'image de celui qu'il
aime ; & quand au contraire il veut témoigner
son aversion, on voit son cœur darder contre
l'image de celui qu'il hait, des tourbillons
d'étincelles brûlantes, & se retirer tant qu'il
peut en arrière : de même, quand il parle en
soi-même, on remarque clairement les espèces,
c'est-à-dire les caractères de chaque chose qu'il
médite, qui s'imprimant ou se soulevant, viennent présenter aux yeux de celui qui regarde ;

non pas un difcours articulé, mais une hiftoire en tableaux de toutes fes penfées.

Mon guide vouloit continuer, mais il en fut détourné par un accident jufqu'à cette heure inoui : & ce fut que tout à coup nous apper-çûmes la terre fe noircir fous nos pas, & le ciel allumé de rayons s'éteindre fur nos têtes, comme fi on eût développé entre nous & le foleil un dais large de quatre lieues.

Il me feroit mal-aifé de vous dire ce que nous nous imaginâmes dans cette conjonéture : toutes fortes de terreurs nous vinrent affaillir, jufqu'à celle de la fin du monde, & nulle de ces terreurs ne nous fembla hors d'apparence ; car de voir la nuit au foleil, ou l'air obfcurci de nuages, c'eft un miracle qui n'y arrive point. Ce ne fut pas toutefois encore tout ; incon-tinent après un bruit aigre & criard, femblable au fon d'une poulie qui tourneroit avec ra-pidité, vint frapper nos oreilles, & tout au même tems nous vîmes choir à nos pieds une cage. A peine eut-elle joint le fable, qu'elle s'ouvrit pour accoucher d'un homme & d'une femme. Ils traînoient un ancre, qu'ils acrochè-rent aux racines d'un roc : enfuite de quoi nous les apperçûmes venir à nous, la femme condui-foit l'homme, & le tiraillloit en le menaçant. Quand elle en fut fort près : meffieurs, dit-elle d'une voix un peu émue, n'est-ce pas ici la province des philosophes ? Je répondis que non, mais que dans vingt-quatre heures nous espérions y arriver ; que ce vieillard qui me souffroit en sa compagnie étoit un des principaux officiers de cette monarchie. Puisque vous êtes philosophe, répondit cette femme, adressant sa parole à Campanella, il faut que sans aller plus loin je vous décharge ici mon cœur.

Pour vous raconter donc en peu de mots le sujet qui m'amene, vous saurez que je viens me plaindre d'un assassinat commis en la personne du plus jeune de mes enfans. Ce barbare que je tiens, l'a tué deux fois, encore qu'il fût son père. Nous restâmes fort embarrassés de ce discours ; c'est pourquoi je voulus savoir ce qu'elle entendoit par un enfant tué deux fois. Sachez, répondit cette femme, qu'en notre pays il y a parmi les autres statuts d'amour, une loi qui règle le nombre des baisers auxquels un mari est obligé à sa femme : c'est pourquoi tous les soirs chaque médecin dans son quartier, va par toutes les maisons, où après avoir visité le mari & la femme, il les taxe pour cette nuit-là, selon leur santé, forte ou foible, à tant ou tant d'embrassemens. Or le mien que voilà avoit été mis à sept : cependant piqué de quelques paroles un peu fières que je lui

avois

avois dites en nous couchant, il ne m'approcha
point tant que nous demeurâmes au lit : mais
Dieu qui venge la cause des affligés, permit
qu'en songe ce misérable chatouillé par le res-
souvenir des baisers qu'il me retenoit injuste-
ment, laissa perdre un homme. Je vous ai dit
que son père l'a tué deux fois, parce que l'em-
pêchant d'être, il a fait qu'il n'est point, voilà
son premier assassinat ; & a fait qu'il n'a point
été, voilà son second : au lieu qu'un meurtrier
ordinaire sait bien que celui qu'il prive du
jour, n'est plus, mais il ne sauroit faire qu'il
n'ait point été. Nos magistrats en auroient fait
bonne justice ; mais l'artificieux a dit pour
excuse, qu'il auroit satisfait au devoir conju-
gal, s'il n'eût apprehendé (me baisant au fort
de la colère où je l'avois mis) d'engendrer un
homme furieux.

Le sénat embarrassé de cette justification,
nous a ordonné de nous venir présenter aux
philosophes, & plaider devant eux notre cause.
Aussi-tôt que nous eûmes reçu l'ordre de partir, nous nous mîmes dans une cage pendue
au col de ce grand oiseau que vous voyez, d'où
par le moyen d'une poulie que nous y attachâ-
mes, nous dévalons à terre, & nous nous guin-
dons en l'air. Il y a des personnes dans notre
province établies exprès pour les apprivoiser

jeunes, & les inftruire aux travaux qui nous font utiles. Ce qui les attrait principalement, contre leur nature féroce, à fe rendre difciplinables, c'eft qu'à leur faim, qui ne fe peut prefque affouvir, nous abandonnons les cadavres de toutes les bêtes qui meurent. Au refte, quand nous voulons dormir (car à caufe des excès d'amour trop continus qui nous affoibliffent, nous avons befoin de repos) nous lâchons à la campagne d'efpace en efpace vingt ou trente de ces oifeaux attachés chacun à une corde, qui prenant l'effor avec leurs grandes aîles, déployent dans le ciel une nuit plus large que l'horifon. J'étois fort attentif & à fon difcours, & à confidérer tout extafié l'énorme taille de cet oifeau géant : mais fi-tôt que Campanella l'eut un peu regardé ! ah ? vraiment, s'écria-t-il, c'eft un de ces monftres à plume, appellés condur, qu'on voit dans l'île Mandragore à notre monde, & par toute la zone torride; ils y couvrent de leurs aîles un arpent de terre : mais comme ces animaux deviennent plus démefurés, à proportion que le foleil qui les a vu naître eft plus échauffé, il ne fe peut qu'ils ne foient au monde du foleil d'une épouvantable grandeur.

Toutefois, ajoûta-t-il, fe tournant vers la femme; il faut néceffairement que vous ache-

viez votre voyage ; car c'eſt à Socrate, auquel
on a donné la ſurintendance des mœurs, qu'il
appartient de vous juger. Je vous conjure cependant de nous apprendre de quelle contrée vous
êtes, parce que comme il n'y a que trois ou
quatre ans que je ſuis arrivé en ce monde-ci,
je n'en connois encore guères la carte.

Nous ſommes, répondit-elle, du royaume
des Amoureux : ce grand état confine d'un côté
à la république de Paix ; & de l'autre, à celles
des Juſtes.

Au pays d'où je viens, à l'âge de ſeize ans,
on met les garçons au noviciat d'amour ; c'eſt
un palais fort ſomptueux, qui contient preſque
le quart de la cité. Pour les filles, elles n'y
entrent qu'à treize. Ils font là les uns & les
autres leur année de probation, pendant laquelle les garçons ne s'occupent qu'à mériter
l'affection des filles, & les filles à ſe rendre dignes
de l'amitié des garçons. Les douze mois expi-
rés, la faculté de médecine va viſiter en corps
ce ſéminaire d'amans : elle les tâte tous l'un
après l'autre, juſqu'aux parties de leurs perſonnes les plus ſecrettes ; les fait coupler à ſes
yeux ; & puis, ſelon que le mâle ſe rencontre,
à l'épreuve, vigoureux & bien formé, on lui
donne pour femmes dix, vingt, trente, ou quarante filles de celles qui le chériſſoient, pourvu

qu'ils s'aiment réciproquement. Le marié cependant ne peut coucher qu'avec deux à la fois,
& il ne lui est pas permis d'en embraffer aucune, tandis qu'elle est groffe. Celles qu'on
reconnoît stériles, ne font employées qu'à fervir ; & les hommes impuiffans fe font efclaves,
qui fe peuvent mêler charnellement avec les
brayhaines. Au refte quand une famille a plus
d'enfans qu'elle n'en peut nourrir, la république les entretient : mais c'eft un malheur
qui n'arrive guères, parce qu'auffi-tôt qu'une
femme accouche dans la cité, l'épargne fournit
une fomme annuelle pour l'éducation de l'enfant, felon fa qualité, que les tréforiers d'état
portent eux-mêmes à certain jour à la maifon
du père. Mais fi vous voulez en favoir davantage, entrez dans mon mannequin, il eft affez
grand pour quatre. Puifque nous allons même
route, nous tromperons en caufant, la longueur du voyage.

Campanella fut d'avis que nous acceptaffions
l'offre : j'en fus pareillement fort joyeux, pour
éviter la laffitude ; mais quand je vins pour
leur aider à lever l'ancre, je fus bien étonné
d'appercevoir qu'au lieu d'un gros cable qui
la devoit foutenir, elle n'étoit pendue qu'à un
brin de foie auffi délié qu'un cheveu. Je demandai à Campanella comment il fe pouvoit

faire qu'une maſſe lourde comme étoit cette
ancre, ne fît point rompre par ſa peſanteur
une choſe ſi frêle : & le bon homme me répondit, que cette corde ne ſe rompoit point ;
parce qu'ayant été filée très-égale par-tout, il
n'y avoit point de raiſon pourquoi elle dût
ſe rompre plutôt à un endroit qu'à l'autre.
Nous nous entaſſâmes tous dans le panier, &
nous nous pouliâmes juſqu'au faîte du goſier
de l'oiſeau, où nous ne paroiſſions qu'un grelot
qui pendoit à ſon col. Quand nous fûmes tout
contre la poulie, nous arrêtâmes le cable, où
notre cage étoit pendue, à une des plus légères plumes de ſon duvet, qui pourtant étoit
groſſe comme le pouce ; & dès que cette
femme eut fait ſigne à l'oiſeau de partir, nous
nous ſentîmes fendre le ciel d'une rapide violence. Le condur moderoit ou forçoit ſon vol,
hauſſoit ou baiſſoit ſelon les volontés de ſa maî-
treſſe, dont la voix lui ſervoit de bride. Nous
n'eûmes pas volé deux cens lieues, que nous
apperçûmes ſur la terre à main gauche une
nuit ſemblable à celle que produiſoit deſſous
lui notre vivant paraſſol. Nous demandâmes à
l'étrangère ce qu'elle penſoit que ce fût : c'eſt
un autre coupable qui va auſſi pour être jugé
à la province où nous allons ; ſon oiſeau ſans
doute eſt plus fort que le nôtre ; ou bien nous

nous sommes beaucoup amusés, car il n'est parti que depuis moi. Je lui demandai de quel crime ce malheureux étoit accusé. Il n'est pas simplement accusé nous répondit-elle ; il est condamné à mourir, parce qu'il est déja convaincu de ne pas craindre la mort. Comment donc, lui dit Campanella, les loix de votre pays ordonnent de craindre la mort ? Oui, répliqua cette femme, elles l'ordonnent à tous, hormis à ceux qui sont reçus au collège des sages ; car nos magistrats ont éprouvé par de funestes expériences, que qui ne craint pas de perdre la vie, est capable de l'ôter à tout le monde.

Après quelques autres discours qu'attirèrent ceux-ci, Campanella voulut s'enquérir plus au long des mœurs de son pays : Il lui demanda donc quelles étoient les loix & les coutumes du royaume des Amans ; mais elle s'excusa d'en parler, à cause que n'y étant pas née, & ne le connoissant qu'à demi, elle craignoit d'en dire plus ou moins. J'arrive à la vérité de cette province, continua cette femme : mais nous sommes, moi, & tous mes prédécesseurs, originaires du royaume de Vérité. Ma mère y accoucha de moi, & n'a point eu d'autre enfant. Elle m'éleva dans le pays jusqu'à l'âge de treize ans, que le roi, par avis des médecins, lui commanda de me conduire

au royaume des Amans d'où je viens, afin
qu'étant élevée dans le palais d'amour, une
éducation plus joyeufe & plus molle que celle de notre pays, me rendît plus féconde qu'elle.
Ma mère m'y tranfporta, & me nit dans cette
maifon de plaifance.

J'eus bien de la peine avant que de m'a-
privoifer à leurs coutumes : d'abord elles me
femblèrent fort rudes ; car comme vous favez,
les opinions que nous avons fucées avec le
lait, nous paroiffent toujours les plus raifonnables, & je ne faifois encore que d'arriver
du royaume de Vérité, mon pays natal.

Ce n'eft pas que je ne connuffe bien que cette
nation des Amans vivoit avec beaucoup plus
de douceur & d'indulgence que la nôtre ; car
encore que chacun publiât que ma vue bleffoit
dangereufement, que mes regards faifoient
mourir, & qu'il fortoit de mes yeux de la
flamme qui confommoit les cœurs, la bonté
cependant de tout le monde, & principalement
des jeunes hommes, étoit fi grande, qu'ils me
careffoient, me baifoient & m'embraffoient,
au lieu de fe venger du mal que je leur avois
fait. J'entrai même en colère contre moi,
pour les défordres dont j'étois caufe ; & cela
fit qu'émue de compaffion, je leur découvris un
jour la réfolution que j'avois prife de m'enfuir.

Mais hélas! comment vous fauver s'écrièrent-
ils tous; fe jettant à mon col, & me baifant les
mains : votre maifon de toutes parts eft affiégée
d'eau; & le danger paroît fi grand, qu'indubitablement fans un miracle, vous & nous ferions
déja noyés.

Quoi donc, interrompis-je notre hiftorienne,
la contrée des Amans eft-eile fujette aux inon-
dations? Il le faut bien dire, me répliqua-t-elle;
car l'un de mes amoureux (& cet homme ne
m'auroit pas voulu tromper puifqu'il m'aimoit),
m'écrivit que du regret de mon départ il venoit
de répandre un océan de pleurs. J'en vis un
autre qui m'affura que fes prunelles, depuis
trois jours, avoient diftillé une fource de larmes; & comme je maudiffois pour l'amour
d'eux l'heure fatale où ils m'avoient vue, un de
ceux qui fe comptoient du nombre de mes
efclaves, m'envoya dire que la nuit précédente
fes yeux débordés avoient fait un déluge. Je
m'allois ôter du monde, afin de n'être plus la
caufe de tant de malheurs; fi le courier n'eût
ajouté enfuite, que fon maître lui avoit donné
charge de m'affurer qu'il n'y avoit rien à craindre, parce que la fournaife de fa poitrine avoit
defféché ce déluge. Enfin vous pouvez conjecturer que le royaume des Amans doit être bien
aquatique, puifqu'entr'eux ce n'eft pleurer qu'à

demi, quand il ne fort de deſſous leurs paupières que des ruiſſeaux, de fontaines, & des
torrens.

J'étois fort en peine de quelle manière je me
ſauverois de toutes ces eaux qui m'alloient
gagner : mais un de mes amans qu'on appelloit
le Jaloux, me cenſeilla de m'arracher le cœur,
& puis, que je m'embarquaſſe dedans ; qu'au
reſte, je ne devois pas appréhender de n'y pouvoir tenir, puiſqu'il y en tenoit tant d'autres ;
ni d'aller à fond, parce qu'il étoit trop léger ;
que tout ce que j'aurois à craindre, ſeroit l'em-
braſement, d'autant que la matière d'un tel
vaiſſeau étoit fort ſujette au feu : que je partiſſe
donc ſur la mer de ſes larmes, que le bandeau de
ſon amour me ſerviroit de voile, & que le vent
favorable de ſes ſoupirs, malgré la tempête de
ſes rivaux, me pouſſeroit à bon port.

Je fus long-tems à rêver comment je pourrois
mettre cette entrepriſe à exécution. La timidité
naturelle à mon ſexe m'empêchoit de l'oſer ;
mais enfin l'opinion que j'eus que ſi la choſe
n'étoit poſſible, un homme ne ſeroit pas ſi fou
de la conſeiller, & encore moins un amoureux
à ſon amante, me donna de la hardieſſe.

J'empoignai un couteau, me fendis la poitrine : déja même avec mes deux mains je fouil-
lois dans la plaie, & d'un regard intrépide je

choififfois mon cœur pour l'arracher, quand un jeune homme qui m'aimoit, furvint. Il m'ôta le fer malgré & moi, & puis me demanda le motif de cette action qu'il appelloit défefpérée. Je lui en fis le conte ; mais je reftai bien furprife, quand un quart-d'heure après, je fus qu'il avoit déféré le Jaloux en juftice. Les magiftrats néanmoins qui peut-être craignirent de donner trop à l'exemple, ou à la nouveauté de l'accident, envoyèrent cette caufe au parlement du royaume des Juftes. Là il fut condamné, outre le banniffement perpétuel, d'aller finir fes jôurs en qualité d'efclave, fur les terres de la république de Vérité ; avec défenfes à tous ceux qui defcendront de lui auparavant la quatrième génération, de rémettre le pied dans la province des Amans ; même il lui fut enjoint de n'ufer jamais d'hyperbole, fur peine de la vie.

Je conçus depuis ce tems-là beaucoup d'affection pour le jeune homme qui m'avoit confervée ; & foit à caufe de ce bon office, foit à caufe de la paffion avec laquelle il m'a fervie, je ne le refufai point, fon noviciat & le mien étant achevés, quand il me demanda pour être l'une de fes femmes.

Nous avons toujours bien vécu enfemble, & nous vivrions bien encore, s'il n'avoit tué,

comme je vous ai dit, un de mes enfans par
deux fois, dont je m'en vais implorer vengeance au royaume des philofophes.

Nous étions Campanella & moi fort étonnés
du grand filence de cet homme ; c'eft pourquoi
je tâchai de le confoler, jugeant bien qu'une fi
profonde taciturnité étoit fille d'une douleur
très-profonde ; mais fa femme m'en empêcha.
Ce n'eft pas, dit-elle, l'excès de fa triftefe qui
lui ferme la bouche, ce font nos loix qui dé-
fendent à tout criminel cité en juftice de ne parler que devant les juges.

Pendant cet entretien, l'oifeau avançoit toujours pays, comme je fus tout étonné d'entendre Campanella d'un vifage plein de joie &
de tranfport s'écrier : foyez le très-bien venu,
le plus cher de tous mes amis : allons, meffieurs, allons, continua ce bon homme, au-
devant de monfieur Defcartes ; defcendons, le
voilà qui arrive, il n'eft qu'à trois lieues d'ici.
Pour moi, je demeurai fort furpris de cette
faillie ; car je ne pouvois comprendre comment
il avoit pu favoir l'arrivée d'une perfonne de
qui nous n'avions point reçu de nouvelle. Affurément, lui dis-je, vous venez de le voir en
fonge. Si vous appellez fonge, dit-il, ce que
votre ame peut voir avec autant de certitude,
que vos yeux le jour quand il luit, je le con-

feffe. Mais, m'écriai-je, n'eft-ce pas une rêverie, de croire que M. Defcartes, que vous
n'avez point vu depuis votre fortie du monde
de la terre, eft à trois lieues d'ici, parce que
vous vous l'êtes imaginé?

Je proferois la dernière fyllabe, quand
nous vîmes arriver Defcartes. Auffi-tôt Campanella courut l'embraffer; ils fe parlèrent
long-temps; mais je ne pus être attentif à
ce qu'ils fe dirent réciproquement d'obligeant,
tant je brûlois d'apprendre de Campanella fon
fecret pour deviner. Ce philofophe qui lut ma
paffion fur mon vifage, en fit le conte à fon ami,
& le pria de trouver bon qu'il me contentât.
M. Defcartes ripofta d'un fouris, & mon favant
précepteur difcourut de cette forte. Il s'exhale
de tous les corps des efpèces, c'eft-à-dire des
images corporelles qui voltigent en l'air. Or,
ces images corporelles qui voltigent en l'air,
confervent toujours, malgré leur agitation, la
figure, la couleur, & toutes les autres proportions de l'objet dont elles parlent; mais comme
elles font très-fubtiles & très-déliées, elles
paffent à travers nos organes fans y caufer aucune fenfation : elles vont jufqu'à l'ame, où
elles s'impriment à caufe de la délicateffe de fa
fubftance, & lui font ainfi voir des chofes très-
éloignées que les fens ne peuvent appercevoir :

ce qui arrive ici ordinairement, où l'efprit n'eft point engagé dans un corps formé de matière groffière comme dans ton monde. Nous te dirons comment cela fe fait, lorfque nous aurons eu le loifir de fatisfaire pleinement l'ardeur que nous avons mutuellement de nous entretenir ; car affurément tu mérites bien qu'on ait pour toi la dernière complaifance.

Fin des voyages de Cyrano.

TABLE

DES VOYAGES IMAGINAIRES

Contenus dans ce Volume.

Fin de la Table.

Contraste insuffisant ou
différent, mauvaise qualité
d'impression

Under-contrast or different,
bad printing quality

Anomalie de pagination

Wrong paging

www.ingramcontent.com/pod-product-compliance
Lightning Source LLC
Chambersburg PA
CBHW061036030726
47504CB00002B/401